Michael Blank
Das Netz der Stille

Michael Blank

Das Netz der Stille

Thriller

Impressum

Bibliografische Information der Deutschen Nationalbibliothek: Die Deutsche Nationalbibliothek verzeichnet diese Publikation in der Deutschen Nationalbibliografie; detaillierte bibliografische Daten sind im Internet über http://dnb.dnb.de abrufbar.

Verlag: BoD · Books on Demand GmbH, In de Tarpen 42, 22848 Norderstedt, bod@bod.de

Druck: Libri Plureos GmbH, Friedensallee 273, 22763 Hamburg

ISBN: 978-3-7693-3879-9

Inhaltsverzeichnis

PROLOG

Eiderstedt, später Nachmittag, graue Wolken, kaum Licht. Der Deich kauert unter einem bleiernen Himmel, ein dünner Streifen Land zwischen Meer und Nirgendwo. Wind reißt an den Grashalmen, schmeckt nach Salz und Bitterkeit. Die Wellen draußen rollen, brummen tonlos, als kläffen tiefe Mäuler im Grau.

Michael W. Kropka steht mit gesenktem Kopf. Hände in den Taschen seiner sauberen, aber schlichten Jacke. Er konzentriert sich aufs Atmen. Lang, flach, tonlos. Seine Gedanken ziehen Kreise um ein Loch, in dem einmal Familie war, Geborgenheit, Stimmen und Lachen. Nun ist es still. Zäh und dumpf. Das Handy vibriert. Ein vertrauter Name auf dem Display: **Maren Putz**. Sie ruft an, obwohl er oft nicht weiß, warum. Viel-leicht weil sie nicht anders kann, weil sie ihm nicht beim Versinken zusehen mag. Er nimmt ab, legt eine Hand schützend um den Hörer, um dem Wind die Worte nicht zu überlassen.

„Ja?" Rau, kurz.
„Wo bist du?" Ihre Stimme ist ruhig, weich, als taste sie im Dunkeln nach ihm.
„Draußen" sagt er. „Am Deich."

2

„Es wird kalt", murmelt sie. Eine Feststellung, kein Vorwurf. „Geh nach Hause, Michael. Irgendwohin, wo du nicht erfrierst."

Er schweigt. Was soll er sagen? Dass er keinen Ort kennt, an dem es wirklich warm wäre?

„Hörst du?", fragt sie leise.

„Ja."

Der Wind kratzt an ihm, reißt an seiner Jacke. Die Möwen schreien, dunkle Punkte im dämmernden Himmel. Er denkt an die Wohnung, in der er gerade noch wohnt, leer und still. Er sieht kein Licht darin, nur Wände, die ihn anstarren wie Zeugen einer gescheiterten Geschichte.

„Bitte", sagt Maren, und in diesem einen Wort liegt mehr Wärme, als er verkraften kann. „Geh rein. Schau zu, dass du nicht da draußen verkommst."

Er schaut hinaus aufs Meer, eine graue Fläche ohne Halt. Dann blickt er zurück, Richtung Dorf, Richtung Straßenlaternen, Richtung Menschen, die hinter Fenstern sitzen und Tee trinken. Er presst die Zähne aufeinander, drückt das Handy fester ans Ohr.

„Ich geh jetzt", sagt er schließlich. Er klingt müde, klamm, aber es ist mehr als nichts.

Maren atmet leise, wahrscheinlich nickt sie, auch wenn er es nicht sehen kann. „Danke", flüstert sie. Dann: „Meld dich, wenn du zuhause bist."

„Mach ich."

Er beendet den Anruf, steckt das Handy weg. Schaut sich kurz um, als könnte er etwas zurücklassen, was längst verloren ist. Dann setzt er einen Fuß vor den anderen. Der Wind begleitet ihn, zerrt an seinen Schritten. Es ist ein Anfang, mehr nicht. Aber vielleicht reicht das für heute.

Er geht vom Deich weg, Richtung Straße. Hinter ihm bleiben Salz Luft, Schreie der Vögel und ein Meer aus Erinnerung, in dem er fast ertrinkt. Vor ihm liegt nur der Weg zurück in die Stille seiner Räume. Doch er geht – weil Marens Stimme ihn daran erinnert, dass er nicht völlig vergessen ist.

KAPITEL 1

Der Wind peitschte über das flache Land, schleifte an den knorrigen Bäumen, die sich an der Auffahrt zu Schloss Hoyerswort duckten. Ein breiter, grauer Himmel spannte sich über die kargen Felder, auf denen kaum noch etwas wuchs, außer hartnäckigem Gras, vom Salz der Nordsee gezeichnet. Schmale Gräben, schlammig und trüb, trennten die Äcker. In der Ferne erhob sich der Deich, ein stiller Verteidiger gegen die unruhigen Gezeiten, aber auch ein stummer Zeuge der Dinge, die geschahen, wenn der Tag zum Abend wurde. Hier draußen war alles karg, minimalistisch, ein raues Gemälde in gedeckten Farben.

Schloss Hoyerswort: Ein alter Adelssitz, ein mächtiges Steinhaus mit breitem Sockel, grau wie der Himmel, das Dach mit dunkelroten

Ziegeln gedeckt. Die Fenster tief in die Mauern eingelassen, die Balken im Inneren aus Eichenholz, knarrend und alt, als würden sie Geschichten flüstern. Ein Seitentrakt wies neuere Konstruktionen auf, modernisierter Anbau, eine kleine Cafeteria, ein Laden mit Krimskrams für Touristen, Postkarten, Miniaturleuchttürme aus Plastik. Benno Schepp hatte hier Geld investiert. Er hatte gehofft, diesen Ort zu neuem Leben zu erwecken. Doch jetzt, im frühen Abend, lag ein Schatten auf dem Gemäuer, als würde die Vergangenheit ihre Krallen in die Zukunft schlagen.

Benno stand im Innenhof. Hände in den Taschen seiner Jacke, blickte er an den Mauern hoch. Er war ein Mann um die vierzig, kräftig, kurze Haare, klare Augen. Er hatte sich als Restaurator versucht, als Gastwirt, als Veranstalter kultureller Events. Sein Traum: Schloss Hoyerswort als Magnet für Besucher, ein Ort, an dem Menschen die Geschichte spürten, wo Märkte, Konzerte und Lesungen das tote Land beleben würden. Doch diese letzten Tage hatten etwas verändert: Kleine, aber gezielte Diebstähle. Wenig Geld, ein historischer Dolch aus einer Vitrine, eine alte Karte aus dem Hauptraum. Nichts Großes, aber genug, um die Atmosphäre zu vergiften. Dazu ein paar Drohungen – Zettel, im Wind flatternd gefunden, mit kruden Botschaften, unklare Warnungen. Drohungen, die sich keiner erklären konnte.

Benno ging langsam zum großen Tor. Die Holztüren waren verzogen vom Wetter, doch wenn sie offenstanden, ließen sie den Blick hinaus auf die lange Auffahrt frei, hin zum Dorf, wo ein paar Häuser kauerten. Heute waren die Türen geschlossen, verriegelt. Er hörte den Wind durch die Ritzen pfeifen. Drinnen im Schloss war es still, als hätte jemand die Luft angehalten. Er wollte nicht, dass seine Familie Angst hatte. Er wollte ihnen Sicherheit geben. Doch diese Vorfälle brannten in ihm wie kleine Geschwüre.

Anne Schepp kam den langen Flur entlang, leise Schritte auf dem kalten Steinboden. Ihre Hände umfassten einen Schal, den sie gerade gefaltet hatte. Eine Frau mit schmalen Schultern, ruhigen Augen, ein Gesicht, in dem die Sorge Linien zog. Sie blieb vor Benno stehen, musterte ihn.

„Du hast wieder nichts erfahren?" Ihre Stimme war gedämpft, als fürchte sie, jemand könne zuhören.

Er schüttelte den Kopf. „Nichts." Knapp, hart. Er war müde, wollte nicht herumreden.

Anne biss sich auf die Lippe. Sie hatte weiche Gesichtszüge, aber ihre Augen waren wachsam. „Es war niemand im Laden außer Frau Mundt. Sie hat nichts gesehen."

Benno knirschte mit den Zähnen. Frau Mundt, die Aushilfskraft, ein redseliges Dorforiginal, ihr entging normalerweise nichts. Trotzdem: Keine Spur, keine Erklärung. „Dann eben später." Seine Stimme klang wie altes Holz, spröde.

Anne legte ihm eine Hand auf den Arm. Er spürte ihre Kälte, den dünnen Stoff zwischen ihnen. „Die Drohungen... glaubst du, sie meinen es ernst?"

Er zuckte die Achseln, ohne Antwort. Er wusste es nicht. Vielleicht war es nur ein schlechter Scherz, jemand, der das touristische Projekt torpedieren wollte. Vielleicht war es mehr. Er sah Anne an, dann richtete er den Blick die Treppe hinauf, wo im Halbdunkel die Ölgemälde hingen. Alte Herrschaften mit ernsten Blicken. Unnahbar. Er sagte nichts, aber seine Kiefermuskeln spannten sich.

Sinja stand auf der Galerie. Ein kleines Mädchen, kaum acht Jahre alt. Still und blass, die Haare hell, fast weiß, ihr Blick wach und neugierig. Sie klammerte sich an das hölzerne Geländer, sah nach unten zu ihren Eltern. Sie spürte die Spannung, auch wenn niemand es aussprach. Sinja kannte diese dichte Luft, das Schweigen, das nicht richtig passte. Sie fragte nicht, hörte nur zu, merkte sich Details.

Anne sah sie oben stehen. Eine kleine Geste mit der Hand. „Komm runter, es gibt Tee." Sinja machte keine Miene, blieb stehen, beobachtete. Benno hob den Kopf, seine Stimme war rau, aber nicht unfreundlich. „Sinja, hör auf Mama."

Das Mädchen stieg langsam die Stufen hinab. Jede Stufe knarrte, alt und widerspenstig. Der Wind draußen klopfte an die Mauern, murmelte hinter den Fenstern. Im Treppenhaus roch es nach altem Holz und Feuchtigkeit.

Unten angekommen, blickte Sinja ihren Vater an. „Ist was passiert?" Ihre Stimme war leise, ein hauchdünner Faden. Sie wusste, dass etwas nicht stimmte, auch wenn man sie schonte.

Benno zog die Brauen zusammen, suchte nach Worten, die nicht lügen und nicht erschrecken. „Nur... ein paar Dinge fehlen. Kein Grund zur Sorge."

Sinja nickte, als hätte sie eine belanglose Antwort erwartet. Doch ihr Blick blieb fragend, als würde sie in seinen Augen nach einer Wahrheit suchen, die er nicht aussprechen wollte.

Anne brach das Schweigen: „Tee ist fertig. Kommt." Sie drehte sich um, ging voraus, führte sie in einen Raum, der einst eine kleine Schreibstube gewesen war, jetzt als provisorische Küche diente. Ein runder Holztisch, ein paar Stühle, ein alter Sekretär in der Ecke. Es roch nach Schwarztee und ein wenig nach Staub. Die Wände waren kahl, nur ein kleines Fenster ließ den Abend herein.

Benno setzte sich. Seine Finger klopften unruhig auf die Tischplatte. Er sah, wie Anne die Teekanne neigte, dampfende Ströme in die Tassen. Sinja rutschte auf ihrem Stuhl hin und her.

Draußen schlug eine Böe gegen die Scheibe, ließ sie erzittern.

„Benno, wir müssen überlegen, was wir tun", sagte Anne leise. Sie hatte die Stimme gesenkt, als ob das Schloss selbst nicht zu viel erfahren sollte. „Du wolltest doch mit dem Bürgermeister reden."

Er nickte, verbissen. Der Bürgermeister war skeptisch gewesen, was die ganzen Tourismusträume anging, aber jetzt musste er helfen. Er musste Maßnahmen ergreifen. Ein paar Diebstähle, heimliche Drohungen – so etwas würde Gäste vertreiben, Gerüchte säen. Das Schloss sollte doch eine Brücke sein, ein Ort, der das Dorf belebt, nicht eine Bühne für Kriminelle.

Sinja schlürfte ihren Tee. „Vielleicht sind es Gespenster", murmelte sie. Ein Kindersatz, aber in dieser stillen, drückenden Atmosphäre klang es wie eine Ahnung. Anne schüttelte den Kopf. „Nein, Schatz. Keine Gespenster."

Benno schwieg. Er dachte an die Zettel. Grobe Schrift, unleserlich. Worte wie: „Bleibt weg. Verschwindet. Ihr gehört hier nicht her." Drohungen, verwischt von Regen, gefunden am Morgen. Keine Unterschrift, keine Spur. Er blickte auf seine Tasse, sah sein eigenes Spiegelbild im braunen Tee. Er war wütend, aber die Wut verhallte in der Stille, wurde zu dumpfer Sorge.

Er stand auf, schob den Stuhl zurück. Anne hob den Blick, fragend. „Wohin?"

„Raus. Ich schau mich um."

„Es ist dunkel." Ihre Stimme angespannt. „Was willst du sehen?"

Er antwortete nicht. Er musste sich bewegen, den Ort abtasten. Vielleicht gab es Spuren an den Fenstern, am Tor, Fußabdrücke im Matsch, irgendetwas. Vielleicht würde der Wind ihm ein Flüstern zutragen, ein Hinweis. Er verließ die Küche, trat durch den Flur, öffnete eine Seitentür, die in einen kleinen Innenhof führte.

Der Hof war gepflastert, in der Mitte ein Brunnen ohne Wasser. Alte Werkzeuge lehnten an der Wand, Bretter, ein Eimer, ein Besen. Der Wind griff nach seinem Gesicht, ließ ihm kaum Luft. Er kniff die Augen zusammen, ging zum Tor. Riegel, Schloss, alles verschlossen. Er lauschte, hörte nur das Dröhnen des Windes und fern das Summen der See.

Er trat um das Schloss herum, an den Mauern entlang, vorbei an einem schmalen Fenster, das in den Lagerraum des Ladens führte. Dort fehlten die gestohlenen Stücke. Vielleicht hatte der Täter hier ein- und ausgehen können. Er beugte sich vor, sah nichts als Schwärze, spürte einen modrigen Geruch. Er trat zurück, verfluchte die Dunkelheit.

Hinter einer Mauerecke peitschte der Wind ihm Sprühregen ins Gesicht. Er schob die Hand vors Gesicht, stieß mit dem Fuß gegen etwas Hartes. Ein kleiner Stein, dachte er. Er bückte sich, griff danach. Es war ein abgebrochener Griff, Metall, verbogen. Keine Ahnung, woher. Vielleicht von einem Werkzeug, vielleicht ein Teil von etwas Größerem. Er steckte es in die Jackentasche. Ein Indiz? Oder bloß Müll?

Benno ging weiter, überquerte den schmalen Hof zum Nebentrakt, in dem der kleine Laden untergebracht war. Die Tür war verschlossen. Er zog mit zwei Fingern daran, kein Nachgeben. Er sah hoch. Ein Fenster im ersten Stock stand einen Spalt offen. Da hatte er es: Jemand könnte in der Nacht eingestiegen sein. Ein schlanker Körper, ein leises Heben und Senken. Aber kein Schuhabdruck, nur kalter Wind und das Flattern eines Stofffetzens am Fensterbrett – ein Stück grauer Stoff, abgerissen, in einen winzigen Splitter von Holz verfangen. Er griff danach, zog es herunter, betrachtete es im Schein seiner Taschenlampe. Grobes Material, vielleicht von einer alten Jacke. Er presste die Lippen aufeinander. Hinweise, aber kein Täter.

Ein Schlurfen, ein Knistern. Er fuhr herum, die Taschenlampe in die Dunkelheit. Nichts, nur ein klappernder Ast, vom Sturm gegen die Wand geschleudert. Er spürte, wie sein Herz in seiner Brust klopfte. Das Schloss war alt, es kannte Schatten und Geheimnisse. Er kam sich vor wie ein Eindringling in seiner eigenen Welt. Früher war hier Ruhe gewesen, jetzt lastete eine ungreifbare Bedrohung auf den Mauern.

Er kehrte ins Innere zurück, schüttelte die Feuchtigkeit von der Jacke. Anne und Sinja warteten am Tisch, beide hatten leere Blicke. Er hängte die Jacke an einen Haken, zog den metallenen Griff aus der Tasche, legte ihn auf den Tisch. „Gefunden draußen", sagte er, knapp.

Anne betrachtete das Teil. „Was ist das?"

„Weiß nicht." Er zuckte die Achseln. „Aber es gehört nicht hierher."

Sinja sah mit großen Augen auf das Metallstück. Sie sagte nichts, aber in ihrem Blick lag etwas wie Vorsicht, als spürte sie, dass dieses Stück Metall ein Zahnrad in einem großen, dunklen Getriebe war.

Benno setzte sich, verschränkte die Arme. „Ich rede morgen mit dem Bürgermeister", sagte er. „Das darf so nicht weitergehen."

Anne nickte. „Gut. Vielleicht braucht ihr Hilfe. Jemand, der sich auskennt." Ihre Stimme war leise, sie nagte an ihren Worten. Sie wollte ihn nicht drängen, aber er spürte ihre Absicht. Jemanden holen, der Ordnung schafft, der Fragen stellt. Einen, der zwischen den Zeilen liest.

Benno senkte den Blick. Er wollte nicht aufgeben, nicht schon jetzt. Dieses Schloss war sein Projekt, seine Vision von Zukunft. Aber dieser Wind, diese Dunkelheit, diese drohenden Zettel – sie nagten an seinem Mut. Er hörte in Gedanken die Stimmen der Dorfbewohner: „Das ist vergeblich, lass es, hier heroben will keiner hin." Doch er hatte es versucht. Jetzt musste er handeln.

Sinja rutschte vom Stuhl. „Ich geh schlafen", sagte sie leise. Anne stand auf, brachte sie zur Treppe. Benno blieb allein am Tisch sitzen. Er beugte sich vor, stützte die Ellbogen auf die Platte, ließ die Stirn in die Hände sinken. Der Wind wehte draußen, zerrte an den Mauern. Ein tiefes Grollen kam von der See, oder vielleicht war es nur sein eigenes Blut, das in den Ohren klang.

Er würde handeln, Hilfe suchen. Das Schloss durfte nicht zum Opfer werden. Er musste einen Weg finden, die Diebe zu entlarven, die Drohungen zu ersticken. Morgen, ja, morgen würde er anfangen, die Fäden in der Hand zu halten. Doch jetzt, in dieser Nacht, saß er hier, allein, in einem alten Schloss, umgeben von Dunkelheit und Fragen, die auf Antworten warteten wie Raubvögel auf Aas.

Teil 2

Der Wind pfiff über den Deich, heulte durch das Nichts zwischen Meer und Land, schleifte an den Dächern der verstreuten Gehöfte. Es war später Abend. Dichte Wolken, aschgrau, hingen tief, als würde die Welt in ihrem eigenen Ruß ersticken.

Kropka trat aus seinem Wagen, schloss die Tür sanft, lauschte dem Klicken des Schlosses, dem Pfeifen der Böen. Der Wind drückte auf seine Brust, als wolle er ihn zurück ins Auto zwingen. Er ignorierte es. Er hatte weitaus Stärkeres überlebt.

Vor ihm: Schloss Hoyerswort. Aufblitzende Fenster, ein langer Bau mit knorrigem Dach, ein Ort aus Stein und alten Geschichten. In den Mauern schwelte etwas, ein Unbehagen, so alt wie der Putz, der bröckelte. Kropka roch feuchte Erde, modrigen Grund. Keine Touristen, keine bunten Lampen, keine beruhigenden Zeichen von Erfolg. Nur das Mahlen des Windes und das Geräusch seiner Schritte auf dem Kies.

Er trat an das große Tor, fand es nur angelehnt, die Riegel nicht ganz zu. Misstrauisch. Wer ließ ein Schloss halboffen in so einer Nacht? Er drückte es auf, spähte hinein. Ein Innenhof, dunkel, von alten Mauern umstellt. Der Schein einer schwachen Außenlampe schmierte fahle Streifen auf den Boden. Ein Schatten bewegte sich, dann eine Gestalt, die hastig näherkam. Ein Mann, um die vierzig, kräftig, nervöse Augen.

„Sie sind Kropka?“ Die Stimme war gedämpft, als wolle sie nicht zu viel verraten.

Kropka nickte, trat einen Schritt näher. „Sie Schepp?“ Er sparte sich Höflichkeiten. Der Wind wehte ein paar dürre Halme vor ihnen her, ließ sie tanzen.

Benno Schepp, der Mann, der ihn angefordert hatte, nickte. „Danke, dass Sie gekommen sind." Kurze Pause. „Hier ist es... schwierig."

Kropka zog die Brauen zusammen, ließ den Blick durch den Hof wandern. Sie hatten telefoniert, kurz, ohne Umschweife. Schepp brauchte einen, der hinschaute, wo andere wegsahen. Kropka hatte nichts mehr zu verlieren. „Zeigen Sie mir", sagte er knapp.

Benno führte ihn durch eine Seitenpforte ins Innere. Ein flacher Flur, Steinboden, niedrige Decke. Es roch nach Tee, nach altem Holz. Kropka spürte ein Vibrieren in der Luft, als läge etwas Unausgesprochenes zwischen den Wänden. Er hörte gedämpfte Stimmen aus einem anderen Raum, ein Klicken von Porzellan. Wahrscheinlich die Familie, wach, verunsichert.

„Einige Dinge sind verschwunden", sagte Benno, über die Schulter. „Wertloser Kram, aber wichtig für uns. Und Nachrichten... Drohungen." Er klang atemlos, als habe er diese Sätze schon zu oft wiederholt, immer an jemand, der nicht zuhören wollte.

Kropka schwieg, ließ Schepp reden. Er sah an den Wänden Bilder, historische Ansichten des Schlosses, Landkarten, leere Nägel, wo etwas entfernt worden war. Er zog eine Augenbraue hoch, tippte mit dem Finger auf einen fehlenden

Gegenstand, ein heller Rechteckschatten auf der Tapete. „Hier was weg?"

Benno nickte. „Karte aus dem 18. Jahrhundert. Kaum Wert für Händler, aber für uns... ein Stück Geschichte."

„Jemand will Sie treffen, wo's wehtut." Kropkas Stimme war flach. Keine Frage, eher eine Feststellung. Er wusste, dass man mit wertlosen Dingen, die Emotionen tragen, mehr zerstören kann als mit schnellem Diebstahl von Cash.

Benno biss sich auf die Lippe. „Ja. Genau. Und diese Zettel..." Er zog ein zusammengefaltetes Papier aus der Tasche. Unscharfe Worte, ruppige Buchstaben, halb verschmiert. „,Verschwindet,' steht drauf. ,Das ist nicht euer Ort.'"

Kropka nahm das Papier, strich es glatt, roch daran. Feucht, erdig, Tinte, kein besonderer Duft. Er schnaubte. „Unprofessionell. Lauft ihr irgendeinem Verrückten über den Weg? Dorfbewohner?"

Benno rieb sich die Schläfe. „Ich weiß es nicht. Vielleicht wollen sie das Projekt verhindern. Wir wollten hier Konzerte, Ausstellungen, den Ort beleben. Es gab Widerstand. Aber wer wird schon so persönlich?"

Kropka zuckte mit den Schultern, bedeutete ihm, weiterzugehen. Sie erreichten einen Raum mit einem Tisch, drei Stühlen. Auf dem Tisch lag ein merkwürdiges Metallstück. Kropka trat näher, hob es an, drehte es im Licht. Ein Griff, oder ein Bruchstück davon. „Woher?"

Benno verschränkte die Arme. „Fand ich draußen, nach einem der Diebstähle. Vielleicht ein Werkzeug. Keine Ahnung."

„Sah jemand Fremde? Spuren?" Kropka hielt das Metall zwischen Daumen und Zeigefinger, als sei es ein Insekt, das er sezieren wollte.

Benno schüttelte langsam den Kopf. „Wir sind allein. Ein paar Dorfleute kommen tagsüber. Niemand fällt auf." Seine Stimme klang dünn, als würde er selbst nicht glauben, was er sagte.

Kropka ließ das Teil fallen. Ein leises Klirren. Er ging zum Fenster, sah hinaus auf den Hof. Der Himmel war dunkler geworden, fast schwarz. „Der Täter kennt den Ort. Weiß, wie man reinkommt, ohne Lärm." Er sprach langsam, ließ den Wind die Stille füllen. „Jemand, der Nähe hat."

Benno trat hinter ihn, ein paar Schritte Abstand. „Wir sind neu hier. Nicht viele Freunde. Aber Feinde?" Er zögerte, drehte sich um, als höre er Schritte im Flur.

Kropka registrierte das. „Familie?"

„Meine Frau Anne, meine Tochter Sinja und unser Hund Rowdy. Beide verängstigt. Sie haben keine Antworten. Nur Fragen." Bennos Stimme klang kratzig, ein Mann, der etwas aufhalten will, was er nicht versteht.

Kropka wandte sich um. „Ich möchte mit ihnen sprechen. Sehen, wie sie leben. Vielleicht erkenne ich etwas." Er klang hart, aber nicht unfreundlich. Nur zweckmäßig.

Benno nahm einen tiefen Atemzug, als müsse er sich dazu zwingen. „Okay." Dann ein Nicken. „Aber behutsam, ja? Meine Tochter ist noch klein."

Keine Reaktion von Kropka. Er wusste, was er tun musste: Beobachten, lauschen, Löcher in die Oberflächen bohren, bis der Eiter herauskam. Er war müde, innerlich leer, doch das war sein Job – die Dunkelheit absuchen, Hinweise auf menschlichen Zerfall finden. Und er war gut darin, selbst jetzt noch.

„Ist noch was passiert? Irgendwas, das Sie verschweigen?" Kropkas Stimme war leise, als hätte er Angst, die Mauern könnten antworten.

Benno schluckte. „Einmal... hörten wir nachts Schritte. Ganz oben, im alten Dachstuhl, wo sonst niemand hingeht." Er zögerte. „Ich war zu feige nachzusehen."

Kropka blinzelte, das Gesicht unbewegt. „Feige nicht. Vorsichtig." Er kannte das Gefühl, wenn Schritte in der Dunkelheit die Nerven spannen. „Ich schau's mir an. Später."

Benno befeuchtete die Lippen. „Danke." Ein einfaches Wort, aber er klang, als hinge sein letzter Rest Hoffnung daran.

Kropka ließ den Blick an der Decke entlangwandern. Alte Holzbalken, Spinnweben, Schatten. Der Wind draußen klopfte an die Scheiben, als wolle er sie herausbrechen. „Sie wollen diese Tourismusnummer groß aufziehen, hab ich gehört. Konzerte, Lesungen, der ganze Kram. Warum?" Seine Stimme klang skeptisch, fast zynisch.

Benno wischte sich mit dem Handrücken über die Stirn. „Weil hier sonst nichts ist. Das Land stirbt, die Leute gehen. Wir wollten Leben reinbringen, Kultur." Ein Funke Idealismus blitzte in seinen Augen, bevor er flackerte.

Kropka nickte mechanisch. Er verstand das Konzept. Ein toter Ort, eine neue Idee, die alte Mächte weckt. Was für ihn zählte, waren Motive. Neid, Angst, Wut auf Veränderungen. Das Dorf gegen den Fremden. Oder war es persönlicher?

Er trat näher zu Benno, ließ seine Präsenz wirken. „Ich bleibe, seh mich um." Ein Satz, der ein Zugeständnis war. Er würde diese Sache ernst nehmen. Nicht aus Leidenschaft, sondern weil er gerade hier war, weil er gebraucht wurde, weil er vielleicht so wieder einen Sinn fand.

Bennos Augen wurden schmal. „Was brauchen Sie?"

Kropka überlegte kurz. „Ein Zimmer, Ruhe, alle Informationen, die Sie haben." Er runzelte die Stirn. „Ich rede morgen mit dem Bürgermeister. Und ich sehe mir Ihre Spuren an. Jede Ecke. Verstanden?"

Benno nickte. „Ja. Sie kriegen, was Sie brauchen."

Kropka spürte die Risse in Bennos Fassade: Hinter der Vernunft lag Nervosität, Hoffnung, Angst. Ein Mann, der sein Lebenswerk in Gefahr sah. Kropka kannte solche Blicke. Früher hatte er versucht, Menschen aufzubauen. Jetzt hatte er nicht mehr viel übrig – außer einer sachlichen Distanz, die ihm half, die Dinge klar zu sehen.

„Dann fangen wir an." Kropka setzte sich auf den nächstbesten Stuhl, verschränkte die Arme. „Erzählen Sie nochmal. Langsam, Punkt für Punkt. Kein Detail vergessen." Seine Stimme flach, fast kalt.

Benno atmete aus, setzte sich ebenfalls, beugte sich vor, die Hände umklammern seine Knie. Er würde reden, alles geben. Er brauchte einen Retter, einen Mann mit scharfen Augen und taubem Herz, der die Schatten ausleuchten konnte.

Draußen heulte der Wind, schlug gegen die Mauern. Drinnen begannen zwei Männer, Fäden zu ziehen, ein Gespinst aus Hinweisen, Motiven und Verdächtigungen. Kein Raum für Wärme, nur die Erwartung, etwas würden sie finden, bevor noch mehr Schatten über dieses alte Gemäuer krochen.

Teil 3

Der Wind zerrte an den Fensterläden, ließ sie klappern wie lose Zähne im gierigen Maul der Nacht. Irgendwo draußen schrie eine Möwe, ein heiserer Laut, dann Stille, nur das beständige Pfeifen der Böen über die kargen Felder. Das Schloss Hoyerswort lag da wie ein störrischer Felsklotz inmitten einer Welt aus Grau und Salz. Kropka stand im Flur, die Hände in den Taschen, blickte auf das grobe Mauerwerk, das fahle Licht einer Flurlampe. Er dachte an die verlorenen Dinge, an die Zettel, an die Angst in Bennos Augen. Er dachte an seine eigene Leere, an die Dinge, die er längst nicht mehr hatte.

Benno führte ihn in die privaten Räume. Kein Prunk, eher pragmatisch eingerichtete Zimmer. Ein Korridor, der in eine Art Wohnzimmer mündete, niedrige Decke, Dielenboden, ein paar Möbelstücke, Bücherregal, eine Stehlampe mit verblichenem Schirm. Annes Reich, wie Kropka vermutete. Sie saß auf einem Stuhl, die Beine eng aneinander, Sinja auf der Couch. Beide schauten auf, als Benno und Kropka eintraten.

Anne wirkte erschöpft, dünne Schatten unter den Augen. Ihr Blick huschte zu Sinja, zurück zu den Männern. Sinja hielt ein Kissen umklammert, als wäre es ein Schutzschild gegen etwas Unsichtbares. Kropka sagte nichts, ließ den Raum wirken. Er roch abgestandene Luft, hörte das

Rumpeln des Windes in den Dachbalken. Hier gab es kein Lachen, nur gedämpfte Sorge.

Benno räusperte sich. „Das ist Herr Kropka. Er hilft uns." Er sprach leise, als wollte er die Wände nicht wecken.

Anne nickte kaum merklich. Sinja blinzelte, ihre Augen groß und wach, aber wortlos. Kropka trat ein paar Schritte näher, blickte auf einen kleinen Sekretär. Die Schubladen offen, Papier durcheinander. „Wurde hier was gestohlen?" fragte er knapp.

Anne fasste sich an den Hals, ihr Atem war flach. „Ein Schmuckstück", sagte sie leise. „Kleiner silberner Anhänger. Er gehörte meiner Großmutter. Wertlos, aber... wichtig." Ihre Stimme brach fast.

Kropka schlenderte zum Regal, musterte die leergeräumten Stellen. „Und sonst?" Er drehte sich halb, fixierte Benno.

Benno trat neben Anne, legte eine Hand auf ihre Schulter. „Ein alter Dolch aus einem der Ausstellungsräume, ein paar historische Briefe, die Karte... Und dieser Anhänger." Er klang bitter, als wolle er jedes Wort ausspucken. „Keine klaren Muster. Alles Kleinkram. Aber es trifft uns ins Herz."

Kropka nickte langsam. Er verstand: Der Täter zielte auf ihre Geschichte, ihre Identität. Nichts, was man einfach ersetzen konnte. Er ging zur Couch, blieb davorstehen, eine Armlänge entfernt. Sinja kauerte da, mit großen Augen. „Du hast was gesehen?" fragte er. Ruhig, aber nicht weich. Sie war ein Kind, ja, aber er brauchte jede Faser an Information.

Sinja nagte an ihrer Unterlippe, löste den Blick nicht von ihm. Dann ein zaghaftes Kopfschütteln. „Nur gehört. Manchmal Schritte." Ihre Stimme klang dünn, fast übertönt vom Rauschen des Winds draußen. Kropka bemerkte, wie Annes Hand sich um Sinjas Arm legte, Schutzgeste. Er wollte nicht drücken. Ein Kind brauchte keine brutalen Fragen.

„Okay", sagte er leise. Er wandte sich ab, ging zum Fenster, schob den Vorhang ein Stück beiseite. Der Innenhof lag im Dunkeln, ein paar Blätter wirbelten über den Kies. „Diese Drohungen... tauchen die irgendwo gezielt auf?"

Benno ballte die Hände zu Fäusten. „Meistens morgens. Ein Zettel am Tor, an der Tür, einmal direkt auf der Fensterbank unseres Schlafzimmers." Er schluckte hart. „Sie wollen uns Angst machen. Sie schaffen es."

Anne schloss die Augen, rieb sich die Stirn. Sinja drückte das Kissen fester. Kropka verstand die Dynamik: Ein Vater, der nicht versagen will, eine Mutter, die ihre Tochter schützen muss, ein Kind, das mehr spürt, als es begreift. Und draußen ein

Unbekannter, der mit kleinen Nadelstichen ihr Leben verletzt.

Er musterte Benno. „Ihr Projekt... irgendwem auf die Füße getreten? Geld, alte Rechnungen?" Die Worte kamen staccatoartig, als wäre jedes ein Hieb.

Benno lockerte die Fäuste. „Ich weiß es nicht. Manche im Dorf mögen uns nicht. Sie wollen kein Schloss als Attraktion, keine Fremden, kein Trara. Sie wollen Ruhe, Tradition. Aber Drohungen? Diebstahl? Das ist mehr als nur Unmut."

Anne hob den Kopf, ihre Stimme zitterte leicht. „Jemand sagte uns mal, wir sollen verschwinden. Dass wir hier nicht hingehören. Doch wer? Jeder lächelt freundlich, wenn wir sie fragen." Sie lachte bitter, ein tonloses Geräusch. „Hinterhältig, im Dunkeln."

Kropka trat einen Schritt zurück, lehnte sich an die Wand. „Macht ihr die Türen über Nacht zu?" Eine banale Frage, aber wichtig.

Benno nickte. „Alles verriegelt. Trotzdem finden wir morgens Spuren, geöffnete Fenster, fehlende Dinge." Sein Kiefer mahlte. „Als würde jemand durch Wände gehen."

Kropka schnaubte leise. „Niemand geht durch Wände. Jemand kennt dieses Schloss. Jemand ist nahe dran." Er sah wieder zu Sinja. Das

Mädchen presste ihre Lippen aufeinander, zeigte keine Regung. Er hoffte, sie würde nichts Traumatisches sehen müssen.

Ein Geräusch: Ein Kratzen am Fenster oder nur der Wind? Anne zuckte zusammen, Sinja schreckte hoch. Benno wirbelte herum, starrte ins Dunkel. Kropka blieb still, lauschte. Nichts mehr, nur der Wind. Aber in dieser Stille lag etwas Schweres, ein Magenkrampf aus Angst.

„Ich möchte den Ort besser kennen", sagte Kropka knapp. „Alle Räume, Gänge, versteckte Türen. Gibt es alte Fluchtwege, Geheimgänge? Historische Burgen haben sowas."

Benno zögerte, dann schüttelte er den Kopf. „Nicht, dass ich wüsste. Wir haben Pläne gewälzt, aber nichts gefunden. Nur dunkle Keller, Dachböden voller Gerümpel. Keine geheimen Tunnel."

Kropka nickte. Er glaubte ihm. Trotzdem würde er selbst nachsehen.

Anne rieb sich die Hände, als hätte sie kalte Finger. „Was werden Sie tun?"

Kropka sah sie an, ruhig, ohne viel Mimik. „Untersuchen. Reden. Fallen stellen. Wenn es sein muss, nachts Wache halten. Ich find den Bastard." Klare Worte, ohne Trost, aber mit Entschlossenheit.

Benno atmete durch, als wollte er danken, brachte aber kein Wort heraus. Seine Frau senkte den Blick. Sinja schaute Kropka an, als würde sie in seinem Gesicht nach einer Antwort suchen, die er ihr nicht geben konnte.

Sie hörten Schritte im Flur. Eine Gestalt in Dunkelheit, dann ein leises Klopfen an der Tür. Benno ging hin, öffnete. Frau Mundt, die Aushilfskraft. Eine hagere Frau, Mitte fünfzig, wettergegerbtes Gesicht, enge Lippen. „Entschuldigen Sie", sagte sie. Ihre Stimme war flach, ein harter Ton wie Kies unter Reifen. „Ich wollte... ich bin fertig für heute, gehe nach Hause."

Benno nickte, abwesend. „Gut. Danke." Keine weiteren Worte. Frau Mundt warf einen flüchtigen Blick auf Kropka, musterte ihn mit dem Misstrauen einer Einheimischen, die Fremdes wittert. Dann verschwand sie im Flur. Ihre Schritte verhallten.

Kropka zog die Brauen zusammen. „Was hält sie von Ihnen?" fragte er knapp.

Benno hob die Schultern. „Sie redet wenig. Macht ihre Arbeit. Verdächtig ist sie nicht."

Kropka behielt seine Zweifel für sich. Wer weiß schon, wer verdächtig war. Schweigen kann Tarnung sein.

Er ging zur Tür. „Ich sehe mich um. Innenhof, Lagerraum, Dachboden. Irgendwo muss es Spuren geben." Er warf einen langen Blick auf Anne und Sinja. „Sie sollten schlafen. Tür abschließen."

Anne nickte langsam, Sinja drückte immer noch das Kissen. Benno wollte etwas sagen, hielt aber den Mund. Kropka verstand: Der Mann war am Ende seiner Nerven, wusste nicht, welche Worte noch Sinn hatten.

Er verließ den Raum, ging durch den Flur, der Wind hörbar hinter den Fenstern. Er durchquerte einen seitlichen Gang, fand eine Treppe. Spinnweben, staubige Ecken, unregelmäßige Schritte auf altem Holz. Er fand einen kleinen Abstellraum, altmodische Requisiten, Kisten mit Papieren, Dokumenten über das Schloss. Er wühlte kurz, sah nach Spuren von Fremden. Nichts Auffälliges, nur Modergeruch. Weiter.

Im Innenhof raste der Wind, warf kleine Steinchen umher. Kropka trat hinaus, zog die Jacke enger. Er spähte zur Mauer, zum Tor, ließ den Lichtkegel seiner Taschenlampe über die Pflastersteine wandern. Er kniete sich hin, suchte nach Fußabdrücken, Fetzen von Stoff, abgebrochenem Holz. Gestern schon hatte Benno ein Metallstück gefunden. Heute? Nichts Neues. Aber er hörte etwas – ein Schaben, als reibe Metall an Stein. Oder spielte sein Kopf ihm einen Streich?

Er leuchtete zur Wand hinüber. Nichts. Nur feuchte Steine. Dann schien ein Schatten sich zu bewegen, doch es war nur der Flackerschatten seiner Lampe. Kropka fluchte leise, richtete sich auf. Der Wind drückte auf seine Lunge, er schmeckte Salz auf den Lippen, als hätte er ins Meerwasser gebissen.

Zurück ins Schloss, Schritt für Schritt. Im Flur hörte er einen dumpfen Schlag. Er beschleunigte den Schritt, kam um eine Ecke. Auf dem Boden: Ein weiterer Zettel. Er bückte sich, hob ihn auf. Papier dünn wie alte Haut, Tinte verwischt, doch die Worte waren lesbar: „Haut ab oder wir nehmen mehr. Viel mehr."

Kropka starrte darauf, spürte eine kalte Wut in seiner Brust. Es war nur ein Stück Papier, aber die Botschaft war klar: Die Täter spielten ein Spiel, zeigten, dass sie nahe dran waren. Sie konnten jederzeit zuschlagen, nicht nur Dinge stehlen, sondern womöglich... mehr. Er dachte an Sinja, an die Angst in ihren Augen. An die zitternden Hände von Anne. Das hier war nicht nur eine Warnung, es war eine Kampfansage.

Er steckte den Zettel ein, eilte zurück zu Bennos Wohnräumen. Er klopfte hart an die Tür. Sekunden später öffnete Benno, erschrocken. „Was ist los?"

Kropka hielt ihm den Zettel vor die Nase. „Das lag eben da draußen. Eben erst hingelegt, sonst hätte ich's früher gesehen. Jemand war hier, jetzt."

Benno wurde kalkweiß, griff nach dem Zettel, las, fluchte. „Verdammte Schweine." Er sprach leise, bebend vor Zorn.

Anne trat hinter Benno, Sinja lugte am Türrahmen vorbei. „Was steht da?" fragte Anne mit dünner Stimme.

„Sie wollen mehr", sagte Kropka. „Klartext: Sie drohen euch. Nicht nur mit Kleinkram." Er hielt den Blick auf Anne, um ihre Reaktion zu sehen. Sie schluckte, ihre Augen wurden feucht. Sinja versteckte sich hinter ihrer Mutter, schloss die Augen.

Benno rieb sich durchs Haar, sah Kropka an. „Was... was tun wir jetzt?" Seine Worte klangen hohl, als wären sie durch einen langen Tunnel gedrungen.

Kropka trat näher. „Ich bleib die Nacht wach. Checke Fenster, Türen, gehe aufs Dach, wenn's sein muss. Ihr bleibt zusammen, Licht an, redet nicht laut über Pläne. Sie werden euch beobachten."

Anne nickte heftig, wie in Trance. Sinja kein Laut, nur großes Augenpaar im Halbschatten. Benno starrte auf den Zettel, als könnte er ihn mit purem Willen verbrennen.

„Morgen reden wir mit dem Bürgermeister", sagte Kropka mit fester Stimme. „Und mit ein paar anderen Leuten. Ich will wissen, wer hier einen Groll hegt."

Benno stimmte zu, ein abgehacktes „Ja".

Der Wind schlug gegen die Scheiben, ließ sie zittern. In der Ferne zischte die See, oder war es nur Einbildung? Kropka wusste, dass die Nacht lang werden würde. Er würde die Dunkelheit durchstreifen, nach Geräuschen lauschen, nichts dem Zufall überlassen. Das Schloss war ein Labyrinth aus Schatten, und jemand schlug in den Winkeln zu, unsichtbar, leise, skrupellos.

Er verließ den Raum wieder, ließ die Familie mit ihrer Angst allein. Vielleicht brauchte Benno jetzt einen Moment, um Anne und Sinja zu beruhigen. Kropka kannte die Hilflosigkeit. Die Feinde bleiben im Dunkeln, und jede Bewegung könnte ein Fehler sein.

Im Flur lehnte er sich an die Wand, atmete flach. Er dachte an seine eigene Vergangenheit, an Verluste, an Menschen, die er nicht retten konnte. Er ballte die Fäuste. Nicht wieder. Hier würde er es besser machen. Er war hergekommen, um Antworten zu finden, um Ordnung in dieses Chaos zu bringen. Er würde nicht zulassen, dass diese Schattenfamilie, wer auch immer sie war, das Schloss und seine Bewohner in den Abgrund zerrte.

Draußen schwirrte ein Krächzen, ein Laut, als würde ein Vogel gegen die Mauern schlagen. Kropka hörte es, rührte sich nicht. Die Nacht war noch jung. Er hatte Arbeit vor sich. Und es begann bereits, unter seiner Haut zu kribbeln, ein beklemmendes Gefühl, dass hier mehr auf dem

Spiel stand als ein paar historische Objekte. Hier ging es um Leben, um Wurzeln, um Territorium. Er war mitten in einem Revierkampf, in einem Landstrich, der sich dem Wandel widersetzte. Er würde es ans Licht zerren, Schritt für Schritt, egal, wie hart der Wind blies.

Teil 4

Der Himmel presste sich wie ein dunkler Stein auf die Welt. Wolkenschichten, grau und formlos, schoben sich gegeneinander, als würden sie die Küste ersticken. Der Wind schnitt scharf über den Deich, schleuderte Sandkörner und feine Kiesel gegen die Mauern von Schloss Hoyerswort. Kropka zog den Jackenkragen hoch, trat hinaus in den hinteren Teil des Anwesens, den Garten, der in einen kleinen Wald überging. Benno folgte ihm, die Schultern hochgezogen, nervöse Blicke in alle Richtungen.

Es war spät. Das Gras feucht, roch nach Moder und Salz. Ein paar verkümmerte Sträucher, ein krummer Apfelbaum, dessen letzte Früchte verschrumpelt in der Dunkelheit hingen. Dahinter ragten Bäume auf, schwarz, stumm, ein aufgereihtes Heer von Schatten, der Wald: ein Grenzland zwischen Zivilisation und etwas Uraltem, Unberechenbarem.

Kropka lief langsam, die Hände in den Taschen, den Blick wach. Er suchte nach Hinweisen. Fußspuren, abgerissene Stofffetzen, ein heruntergefallener Gegenstand. Irgendetwas, das ihm sagte, wer hier sein Unwesen trieb. Benno trat auf einen Ast, ein Knacken, er fluchte leise, nervös. Kropka ignorierte ihn. Er ließ den Lichtkegel seiner kleinen Taschenlampe über den Boden streichen.

„Warum gehen wir hier raus?" fragte Benno, die Stimme heiser.

„Die wollen euch Angst machen. Vielleicht kommen sie von hinten, aus dem Wald. Vielleicht haben sie hier etwas versteckt." Kropkas Stimme war knapp, als würde er mit sich selbst reden.

Benno nickte zögerlich, trat näher. Ein Geruch von feuchter Rinde, verwesenden Blättern, ein leises Rascheln in den Ästen. Keine Tiere, kein Vogelruf, als hätten sie alle den Atem angehalten.

Anne tauchte plötzlich am Rand des Gartens auf, Sinja an der Hand. Sie war blass, die Lippen schmal. „Michael... komm zurück, bitte." Ihre Stimme zitterte. „Wir haben etwas gefunden."

Kropka spürte, wie Bennos Nervosität umschlug in panische Neugier. „Was ist los?" fragte er.

Anne kam näher, Sinja klammerte sich an ihren Arm. Das Mädchen sagte kein Wort, sah Kropka mit großen, ängstlichen Augen an. „In der Küche... wir wollten Tee machen. Der Wasserkessel... irgendwas stimmt nicht." Annes Stimme war leise, fast verschluckt vom Wind. „Ein Pulver, weiß, am Boden des Kessels."

Benno straffte sich, wurde kreidebleich. „Vergiftung?" Sein Wort stach in die Nacht, als hätte er es selbst kaum geglaubt.

Anne nickte, ein winziges, verzweifeltes Nicken. „Ich habe es rechtzeitig bemerkt. Wir haben nicht davon getrunken. Aber... sie wollen uns nicht nur verjagen." Sie schluckte, ihre Augen glasig. „Sie wollen uns schaden. Vielleicht töten."

Sinja duckte sich hinter ihre Mutter, presste das Gesicht in den Stoff von Annes Jacke. Kropka knirschte die Zähne. Das hier war kein harmloser Einschüchterungsversuch mehr. Das war ein direkter Angriff, ein Schritt über die Grenze.

„Zeig es mir", sagte Kropka. Er klang ruhig, doch innerlich rumorte es. Gift. Das war kein harmloser Streich. Das war Krieg.

Anne deutete Richtung Schloss. Sie gingen schnell zurück, Benno knapp hinter Kropka, Sinja mit kleinen, hastigen Schritten, die sich an Annes Seite schmiegte, als könnte sie in ihr verschwinden. Der Wind versuchte, sie aufzuhalten, zerrte an den Haaren, pfiff in die Ohren, aber sie kämpften sich voran, zurück ins sichere Innere.

In der Küche brannte schwaches Licht. Eine einfache Einrichtung: ein Tisch, ein paar Schränke, ein Waschbecken, ein großer, gusseiserner Wasserkessel. Anne zeigte stumm darauf. Kropka trat näher, zog ein Taschentuch aus der Tasche, hob den Deckel an. Er leuchtete mit seiner Lampe hinein. Am Boden ein helles Pulver, klumpig, fremd. Keinerlei Grund, warum es da sein sollte.

Er roch daran, vorsichtig, aber hielt das Taschentuch zwischen Nase und Kessel. „Chemikalie", murmelte er. „Nicht normal." Er war kein Experte, aber Gift war Gift, es reichte ihm als Hinweis. „Jemand muss hier reingekommen sein, nachdem wir den letzten Rundgang gemacht haben." Er schloss den Deckel, versteckte seine Wut hinter sachlicher Kühle.

Benno fuhr sich durch die Haare, seine Hände zitterten. „Wie kommen sie hier rein, verdammt nochmal? Alles verriegelt. Wir sind wach, wir passen auf. Und trotzdem..." Seine Stimme brach. Er war ein Mann, der nicht versagen wollte, doch die Realität prügelte ihn in die Knie.

Kropka schaltete die Lampe aus, steckte sie weg. „Der Täter kennt diesen Ort besser als ihr. Vielleicht ein alter Zugang, ein Brett locker, ein Fenster, das nicht richtig schließt." Er sah Anne an. „Wer hatte zuletzt Zugang zur Küche, zum Wasser?"

Sie schluckte, dachte nach. „Wir alle. Frau Mundt war noch hier, hat geholfen. Aber sie ging früher nach Hause. Ich... weiß nicht."

Sinja zitterte am ganzen Körper, klammerte sich an ihre Mutter. Anne strich ihr über den Kopf. Eine Geste, sanft, aber hilflos.

34

Kropka trat zum Fenster, spähte in den dunklen Hof. „Ich muss hier jede Ecke kennen. Morgen ist nicht früh genug. Wir fangen jetzt an. Benno, komm mit." Sein Ton ließ keinen Widerspruch zu.

Benno nickte, starrte auf seine Hände, öffnete und schloss sie, als müsse er Kraft sammeln. Anne rührte sich nicht, hielt Sinja fest umschlungen. Kropka war klar: Diese Familie steht am Abgrund. Er musste verhindern, dass sie hineinstürzten.

Er führte Benno hinaus in den Hausflur, wieder in den hinteren Bereich. Ihr Atem dampfte in der kühlen Luft. Kropka leuchtete Wände, Decken, Böden ab, trat an jedes Fenster, rüttelte an Griffen. Er untersuchte Türen, die zur Vorratskammer führten, kellerartige Räume, in denen der Wind verzerrt klang, als hole er von außen Luft, um sie von innen anzuspucken.

Spuren: Ein paar feine Kratzer an einem Fensterrahmen, als habe jemand es aufgehebelt. Ein kleines Stück Stoff, grau und grob, an einem Balkennagel hängen geblieben. Kropka zog es ab, hielt es hoch. „Einer muss hier rein. Nicht nachts das erste Mal. Der kennt's schon, war vielleicht früher hier." Er sprach mehr zu sich selbst als zu Benno.

Benno trat näher, blinzelte, als würde er die Wahrheit nicht sehen wollen. „Ein Dorfbewohner?"

Kropka wandte sich um, schaltete die Lampe aus, die Augen im Halbdunkel anpassend. „Wahrscheinlich." Dann, beinahe ein Zischen: „Vielleicht mehr als einer. Das hier ist kein Einzeltäter, der zufällig Dinge klaut. Das ist ein gezielter Angriff. Auf euch, auf eure Pläne."

Benno schluckte hart, lehnte sich an die Wand. Sein Atem klang flach. Er hatte gehofft, einfach einen Idioten zu fassen, der Souvenirs klaute. Jetzt war es ein Vergiftungsversuch, ein brutales Spiel mit Leben und Tod.

„Ich werde den Bürgermeister einweihen", sagte Kropka leise. „Aber wir brauchen mehr. Beweise, Spuren, jemand, der redet. Morgen durchs Dorf. Fragen stellen. Das ist nicht nur ein Einbruch. Das ist ein Terrorakt."

Benno nickte stumm, kehrte den Blick nach unten, als schäme er sich für seine Hilflosigkeit.

Ein fernes Knarren lenkte Kropkas Aufmerksamkeit auf das hohe, schmale Fenster zum Garten. Der Wald dahinter wirkte jetzt wie ein schwarzer Schlund, die Bäume ineinander verflochten, kein Mondlicht, nur Finsternis. Er fragte sich, wer da draußen lauerte. Ob der Täter jetzt im Unterholz kauerte, lauschte, grinste.

Er machte ein paar Schritte zurück in den Flur, stieß die Tür zur Küche auf. Anne stand noch da, Sinja an ihrer Seite. Beide sahen ihn an, als erwarteten sie ein Wunder. Er schenkte ihnen nichts außer einem knappen Nicken. „Alles zu. Niemand geht allein raus", sagte er. „Ich bleibe bis zum Morgen, halte die Augen offen."

Anne verzog das Gesicht, bittere Resignation. Sinja schmiegte sich fester an ihre Mutter, und in ihrem Blick lag etwas, das Kropka traf wie ein Stich: die Ahnung, dass dieser Fremde, dieser Mann namens Kropka, vielleicht ihre einzige Hoffnung war.

Der Wind sprang gegen die Scheibe, ein hartes Pochen, als wolle er Einlass erzwingen. Kropka trat näher, sah sein eigenes müdes Spiegelbild im Glas. Er wusste, er würde diese Nacht nicht schlafen. Er spürte den Schatten der Bäume im Nacken, das Knirschen von Schritten, die einst hier verhallt waren. Der Täter war nah, unsichtbar, ein Raubtier mit Geduld. Doch Kropka war auch da, verbissen und leer, bereit, die Schatten aufzulösen, Stück für Stück.

Benno trat hinter ihn, leise. „Wir schaffen das, oder?"

Kropka antwortete nicht sofort. Er zwang sich zu einem kurzen Nicken. Keine falschen Worte, keine Lügen. Nur die kalte Wahrheit: Sie mussten kämpfen, sehen, fragen, graben, bis die Wurzeln der Bedrohung offenlagen. Dann würde er zuschlagen, ohne Gnade.

Hinter ihnen knarrte eine Tür. Sinja erschrak, klammerte sich an Anne. Draußen wehte der

Wind, die Nordsee murmelte ferne Drohungen. Hier drinnen ging es um ihr Leben, um die Frage, wer flieht und wer bleibt.

Kropka ballte die Hände in den Taschen, spürte den Stoff an den Knöcheln. Er war bereit, die Nacht durchzustehen. Der Morgen würde vielleicht Antworten bringen. Jetzt war Dunkelheit. Und in der Dunkelheit lauerten viele Dinge, hungrig, namenlos, bereit, ihre Beute einzufordern.

Teil 5

Der Morgen war noch fern. Der Wind raste über den Deich, pfiff durch Ritzen und Fugen, als wolle er in jedes dunkle Loch vordringen. Im Schloss war das Licht schwach, nur ein paar Funzeln hielten die Nacht in Schach. Kropka stand am Einstieg zum Keller, der Türrahmen aus altem Holz, das Treppengeländer von Holzwürmern zerfressen. Er wusste, dass er runter musste. Kein Weg daran vorbei.

Anne trat neben ihn. Eine dünne Jacke, das Haar straff zurückgebunden, die Augen gerötet vor Angst und Schlafmangel. Doch sie hielt sich aufrecht, mit einer leisen Entschlossenheit, die Kropka registrierte, ohne sie zu kommentieren.

„Unten war schon lange niemand", sagte sie leise. „Wir lagern da nur Gerümpel, alte Kisten. Nichts Wichtiges." Ihre Stimme klang angestrengt, als würde sie sich selbst überzeugen.

Kropka nickte. Kein überflüssiges Wort. Er leuchtete mit einer kleinen Taschenlampe den Treppenabgang hinab. Feuchte Luft schlug ihm entgegen, modrig, scharf. Ein Geruch nach fauligem Holz, nach Pilzen, die im Dunkel gediehen. Die Steinstufen waren schmal, glitschig. Er setzte einen Fuß drauf, testete das Gewicht. Anne wartete, sah sich um, als fürchtete sie, jemand könnte sie von hinten anfassen.

„Komm mit", sagte Kropka knapp. Kein Befehl, eher eine Feststellung. Er wollte Augen im Rücken haben, jemanden, der den Fluchtweg sicherte. Sie zögerte einen Moment, schloss dann leise die Tür hinter sich und folgte ihm nach unten. Ihre Schritte hallten dumpf.

Der Keller war ein Raum aus rauem Stein, niedrig und geduckt, als wolle er sich verstecken. Das Licht der Lampe tanzte über Mauerrisse, Spinnweben, verrostete Haken an den Wänden. Irgendwo tropfte Wasser, ein unregelmäßiger Beat, der in den Ohren dröhnte. Sie standen auf festgestampfter Erde, da und dort lose Steine, Holztrümmer. Regale aus altem Holz, halb verfallen, Kisten mit verstaubten Büchern, ein paar zerfledderte Bilderrahmen.

Anne umklammerte ihre eigene Hand, starrte ins Dunkel. „Worauf hoffen wir hier?" fragte sie, flüsternd. Als könnte zu lautes Reden etwas wecken.

„Spuren", sagte Kropka. Einfaches Wort, harte Kante. Er trat langsam vor, ließ den Lichtkegel über die Wände gleiten. Feuchtigkeit glänzte an Stellen, als schwitzte der Stein. Die Luft war stickig. Er kniff die Augen zusammen, suchte nach einer Abweichung, einem Hinweis, dass jemand hier unten war.

Ein Stapel Bretter in der Ecke. Ein krummer, alter Stuhl. Er ging näher ran, leuchtete zwischen die Bretter, sah Spuren im Staub. Keine Fußabdrücke, aber Linien, als hätte jemand etwas Schweres über den Boden gezogen. Schleifspuren, dünn und scharfkantig. Er hockte sich hin, berührte den Boden mit den Fingerspitzen. Feucht, klebrig. Ein dunkler Fleck, vielleicht Öl oder Teer.

„Hier war jemand", murmelte er. „Hat was bewegt." Er richtete sich auf, sah zu Anne. Sie trat näher, ihr Gesicht geisterhaft im Lampenlicht.

„Wozu?" flüsterte sie, die Stimme brüchig. „Was wollen sie mit unserem Keller?"

Kropka runzelte die Stirn, ließ den Lichtkegel weiterwandern. Da, am Ende der Wand, ein schmaler Spalt, als hätte sich ein Stein gelöst. Er trat hin, drückte mit der Hand. Ein Knirschen, der Stein gab nicht nach. Vielleicht ein Fehlalarm. Doch der Boden davor wirkte ungleichmäßig. Er hockte sich erneut, tastete vorsichtig mit der Kuppe des Zeigefingers. Eine tiefe Rille im Erdreich, über die Staubkörner rutschten.

„Versteck", sagte er knapp. „Möglich, dass sie hier etwas lagern oder rausholen." Sein Atem war flach, diese Dunkelheit war zäh, jeder Laut wirkte unnatürlich laut.

Anne zog die Schultern an. „Wir haben diesen Keller nicht renoviert. Vielleicht gibt's alte Nischen, einen Geheimgang." Sie klang, als wolle sie Ausreden finden, aber ihre Stimme verriet Angst.

Kropka stand auf, trat vorsichtig ein paar Schritte zurück, leuchtete in alle Richtungen. Er fand einen Eisenhaken, halb aus der Wand ragend. Daran hing ein zerrissenes Stück Stoff, grau und grob – exakt derselbe Stoff, den er schon oben gefunden hatte. Er zog daran, es löste sich. Einen Moment betrachtete er es schweigend. „Das gleiche Material", sagte er leise. „Der Täter trägt vielleicht eine alte Jacke, Arbeitssachen. Kommt hier runter, nutzt den Keller als Weg."

Anne trat näher, ihr Atem roch nach Angst. Sie hob die Hand, als wolle sie das Stück Stoff berühren, hielt dann inne. „Also ein Dorfbewohner? Jemand, der sich hier auskennt?"

Kropka nickte, warf das Stoffstück in seine Jackentasche. „Wahrscheinlich." Er Schritt weiter, fand ein paar zerdrückte Blätter auf dem Boden, nass und verrottet. Er hob einen davon an, drehte ihn um. Eine alte Rechnung, halb unleserlich, Tinte verwischt. Nichts Relevantes. Doch darüber zog er ein dünnes Stück Papier hervor, kaum größer als ein Kassenbon. Er hielt es ins Licht.

Darauf stand nur ein Wort, schief gekritzelt, kaum zu erkennen: „Aufhören".

Er fluchte leise. Eine weitere Botschaft. So weit unten, versteckt? Vielleicht nur ein Zufallsfund, etwas, das der Täter verloren hatte. Oder ein Signal, dass es ernst wird.

Anne trat ganz dicht hinter ihn. „Aufhören?" Ihre Stimme klang spröde, als würde das Wort in ihren Ohren knirschen. „Sind wir hier in einer Falle?"

Kropka steckte das Papier ein, presste die Lippen zusammen. „Vielleicht drohen sie nicht nur. Vielleicht bereiten sie etwas vor. Der Keller ist unbewacht, sie können hier alles Mögliche deponieren."

Die Lampe glitt über den Boden. Da – ein Abbruch von Mauermörtel, darunter eine kleine Mulde, als hätte jemand ein Werkzeug angesetzt. Kropka kniete sich hin, fuhr mit der Hand darüber. Frisches Gesteinsmehl. „Jemand hat hier gegraben."

Anne sog scharf die Luft ein. „Graben? Wozu?"

Kropka richtete sich auf. „Wenn sie einen Zugang schaffen wollen. Oder etwas verstecken. Eine Waffe? Gift? Noch mehr von diesem Pulver?"

Er klang hart, ohne Rücksicht. Anne zitterte, doch sie verharrte, sie lief nicht weg. Das imponierte ihm. In ihr war mehr Kraft, als man vermuten mochte. Er registrierte es ohne Kommentar.

„Wir müssen das Dorf einschalten, den Bürgermeister, die Polizei. Das reicht nicht mehr", sagte Anne leise, aber bestimmt. Sie sah ihn an, als wolle sie seine Zustimmung erzwingen.

Kropka wandte sich um, sein Gesicht hart im Lichtschein. Er überlegte kurz. „Ja. Aber zuerst brauchen wir mehr. Diese Leute sind schlau. Ich will nicht mit leeren Händen vor den Bürgermeister treten."

Anne biss sich auf die Lippe. „Was können wir tun?"

„Abwarten, beobachten, Fallen stellen. Morgen früh durchs Dorf, reden, Gesichter lesen." Er trat an sie heran, hielt den Lichtkegel so, dass ihre Gesichter im Halbdunkel lagen. „Sie wollen euch einschüchtern. Sie setzen auf eure Angst. Gebt ihnen nicht, was sie wollen."

Sie schwieg, aber in ihren Augen sah er einen Funken. Kein blinder Mut, eher ein Eingeständnis: Er hat Recht. Aber das löst nicht das Problem.

„Warum ich hier?" fragte sie plötzlich, leise. „Warum haben Sie mich mitgenommen?"

Kropka schnaubte. „Weil Benno zittert wie ein Blatt. Weil Sie mehr Überblick behalten. Und weil

Sinja einen ruhigen Pol braucht. Einer muss wissen, was hier unten passiert." Er sagte es roh, ohne Zierde. Ehrlichkeit war sein Pfund.

Anne nickte langsam. Sie verstand. Sie war stärker als sie aussah, und er brauchte jemanden, der nicht sofort zusammenbrach.

Der Tropfen im Hintergrund fiel wieder, Platsch, Platsch, in unregelmäßigem Takt. Der Keller war feucht, trostlos, eine Hölle aus Schmutz und Schweigen. Kropka drehte sich um, ging zum Treppenaufgang zurück. Anne folgte ihm, den Blick über die Schulter nach hinten, als fürchte sie, etwas könnte aus der Finsternis springen.

Auf der mittleren Stufe blieb Kropka kurz stehen. „Sie haben euch Gift untergejubelt. Sie haben versucht, euch in den Wahnsinn zu treiben. Jetzt sammeln sie sich hier unten, graben, planen etwas. Sie meinen es verdammt ernst." Er sprach wie ein Arzt, der eine schlechte Diagnose stellt: kühl, ohne Lüge.

Anne holte zitternd Luft. „Wie halten wir das auf?"

Er wandte sich um, sein Gesicht im Schatten. „Indem wir sie vor die Wahl stellen: Scheitern oder gesehen werden. Sie wollen aus dem Dunkeln handeln. Wir werden das Licht draufhalten, jede Bewegung beobachten, jede Frage stellen, bis ihnen nichts bleibt."

Anne schloss für einen Augenblick die Augen, dann stieg sie hinter ihm die Treppe hinauf, Schritt für Schritt, zurück ins Schloss, weg aus diesem feuchten Loch. Oben angekommen, atmete sie hörbar aus. Ein schwacher Lichtstreifen vom Flur her, der Geruch von Kerzenwachs. Draußen schrie wieder der Wind, unzufrieden, hungrig.

Kropka schloss die Kellertür hinter ihnen, schob einen Riegel vor. Nicht dass das viel nützte, aber es war ein symbolischer Akt. Er sah Anne an. „Kein Wort vor Sinja von dem, was wir gefunden haben. Sie hat genug Angst."

Anne legte den Kopf schief. Ein leichtes Zucken um die Lippen, als wollte sie wütend widersprechen, aber sie schluckte es hinunter. „Natürlich nicht." Ihre Stimme gefasst, aber leise.

Er ging voraus in den Flur, sie folgte. „Und Benno?" fragte sie.

„Ich erzähl ihm das Nötigste. Er muss wissen, dass wir Hinweise gefunden haben. Aber nicht alle Details. Er soll sich auf die Außenseite konzentrieren, Kontakte ins Dorf. Ich brauche ihn aktiv, nicht panisch."

Anne nickte, strich sich über die Arme, als fröre sie. „Sie meinen, wir haben eine Chance?"

Kropka hielt inne, drehte sich um, musterte sie. Die Frau hatte Mut gezeigt, war mit ihm in dieses

Loch gestiegen. Er konnte sie nicht belügen, aber er würde auch nicht die Hoffnung zerschlagen. „Wir haben Anhaltspunkte. Mehr als vor ein paar Stunden." Seine Stimme klang nüchtern, aber nicht kalt. „Jetzt wissen wir, wo sie wühlen. Das ist ein Anfang."

Anne blickte zur Seite, in Gedanken. Dann hob sie den Kopf, sah ihm in die Augen. „Gut" sagte sie knapp.

Keine weiteren Fragen. Er respektierte das. Keine sinnlose Panik, kein Lamentieren. Sie ging zurück zur Wohnstube, um nach Sinja zu sehen. Kropka blieb im Flur, lauschte den Geräuschen des Hauses. Nichts als der raue Atem des Windes.

Er zog das Stoffstück hervor, betrachtete es im flackernden Licht einer Wandlampe. Dunkle Fasern, billige Qualität, wie Arbeitskleidung von Landarbeitern. Er würde morgen früh genau hinsehen, wenn er ins Dorf fuhr. Er würde Menschen beobachten, ihre Hände, ihre Jacken, ihre Blicke, ihre Reaktionen. Es musste Verbindungen geben, Fäden, die zurückführten zu diesem Keller, zu diesen Drohungen.

Die Nacht war noch nicht vorbei. Doch er hatte etwas in der Hand, einen ersten Faden, an dem er ziehen konnte. Das reichte, um weiterzumachen.

Er hörte Annes Stimme leise im Nebenzimmer, ein sanftes Murmeln, um Sinja zu beruhigen. Er hörte Bennos Schritte in einem anderen Raum, rastlos, ratlos. Er hörte den Wind, der durch die Ritzen des alten Gebäudes pfiff, als lache er über die menschlichen Dramen, die sich hier abspielten.

Kropka griff in seine Jackentasche, spürte das Papier mit der kryptischen Botschaft „Aufhören". Nein, dachte er, er würde nicht aufhören. Nicht, bis er diese Bastarde gefunden hatte. Er würde Licht in ihre Dunkelheit bringen und sie zwingen, sich zu zeigen.

Das Schloss knarrte, ein alter Balken gab nach. Draußen bewegten sich Wolken über die Nacht, ein Grauschleier vor einem unsichtbaren Mond. Der Deich war irgendwo da draußen, still, unbeweglich. Doch das Land ringsum brodelte, voller Geheimnisse, voller unausgesprochener Feindseligkeit.

Kropka trat in die Wohnstube, wo Anne gerade Sinja ein Tuch über die Schultern legte. Er sagte kein Wort. Sein Blick begegnete ihrem. Sie verstand, was er nicht aussprach. Es ging weiter, hier und jetzt. Mit jedem gefundenen Hinweis gewann er ein Stück mehr Boden unter den Füßen. Und er würde nicht ruhen, bis er die Abgründe erhellt hatte.

Teil 6

Die Wolken hingen tief, wälzten sich über die karge Landschaft wie träge Monster. Der Deich war nur eine dunkle Linie, die den Horizont spaltete. Kropka parkte seinen Wagen am Rand des kleinen Marktplatzes. Morgendämmerung, kaum Licht, die Luft schmeckte nach Salz und Verfall. Er schloss die Tür, steckte die Hände in die Jackentaschen, trat langsam vor.

Das Dorf schien noch zu schlafen, doch einzelne Silhouetten huschten über den Platz. Ein älterer Mann kehrte vor seinem Laden, warf nervöse Blicke über die Schulter. Eine junge Frau trug Körbe zum Bäcker, den Kopf gesenkt, als fürchte sie, etwas könnte vom Himmel fallen. Ein Hund winselte leise, an einen Pfosten gebunden.

Kropka blieb stehen, schaute sich um. Er merkte sofort, dass etwas in der Luft lag: Scheu, Vorsicht, als würden die Menschen vor einem scharfen Wind in sich zusammenkauern. Er ging auf einen Mann zu, graue Mütze, gebeugter Rücken, der sich an der Hauswand abstützte, um eine Leiter zu richten. Als Kropka näherkam, hob der Mann kurz den Blick, senkte ihn sofort wieder.

„Morgen", sagte Kropka leise. „Ich suche Informationen über das Schloss. Kennt ihr die Schepps?"

Der Mann zuckte zusammen, als habe man ihm eine Nadel in die Seite gestochen. „Ja, schon... die vom Schloss", sagte er in einem dünnen Tonfall. „Tun denen weh, hab ich gehört." Seine Stimme war kaum mehr als ein Flüstern.

Kropka nickte. „Jemand bedroht sie. Weißt du etwas?" Er sprach vorsichtig, ohne Druck, ließ Raum für den Mann, sich zu äußern.

Der Mann schüttelte den Kopf hastig, sah an Kropka vorbei. „N-nein. Nichts Genaues. Man hört nur... seltsame Dinge." Sein Blick huschte über den Marktplatz, als könnte jemand lauschen.

Eine ältere Frau näherte sich mit einem Korb. Sie blieb in einigem Abstand stehen, sah Kropka an, dann den Mann, dann wieder weg. Ihre Schultern angespannt, als trüge sie eine unsichtbare Last.

Kropka wandte sich ihr zu. „Sie wissen auch nichts? Irgendwer muss etwas gesehen haben."

Die Frau schluckte, ihre Augen glänzten im fahlen Licht. „Es ist still hier. Wir... wir haben Angst, verstehen Sie?" Ihre Stimme klang hohl, als krächze sie ein Geständnis. „Fremde, neue Ideen im Schloss... und dann diese Drohungen. Wir wissen nicht, wer dahintersteckt. Jemand aus dem Dorf? Oder jemand von außerhalb?" Ihre Finger zitterten am Henkel des Korbs.

Kropka senkte den Kopf, um ihr nicht noch mehr Druck zu machen. „Es geht nicht um

Schuldzuweisungen", sagte er sanft. „Aber wenn Sie Hinweise haben... Ich möchte verhindern, dass noch etwas Schlimmeres passiert."

Hinter ihnen knarrte eine Ladentür. Ein junger Mann, vielleicht Anfang dreißig, trat heraus, eine Schürze um die Hüften. Er sah Kropka mit großen, erschrockenen Augen an, sagte kein Wort. Sein Mund verzog sich, als wollte er etwas loswerden, aber kein Laut kam heraus. Er strich sich über die Schürze, trat einen Schritt zurück ins Halbdunkel des Ladens.

Kropka spürte die Spannung, diese Zurückhaltung. Keine offene Aggression, eher ein Würgen an Worten, die sie nicht aussprechen konnten. „Haben Sie etwas gehört?" fragte er in die Runde, die Stimme leise, ohne zu drängen. „Gerüchte, seltsame Besucher, Fremde, die sich nachts rumtreiben?"

Der Mann mit der Mütze schüttelte wieder heftig den Kopf. „Wir gehen bei Dunkelheit nicht raus. Zu gefährlich. Wenn's Unruhe gibt, bleiben wir drinnen." Seine Worte klangen entschuldigend. „Wir wollen keinen Ärger. Wir wissen nicht, wer es ist."

Die ältere Frau nickte leise, nestelte am Korb. „Wir haben gesehen, wie Benno Schepp ins Dorf kam, Pläne schmiedete, Feste veranstalten wollte. Manche wollten das, andere nicht. Aber wer würde Gift streuen? Das ist doch...

grausam." Ihre Stimme brach fast, als fürchte sie die Antwort.

Kropka bemerkte den Konflikt in ihren Gesichtern: Sie wussten, dass etwas faul war, aber keine wagte es, den Namen eines Verdächtigen laut auszusprechen. Vielleicht kannten sie die Täter, vielleicht nur Gerüchte, vielleicht fürchteten sie Repressalien. Er musste ihnen ein Gefühl der Sicherheit geben, oder zumindest zeigen, dass er es ernst meinte.

„Ich will nur helfen", sagte er langsam. „Wenn Sie schweigen, kann es schlimmer werden. Die Schepps sind in Gefahr, und vielleicht auch andere. Irgendwer nutzt eure Angst." Er ließ einen Moment verstreichen, sah, wie der junge Mann in der Ladentür sich nervös am Ohr kratzte, wie ein alter Fischer auf einer Bank am Rand des Platzes den Blick senkte und die Schultern hob, als ziehe er den Kopf ein.

Eine junge Frau kam aus einer Gasse, hielt einen Korb mit Fischresten. Sie betrachtete Kropka wie ein Gespenst. „Wir haben nichts gesehen", sagte sie dann, fast flehentlich. „Wir wollen nur Ruhe. Bitte verstehen Sie, niemand hier wünscht den Schepps den Tod. Das ist... krank." Sie klang, als wolle sie die Welt selbst überzeugen.

Kropka runzelte die Stirn. „Wenn ihr nichts wisst, wer dann? Irgendjemand muss Zutritt zum Schloss haben, kennt Geheimnisse, Wege. Irgendwer hat es auf sie abgesehen." Er betonte die Worte langsam, sah dabei den Fischer an, dessen Augen sich verengten. Aber der Mann schwieg, schlug nur mit den Fingern gegen seine Bank, ein leises Ticken.

Der Mann mit der Mütze räusperte sich, senkte die Stimme bis zum Flüstern: „Man sagt, es gäbe alte Geschichten, Fehden, Leute, die den Fortschritt hassen. Aber wer? Wir... wir sind einfache Leute. Wir sagen nichts, weil wir nichts wissen. Nur Gerüchte und Schatten."

Die ältere Frau nickte, ein trauriges Lächeln auf den Lippen. „Fragen Sie den Bürgermeister. Der kennt die Leute, kennt die Traditionen. Wir... wir haben Angst, jemand könnte uns bestrafen, wenn wir reden."

Kropka hob den Kopf, begriff. Nicht Fremdenhass war ihr Antrieb, sondern Furcht, Misstrauen, innere Lähmung. Jemand spielte hier ein böses Spiel, und die Dorfbewohner waren Marionetten, gefangen in einer Bühne aus Schweigen. Sie wollten nicht helfen, weil sie nicht wussten, wem sie trauen konnten.

„Gut", sagte Kropka leise. „Ich rede mit dem Bürgermeister. Wenn Sie etwas hören, irgendwas, das helfen könnte... sagen Sie es mir, anonym, irgendwie." Er zog eine Karte heraus, eine einfache Visitenkarte mit seiner Nummer, legte sie auf die Bank des alten Fischers. Der Mann starrte sie an, wagte nicht, sie anzufassen, aber sagte auch nichts dagegen.

Kropka spürte, dass er nicht weiterkam. Er würde keine direkten Hinweise bekommen. Doch die Angst der Leute zeigte ihm, dass hier ein Druck herrschte, ein unsichtbarer Arm, der sie in Bann hielt. Er wandte sich um, ging zurück zu seinem Wagen, spürte ihre Blicke in seinem Rücken. Kein Feindseligkeitsstachel, eher ein stummes Flehen, er möge verschwinden, die Dinge wieder ruhig werden lassen, als wäre das überhaupt möglich.

Am Auto drehte er sich noch einmal um, sah, wie die Leute langsam auseinander gingen, jeder zurück in seinen Laden, sein Haus, als wolle keiner länger am Schauplatz der Fragen verweilen. Der junge Mann in der Tür blickte kurz hoch, hob die Hand, als wolle er etwas sagen, ließ sie dann sinken. Kropka merkte es sich: Da war ein Wackelkandidat. Vielleicht konnte er später nochmals einzeln mit ihm reden, ohne Publikum.

Er startete den Wagen, der Motor röchelte. Während er den Marktplatz verließ, dachte er an das, was er gesehen hatte: Kein offenes Aufbegehren, sondern Schweigen, lähmende Angst. Die Dorfbewohner waren Opfer einer unsichtbaren Gewalt, die sie zum Stillschweigen zwang. Er musste tiefer graben, zu den Strukturen des Dorfes, zum Bürgermeister, zu jenen, die Einfluss hatten.

Der Wind riss an einem verrosteten Schild, ließ es klappern, als er den Ort verließ. Kropka sah im Rückspiegel, wie die Leute wieder in Bewegung kamen, erleichtert, dass er weg war. Keiner wollte in diesen Konflikt gezogen werden, doch alle steckten mittendrin.

Die Nordsee lag hinter dem Deich, dunkle Wellen, die im Inneren seiner Gedanken tobten. Er würde weitermachen, würde das Schweigen brechen. Irgendwo gab es eine Schwachstelle in diesem Netz der Stille, und er würde sie finden.

Teil 7

Nacht. Die Luft war schal, kaum Bewegung. Kropka stand vor der Kellertür. Der Wind draußen fluchte im Chor mit den Wellen, die gegen ferne Pfähle schlugen. Drinnen: Stille. Nur sein Atem und Bennos schnelles Keuchen.

Benno trug eine Taschenlampe, klammerte sich mit weiß knöchrigen Fingern daran fest. „Sind wir sicher, dass es noch tiefer geht?" Seine Stimme war dünn, fast tonlos.

Kropka nickte knapp. Er hatte eine Unregelmäßigkeit im Mauerwerk gesehen, eine Spur von losem Stein. Irgendetwas hinter dem Staub und den Trümmern. „Wir schauen nach." Kurzer Satz, kein Trost.

Sie stiegen die Stufen hinab. Kalter Stein, feuchte Wände, ein Geruch nach Pilzen und altem Moder. Der Lichtkegel tastete über rissige Mauern.

Irgendwo tropfte Wasser. Schritte hallten, ein Rhythmus aus Furcht und Entschlossenheit.

Benno fröstelte, zog die Schultern hoch. „Wir sollten die Polizei holen." Seine Stimme kratzte, flehend. Kropka hörte es, ignorierte es. Keine Zeit. Sie brauchten jetzt Fakten, mussten die Täter aus dem Dunkel zerren.

Ein rissiger Spalt in der Wand. Gestern unbemerkt, heute spürte Kropka ihn mit den Fingerspitzen. Er drückte, zog, hörte ein leises Knirschen. Der Stein gab nach, sank ein paar Zentimeter, löste einen Mechanismus aus. Ein alter Riegel, ein Stück Holz, das schabende Geräusch von etwas, das sich öffnete.

Benno fluchte leise. Kropka grinste hart ohne Freude. Ein verborgener Raum. Genau das, was sie brauchten, aber ein Ort voller Geheimnisse, vielleicht voller Fallen.

Sie quetschten sich durch die Öffnung, kriechend, in geduckter Haltung. Der Boden uneben, Schutt und Splitter. Der Geruch wurde intensiver, scharf wie verfaulte Wurzeln. Bennos Licht schwankte, raste über schmale Gänge, einen niedrigen Raum dahinter.

„Mein Gott", hauchte Benno. Er wollte weiterreden, verstummte, schluckte stattdessen. Ein Regal an der Wand. Darauf Objekte: Eingewickelte Stoffbündel, ein rostiges Messer, ein Glaskolben mit trüber Flüssigkeit. Kropka trat näher, vorsichtig, prüfte mit dem Fuß den Boden. Er hörte sein Herz pochen.

Der Messergriff war mit Stoff umwickelt, Fäden hingen lose, grau wie die Stoffreste, die sie gefunden hatten. Kropka hob den Kolben an, roch daran, sofort weg mit dem Gesicht. Scharf, chemisch, ein Gift? Er wusste es nicht sicher, aber es passte ins Bild.

Benno zitterte hinter ihm, hob eine Hand, zeigte auf ein Brett an der Wand. Darauf hingen Fotos, grobkörnige Schwarzweiß-Aufnahmen vom Schloss, von Benno, von Anne, sogar von Sinja. Kropka kniff die Augen zusammen. „Sie beobachten euch", sagte er rau. „Lange schon."

Benno schnappte nach Luft, wischte sich mit der Hand über die Stirn, wo Schweißperlen glitzerten. „Wer... wer macht so etwas?"

Kropka schwieg. Stattdessen zog er ein loses Papier aus einer Ecke, zerknittert, mit krakeliger Schrift: „Hört auf, oder wir holen euch." Ein Ultimatum. Die gleiche Drohung wie oben, aber hier unten wirkte sie noch düsterer. Er schob das Papier in seine Tasche.

Ein dumpfes Poltern ließ sie herumfahren. Irgendwo in der Dunkelheit schlug etwas gegen Stein. Benno stolperte rückwärts, prallte an die Wand. Der Lichtstrahl zuckte, fiel kurz aus Kropkas Sichtfeld.

„Ruhe", zischte Kropka. Er lauschte. Stille, dann ein Kratzen, als schabe Metall über Stein. Jemand war hier oder kam näher. Kropka spürte, wie sein Puls raste. Sie waren in der Falle, eingeschlossen in einem versteckten Raum mit dem Zeugnis einer kranken Verschwörung.

Benno presste die Hand auf den Mund, um nicht zu schreien. Seine Augen waren weit aufgerissen, in ihnen pure Panik.

Kropka suchte nach einem zweiten Ausgang, fand nichts. Nur diese enge Kammer, voller Beweise, aber ohne Fluchtweg. Er hielt den Lichtstrahl auf die Messer, den Kolben, die Fotos. Ein klarer Hinweis: Die Täter waren vom Dorf, kannten das Schloss, hatten Gift, Waffen und Informationen gesammelt. Doch Namen fehlten.

Ein erneutes Poltern, näher jetzt. Kropka hörte Schritte, gedämpft, über ihnen oder daneben. Er musste handeln. Kurz, knapp. Er zog Benno am Arm, deutete zur Öffnung, aus der sie gekommen waren.

Benno atmete stoßweise, schüttelte den Kopf, als sei er gelähmt vor Angst. „Sie... sie sind da draußen", flüsterte er.

„Wir müssen raus", knurrte Kropka. Keine Wahl. Er fasste das Messer am Griff, steckte es in den Gürtel, ein provisorischer Waffenersatz. Den Kolben ließ er liegen, zu riskant. Aber er prägte sich alles ein: Die Fotos, das Papier, den Stoff.

Genug, um jetzt endlich etwas konkreter zu werden.

Ein Schatten huschte vor der Öffnung vorbei. Ein dumpfes Murmeln, dann Stille. Kropka duckte sich, löschte das Licht, hob die Hand, um Benno zum Schweigen zu bringen. Dunkelheit, nur ihr Atem.

Sie warteten, zählten die Sekunden. Nichts. Dann ein Kratzen direkt am Mauerspalt, als taste eine Hand nach dem lockeren Stein. Kropka fühlte den Schweiß an seinem Nacken. Jetzt oder nie. Er sprang vor, stieß mit der Schulter gegen die Stelle, wo der Mechanismus war, drückte den Stein zurück in den alten Zustand. Ein Rumpeln, der Spalt verschloss sich wieder. Ein Rascheln von der anderen Seite, als sei der Unbekannte erschrocken.

Benno japste, schien kurz vor dem Zusammenbruch. Kropka packte ihn an der Schulter, stieß ihn Richtung Treppen, zurück zum Hauptraum. Dunkelheit umschlang sie, nur ein Restlicht aus Bennos zitternder Lampe.

Sie stiegen die Stufen hinauf, jeder Schritt vorsichtig, als könnte der Boden unter ihnen wegbrechen. Oben angekommen, lauschten sie. Stille, nur das Heulen des Windes hinter den Mauern, das ständige Rauschen einer Welt, die ihr Leid nicht kannte.

Kropka spürte, wie sein Herz hämmerte. Die Täter waren nah, hatten sie beinahe erwischt. Er hatte eine Waffe, ein Messer, primitiv, aber besser als nichts. Er hatte Beweise gesehen: Gift, Drohungen, Fotos. Jetzt würde er handeln, die Polizei einschalten, den Bürgermeister konfrontieren. Das Spiel hatte sich verschärft.

Benno lehnte sich an die Wand, bleich wie Leinen. „Gott... was war das?" Seine Stimme war ein Krächzen.

Kropka antwortete nicht. Er lauschte in den Flur, schaltete erst jetzt wieder seine Lampe an. Keine Spur des Unbekannten. Vielleicht war er geflohen, erschrocken über ihre Präsenz. Oder er lauerte noch irgendwo, wartete auf einen falschen Schritt.

„Wir müssen raus", sagte Kropka knapp. „Raus aus diesem Keller. Sie haben ihr Versteck enttarnt, jetzt werden sie unvorsichtig oder gefährlicher." Er zog Benno an sich vorbei, führte ihn zur Kellertreppe, hinauf ins halbdunkle Erdgeschoss.

Benno stolperte hinterher, unsicher auf den Beinen. „Was heißt das alles?" fragte er, Tränen in den Augen. „Wer ist so krank?"

Kropka presste die Lippen zusammen. „Leute, die Angst haben vor Veränderung. Die euch nicht wollen. Die bereit sind, zu töten." Er sprach leise, hart. Keine Lüge, keine Beschönigung.

Sie erreichten die Küchentür, spürten kühle Luft vom Flur. Kropka spähte hinaus, leer. Kein Mensch zu sehen. Er drehte sich zu Benno um, musterte ihn. Der Mann war erschüttert, aber er stand noch. „Wir erzählen es Anne nicht im Detail. Nur, was nötig ist. Ich hole die Polizei, red. mit dem Bürgermeister. Jetzt haben wir einen Hebel."

Benno nickte stumm, war dankbar für Führung. Er wollte nicht allein sein mit diesen Bildern im Kopf.

Bevor Kropka die Küche verließ, hörte er ein leises Knarren, irgendwo über ihnen. Jemand war im Haus oder kletterte am Dach entlang. Ein Schatten, der sie niemals aus den Augen ließ. Ein leises Kichern oder nur der Wind in den Balken?

Kropka zog das Messer hervor, nur ein Zeichen seiner Entschlossenheit. Er würde diesen Bastarden das Handwerk legen. Bald. Sehr bald.

Der Cliffhanger lag in der Luft wie Schwefel: Sie waren entkommen, hatten Beweise, aber der Gegner war nah, erfand sich neu, bereit, noch einen Schritt weiterzugehen. Kropka knirschte mit den Zähnen. Dieses Spiel war tödlich, und sie steckten mittendrin.

KAPITEL 2

Der Keller war still, doch nicht friedlich. Eine Dunkelheit, die nach Feuchtigkeit roch, nach altem Gestein und Moder. Kropka stand gebeugt unter den niedrigen Balken, leuchtete mit einer kleinen Taschenlampe über den Boden. Das Licht war schwach, gelblich, malte flackernde Kreise über raues Mauerwerk und unebene Steine. Neben ihm Benno, bleich, mit angespannten Lippen. Sie hatten diesen neu entdeckten Bereich noch nicht lange betreten, aber die Atmosphäre war bereits erdrückend.

„Da, die Spuren." Kropkas Stimme war leise, aber bestimmt. Er zeigte mit dem Kegel der Lampe auf tiefe Rillen im Boden, dünne Linien, schräg versetzt, als hätte jemand etwas Schweres über den Boden gezogen. Ein dumpfer Geruch nach Erde, Schimmel und etwas Metallischem hing in der Luft. Benno trat vorsichtig näher, stieß mit dem Fuß gegen einen losen Stein. Ein leises Knirschen, dann Stille.

„Was könnten die bedeuten?" Benno flüsterte, als wolle er die Dunkelheit nicht aufschrecken. Er zitterte leicht. Die Vorstellung, jemand hätte heimlich im Keller geschuftet, machte ihm Angst. Sie waren hier nicht allein, und das Schloss war kein sicherer Rückzugsort mehr.

Kropka kniete sich hin, berührte mit den Fingerspitzen die Schleifspuren. Rau und frisch, nicht von altem Handwerk. „Das ist neu. Kein Jahrhundertschaden, kein Verziehen der Steine. Jemand hat hier etwas bewegt. Metall auf Stein, vielleicht ein Kasten, ein Behälter." Er strich über die Einkerbungen, wischte Staub an seinen Hosenbund. „Sehen Sie die Richtungen? Von dort nach hier, eine kurze Strecke. Nicht einfach zufällig."

Benno schluckte, sein Hals trocken. „Heißt das... sie haben hier unten etwas gelagert? Oder... vorbereitet?" In seiner Stimme lag Panik, ein Suchen nach rationalen Erklärungen, die nicht zu bedrohlich klangen.

Kropka erhob sich langsam, streckte den Rücken. Er leuchtete an die Wände. Feine Risse, dunkler Putz, ein paar Spinnweben. Nichts Außergewöhnliches, bis auf die Spuren am Boden. Er ließ das Licht weiterwandern, auf der Suche nach einem weiteren Hinweis. „Wenn sie etwas schieben mussten, vielleicht eine Kiste, ein Werkzeugkasten oder einen Behälter für Chemikalien..." Er erinnerte sich an den gefundenen Kolben, den giftigen Geruch. Das passte ins Bild.

Benno trat einen Schritt zurück, suchte vergeblich Halt an einer feuchten Wand. Seine Finger glitten ab, hinterließen Schlieren im Dreck. „Aber wofür? Was wollen sie hier? Warum nicht einfach oben einbrechen, klauen und verschwinden?"

Kropka schwieg einen Moment, konzentrierte sich auf die Muster der Schleifspuren. Ein auf-

und abgehendes Muster, nicht lang, vielleicht ein halber Meter, dann ein abrupter Endpunkt, wo der Boden ein wenig aufgebrochen schien. „Vielleicht bauen sie etwas auf. Eine Konstruktion, ein Podest, eine Vorrichtung, die von unten wirkt. Oder sie nutzen den Keller als Werkstatt für etwas, das sie später oben einsetzen."

Er hörte Bennos leises Stöhnen, fühlte seine Angst. Die Idee, dass jemand im Untergrund herumwerkelte, vielleicht ein Komplott schmiedete, machte die Sache realer als jede Drohung auf Papier.

„Könnte es ein Tunnel sein?" fragte Benno heiser. „Ein Durchgang nach draußen?"

Kropka beugte sich erneut hinab, untersuchte die Richtung der Spuren. Sie führten nicht direkt zu einer Wand, sondern endeten abrupt mitten im Raum. Kein erkennbarer Eingang, kein Loch. „Wenn es ein Tunnel wäre, würden wir Spuren an den Wänden oder im Boden finden. Größere Arbeiten, mehr Schutt." Er schüttelte den Kopf. „Hier sind nur die Schleifspuren. Als hätte man ein Gerät hingestellt, etwas montiert, dann wieder abgebaut."

Benno rieb sich die Arme, zog fröstelnd den Kragen hoch. „Glauben Sie, es hat mit dem Gift zu tun? Mit diesen Drohungen?" Er klang wie ein Mann, der hoffte, dass der Ermittler die richtigen Worte fand.

Kropka wandte sich langsam um, ließ den Lichtkegel über Bennos Gesicht fahren, über dessen
gequälte Züge. „Wahrscheinlich." Seine Stimme
war knapp. „Sie wollen mehr als nur ein paar alte
Karten stehlen. Sie planen etwas Größeres. Das
Gift war ein Warnschuss, die Drohungen sind
Vorboten. Hier unten entsteht vielleicht die Basis
für den nächsten Schritt." Keine Schonung, keine
milde Lüge.

Benno schloss die Augen für einen Herzschlag,
atmete flach. „Was... was sollen wir tun?" Seine
Stimme klang verloren, als treibe er auf offener
See, ohne Land in Sicht.

Kropka trat näher an eine andere Ecke des Kel-
lers, stieß mit der Fußspitze gegen einen kleinen
Metallspan, fast wie ein abgebrochener Teil eines
Werkzeugs. Er hob ihn auf, betrachtete ihn im
Lampenlicht: ein schmales, rostiges Stück Metall,
halb verbogen. Möglicherweise ein Zahnradfrag-
ment, ein Teil von einem Hebel oder einer Winde.
Er steckte es in die Jackentasche. Ein Indiz, mehr
nicht.

„Wir halten es einfach: Ich dokumentiere das hier,
merke mir jede Einzelheit. Dann reden wir mit den
Behörden. Aber erst, wenn wir genug haben, um
sie zu überzeugen." Kropka sprach ruhig, obwohl
sein Herz raste. Er fühlte die Gefahr, die jeden
Moment durch die Dunkelheit brechen konnte,
aber hielt sich im Zaum.

Benno ballte die Hände, als müsse er sich auf diese Weise Halt verschaffen. „Die Dorfleute sagen nichts... wir stehen alleine da. Meine Familie ist bedroht. Können wir nicht jetzt schon die Polizei rufen?"

Kropka zögerte, ließ die Lampe über die Spuren gleiten, einmal hin, einmal her. „Wir könnten. Aber ich weiß, wie das läuft. Sie kommen, sehen einen alten Keller, ein paar Kratzer, und halten uns für hysterisch. Wir brauchen klarere Beweise. Oder einen Zeugen."

Benno schnaubte, nicht wütend, eher verzweifelt. Er kickte gegen einen losen Stein, sah zu, wie Staub aufwirbelte. „Diese Leute wollen uns vernichten. Das Schloss, unsere Pläne, unsere Zukunft." In seiner Stimme lag Scham, als fühle er sich schuldig, diesen Ort belebt zu haben.

Kropka trat zu ihm, stand nun dicht vor ihm. Er war hart, ja, aber er verstand. „Benno, hör zu. Wir werden weitersuchen. Wir observieren, stellen Fallen. Ich frage die Leute einzeln, komme später wieder, hole mehr Informationen. Sie machen Fehler. Jeder Täter macht Fehler." Ein kurzer Blick zurück auf den Boden. „Diese Spuren sind ein Anfang."

Benno schluckte, nickte schwach. Er konnte nichts entgegensetzen. Er brauchte Hoffnung, auch wenn sie dünn war wie ein Haar.

Kropka richtete die Lampe nach oben, musterte die Decke. Uralte Balken, Feuchtigkeit tropfte an einer Stelle, bildete einen kleinen Tümpel auf dem Boden. Keine besonderen Merkmale. Er dachte an die Möglichkeit, dass hier unten etwas auf sie lauerte, etwas Mechanisches, eine Falle. Doch nichts sprang ins Auge. Die Spuren verrieten nur, dass jemand werkelte, heimlich, zielgerichtet.

„Vielleicht ist es ein Vorbereitungsraum für ein Attentat. Oder sie wollen euch in eine Falle locken, um dann zuzuschlagen, wenn ihr am verwundbarsten seid." Er sprach die Worte aus, ohne sie mit Samt zu verpacken. Benno sollte wissen, wie ernst es war.

Das Gesicht des Schlossbesitzers verzerrte sich. „Attentat...?" Er sprach es aus, als habe dieses Wort eine ungeheuerliche Macht, die seine Welt endgültig ins Wanken brachte.

Kropka zuckte die Schultern. „Es ist möglich. Sie hatten Gift, sie machen Drohungen, sie graben sich hier unten ein. Vielleicht planen sie einen Anschlag, wenn Besucher kommen, oder sie wollen euch zwingen, eure Pläne aufzugeben." Er schob die freie Hand in die Tasche, drückte die Finger um das Metallstück. Ein Beweis, an dem er sich festhalten konnte.

Benno schluckte erneut, rang mit Tränen, die er nicht zeigen wollte. „Was... was kann ich tun?"

Seine Stimme war brüchig, ein Mann ohne Waffe, ohne Schutz, mitten im Dunkel.

Kropka drehte die Lampe aus, sparte Batterielicht. In der Finsternis hörte man nur ihr Atmen, das Flüstern des Windes irgendwo weit oben. „Bleib ruhig, mach mit. Wir gehen jetzt zurück. Wir verriegeln alles, du passt auf deine Familie auf. Ich kümmere mich darum, dass wir mehr erfahren. Und dann handeln wir."

Ein paar Herzschläge lang war kein Wort zu hören. Dann ein knappes Nicken von Benno, fast lautlos. Er begriff, dass Kropka die Führung übernehmen musste, dass Widerstand und Panik nichts brachten.

Gemeinsam tappten sie durch den Keller zurück, vorsichtig, jeder Schritt ein leises Knirschen. Kropka führte, Benno folgte. Hinter ihnen blieb die Dunkelheit schweigend zurück, als könne sie jeden Moment wieder Gestalt annehmen. Doch diesmal wusste Kropka mehr. Er hatte Spuren, ein Bild von den Absichten der Täter. Kein reiner Zufall, kein simpler Streich. Hier wurde etwas vorbereitet, etwas Schlimmes.

Als sie die Treppe erreichten und das schwache Licht aus dem oberen Stockwerk sahen, schien die Welt ein wenig heller, doch Kropka wusste, es war nur ein Trugbild. Das Schloss war von innen bedroht, der Keller war die versteckte Werkstatt des Schreckens. Bald würde er zurückkehren, mehr Spuren finden, diese Leute konfrontieren.

Benno atmete befreit aus, als sie oben ankamen, doch seine Hände zitterten noch. Kropka spürte seine innere Spannung, seinen Wunsch, aufzuwachen und festzustellen, dass es nur ein böser Traum war. Doch es war kein Traum.

Kropka legte eine Hand an den Türrahmen, warf noch einen letzten Blick nach unten, bevor er die Kellertür schloss. Er merkte sich jedes Detail, jede Linie der Schleifspuren. Er würde keinen Millimeter aufgeben, bis er die Wahrheit gefunden hatte.

Sie verriegelten die Tür. Der Wind heulte draußen. Der Deich war fern, doch seine düstere Präsenz lag wie ein Schleier über allem. Eine Welt aus Grau und Salz, die nichts schenkte.

Kropka wandte sich zu Benno, blickte ihm in die Augen. Keine Worte. Nichts musste jetzt gesagt werden. Sie wussten beide, was auf dem Spiel stand. Die Schleifspuren waren der Anfang einer dunklen Geschichte, und sie steckten mittendrin.

Teil 2

Draußen war es still. Der Wind war eingeschlafen, als hätte er Mitleid. Über dem Deich hingen dichte Wolken, ein stummes Grau, das an bleierne Müdigkeit erinnerte. Kein Vogel, kein Laut. Nur die Stille eines Morgens, der nichts Gutes versprach.

Benno stand im Garten, die Hände kalt, sein Blick auf einen Punkt am Boden fixiert. Dort lag der Hund. Starr, verkrampft, die Lefzen gefleckt von Schaum, die Augen weit aufgerissen. Benno schluckte, aber es half nicht. Sein Herz raste, ein dumpfes Pochen in den Ohren. Er wagte keinen Schritt, als fürchte er, die Wirklichkeit durch eine Bewegung zu bestätigen.

Anne trat hinter ihn, leise, vorsichtig, als müsse sie ein wildes Tier besänftigen. „Benno", sagte sie, kaum hörbar. Ihre Stimme zitterte. Sie hielt Sinja an der Hand, drückte sie weg vom Anblick, versuchte, das Mädchen hinter ihrem Körper zu verbergen. Sinja spürte, dass etwas Schlimmes passiert war, sie schmiegte sich an Anne, stumm, verängstigt.

Benno kniete sich hin, atmete flach, roch die abgestandene Luft, den metallischen Geruch, der vom leblosen Körper des Hundes ausging. Er griff nach dem Fell, fühlte die Starre. Der Hund war noch warm, vielleicht vor Minuten gestorben. Die Zunge hing schlaff aus dem Maul, ein dünner Faden aus Speichel glänzte matt. Benno biss die Zähne aufeinander, ein leises, wütendes Knurren kam aus seiner Kehle. Seine Finger bebten an den Ohransätzen des Tieres.

„Gift", sagte Kropka. Er war plötzlich da, aus der Dunkelheit des Hauses getreten, nüchtern, die Stimme klar. Er stand einen Schritt entfernt, beobachtete, zog mit Blicken Schlüsse. „Zu schnelle

Leichenstarre, Schaum vor dem Maul. Kein Unfall." Knappe Sätze, hart wie Steine.

Benno hob den Kopf, die Augen rot und feucht. Sein Hund, sein letzter Rest an Normalität, sein Gefährte, tot auf dem Boden. Er wollte schreien, aber es kam nur ein gepresstes Keuchen. „Sie... haben... ihn..." Mehr bekam er nicht raus. Er stand auf, ballte die Fäuste, sah Richtung Deich, als stünde der Feind dort in voller Größe. Nichts, nur leere Landschaft.

Anne umklammerte Sinja, flüsterte: „Geh rein, Schatz." Sinja wehrte sich nicht, blieb aber noch einen Moment. Sie wollte verstehen, doch der Anblick war zu hart. Anne zerrte sie schließlich weg, hinein ins Haus, in die Küche. Dort standen sie, die Tür halb offen, lauschten auf Bennos nächste Worte.

Kropka trat näher, kniete, betrachtete den Hund wie ein Beweisstück. „Vielleicht Fleisch mit Gift versetzt. Schnelle Wirkung. Sie wollen Druck aufbauen." Er redete wie über ein Sachstück, aber seine Stimme war nicht ohne Mitgefühl. Er konnte es nur nicht zeigen. Nicht jetzt.

Benno starrte den Ermittler an, schnaubte wie ein gehetztes Tier. „Druck... Druck? Sie haben unseren Hund getötet!" Seine Stimme überschlug sich. Er spürte Wut, Schmerz, Ohnmacht. Er dachte an die Drohungen, an die Kellerfunde, an das Gift im Kessel. Jetzt das. Kein Zweifel mehr, dass jemand es ernst meinte.

Kropka erhob sich, die Hände in den Taschen, ließ Benno Raum. „Ja. Sie steigern die Eskalation. Erst Diebstahl, dann Gift im Essen, jetzt der Hund. Sie wollen Angst. Wollen, dass ihr aufgebt." Sein Ton war knapp, keine Trostworte, nur Tatsachen.

Benno schlug mit der Faust gegen die Wand des Hauses, ein dumpfer Klang, knochig und hart. Er schmeckte Blut auf der Zunge, wusste nicht, ob von der Wut oder weil er sich auf die Zähne biss. „Ich bring sie um, wenn ich sie finde", knurrte er, ein leeres Versprechen, das in der kalten Luft zerriss.

Anne trat wieder nach draußen, stand ein paar Meter entfernt, Sinja blieb drinnen, weinend, leise. Anne versuchte, die Stimme festzuhalten: „Benno, bitte." Sie klang, als ringe sie darum, ihn vor sich selbst zu schützen. „Das hilft nichts."

Er wirbelte herum, starrte sie an, dann richtete sich sein Blick auf Kropka. „Was tun wir? Wie finden wir diese Bastarde?" Seine Augen brannten, kein Tränenschleier, nur zornige Feuchtigkeit.

Kropka holte tief Luft, sah zu dem leblosen Hund, dann zum kargen Land. „Wir müssen handeln. Direkt. Wir haben Spuren im Keller, Giftreste. Der Hund liefert ein weiteres Indiz: Sie haben Gift parat, sie können es schnell einsetzen. Vielleicht etwas, das sie im Dorf beziehen. Ein chemisches Mittel, kein Zufallsfund."

Benno schüttelte den Kopf, wollte widersprechen, aber er hatte keine Worte. Er wusste nichts über Gifte, über Täter. Er war Restaurator, Vater, Ehemann, nicht auf solche Dinge vorbereitet. Anne trat neben ihn, legte ihm eine Hand auf den Arm. Er spürte ihre Nähe, aber es war, als wäre sie weit weg. Sein Kopf brannte, Bilder flackerten: Der Hund als Welpe, einst fröhlich im Garten tollend. Nun ein toter Körper, kalt und sinnlos.

„Wir müssen Beweise sichern", sagte Kropka. „Lasst den Hund hier nicht liegen. Wir holen Handschuhe, untersuchen das Maul, suchen nach Resten von Köder." Seine Stimme kontrolliert, als wäre er ein Chirurg.

Benno wollte aufschreien, „Nein!", wollte dem Ermittler wehtun, diesen seelenlosen Ton zerbrechen. Doch er sagte nichts. Er sah, dass Anne auf ihre Lippe biss, dass Sinja drinnen leise schluchzte. Sie mussten Ruhe bewahren, es gab keine Alternative. Er musste jetzt stark sein, obwohl er sich schwach fühlte wie ein Kind.

Anne drückte seine Hand. „Wir dürfen nicht durchdrehen. Sinja braucht uns. Wir müssen klug sein." Ihre Worte waren zittrig, aber es war der Versuch, Ordnung zu schaffen.

Benno nickte steif. Dann folgte er Kropka in die Küche, suchte nach Tüchern, Gummihandschuhen, irgendwas, um nicht direkt an der Leiche herumzufingern. Seine Hände zitterten, er stieß fast das Geschirr vom Tisch. Sinja klammerte sich an Annes Schürze, sagte nichts, nur ihr leises Wimmern füllte den Raum.

Kropka nahm die Handschuhe, ging wieder raus, beugte sich über den Hund. Er öffnete vorsichtig das Maul, schnüffelte an den Lefzen. Ein chemischer Hauch, bitter, scharf. Vielleicht Rattengift, vielleicht ein Industrieprodukt. Er hob einen kleinen Fetzen Fleisch auf, der in der Nähe lag, dunkel und verunreinigt. „Hier" sagte er knapp. „Ein Köder, hingelegt, damit der Hund dran geht."

Benno hörte die Worte und wollte losrennen, irgendjemanden stellen, irgendetwas tun. Doch er sah nur graue Wolken, spürte die Kälte des Küstenwinds. Niemand da, nur sie, die Opfer. Die Täter im Dunkeln, lauernd, ein Phantom ohne Gesicht.

„Wir bringen den Hund zur Tierärztin im Dorf", sagte Kropka, seine Stimme etwas weicher. „Vielleicht kann sie sagen, was genau es war. Dann haben wir einen Ansatzpunkt." Ein pragmatischer Vorschlag, kein Trost, aber immerhin ein Plan.

Anne trat vor, strich Benno über den Nacken. „Es tut mir so leid. Ich weiß, was dir der Hund bedeutet hat." In ihrer Stimme lag echter Schmerz, aber sie hielt sich zusammen, für Sinja. Das Mädchen kauert hinter ihr, die kleinen Schultern zuckend.

Benno nickte nur. Er war leer. Wut, Hass, Verzweiflung und ein Gefühl von Schande, dass er seine Familie nicht schützen konnte. Ein Hund ist erst der Anfang. Sie werden weitermachen, bis sie alles zerstört haben, was ihm lieb ist.

Er half Kropka, den leblosen Körper in ein Tuch zu wickeln. Eine schwere, traurige Aufgabe. Er spürte jede Rippe, jede Verhärtung der Muskeln. Ein letztes Mal strich er über das Fell. Kein Abschied, nicht richtig, aber irgendetwas in ihm zerbrach dabei.

„Wir fahren jetzt", sagte Kropka. „Anne, bleib hier, pass auf Sinja auf. Schließ alles ab." Er klang wie ein Soldat in feindlichem Gebiet. Anne nickte, krampfhaft bemüht, stark zu wirken.

Benno hob den Hund hoch, folgte Kropka zum Wagen. Sinja und Anne blieben zurück, stumme Zeugen eines Krieges, der in ihrem Zuhause tobte. Der Wind erhob sich wieder, ein heiseres Raunen über dem Deich, als lache er bitter über dieses Drama.

Auf dem Weg zum Auto biss Benno die Zähne zusammen, schwor sich stumm, dass er nicht aufgeben würde. Er war gebrochen, aber nicht besiegt. Doch tief im Inneren spürte er die Angst, dass sie nie herausfinden würden, wer das tat,

und warum. Eine Angst, so kalt wie der Nordsee-
wind, der ihnen ins Gesicht blies.

Kropka warf ihm einen knappen Blick zu. „Wir
kriegen sie", sagte er leise. Vielleicht glaubte er
es selbst nicht ganz, aber er sagte es für Benno.
Der nickte, schwieg, und hielt den toten Hund in
seinen Armen, als wäre er das letzte Fragment einer Welt, die nicht mehr existierte.

Teil 3

Der Himmel war grau, nahezu farblos. Der Wind
zerrte an den kahlen Bäumen, blies kalte Luft
über die leeren Felder. Das Schloss Hoyerswort
duckte sich unter den Wolken, als wolle es sich
verbergen. Kropka stand am Fenster, betrachtete den Deich in der Ferne. Ein blasser Streifen
gegen den Horizont. Er schob die Hände in die
Taschen, grübelte. Er hörte im Hintergrund Bennos Schritte, nervös, rastlos.

Unten im Hof ein Wagen. Ein uniformierter Polizist am Lenkrad, daneben eine Frau, straffe Haltung, dunkle Haare, zusammengebunden. Benno
hatte gebettelt, er hatte doch die Polizei gerufen.
Jetzt kamen sie endlich. Kropka wusste, dass
dies kein Spaziergang werden würde. Die Polizei
hatte ihr eigenes Tempo. Und ihre eigene Art, mit
Fremden umzugehen.

Benno trat neben ihn, Kämmbewegung der Hand
durchs Haar. Seine Augen waren rot von der
Nacht, sein Gesicht eingefallen. „Sie ist da", sagte

er rau. „Anke Petersen, die Kommissarin." Er klang hoffnungsvoll, als habe man ihm ein Heilmittel versprochen.

Kropka nickte nur. Er hatte mit Behörden genug Erfahrungen gemacht. Er wusste, wie schnell sie Zweifel hatten, wie zäh sie reagierten, wenn man ohne eindeutige Beweise ankam. Die toten Dinge im Keller, der vergiftete Hund, die Drohungen – es klang nach übler Geschichte, aber ohne einen konkreten Namen, ohne klaren Täter, würde man ihm nicht einfach so glauben.

Benno eilte nach unten. Kropka folgte langsam, Stufe für Stufe, als wolle er seine eigene Ungeduld dämpfen. Im Flur roch es nach Putzmittel und kalter Luft. Anne und Sinja blieben in der Küche, hinter verschlossener Tür. Sinja war verstört, weinte leise. Anne versuchte, ruhig zu bleiben, kochte Tee, ohne Sinn, nur um sich abzulenken.

Vor dem Eingang wartete Anke Petersen. Große Frau, um die vierzig, klare Augen, herbes Gesicht. Die Uniform saß tadellos, keine Falte, kein Staubkorn. Sie hatte die Hände am Gürtel verschränkt, musterte Benno, der auf sie zutrat, die Schultern eingefallen. Neben ihr ein Kollege, schweigsam, kleiner, bulliger Mann, der die Umgebung im Blick behielt.

„Herr Schepp?" fragte sie kurz, die Stimme neutral, professionell. Kein Lächeln. Ihre Augen huschten über das Gebäude, registrierten

Details: abgeblätterter Putz, feuchte Steine, die Weite der Landschaft dahinter. Ein Ort ohne Fluchtpunkte, dachte Kropka, während er sich in den Schatten des Flurs hielt.

Benno nickte heftig. „Ja, ich bin Benno Schepp." Er versuchte, gefasst zu sprechen, doch seine Stimme zitterte. „Sie müssen uns helfen. Jemand bedroht uns, hat unseren Hund vergiftet, will uns vertreiben oder töten."

Anke hob eine Braue. Eine kleine Regung, kaum sichtbar. „Ich habe Ihren Anruf. Drohungen, Diebstähle. Jetzt ein toter Hund. Kein Täter in Sicht?" Sie war sachlich, fast kalt. Ein Hauch von Skepsis um ihre Lippen.

Benno schüttelte den Kopf, wollte etwas sagen, aber seine Worte versickerten. Er holte Luft, begann erneut: „Wir... wir haben einen Privatermittler. Michael W. Kropka. Er hat die Spuren im Keller gefunden. Das Gift... wir haben Hinweise auf... auf ein Komplott." Seine Sätze brachen auseinander, als fehlte ihm die Kraft, eine logische Kette zu bilden.

Anke folgte mit dem Blick Bennos Geste zur Tür, wo Kropka nun hervortrat. Er verzog keine Miene, nickte lediglich. Die Polizistin musterte ihn, von unten nach oben, kurz und kühl. „Privatermittler?" Der Tonfall war trocken, als bezweifle sie den Nutzen dieses Mannes.

„Kropka", sagte er knapp, ging einen Schritt vor. „Ich habe Beweise für eine gezielte Bedrohung. Diese Leute sind gerissen. Gift im Kessel, ein toter Hund, Spuren im Keller. Sie wollen mehr als nur Angst schüren."

Anke verengte die Augen. „Beweise? Wo?"

Kropka hob die Hand, zählte an den Fingern auf: „Zettel mit Drohungen, Giftköder für den Hund, Schleifspuren im Keller. Wir haben Reste von Chemikalien gefunden, ein Schmierzettel mit Warnungen. Verborgene Räume, heimliche Aktivitäten." Er sprach schnell, aber jeder Satz war kurz, wie ein Hammerhieb.

Anke strich mit dem Daumen über ihren Koppel, als erfühle sie ihre Ausrüstung. „Haben Sie Proben? Fotos? Laborergebnisse?" Ihre Fragen kamen scharf, ohne Raum für Ausflüchte.

Kropka schüttelte den Kopf. „Noch nicht. Wir arbeiten dran. Der Tierarzt im Dorf soll den Hund untersuchen. Wir haben Stofffetzen, Metallteile aus dem Keller. Ich habe alles notiert, jeder Fundort, jede Anomalie."

Benno sah zwischen den beiden hin und her, als warte er auf Zustimmung, darauf, dass Anke ihm glauben würde. Er wollte nicht, dass sein Anliegen im Keim erstickt. „Bitte, Frau Petersen, das ist ernst. Mein Hund war kein Zufallsopfer. Sie wollen uns treffen, uns vernichten." Er hob die Stimme, sie brach am Ende fast.

Anke legte den Kopf schief, sah erst Benno, dann Kropka an. „Und warum sollten diese Leute das tun? Was haben Sie, was so wertvoll ist?"

Benno schüttelte den Kopf, verzweifelt. „Wir wollen das Schloss beleben, Tourismus, Kulturveranstaltungen. Manche im Dorf sind skeptisch. Aber doch nicht so…"

Der bullige Kollege Ankes räusperte sich. „Im Dorf ist vieles alt und verschlossen. Die Leute reden nicht gern." Seine Worte klangen, als wüsste er mehr. Anke warf ihm einen kurzen Blick zu, ein stilles Einverständnis oder eine Warnung, nicht zu viel zu verraten.

Kropka hob das Kinn, trat einen Schritt näher. „Frau Petersen, wir haben es mit Tätern zu tun, die professionell vorgehen. Gift, geheime Kellerarbeiten, aufeinander abgestimmte Drohungen. Das ist kein dummer Streich. Sie kennen die Gegend, kennen die Familie, wissen, wie sie Druck aufbauen. Es ist nur eine Frage der Zeit, bis sie eskalieren."

Anke musterte ihn. In ihren Augen lag kein Mitleid, nur kühle Beurteilung. „Sie sind also ein Privatdetektiv? Und Sie glauben, hier einen koordinierten Anschlag aufzudecken?" Ein leiser Zweifel, aber auch ein Hauch Neugier.

Kropka zuckte die Schultern. „Ich war Ermittler, bevor ich privat arbeitete. Ich erkenne Muster. Hier gibt es ein Muster. Man will die Schepps aus dem Schloss drängen. Mit allen Mitteln."

Benno holte tief Luft, sagte leise: „Hören Sie auf ihn. Er ist der Einzige, der uns bisher ernst genommen hat."

Anke schwieg einen Moment, ließ den Blick über das Anwesen schweifen. Die kargen Sträucher im Garten, der schmale Weg zum Deich, die Fenster des Schlosses wie leere Augen, die in den sturmgepeitschten Himmel starrten. „Gut" sagte sie dann knapp. „Wir sehen uns die Beweise an. Den Keller, die Fundorte. Wir sprechen mit dem Tierarzt. Aber erwarten Sie keine Wunder. Wir brauchen Handfestes, um Anklagen zu erheben."

Benno nickte so heftig, als wolle er ihr ein Loch ins Gesicht nicken. „Danke." Er flüsterte es, kaum hörbar, als klammere er sich an diesen Strohhalm.

Kropka starrte Anke an, ohne zu blinzeln. „Die Zeit läuft gegen uns. Sie haben schon Gift eingesetzt. Es wird schlimmer, wenn wir nichts tun."

Anke hob eine Hand, als wolle sie sein Drängen abbremsen. „Ich verstehe. Aber ich arbeite nach Vorschrift. Ich bin nicht hier, um wilde Theorien zu feiern, sondern um Beweise zu sichern. Also führen Sie mich herum. Zeigen Sie mir alles. Dann reden wir weiter."

Ein sachlicher Ton, kein Mitgefühl. Doch Kropka wusste, dass es besser war als nichts. Er drehte sich um, deutete Richtung Eingang. Benno ging voran, schloss die Tür auf, führte sie hinein. Anne stand im Flur, Sinja an der Hand, ängstliche Augen. Anke nickte ihnen knapp zu. Der bullige Kollege, dessen Name noch nicht genannt wurde, blieb an der Tür, hielt Wache oder tat so.

„Wo ist der tote Hund?" fragte Anke.

„Beim Tierarzt. Kropka hat ihn hingebracht. Man sagte, man würde uns informieren, wenn es Ergebnisse gibt." Benno sprach leise, als wäre jedes Wort eine zähe Mühe.

Anke warf Kropka einen Seitenblick zu. „Allein beim Tierarzt? Wo ist er jetzt?"

Kropka verzog keine Miene. „Der Tierarzt verspricht Diskretion. Ich war dort. Wir warten auf Laborergebnisse, kann dauern. Vielleicht finden wir heraus, welche Art Gift benutzt wurde. Das könnte ein Hinweis auf den Täter oder seine Quellen sein."

Anke nickte langsam, trat näher an Anne, betrachtete sie kurz, dann Sinja. Ihre Blicke waren ruhig, analytisch. Anne wich etwas zurück, beschützend, Sinja versteckte sich halb hinter ihrer Mutter.

„Sie haben den Täter nie gesehen? Keine verdächtige Person?" fragte Anke, ohne Umschweife.

Anne presste die Lippen aufeinander, schüttelte den Kopf. „Nur Angst, seltsame Geräusche, Drohungen auf Papier. Wir sind überfordert." Ihre Stimme war brüchig, doch sie hielt stand.

Sinja schwieg, klammerte sich fester an Anne. Anke musterte das Mädchen kurz, dann wandte sie sich wieder Kropka und Benno zu. „Zeigen Sie mir den Keller."

Kropka nickte knapp. „Hier entlang." Er führte sie über den Flur, eine Treppe hinab. Der Keller roch modrig, die Luft schal. Anke zog die Nase kraus, leuchtete mit ihrer Taschenlampe. Sie ließ den Lichtkegel über Wände, Boden und Ecken gleiten, suchte etwas Greifbares. Kropka zeigte auf die Schleifspuren, den Ort, wo sie Reste von Stoff und Metall gefunden hatten.

„Hier", sagte er, „Spuren, als hätte man etwas Schweres verschoben. Ein Apparat, Werkzeug, etwas Technisches. Wir haben Metallfragmente." Er zog ein kleines Tütchen aus der Jackentasche, in dem ein Roststück lag, sorgfältig verpackt.

Anke nahm es, hielt es ins Licht, schwieg. Ihre Augen verengten sich zu Schlitzen. „Nicht viel, aber etwas." Ihre Stimme klang neutral.

Benno stand hinter ihnen, die Hände an den Hüften, als müsse er sich selber stützen. „Wir wissen nicht, was es bedeutet. Aber es ist kein Zufall."

Anke gab das Tütchen zurück, begutachtete die Schleifspuren. „Könnten auch von früher sein. Renovierungen, Handwerker, die was gezogen haben." Ihr Ton ein Hauch von Zweifel. Kropka war vorbereitet auf solche Reaktionen.

„Nein", sagte er ruhig. „Frisch, keine Staubablagerungen. Neues Werkzeug. Außerdem die Drohungen, das Gift... zu viele Zufälle."

Anke seufzte leise, eine winzige Geste. „Ich verstehe, Sie wollen mich überzeugen. Und ja, es klingt merkwürdig. Aber ich brauche mehr als Indizien. Haben Sie jemanden im Verdacht?"

Stille. Kropka tauschte einen Blick mit Benno. Sie hatten keine Namen, nur Angst und Ungewissheit. Die Dorfbewohner schweigen, keiner hilft. Kropka schüttelte den Kopf. „Noch nicht. Ich rede mit Leuten, habe Fragen gestellt. Sie schweigen. Aus Angst oder Loyalität, weiß ich nicht. Aber jemand aus dem Dorf steckt dahinter, sicher."

Anke kratzte sich am Kinn, ihre Augen wanderten über den dunklen Keller. „Gut. Wir werden auch mit den Dorfbewohnern reden. Offiziell. Vielleicht knacken wir ihre Furcht." Dann wandte sie sich um, ging zurück zur Treppe, als wolle sie das

Dunkel hinter sich lassen. „Wir tun, was wir können."

Benno klammerte sich an diesen Satz wie an ein Seil. „Heißt das, Sie glauben uns?"

Anke blieb stehen, halb gedreht, ihr Profil im fahlen Licht. „Es heißt, ich werde ermitteln. Aber verlassen Sie sich nicht darauf, dass es schnell geht. Wir brauchen handfeste Beweise, Zeugen, etwas Greifbares. Bis dahin... passen Sie auf."

Es klang wie ein Ratschlag ohne Wärme. Benno nickte, schluckte. Er wollte mehr hören, wollte ein Versprechen, doch er bekam keins. Kropka sah, wie er enttäuscht die Schultern senkte, aber schwieg. Er verstand, dass die Polizistin in ihrem Rahmen arbeitete.

Im oberen Stockwerk war es etwas heller. Draußen knallte der Wind eine lose Tür gegen den Rahmen. Anke ging nach draußen, schob die Hände ans Koppel, sah über den Marktplatz in der Ferne. „Ich fahre jetzt ins Dorf, rede mit ein paar Leuten, mache mir ein Bild." Ihr Kollege nickte, trat zu ihr.

Benno folgte ihr, fast flehend. „Bitte, tun Sie ihr Bestes. Wir sind am Ende."

Anke drehte den Kopf, betrachtete ihn einen Augenblick. „Ich tue, was ich kann. Halten Sie uns auf dem Laufenden, was den Tierarzt sagt." Dann stieg sie in den Wagen. Der Kollege nickte Benno kurz zu, stieg ebenfalls ein. Der Motor heulte leise auf, und sie fuhren davon, ließen nur Staub und Fragen zurück.

Benno stand da, Kropka an seiner Seite. Der Wind wehte scharf über den Hof, spielte mit ein paar welken Blättern. Anne und Sinja schauten aus der Tür, ängstliche Gesichter. Keine Erlösung, nur ein weiteres Warten.

„Was nun?" fragte Benno, leise, fast an Kropka gewandt.

Kropka hob die Schultern, sah Richtung Deich, wo die Wolken tiefer hingen als zuvor. „Wir machen weiter. Suchen, fragen, beobachten. Anke Petersen ist kein Feind, aber sie glaubt nur, was sie sieht. Wir müssen ihr etwas zeigen, dass sie nicht ignorieren kann."

Benno nickte, langsam, gequält. Er wusste, die Zeit arbeitete gegen sie. Die Täter schwiegen, aber ihre Taten sprachen Bände. Der Hund, die Drohungen, der Keller. Kein Zeichen von Nachlassen.

Sie gingen zurück ins Schloss, hinein in die Dunkelheit des Flurs. Anne hielt Sinja im Arm, die Augen groß und leer. Die Wände knarrten, als würde das Haus selbst auf Antwort warten. Draußen stöhnte der Wind, rieb sich an den Mauern. Kropka ballte die Fäuste in den Taschen. Jetzt, mit der Polizei im Boot, hatte sich die Lage nicht

verbessert, aber es gab wenigstens einen for-
mellen Schritt. Er würde weitergraben, tiefer in
das kranke Herz dieser Geschichte.

Teil 4

Der Himmel über Eiderstedt blieb grau. Dicke
Wolken hingen reglos, als wäre die Welt unter einer schmutzigen Decke verborgen. Der Wind
hatte nachgelassen, aber die Luft war kalt, bissig.
Kropka stapfte durch das Dorf, Hände in den Taschen, den Schal eng um den Hals geschlungen.
Über seinem Kopf kreischten Möwen, klangen
wie Hohn.

Das Dorf war klein, gedrungen. Ein paar Reihen
niedriger Häuser, grau verputzt, Dächer mit
Moos überzogen. Kaum Farben. Die Menschen
vermieden Blickkontakt, gingen steif an ihm vorbei. Keiner lächelte. Einige nickten kurz, andere
versteiften sich, sobald er näherkam. Kein offener Hass, aber auch keine Wärme. Nur Schweigen, als könnten Worte alles verraten.

Kropka versuchte es beim Bäcker. Drinnen roch
es nach Brot und kühlem Rauch, ein Mann
wischte den Tresen, mager, eingefallene Wangen. Kropka trat näher, nickte. „Weißt du was
über die Vorfälle beim Schloss?" Keine unnötigen
Höflichkeiten.

Der Bäcker schaute hoch, blasse Augen wie stumpfes Glas. Er schüttelte den Kopf, wischte weiter. Keine Antwort, nur ein Flüstern: „Nix gesehen." Dann abgewandt, als wäre Kropka Luft.

Kropka kniff die Augen zusammen, trat wieder auf die Straße. An der Ecke ein alter Mann auf einer Bank, dicke Jacke, Mütze tief im Gesicht. Kropka näherte sich, stand seitlich, damit der Mann sein Gesicht sah. „Wissen Sie etwas über die Drohungen?" Eine klare Frage.

Der Alte rührte sich kaum. Hob die Augen unter der Mütze, starrte Kropka an, als prüfte er, ob es sich lohnte zu antworten. Ein heiseres Räuspern. „Das Schloss... die Schepps... Fremde." Seine Stimme leise, ein Vorwurf. Dann schwieg er, spuckte auf den Boden, stand auf und ging, ohne ein weiteres Wort.

Misstrauen überall, ein stummer Kreis aus Schweigen. Kropka biss die Zähne zusammen. Irgendjemand wusste mehr, irgendjemand hätte reden können. Aber sie taten es nicht. Vielleicht aus Angst, vielleicht aus Loyalität zu den Tätern. Ein ganzes Dorf als Mauer des Schweigens. Er spürte die Kälte in seinen Knochen, dachte an Benno, an Anne, an Sinja. Sie waren ausgeliefert. Ohne ein Wort, ohne Hilfe.

Er ging weiter zum Marktplatz, ein kleiner Platz mit einem Brunnen, die Steine feucht und rutschig. Ein paar Leute standen herum, taten, als würden sie sich unterhalten, aber sobald Kropka näherkam, verstummten sie. Er fragte eine Frau mittleren Alters, Wollmütze, grober Mantel: „Haben Sie Fremde gesehen, nachts beim Schloss?" Sie wandte den Blick ab, drehte sich um. Keine Antwort.

Ein junger Mann lugte aus der Tür eines Ladens, schmale Schultern, nervöse Augen. Kropka versuchte sein Glück. „Du da. Schon mal was gehört? Ungewöhnliche Geräusche, Leute mit Werkzeug?" Der Junge senkte den Kopf. „Nichts", murmelte er, zu leise, um glaubhaft zu wirken. Dann verschwand er im Laden, Tür zu, Riegel klackte. Kropka blieb mit der Stille zurück.

Was verbargen sie? Hatten die Täter Verbündete im Dorf, oder war das ganze Dorf nur von Angst gelähmt? Kropka wusste es nicht. Er musste tiefer Graben.

Später in der Kneipe, ein schmales Gebäude am Rand des Dorfes, abseits des Marktplatzes. Drinnen roch es nach Bier, Rauch und abgestandener Luft. Zwei Männer am Tresen, breite Schultern, grobe Hände, schweigsam. Der Wirt hinterm Tresen, wischte Gläser, musterte Kropka wie einen Fremdkörper.

Kropka trat näher, bestellte nichts, stellte eine Frage: „Jemand hat Gift ausgelegt im Schloss. Ihr müsst doch was wissen." Der Wirt hob den Kopf, schmale Augen, graue Bartstoppeln. „Wir reden nicht gern über fremde Angelegenheiten." Seine

Stimme klang hart, unbeweglich. Neben ihm lachte einer leise, ein trockenes Lachen ohne Freude.

Kropka presste die Lippen aufeinander. „Das ist kein Fremdes. Es ist ein Mordversuch. Die Schepps sind Teil eurer Gemeinschaft. Ihr lasst sie im Stich." Er spürte, wie die Spannung im Raum wuchs. Die beiden Männer am Tresen drehten sich halb um, nervös. Der Wirt verengte die Augen, stellte das Glas ab, kratzte sich am Kinn. „Sie wollten Neues, Fremde ins Land holen. Vielleicht gefällt das nicht jedem." Ein leiser Unterton, ein stummer Vorwurf an die Schepps. Dann Schweigen.

„Also Deckung für die Täter?" fragte Kropka, die Stimme scharf. Er wusste, das war riskant. Man brauchte nur einen Funken, und die Stimmung könnte kippen.

Der Wirt trat vor, stützte sich mit beiden Händen auf den Tresen. „Pass auf, Fremder. Wir haben hier unsere Regeln. Wenn du was willst, bring Beweise, bring Namen. Sonst geh." Seine Augen funkelten. Die beiden Männer rückten näher. Kropka roch Schweiß, Bier, eine primitive Drohung. Er starrte den Wirt an, kein Zucken in seinem Gesicht.

„Okay", sagte er leise. „Ich verstehe." Dann wandte er sich um, ging raus, ließ die Tür langsam zufallen. Kein Sinn, hier eine Schlägerei vom Zaun zu brechen. Er hatte genug gesehen. Die

Dorfgemeinschaft wusste mehr, aber sie schwiegen aus Angst, aus Trotz, vielleicht aus Komplizenschaft.

Draußen war es dunkler geworden, das Licht der Nachmittagssonne von Wolken erstickt. Kropka schlenderte zurück, Richtung Schloss, den Kopf voller Fragen. Der Kies knirschte unter seinen Schuhen, in der Ferne heulte ein Hund, als wäre es ein Gespenst. Keiner wollte reden. So blieb nur die Isolation.

Am Rand des Dorfes, kurz bevor der Weg zum Schloss begann, sah Kropka einen Mann, der schräg an einer Hauswand lehnte. Ein hagerer Typ mit kantigem Gesicht. Kropka blieb stehen, musterte ihn. Der Mann erwiderte den Blick, senkte dann die Augen. „Geh", flüsterte er nur, kaum hörbar. Dann verschwand er in einer Gasse, die Schultern hochgezogen. Es wirkte, als habe er etwas sagen wollen, aber sich nicht traute.

Kropka seufzte, schob die Hände tiefer in die Taschen. Der Duft von Salzwasser wehte herüber. Der Deich: ein stummes Monument der Abgeschiedenheit. Er ging weiter, Schritt für Schritt, bis er das Schloss erreichte. Dort erwartete ihn neue Stille, aber eine andere Art. Eine Stille des Wartens, der Angst.

Benno stand im Hof, roter Kopf, unruhige Augen. „Hat jemand geredet?" fragte er, hoffnungslose

Naivität in der Stimme. Kropka schüttelte den Kopf. „Nichts. Nur Schweigen." Er biss sich auf die Lippe, sah sich um, als könnte er etwas Neues entdecken.

Anne trat hinter Benno, schmal, blass. Sinja kauerte in der Tür, starrte auf ihre Füße. Die Familie war eingeschlossen in einen Kokon aus Angst. Kropka spürte die Verzweiflung, die in der Luft lag.

Plötzlich entdeckte er etwas an der Mauer neben dem Tor. Ein Stück Papier, angeheftet mit einem rostigen Nagel. Er ging näher, riss es ab. Auf dem Zettel grobe Schrift, verwischte Buchstaben: „Letzte Warnung. Wer redet, fällt." Eine Drohung. Klarer ging es nicht.

Er drehte sich zu Benno, zeigte ihm den Zettel. Dessen Gesichtsfarbe verlor sich, er sah aus, als könnte er jeden Moment umkippen. „Sie drohen dem Dorf", murmelte er. „Keiner wird reden."

Kropka zerknüllte den Zettel in der Faust. Ein direkter Beweis, dass die Täter das Dorf kontrollierten oder zumindest die Leute eingeschüchtert hatten. Die Dorfbewohner fürchteten um ihr eigenes Leben, so sehr, dass sie mordende Feinde deckten. Ein Netz aus Angst, von Schweigen geknüpft. Kein Wunder, dass niemand half.

Anne schluchzte leise, Sinja versteckte ihr Gesicht in Annes Rock. Benno trat auf Kropka zu, flüsterte: „Was nun? Die Polizei? Sie werden

sagen, wir haben nur leere Zettel. Keine Namen."
Seine Stimme zitterte.

Kropka legte den Kopf schief, sah zum Deich hinüber, wo die Wolken tiefer hingen. „Wir müssen sie zwingen, ihre Deckung aufzugeben. Wir müssen Spuren finden, die sie nicht leugnen können."
Ein kühler Entschluss. Er dachte an Anke Petersen, die Polizistin. Sie wollte Beweise. Er würde sie finden, egal wie.

Benno nickte, schwach, kraftlos. Anne zog Sinja ins Haus, die Tür schloss sich. Der Hof lag still, nur Kropka und Benno blieben draußen, zwei Männer gegen eine stumme Allianz. Kropka spürte den Wind wieder anziehen. In der Ferne schrien Möwen. Alles war im Widerhall des Schweigens erstarrt.

Er ging zum Tor, betrachtete die Steine, suchte nach Fußspuren. Nichts. Die Täter waren vorsichtig, schlichen wie Geister. Aber er würde sich nicht abschrecken lassen. Dieses Dorf hatte Geheimnisse, und er würde sie ans Licht zerren. Er hatte keine Wahl. Die Familie brauchte ihn, und er brauchte eine Lösung, um die eigene innere Leere mit Sinn zu füllen.

Mit zusammengepressten Lippen ging er zurück ins Schloss. Draußen blieb nur der leere Himmel, der Deich als stumme Grenze, und ein Dorf, das schützend die Wahrheit verbarg. Doch die Drohung an der Mauer war real, ein Zeichen dafür, dass die Täter nervös wurden. Schweigen konnte nicht ewig halten.

Teil 5

Der Himmel lag wie ein dunkler Deckel über dem Schloss. Kein Streifen Blau, nur dicke Wolken, bleigrau, als hätte der Wind sie zu schweren Bal-len geknetet. Der Tag war still, kaum ein Laut. Nur das leise Kratzen von Zweigen an den Fenstern, als wäre der Wald hinter dem Garten näher ge-rückt. Drinnen im Haus: gedämpfte Schritte, fla-che Atemzüge, gespannte Nerven.

Benno saß am Küchentisch, den Kopf in den Hän-den. Seine Finger fuhren durch sein Haar, fassten ins Leere. Er schien abwesend, sah auf die Holz-maserung der Tischplatte, als läge darin eine Ge-heimschrift. Im Ofen glimmte nur noch kalte Asche, die Luft im Raum war feucht, roch nach Angstschweiß und abgestandener Zeit. Anne lehnte am Türrahmen, die Arme vor der Brust verschränkt. Sie beobachtete ihn, wollte helfen, wusste nicht wie.

Im Nebenraum, Sinjas Zimmer, herrschte Schweigen. Das Kind hielt sich still, als ahne es, dass jeder Laut die Wunden der Eltern weiter auf-riss. Anne trat zu Benno, legte vorsichtig eine Hand auf seine Schulter. Er zuckte nicht zurück, aber er reagierte auch nicht. Sein Blick blieb auf das Nichts gerichtet.

„Benno", flüsterte sie. Ihre Stimme war dünn, als fürchte sie, die Stille zu verletzen. Er hob langsam den Kopf, traf ihren Blick. In seinen Augen lag eine Leere, eine Angst, die wie ein fauler Zahn schmerzte. „Sie zermürben uns", sagte er, hart, brüchig. „Sie wollen, dass wir gehen."

Anne nickte, langsam, zögernd. Sie wusste es, fühlte es, jede Nacht, wenn sie den Wind hörte. „Wir halten zusammen", murmelte sie, leise, kaum hörbar. Doch sie wusste nicht, ob diese Worte reichten. Was bedeutete Zusammenhalt, wenn die Welt um sie herum zerbröckelte?

Kropka stand im Flur, halb in den Schatten getaucht, hörte die leisen Stimmen. Er hatte sich zurückgezogen, die Familie nicht bedrängen wollen. Doch nun trat er ein, so lautlos, dass Anne ihn erst bemerkte, als er schon am Tisch stand. Benno sah auf, fast erschrocken. Kropka nickte knapp, sein Gesicht ernst, aber nicht kalt. Er spürte die Spannungen, die Verzweiflung.

„Ich verstehe, wie Sie sich fühlen", sagte Kropka, leise. Keine flachen Trostworte, nur eine Feststellung. Benno lachte bitter, ein heiserer Laut. „Verstehen? Sie haben keine Ahnung..." Doch dann brach er ab, tastete nach Annes Hand, als suche er Halt. Vielleicht ahnte er, dass Kropka selbst Wunden trug. Aber jetzt war kein Raum für

Mitleid, kein Platz für Tausch von Schmerz. Jetzt ging es um Überleben.

Kropka hob die Hand, deutete Richtung Fenster. „Die Dorfbewohner schweigen. Sie sind eingeschüchtert. Ihre Familie steht allein da." Er sprach langsam, als wolle er Bennos Lage umreißen. „Wir müssen etwas finden, das diese Bastarde entlarvt."

Benno atmete flach durch den Mund. Seine Nase war verstopft von unterdrückten Tränen. „Wir hatten Pläne, verstehen Sie? Konzerte, Ausstellungen. Dieser Ort sollte leben." Seine Stimme klang, als packe er einen alten Traum aus, der nun schimmlig geworden war. „Jetzt ist alles Gift, Drohungen, Totschweigen. Sie bringen uns um, wenn wir bleiben."

Anne drückte seine Hand, strengte sich an, nicht zu weinen. Ihr Gesicht war angespannt, die Lippen schmal. „Benno", sagte sie, hart, aber nicht lieblos. „Wir können nicht einfach aufgeben. Sinja braucht Sicherheit." Das Wort „Sicherheit" klang hohl in dieser leeren Küche.

Kropka trat näher an den Tisch. Er beugte sich leicht vor, ließ seinen Blick zwischen Benno und Anne wandern. Er verstand ihre Furcht. In den letzten Tagen hatte er ihr Haus gesehen, ihre Gesichter, die Risse in ihrer Fassade. „Ich suche weiter", sagte er. „Im Keller, im Hof, nach Spuren. Wir brauchen einen Ansatzpunkt, etwas, das die Polizei überzeugt."

Benno schnaubte, hielt kurz inne, als wäre jeder Atemzug eine Qual. „Die Polizei..." Er klang zynisch. „Petersen glaubt uns nicht oder nimmt uns nicht ernst genug. Ohne Namen, ohne klaren Beweis wird sie wenig tun." Ein weiteres Mal erinnerte er sich an den toten Hund, an das Gift. Kein direkter Beweis, nur Terror. Aber alles reichte nicht, um die Mauer des Schweigens zu durchbrechen.

Anne sah zu Kropka. Sie spürte, dass dieser Mann ihnen näher war als zuvor. Am Anfang war er nur ein distanzierter Fremder mit traurigen Augen. Jetzt war er ein Teil dieses Albtraums, versuchte, ihnen zu helfen, auch wenn er selbst im Dunkeln tappte. „Was tun wir jetzt?" fragte sie. Eine schlichte, verzweifelte Frage.

Kropka überlegte kurz. „Wir verschärfen die Suche. Wir stellen Fallen. Vielleicht kommen sie wieder, um mehr Gift zu legen, oder um Dinge zu verschieben. Ich beobachte, jede Nacht, jeden Winkel." Seine Stimme war kühl, aber es war ein Versprechen. Er gab nicht auf. Das spürte Benno, sah es in Kropkas Augen. Da war ein Funke Entschlossenheit, der nicht erloschen war.

Benno versuchte, den Rücken zu straffen, scheiterte, ließ die Schultern wieder sinken. „Warum wir? Warum dieses Schloss? Wer hasst uns so sehr?" Seine Worte kamen stoßweise, als ringe er um Luft. Er kannte die Antwort nicht, vielleicht gab es keine einfache Erklärung. Veränderung machte Feinde. Irgendwer wollte diesen Ort tot sehen.

Anne ging zum Fenster, blickte hinaus. Nichts als graue Wolken, der Deich wie eine dunkle Linie. Kein Hinweis auf die Täter, keine Gesichter, nur Schatten. Sie wandte sich wieder um, betrachtete Benno. Er sah aus, als hielte er sich gerade so am Rand der Klippe fest. „Wir sind hierhergekommen mit guten Absichten", sagte sie, müde. „Wir wollten dem Dorf etwas geben. Sie haben uns nichts entgegenzusetzen außer Hass."

Kropka neigte den Kopf. „Angst vor Veränderungen", murmelte er. „Vielleicht sind es ein paar wenige, die andere einschüchtern. Das Dorf schweigt, weil sie fürchten, selbst ins Visier zu geraten." Er dachte an die Drohungen, die an der Schlossmauer hingen. „Sie wollen euch loswerden, ohne selber genannt zu werden. Anonymität und Schrecken, perfekte Waffe."

Benno machte eine fahrige Handbewegung, als wolle er Fliegen vertreiben. „Also bleiben wir hier wie Ratten in der Falle? Warten, bis sie zuschlagen?" Er sah Kropka an, als suche er ein Wunder.

Kropka trat einen Schritt näher, ließ seine Stimme leiser werden. „Wir warten nicht passiv. Ich beobachte, stelle Fragen, suche. Vielleicht finde ich Spuren eines Lieferanten fürs Gift, oder ein Werkzeug, das sie im Keller vergessen haben. Irgendwo ein Riss in ihrem Plan." Es klang rational, fast zu nüchtern, aber es war alles, was er anbieten konnte.

Benno atmete tief, schloss die Augen, öffnete sie wieder. Er sah müde aus, Jahre älter als zuvor. „Wir verlassen uns auf Sie", sagte er, steif, als würde er ein Bündnis besiegeln. „Ich kann nicht... ich weiß nicht, was ich sonst tun soll." Seine Ehrlichkeit war nackt, schmerzhaft. Er war kein Kämpfer, nur ein Mann mit Träumen, den man jetzt quälte.

Anne trat neben ihn, legte eine Hand auf seine Schulter. „Wir bleiben stark, Benno", flüsterte sie. „Für Sinja, für uns." Ihre Stimme hatte einen zarten, aber festen Klang. Kropka spürte, dass Anne die letzte Säule war, die Benno am Fallen hinderte. Sie war ängstlich, aber sie hielt zusammen.

Kropka nickte, nur ein kurzes Zucken des Kopfes, aber es war ein stummes Einverständnis. Er verstand ihre Not, und er würde nicht einfach wieder gehen. Seine eigene Vergangenheit, die er vor diesem Fall schützen wollte, drängte sich wieder in sein Bewusstsein. Er kannte den Schmerz, kannte Verluste. Vielleicht war er deshalb hier, um diesmal nicht zu scheitern.

Ein Geräusch im Flur ließ sie alle aufhorchen. Nur ein Windstoß, der durch eine Ritze pfiff. Doch jeder war angespannt, als könnten die Täter schon im Haus sein. Benno ballte die Fäuste, wünschte, er hätte den Mut, mit bloßen Händen gegen die

Unsichtbaren zu kämpfen. Aber was soll man tun gegen Geister, die im Dunkeln wüten?

Kropka wandte sich zur Tür, kontrollierte den Flur, nichts Verdächtiges. Er kehrte zurück, nickte Benno zu. „Ich gehe später noch mal in den Keller. Prüfe jeden Winkel. Vielleicht finde ich etwas, was wir übersehen haben." Seine Stimme war ruhig, aber in seinen Augen flackerte es. Er fühlte den Druck, die Verantwortung.

Benno nickte, schluckte. „Danke", presste er heraus, als wäre dieses Wort schwer wie Blei. Anne hielt seine Hand, fest, still, als wäre sie ein Seil, an dem er sich hochziehen konnte. Sinja trat leise in den Türrahmen, ängstliche Augen, beobachtete die Erwachsenen. Anne winkte sie näher, das Kind schlich an ihre Seite, drückte sich an sie.

Dieser Moment, so still, so verletzlich: Eine Familie am Abgrund, ein fremder Ermittler mitten in ihrer Not. Kropka fühlte etwas wie Mitgefühl, eine zarte Spur. Nicht nur ein Fall, nicht nur ein Job. Hier ging es um Leben, um Seelen, die zerbrachen, wenn er versagte.

Er trat zurück, räusperte sich, zog den Kragen seiner Jacke hoch, als wäre es in der Küche zu kalt. „Ich melde mich, wenn ich etwas finde." Kurz und knapp, keine falschen Versprechen. Er ging, ließ sie zusammen zurück, eine Einheit, die trotz Wunden noch hielt.

Anne setzte sich neben Benno, legte einen Arm um seine Schultern, küsste seinen Scheitel. Sinja schmiegte sich an sie, wortlos, aber da. So hockten sie, eine kleine Gemeinschaft inmitten von Dunkelheit und Bedrohung. Bennos Angst lag wie ein kalter Stein in der Luft, doch sie atmeten weiter, hielten sich fest. Vielleicht reichte das für jetzt.

Draußen pfiff der Wind, flüsterte drohend. Drin-nen pulsierte Angst, doch sie lebten noch, hatten sich nicht aufgegeben. Und Kropka, der draußen auf den Fluren lauerte, ein Mann mit Narben im Innern, würde nicht aufhören, nach Antworten zu graben. Nicht, solange diese Familie noch Halt suchte.

Teil 6

Der Keller roch nach feuchter Erde und Moder, kein frischer Windhauch drang hierher. Kropka stand im Halbdunkel, den Lichtkegel seiner Ta-schenlampe auf den Steinboden gerichtet. Sein Atem war flach, konzentriert. Er musste vorsich-tig sein, jede Bewegung zählte. Jeder Fund konnte Spuren liefern, Antworten, die er brauchte.

Die Schleifspuren am Boden – er hatte sie schon einmal gesehen, aber jetzt folgte er ihnen konsequent bis zu einer schmalen Nische. Er kniete sich hin, drückte mit der Schulter gegen ein wackliges Regalbrett. Ein leiser Ruck, ein Stein gab nach, und dahinter ein kleiner Hohlraum. Er beugte sich vor, zog ein Bündel hervor, eingewickelt in grauen Stoff. Staub wirbelte auf, brannte in der Nase.

Er öffnete das Bündel: Papiere, vergilbt, feucht, mit unleserlichen Stellen. Doch zwischen den Flecken erkannte er Namen, Notizen, krakelige Sätze. Er blätterte vorsichtig, hielt die Taschenlampe schräg, damit er lesen konnte. Dann stolperte er über einen Namen, der ihn erstarren ließ.

Otto von Hadersleben.

Kropkas Herz schlug schneller, die Hand um den Griff der Taschenlampe verkrampfte sich. Otto von Hadersleben. Ein Name, der tief in seinem Gedächtnis vergraben war, unter Schichten aus Schmerz und Wut. Ein Name, den er lange nicht laut ausgesprochen hatte, weil er zu sehr schmerzte. Dieser Otto... Kropka war sich sicher, dass er etwas mit dem Feuer damals zu tun hatte, dem Brand, der seine Familie ausgelöscht hatte. Er konnte es nie beweisen, aber sein Instinkt schrie seit Jahren diesen Namen, immer und immer wieder.

Sein Kopf füllte sich mit Bildern: Flammen, Rauch, sirrende Hitze, die Hilfeschreie, die sich in sein

Gedächtnis eingebrannt hatten. Er selbst hatte den Ruß gerochen, die verkohlten Balken gesehen, seine Frau, seine Kinder, alles verloren in einer Nacht. Kein Zufall, davon war er immer überzeugt gewesen. Jemand hatte das Feuer gelegt, jemand mit Macht, mit Verbindungen. Otto von Hadersleben war damals als Hintermann verdächtig, aber unantastbar. Kropka biss die Zähne zusammen, schmeckte Metall auf der Zunge. Er war nie nahe genug an einen Beweis gekommen, hatte die Sache irgendwann unter seiner Wut begraben.

Und jetzt tauchte dieser Name hier auf, in diesem finsteren Keller, zwischen feuchten Papieren und geheimen Notizen. Warum? Was hatte Hadersleben mit den Ereignissen hier am Schloss zu tun? War es nur Zufall? Kropka glaubte nicht an Zufälle. Vielleicht war Otto von Hadersleben hier der Strippenzieher im Hintergrund, oder sein Einfluss lebte in einer Gruppe fort, die in seinem Namen handelte, die dieses Schloss in die Knie zwingen wollte. Eine alte Ideologie, ein Fanatismus gegen Veränderung und fremde Einflüsse. Und nun bedrohten sie die Schepps, genauso wie sie einst Kropkas Familie zerstörten?

Er wischte sich mit dem Handrücken über die Stirn, atmete tief durch. Er musste klar denken. Er blätterte weiter in den Papieren. Ein Lageplan, krude gezeichnet, zeigte das Schloss von innen, Markierungen an den Wänden, Hinweise auf

Fundament und Schwachstellen. Darunter kurze, kryptische Kommentare, Andeutungen von Sabotage. Und der Name Hadersleben tauchte mehrfach auf, als Referenz, als Vorbild oder Befehlshaber. Kropka sah Hinweise auf alte Fehden, auf eine Gruppe, die sich auf Hadersleben berief, um Fremde fernzuhalten, um das Land stillzulegen, jede Neuerung zu ersticken.

Kropka zwang sich zur Ruhe. Sein Blut kochte. Er durfte jetzt nicht die Kontrolle verlieren. Er war so nah an etwas Konkretem, endlich etwas Greifbares. Er steckte die Papiere in eine Plastikfolie, die er dabei hatte. Beweise, die er zeigen konnte, zur Not Anke Petersen, oder sogar Benno. Er brauchte mehr Licht ins Dunkel.

Er tastete weiter im Hohlraum, fand ein kleines Ledertäschchen. Er öffnete es, ein altes Foto fiel heraus. Darauf ein Mann, schmale Lippen, strenges Gesicht, altmodische Kleidung. Darunter stand in dünner Bleistiftschrift: „Otto v. Hadersleben". Ein Gespenst aus der Vergangenheit, manifestiert in einem verblassten Bild. Kropka starrte das Gesicht an, fühlte Hass in sich aufsteigen, ein kaltes Zittern in den Fingern. Dieser Mann hatte seine Familie auf dem Gewissen, davon war er überzeugt. Er konnte es nie beweisen, aber er wusste es im Innersten. Jetzt hatte er vielleicht eine zweite Chance, etwas aufzudecken.

Die Täter hier im Schloss folgten anscheinend den Spuren dieses Hadersleben. Sie wollten das Schloss Hoyerswort in alte Zustände zurückführen, ohne Fremde, ohne neue Ideen, genau wie Hadersleben es gewollt haben mochte. Kropka schnaubte leise. War das ein Kult? Ein Kreis von Ewiggestrigen, die vor nichts zurückschreckten, nicht einmal vor Mord, um ihre Ideologie durchzusetzen?

Er stand auf, der Kopf voller Gedanken. Er musste diese Informationen nutzen, um die Polizei und Benno von der Tiefe der Gefahr zu überzeugen. Diese Leute waren keine gewöhnlichen Einbrecher oder Neider. Sie waren Fanatiker, Kanäle einer dunklen Vergangenheit. Sie hatten schon einmal sein Leben zerstört, nun wollten sie das Leben der Schepps zerbrechen.

Kropka leuchtete ein letztes Mal in den Hohlraum, nichts weiteres Brauchbares. Er verschloss ihn wieder notdürftig, um keine Spuren zu hinterlassen, die die Täter alarmieren könnten. Dann schaltete er die Taschenlampe aus, stand kurz im Dunkeln, um seinen Atem zu hören, sein Herz zu spüren. Er war wütend, aber diese Wut gab ihm Kraft. Er würde nicht lockerlassen, er würde tiefer graben.

Er verließ den Keller, schlich leise über den Flur. Von draußen kam ein leises Heulen, der Wind kratzte an den Fenstern. Die Wolken drückten sich gegen das Glas, als wollten sie ins Haus eindringen. Kropka war allein mit seinem Schmerz, seiner Entdeckung. Er spürte wieder die alte Ohnmacht von damals, als die Ermittlungen im Fall seiner Familie im Nichts verliefen. Diesmal nicht. Diesmal würde er Beweise sammeln, den Täterkreis einkreisen, Haderslebens Einfluss sichtbar machen.

Er betrat den Wohnbereich, die Gänge düster, Anne und Benno waren irgendwo im Haus, vielleicht mit Sinja beschäftigt. Er überlegte, wann und wie er Benno davon erzählen sollte. Der Mann war schon so angeschlagen, und nun dieser Name, diese Geschichte? Aber Benno musste es wissen. Nur so verstanden sie, wie ernst die Lage war. Und Kropka brauchte jede Information, jede Geschichte, die ihm half, Haderslebens Netz zu entwirren.

Leise ging er Richtung Treppe, sah sein Spiegelbild in einer stumpfen Scheibe. Ein harter Mann mit müden Augen, ein Mann, der zu viel erlebt hatte. Er würde die Schepps retten, weil er diesmal nicht scheitern durfte. Weil Hadersleben und seine Erben nicht noch einmal triumphieren sollten. Er trug jetzt die Last zweier Familien auf den Schultern – seiner eigenen verlorenen, und der Schepps, die er zu retten hoffte.

Draußen surrte der Wind, drinnen herrschte totenstille Spannung. Kropka atmete aus, presste die Lippen zusammen. Er hatte einen Namen, einen roten Faden. Er würde folgen, bis er den Schuldigen aufdeckte. Otto von Hadersleben, dachte er, dein Schatten ist lang, aber ich werde dich aus der Dunkelheit zerren. Es war Zeit, das Unrecht von damals nicht erneut geschehen zu lassen.

Teil 7

Der Himmel lag schwer über Eiderstedt, die Wolken drückten auf das Land wie dunkle Finger. Kropka stand im Hof, den Mantelkragen hochge-schlagen, den Blick auf die leere Zufahrt gerich-tet. Er wartete. Der Wind roch nach Salz und Bit-terkeit, als hätte die See ihre Launen ins Land gespuckt. Er hörte nur seinen Atem, kein Lachen, keine Stimmen. Die Stille lastete auf ihm.

Ein Motorengeräusch. Dann der Wagen, ein Schatten auf dem Kies. Anke Petersen stieg aus, die Schultern angespannt, der Mund zu einer schmalen Linie verzogen. Kein Lächeln, kein Grü-ßen. Sie kam näher, blieb zwei Schritte vor ihm stehen, der Wind zerrte an ihrem Haar.

„Sie sind zurück", sagte Kropka, leise, knapp. Er hatte gehofft, dass sie kommen würde.

Anke nickte, warf einen Blick auf die Schlossmauern. „Ich habe gesprochen. Mit alten Leuten im Dorf. Heimlich. Sie redeten um den heißen Brei herum, doch ein Name fiel: Otto von Hadersleben." Ihr Ton wurde schärfer, als sie den Namen aussprach. „Er lebt noch. Er hat seine Finger im Spiel. Die Leute haben Angst vor ihm, vor seinen Methoden."

Kropka spürte ein Zucken im Nacken. Hadersleben lebte. Er war kein Relikt, kein tote Legende. Ein Mann aus Fleisch und Blut, der einmal schon sein Leben zerstört hatte, indem er den Brand befehlen ließ, in dem Kropkas Familie starb. Jetzt steckte er tief in dieser Verschwörung gegen die Schepps. Kropka ballte die Hände in den Taschen, um nicht zu zittern.

„Ich habe auch Hinweise gefunden", sagte er, den Blick auf Anke gerichtet. Er zog eine Plastiktüte hervor, Papiere, ein altes Foto. „Im Keller. Sie berufen sich auf Hadersleben, haben Pläne vom Schloss, Sabotage-Hinweise. Sein Name taucht immer wieder auf." Seine Stimme war kontrolliert, aber innerlich brannte Wut.

Anke betrachtete die Unterlagen im fahlen Licht. Ein leises Flüstern: „Also doch. Er ist kein Mythos. Er ist hier, oder seine Leute handeln in seinem Auftrag. Die Dorfbewohner wissen es, aber schweigen, aus Angst." Sie sah Kropka an, ihre Augen hart. „Wir müssen ihn stoppen."

Kropka schluckte. Er war erleichtert, dass sie begriff, dass Hadersleben am Leben und aktiv war. „Früher... ich hatte ihn in Verdacht", sagte er tonlos. „Der Brand, bei dem meine Familie starb. Ich bin sicher, Hadersleben steckte dahinter. Nie bewiesen. Jetzt taucht er hier auf, wieder Terror, wieder Drohungen." Er hielt inne, um nicht die Beherrschung zu verlieren.

Anke schwieg einen Moment, ließ seine Worte wirken. Kein Mitleid, aber Verständnis lag in ihrer Miene. „Das erklärt Ihre Härte, Ihre Entschlossenheit. Nun haben wir beide ein Ziel: Beweise finden, ihn entlarven, ihn zur Strecke bringen." Ihre Stimme klang knapp, fest, ohne falsche Versprechen.

Ein Knarren: Die Tür des Schlosses öffnete sich. Benno Schepp trat heraus, Anne hinter ihm, bleiche Gesichter. Sie sahen Anke und Kropka, hofften auf gute Nachrichten. Kropka drehte sich halb um, so dass sie seine angespannten Züge nicht zu deutlich sahen.

„Anke ist zurück", sagte er kurz zu Benno. „Sie unterstützt uns inoffiziell. Wir haben einen Namen: Otto von Hadersleben." Er nannte den Namen ohne Zögern, wollte Benno klar machen, dass dies kein Phantom war.

Benno zog scharf die Luft ein. Anne klammerte sich an seinen Arm. „Hadersleben?", flüsterte Benno, als hätte er Gerüchte gehört, alte Geschichten von Macht und Schrecken. „Ich dachte, er wäre… eine Legende. Ein reicher Mann, abgeschottet, ohne Skrupel." Seine Stimme bebte.

„Er ist real und am Leben", sagte Anke. „Die Leute im Dorf flüstern über ihn, aber keiner wagt es, offen zu reden. Er hat Einfluss, Geld, Gefolgsleute. Wahrscheinlich will er euer Schloss vernichten, weil es seine Ideale verletzt: Fremde, Kultur, Neuerungen. Er will Stille und Kontrolle."

Anne umklammerte Bennos Hand. Sinja trat vorsichtig in den Türrahmen, lugte heraus, Augen groß und ängstlich. Kropka hob den Kopf, streifte Sinja nur kurz mit einem Blick, dann wandte er sich an Anke. „Was schlagen Sie vor?" Kurz, präzise, er wollte Handlungen, keinen Trost.

Anke überlegte. „Ich kann offiziell wenig tun, ohne harte Beweise. Aber ich werde hier in der Nacht beobachten, im Auto, unauffällig. Vielleicht tauchen seine Leute wieder auf. Wenn wir ein Gesicht erkennen, ein Kennzeichen, dann haben wir etwas Greifbares."

Kropka nickte. „Ich durchsuche weiter den Keller, den Dachboden, jede Ecke. Vielleicht finde ich mehr Dokumente, Hinweise auf seine Operationen. Wir müssen ihn in die Enge treiben." Er spürte die alte Wut in sich auflodern, doch er beherrschte sich. Keine Racheausbrüche, nur klare Schritte.

Benno trat näher, der Atem zitterte. „Wenn dieser Hadersleben so mächtig ist... was, wenn er noch schlimmer zuschlägt?" Seine Angst war greifbar, ein dünner Ton in der Stimme.

Anke sah ihm in die Augen. „Dann sind wir vorbereitet. Ich bin jetzt auf Ihrer Seite, Schepp. Inoffiziell, aber fest entschlossen." Ihre Worte waren leise, aber sie klangen wie ein Versprechen.

Anne setzte Sinja ab, flüsterte dem Kind etwas Beruhigendes zu, schickte sie zurück ins Haus. Dann wandte sie sich an Kropka. „Sie kennen diesen Mann, oder? Ich sehe es in Ihren Augen." Kein Vorwurf, nur eine Feststellung.

Kropka nickte knapp. „Wir haben eine Vergangenheit. Er entging mir einmal, nicht diesmal." Seine Stimme war frostig, aber es war die Kälte der Entschlossenheit. Er hatte nun zwei Ziele: die Familie schützen und Hadersleben entlarven.

Der Wind zerrte an den Mänteln, der Himmel noch immer grau. In der Ferne kreischte eine Möwe, klang wie ein Hohnlachen. Doch Kropka, Anke, Benno und Anne standen nun zusammen. Eine seltsame Koalition, schwach vielleicht, aber besser als nichts.

„Ich bleibe die Nacht hier in der Nähe", sagte Anke erneut, um es klarzumachen. „Kein offizieller Einsatz, aber ich kann Augen und Ohren sein. Wenn Sie etwas finden, rufen Sie mich an." Sie reichte Kropka eine kleine Karte mit einer Nummer, unauffällig. Er nahm sie, steckte sie weg.

Er sah kurz in ihre Augen, ein stummes Einvernehmen. Die Vergangenheit lastete auf ihm, sein Schmerz war frisch wie am ersten Tag. Anke verstand, ohne viele Worte. Beide wollten dasselbe: Gerechtigkeit, ein Ende der Angst.

„Wir werden sie kriegen", sagte Kropka, leise. Eine Aussage ohne Pathos, nur kühle Entschlossenheit.

Anke nickte. „Ja, aber vorsichtig. Hadersleben ist kein Dummkopf. Er hat Geld, Verbündete, lange Arme. Wir dürfen keine Fehler machen." Ihre Stimme klang hart, als wüsste sie um die Gefahr, die in der Dunkelheit lauerte.

Benno ballte die Hände. „Wir tun, was Sie sagen. Wir wollen nur Frieden, unser Leben zurück." Er klang müde, doch in seiner Müdigkeit lag eine Spur Trotz.

Anne stand dicht hinter ihm, bestätigte stumm alles, was er sagte. Sie war der emotionale Anker, der diesen Mann am Rand des Wahnsinns hielt.

Kropka trat einen Schritt zurück, ließ den Blick über das triste Land streifen. Der Deich war ein dunkler Strich, als wäre er das Ende der Welt. Ein

Ende, gegen das sie jetzt ankämpften. Er fühlte sich nicht mehr ganz so allein. Er hatte Anke an seiner Seite, selbst wenn inoffiziell. Er hatte die Schepps, für die er kämpfte, und in ihrem Leid fand er einen Grund, weiterzumachen.

Anke wandte sich zum Wagen, blickte noch einmal über die Schulter. „Ich melde mich, sobald ich was sehe." Ein knapper Satz, ein Abschiedsgruß ohne Floskeln. Dann stieg sie ein, fuhr langsam davon, um sich in der Nähe zu positionieren.

Kropka, Benno und Anne blieben zurück. Der Wind wehte, brachte ein leises Flüstern von der See herüber. Kropka schloss kurz die Augen, atmete durch. Hadersleben lebte. Ein Schurke aus Fleisch und Blut, ein Gegner, den er dieses Mal nicht entwischen lassen wollte.

Er wandte sich an Benno und Anne, nickte. „Wir werden vorbereitet sein." Dann gingen sie ins Haus. Draußen blieb die Dunkelheit, der Wind, und die schwelende Bedrohung. Doch diesmal hatten sie einen Verbündeten, und das war mehr, als sie noch vor kurzem hatten. Der Kampf hatte erst begonnen, und Kropka würde nicht nachlassen, bis Hadersleben fiel.

Teil 8

Nacht über Eiderstedt. Der Wind heulte, biss in jede Ritze. Das Schloss stand dunkel, ein Schattenklotz vor grauschwarzen Wolken. Kein Mond, nur vage Konturen, flüchtige Reflexe auf nassem Stein. Kropka schlich über die Flure, jede Bewegung vorsichtig, lautlos, die Hand an der Taschenlampe, eine zweifelhafte Waffe. Er hatte sich entschieden, wachzubleiben, zu lauschen. Die Bedrohung war real, lebendig. Er spürte sie in der Enge seiner Brust.

Benno und Anne hatten sich ins obere Stockwerk zurückgezogen, Sinja auf dem Arm, die Türen verriegelt, so gut es ging. Angst lag in der Luft, klebrig, bitter. Sie hofften, diese Nacht würde leer bleiben, keine Schritte, kein Gift, kein Schatten an den Fenstern. Eine trügerische Hoffnung.

Kropka stand am Ende eines Korridors, spähte durch ein Fenster. Draußen peitschte der Wind über die Felder, die Umrisse des Deichs ein schwarzer Strich. Er dachte an Anke, draußen irgendwo im Auto, versteckt. Er fragte sich, ob sie etwas sah, ob sie auf einen Funken wartete. Er sah nur Dunkelheit.

Ein Geräusch. Er spannte sich an, drehte den Kopf. Irgendwo unten, an der Hintertür, ein leises Knirschen. Holz, das nachgab. Kropka verharrte, Atem flach. Noch einmal knirschen, dann ein dumpfes Poltern, sehr leise, aber für ihn hörbar. Eindringlinge?

Er spürte, wie sein Herz raste. Er konnte nicht warten, musste handeln. Er schlich zur Treppe, stieg Stufe für Stufe, lautlos. Die Luft roch kalt, feucht, nach altem Holz. Jeder Schatten wurde verdächtig.

Unten im Flur: schwach umrissene Möbel, eine Vase auf einem wackligen Tisch, ein Orientläufer, der zu dunklen Flecken verschwamm. Kropka kniff die Augen zusammen, hielt die Taschenlampe unter die Jacke, um kein Licht zu verstrahlen. Noch ein Geräusch, näher jetzt. Schritte, gedämpft durch Gummisohlen oder Stoff. Er konnte keine Stimmen hören, nur atemlose Präzision.

Er beugte sich vor, spähte um eine Ecke. Zwei Gestalten, dunkel gekleidet, Kapuzen tief ins Gesicht gezogen, hantierten an einer Seitentür, als wollten sie einen weiteren Zugang öffnen. Er sah Metall aufblitzen – ein Brecheisen? Er biss die Zähne zusammen. Diese Leute kamen vorbereitet. Nicht bloß Neugier, sondern Absicht, Gewalt.

Ein Schlag in der Dunkelheit: Die Gestalten sprachen kaum, nur kurze Zischlaute. Kropka zögerte. Allein gegen zwei oder mehr? Er konnte sie nicht direkt angreifen, er hatte keine Waffe außer seinem Verstand. Er überlegte, ob er Anke irgendwie signalisieren konnte. Zu riskant, kein Handy am Ohr ohne Licht. Er musste beobachten, Beweise sammeln, sie vielleicht in die Falle locken.

Er schlich näher, flach an die Wand gepresst. Sein Herz klopfte in den Ohren. Einer der Eindringlinge hob den Kopf, als hätte er etwas gehört. Kropka erstarrte, wagte keinen Atemzug. Der Fremde trat einen Schritt ins Dunkel, suchte Geräusche. Kropka duckte sich hinter einen Pfeiler, hörte seinen eigenen Puls wie Donnergrollen.

Dann ging der Eindringling weiter. Sie hatten es eilig, wollten tiefer ins Schloss vordringen. Vermutlich in den Keller, dachte Kropka. Dort, wo die Spuren waren, wo die Dokumente lagen. Wollten sie Beweise vernichten? Neue Fallen legen? Er wusste es nicht. Aber er musste sie aufhalten, oder zumindest etwas herausfinden.

Ein Knarren von oben. Er hörte es, sehr leise: Benno oder Anne, die sich bewegten. Ein Fehler. Die Eindringlinge hoben die Köpfe, einer zischte etwas Unverständliches. Dann teilten sie sich auf. Einer blieb unten, der andere schlich zur Treppe nach oben. Kropka verfluchte die Unvorsichtigkeit. Wenn diese Typen nach oben kamen, Benno und Anne waren in Gefahr. Sinja auch. Keine Zeit zu zögern.

Er trat aus der Deckung, ein kühner Schritt. „Hey!" flüsterte er scharf, ein leiser, aber schneidender Laut. Der unten gebliebene Eindringling fuhr herum, starrte in seine Richtung. Kropka hob die Taschenlampe, drückte den Knopf. Ein

Lichtstrahl schnitt durch die Dunkelheit, traf eine Gestalt mit Kapuze, die sofort den Arm vors Gesicht riss. Ein Keuchen, dann Sprung zur Seite.

Der zweite Eindringling drehte sich an der Treppe um, unschlüssig. Kropka nutzte den Moment, stürzte vor, blieb aber auf Abstand. Er wollte sie nicht zum Angriff provozieren, nur ablenken, Zeit gewinnen. „Raus hier!" zischte er, ein knapper Befehl. Er wusste, es klang lächerlich, aber vielleicht erschrak es sie.

Die Gestalten reagierten prompt. Der an der Treppe zog einen kurzen Gegenstand aus der Jacke, metallisch, ein Messer oder ein Stemmeisen. Der andere senkte die Kapuze ein Stück. Kropka erkannte keinen Gesichtsausdruck im grellen Lichtkegel, nur angespannte Konturen. Ein Funken Hass?

„Wer seid ihr?" zischte Kropka, die Stimme flach, bedrohlich. Keine Antwort, nur ein leises Lachen, heiser, verächtlich.

Dann bewegten sich beide fast gleichzeitig. Der obere lief zurück nach unten, um sich mit dem anderen zu verbünden. Zwei gegen einen. Kropka wich zurück, Taschenlampe zitterte in seiner Hand. Er musste sie nicht besiegen, nur aufhalten, oder sie in die Enge treiben. Vielleicht konnte er sie in einen Raum locken, die Tür blockieren.

Doch sie waren schnell. Der eine sprang vor, riss die Vase vom Tisch, schleuderte sie in Kropkas Richtung. Kropka duckte sich, die Vase zerschellte an der Wand, Scherben klirrten. Zu laut. Sicher hörte man es oben.

Oben erklang ein Schrei, kurz und unterdrückt. Anne oder Benno hatten die Gefahr erkannt. Sinja weinte, ein leiser, hoher Ton, kaum vernehmbar, aber für Kropka wie ein Stich ins Herz. Er durfte nicht zulassen, dass sie nach oben stürmten.

Er ging rückwärts, Schritt für Schritt, hielt den Lichtstrahl auf ihre Gesichter. Endlich erkannte er bei einem flüchtig einen Schnauzbart, bei dem anderen eine Narbe am Hals. Zwei gewöhnliche Gesichter, aber voller Entschlossenheit. Sie wirkten nicht wie Amateure. Er dachte an Hadersleben, an seine Schergen. Waren es seine Leute?

Der mit der Narbe zog ein Metallrohr aus der Jacke, hielt es fest, bereit zum Schlag. Kropka presste die Lippen zusammen. Keine Chance im Nahkampf. Er musste nachdenken, einen Vorteil finden. Die Tür zum Keller war hinter ihnen, die zum Hof auf der anderen Seite.

Plötzlich tauchte ein dritter Schatten auf, hinter ihnen, leise wie ein Geist. Ein viertes Geräusch. Mehr als zwei Eindringlinge? Kropka spürte kalte Panik im Nacken. Eine ganze Gruppe? Er hörte ein leises Klicken, als würde jemand ein Schloss öffnen. Vielleicht Kellerzugang oder ein versteckter Gang. Sie waren hier, um etwas zu holen oder zu verstecken.

Ein dumpfes Poltern, dann ein Wimmern von oben. Kropka wirbelte herum, das Licht flackerte. Benno rief seinen Namen, panisch, abgehackt: „Kropka! Hilfe!" Dann ein Schrei von Anne, verzerrt von der Dunkelheit.

Kropka wollte losrennen, die Treppe hinauf, aber die drei Gestalten versperrten ihm den Weg, rückten näher. Er stand wie in einer Falle. Er hörte Sinjas Wimmern, sah keine Chance, einfach vorbeizuhuschen.

Noch ein Geräusch, diesmal von draußen. Ein Motor, ein Scheinwerfer, der kurz flackerte durch das Fenster. Anke? Vielleicht. Aber würde sie rechtzeitig eingreifen? Kropka wusste es nicht. Er stand hier unten, gefangen zwischen Fremden mit Waffen, während oben die Familie in Panik geriet.

Die drei Fremden rückten näher, Kreis aus Schatten, Metall blitzt. Keine Worte, nur ein leises, kehliges Lachen. Kropka hob die Taschenlampe, sein einziger Trumpf. Er hörte Benno erneut schreien, etwas klirrte oben, als würde eine Tür eingetreten.

Dann flackerte das Licht aus seiner Lampe. Die Batterien? Nein, ein Schlag von einer Hand, die den Arm wegstieß. Dunkelheit verschlang die

Szene. Kropka tastete ins Leere, fühlte einen Stoß gegen die Rippen, röchelte. Geräusche wirbelten um ihn, chaotisch, drückten ihn gegen die Wand.

Ein einziger Gedanke: Hadersleben und seine Schergen sind hier, im Haus, in diesem Moment, und er ist machtlos. Der Cliffhanger brannte sich in sein Gehirn. Er wusste nicht, ob Anke eingreifen konnte, ob die Schepps sicher waren. Er wusste nur, dass alles in Sekunden eskalierte, die Dunkelheit tiefer wurde, die Gegner überall waren.

Er sah kaum noch etwas, nur das fahle Licht von draußen, doch ein Schatten vor ihm hob das Metallrohr. Ein zischender Laut, und Kropka hob reflexhaft den Arm. Ein Aufprall, Schmerz, Funken im Kopf. Er schrie nicht, aber spürte das Blut in seinen Ohren rauschen. Vollkommene Finsternis, Chaos.

So endete die Nacht, in einem schmalen Moment der Gewalt, ein Cliffhanger ohne Ausweg.

KAPITEL 3

Die Nacht lag wie ein schwarzes Tuch über dem Schloss, als Kropka endlich das Bewusstsein wiedererlangte. Sein Kopf pochte, Schmerzwellen pulsierten hinter den Augen. Er lag auf kaltem Stein, die Seite schmerzte, der Geruch nach

Staub und Angst in seiner Nase. Er blinzelte, sah verschwommene Konturen: zersplitterte Möbel, verstreute Scherben. Die Eindringlinge waren weg.

Irgendwo hörte er Wimmern, Schritte. Er richtete sich ächzend auf, kämpfte gegen Benommenheit. Der Flur war halb im Dunkeln, ein schwaches Dämmerlicht drang durch ein Fenster. Er hörte Anne schreien, leise, dünn: „Sinja! Wo bist du?" Bennos Stimme mischte sich dazu, heiser, zerrissen: „Nein, nein... Gottverdammter Mist!"

Kropka stolperte voran, den Arm um die schmerzende Rippe geschlungen. Er fand sie im oberen Stockwerk, vor Sinjas Zimmer. Die Tür stand offen, das Bett leer, die Decke auf den Boden geworfen. Anne kniete auf dem Boden, hielt ein winziges Stück Stoff in den Händen, starrte es an, als wäre es Gift. Benno lehnte an der Wand, das Gesicht aschfahl, Tränen in den Augen.

„Was ist passiert?" Kropkas Stimme kratzte, jede Silbe ein Stich.

Anne hob den Kopf, ihre Augen gerötet. „Sie ist weg. Sinja ist weg. Sie haben sie mitgenommen." Die Worte kamen gebrochen, als reiße sie jedes Wort ein Stück ihres Herzens heraus.

Benno schlug mit der Faust gegen den Türrahmen, holprige Atemzüge. „Wir waren zu spät. Diese Schweine... sie haben sie einfach..." Er brach ab, schnappte nach Luft. Schuld und Entsetzen zeichneten sein Gesicht.

Kropka biss die Zähne zusammen, zwang sich zur Klarheit. Die Entführer waren hier gewesen, nicht nur um zu sabotieren, sondern um Sinja zu holen. Ein Druckmittel, eine Waffe, um die Schepps vollständig zu brechen. Er dachte an Hadersleben, an dessen Grausamkeit. Natürlich entführten sie ein Kind, um absolute Macht auszuüben.

Der Wind draußen schlug an die Fenster, ein heiseres Flüstern. Kropka trat zum Fenster, spähte hinaus. Dunkle Wolken, kein Mondlicht. Nichts. Sie konnten längst fort sein. Er musste Spuren suchen, jetzt, sofort.

Anne stand auf, klammerte sich an Benno, der kaum stehen konnte. Sie spürte, dass Kropka handeln musste, ließ ihn gehen, ohne ein Wort. Ihre Blicke waren flehend, stumm: Finde sie, bitte.

Kropka humpelte die Treppe hinab, hielt sich am Geländer fest. Unten, im Hof, flackerte eine schwache Außenlampe, ein letzter Rest Elektrizität in dieser Nacht. Er trat nach draußen, der Wind peitschte ihm Regen ins Gesicht, salzig und hart. Über ihm kreischten Möwen, als lachten sie hämisch.

Er kniete sich in den Kies, ließ den Lichtkegel seiner Taschenlampe über den Boden streichen. Da: leichte Vertiefungen, chaotisch, als hätten Leute gerungen, etwas oder jemanden ins Auto gezerrt. Reifenspuren, dünne Rillen im nassen Boden. Kein großes Auto, eher ein Geländewagen oder ein Kombi. Er drückte die Finger in die Spur, spürte Matsch unter den Nägeln.

Ein kleines, rosafarbenes Stück Stoff lag am Rand des Beetes, halb im Schlamm versunken. Er hob es auf, ein Socken, so winzig wie Sinjas Fuß. Er biss sich auf die Lippe, Wut stieg in ihm hoch. Sie hatten ihre Spur hinterlassen, arrogant oder eilig. Jetzt wusste er, dass sie einen Fluchtweg benutzt hatten, wohl Richtung Dorf oder weiter ins Hinterland.

Hinter ihm hörte er Schritte, vorsichtig. Er drehte sich um, die Taschenlampe im Anschlag. Anke Petersen, bleich, nass vom Regen, die Haare wirr. Sie kam aus dem Dunkel, atemlos. „Ich sah ein Auto wegfahren. Schwarzer Wagen, kein Kennzeichen erkennbar. Ich war zu langsam." Ihre Worte klangen bitter, frustriert.

Kropka hielt ihr den Socken hin, wortlos. Sie verstand sofort, ihr Blick verhärtete sich. Keine Zeit für Schuldzuweisungen. Sie kniete sich neben ihn, strich mit der Hand über die Reifenspur. „Wir müssen nachfassen. Ein Wagen, wahrscheinlich Richtung Küstenstraße. Wir können Spuren folgen, fragen, ob jemand was gesehen hat."

Benno taumelte in den Hof, Anne an seiner Seite. Er bibberte, Tränen auf den Wangen, verstand die Szenerie kaum. „Sie haben Sinja… Was tun wir jetzt? Was machen wir?" Seine Stimme brach.

Kropka stand auf, starrte den Deich an, als könne er dort Antworten finden. „Wir holen sie zurück." Kurzer Satz, hart wie Stahl. Er würde nicht zulassen, dass Hadersleben mit diesem Verbrechen durchkam. Nicht noch einmal unschuldiges Blut unter seinen Fingern.

Anne trat näher, blickte auf den Socken in Kropkas Hand, schluchzte lautlos. „Sie muss Angst haben… alleine…" Ihre Stimme war nur ein Hauchen im Wind.

Anke legte kurz die Hand auf Annes Schulter, feste, aber kurz, als Zeichen von Mitgefühl. Dann wandte sie sich an Kropka: „Wir teilen uns auf. Ich fahre durchs Dorf, klopfe an Türen, notfalls wecke Leute. Irgendjemand muss die Fahrt bemerkt haben." Ihre Augen loderten, keine leeren Worte. Sie meinte es ernst.

Kropka nickte, wandte sich an Benno. „Sie bleiben hier, sperren alles ab, warten. Wir kommen zurück mit Infos. Ich werde die Umgebung absuchen, jeden Pfad, jede Spur im Gras." Er klang kompromisslos, eine Maschine voller Zielstrebigkeit. Doch innerlich schrie er, wütend auf sich selbst, weil er die Entführung nicht verhindert hatte.

Benno schlug die Hände vors Gesicht, sein Körper zitterte. Anne umarmte ihn, hielt ihn fest, zwang ihn zu atmen. „Wir... wir tun alles", flüsterte sie. „Bitte, Michael, bring sie zurück." Sie nannte ihn beim Vornamen, ein flehender, persönlicher Appell. Kropka spürte den Druck, aber er wollte keine leeren Versprechungen machen, er sagte nur: „Ich versuche es."

Anke war schon unterwegs, zurück zum Wagen, der Motor heulte auf, Scheinwerfer tanzten über die Steinmauern. Kropka prüfte nochmal den Boden, suchte nach Hinweisen: ein Fetzen Stoff, ein fremder Gegenstand, irgendetwas. Er fand Abdrücke von Schuhen, groß, schwer. Mindestens zwei Männer, vielleicht drei. Dieselben, die ihn niedergeschlagen hatten.

Er fluchte leise, presste die Lippen zusammen. Er kannte den Gegner: Haderslebens Leute. Vielleicht hatten sie Sinja als Pfand, um die Schepps endgültig in die Knie zu zwingen. Vielleicht wollten sie ihn selbst zwingen, sich zurückzuziehen. Er würde ihnen diesen Triumph nicht gönnen.

Der Regen nahm zu, Nadelstiche auf der Haut, der Wind zerrte an seiner Jacke. Er ging um das Schloss herum, leuchtete auf den Rasen. Da war ein Abdruck, tiefer als die anderen. Jemand hatte Sinja getragen, schwer, wehrlos. Ein kleiner Tritt, vielleicht von ihr, im Schlamm ein Abdruck eines winzigen Schuhs. Er hob den Kopf, atmete scharf durch. Das war seine erste konkrete Spur. Er würde ihr folgen, einen Kreis ziehen, schauen, wo das Auto gewendet hatte.

Benno rief von der Haustür: „Haben Sie was?" Verzweifelte Hoffnung in seiner Stimme.

Kropka schüttelte den Kopf, sprach nur kurz: „Abdrücke. Nichts Konkretes. Ich suche weiter." Er klang ruppig, aber er musste fokussiert bleiben. Worte halfen jetzt wenig, nur Taten zählten.

Anne stand hinter Benno, die Augen hohl, als würde sie jeden Moment zusammenbrechen. Doch sie hielt sich aufrecht, für Sinja, für Benno. Ihre Lippen zitterten, aber kein Laut.

Kropka schaute erneut zum Deich, der sich in der Ferne abzeichnete, als wäre er eine Grenze zwischen Leben und Tod. Die Täter waren fort, aber nicht unauffindbar. Er würde sie jagen, Schritt für Schritt. Er spürte, wie die Kälte des Windes in sein Mark drang, aber sie verhärtete nur seine Entschlossenheit.

Er drehte sich um, trat zurück in den Hof, gab Benno ein kurzes Zeichen. „Ich komme gleich wieder. Muss den Garten absuchen." Kurze Sätze, kein Trost, kein Aufschub. Er rannte los, den Kies knirschend unter den Sohlen, den Lichtkegel tanzend über Büsche und nasse Steine.

Die Nacht hatte ihnen Sinja entrissen, aber Kropka würde nicht rasten, bis er sie wiederfand. Ein Name klingelte in seinem Kopf: Hadersleben. Er wappnete sich für einen Kampf gegen einen

Feind, der im Schatten lauerte. Der Cliffhanger aus dem letzten Chaos war nun eine offene Wunde, die nur Heilung fand, wenn er Sinja zurückholte.

Während der Regen das Land peitschte, hetzte er durch den Garten, suchte Spuren, krallte sich an jeden winzigen Hinweis. Jedes Knacken in der Dunkelheit schien ihn zu verhöhnen. Doch er blieb stur. Irgendwo dort draußen war Sinja, allein, verängstigt. Er würde sie finden, egal was es kostete.

Teil 2

Die Nacht war noch immer rabenschwarz, der Regen ließ nicht nach. Kropka hatte den Garten mehrfach durchkämmt, jede Ecke abgesucht, aber nichts Neues gefunden außer Matsch und niedergedrückte Halme. Er stand jetzt nahe der alten Gartenmauer, die den Schlossgrund begrenzte. Dahinter weite Felder, verwildert, vom Wind gebeugt.

Anke Petersen tauchte aus dem Dunkel auf, die Kapuze tief im Gesicht, klitschnass. Kein Lächeln, nur ein kurzes Nicken. Sie hielt Abstand, als wolle sie seine Konzentration nicht stören. Kropka hatte sich vom Haus entfernt, um weiter draußen nach Spuren zu suchen. Vielleicht hatten die Täter unterwegs etwas verloren, ein Stück Stoff oder ein Verpackungsfetzen, ein Indiz, um ihre Route zu bestimmen.

Sie gingen ein paar Schritte nebeneinander, kein Wort fiel sofort. Der Wind zerrte an ihren Kleidern, die Lampenkegel tanzten über feuchtes Gras. Kropka spürte Ankes Anspannung, ebenso wie seine eigene. Zeit war kostbar, Sinja konnte jede Minute weiter weg sein.

„Irgendwas?" fragte Anke knapp.

Kropka schüttelte den Kopf, musterte den Boden, sah zwischen Grashalmen vereinzelte Tropfen, keine klaren Fußabdrücke. „Reifenspuren im Hof. Hier draußen… nichts Eindeutiges. Die Kerle wissen, was sie tun." Er flüsterte, als müsse er die Dunkelheit nicht wecken.

Anke hob die Lampe, leuchtete über ein knorriges Gebüsch. „Vielleicht da, ein abgebrochener Zweig." Ihre Stimme war nüchtern, keine überflüssige Hoffnung. Sie traten näher, betrachteten den Zweig. Abgebrochen, aber wer weiß, vielleicht nur vom Wind. Doch Kropka ließ es nicht auf sich beruhen, strich mit den Fingern über die Bruchstelle. Frisch, glatt. Jemand war hier durchgeschlichen, vorsichtig.

Ein paar Meter weiter erkannten sie Konturen im Halbdunkel: ein altes, verlassenes Gebäude, einst vielleicht ein Schuppen oder ein kleines Lagerhaus. Zerfallene Wände, ein löchriges Dach. Perfekter Ort, um sich kurz zu verstecken, abzuwarten, oder etwas abzulegen, was man nicht mitnehmen wollte.

Kropka deutete mit dem Kinn auf das Gebäude. Anke nickte, beide gingen langsam darauf zu, die Herzen schneller schlagend. Der Wind pfiff durch Ritzen, ein klagender Ton. Als sie näherkamen, sahen sie, dass die Tür schief in den Angeln hing, Spuren von frischem Schlamm an der Schwelle.

Drinnen war es finster, der Luft roch muffig nach feuchtem Holz und Pilzen. Kropka leuchtete über den Boden. Staub, Spinnweben, aber auch verwischte Fußabdrücke. Er beugte sich hinunter, strich mit den Fingern über eine feuchte Stelle. Ein Schuhabdruck, grobes Profil, vielleicht von einem schweren Stiefel.

Anke stand an der Wand, hob ihre Lampe höher. „Dort." Ihr Ton leise. Kropka folgte ihrem Lichtstrahl. Ein kleines Stoffstück hing an einem rostigen Nagel, rosa Farbe, zerrissen. Er trat näher, zog vorsichtig daran, löste es ab. Ein Stück von Sinjas Kleidung, womöglich. Das gleiche zarte Rosa wie der Socken im Hof. Er presste die Lippen aufeinander. Kein Zweifel: Die Entführer waren hier gewesen, mit Sinja, vielleicht um sich kurz zu sammeln oder die Verfolgung zu prüfen.

„Sie haben sie hier reingebracht, vielleicht um zu warten, ob jemand sie verfolgt." Kropka klang rau. „Heißt, sie kennen die Gegend, wissen, wo man sich verstecken kann."

Anke nickte, betrachtete das Stofffetzen. „Organisiert. Kein spontaner Einfall. Wahrscheinlich haben sie einen Plan, ein Ziel. Ein Druckmittel gegen die Familie Schepp oder gegen Sie." Ihr Blick suchte Kropkas Gesicht, als vermute sie, dass er mehr über Hadersleben weiß, als er preisgibt.

Kropka hielt ihren Blick stand. „Hadersleben. Er will Macht, Kontrolle. Sinja ist ein Pfand. Sie werden Forderungen stellen, oder die Familie vollständig zerstören." Er sagte es ohne Zögern. Unter seiner ruhigen Oberfläche brodelte Zorn.

Anke schwieg einen Moment, ließ ihren Lampenkegel über die Wände gleiten. Nichts weiter als Schutt, alte Latten, ein verrosteter Eimer. Keine klare Visitenkarte, aber genug, um zu wissen, dass dieser Ort Teil der Fluchtroute war. „Wir müssen nachforschen, wer in der Gegend Zugang zu Fahrzeugen hat, wer nachts unterwegs war. Ich frage im Dorf, auch wenn sie schweigen, vielleicht bricht jemand sein Schweigen." Ihr Ton entschlossen, wenn auch ohne Illusionen.

Kropka steckte das Stoffstück ein, zusammen mit dem Socken. Beweise für Anke, für die Polizei. Aber er wusste, es würde nicht reichen, diese Leute waren zu klug, um sich mit ein paar Indizien fassen zu lassen. Doch jeder Hinweis zerrte am Geheimnis, machte es dünner.

Sie verließen das verfallene Gebäude, traten wieder ins Freie. Der Regen hatte etwas nachgelassen, aber das Land war noch immer grau, der

Deich ein stummer Wächter. „Nehmen wir an, sie fahren Richtung Küstenstraße", sagte Kropka knapp. „Haderslebens Leute könnten ein Versteck haben, alte Höfe, verlassene Grundstücke. Wir müssen die Umgebung prüfen, Landkarten, alte Aufzeichnungen."

Anke zog die Kapuze enger. „Ich kann frühmorgens mit Leuten reden, offiziell. Wenn Sie Hinweise auf einen verlassenen Hof oder ein Lager haben, sagen Sie es mir. Ich frage in alten Unterlagen nach." Ein Plan, nüchtern und direkt.

Kropka schlug die Hände zusammen, um das Blut in Bewegung zu bringen. „Wir haben keine Zeit zu verlieren. Jede Stunde ist gefährlich für Sinja." Er starrte Richtung Schloss, als könnte er Bennos Verzweiflung spüren, Annes schweigende Angst. Er musste etwas Greifbares finden. Ein Kennzeichen, ein Name, ein Werkzeug, irgendwas, das diese Bastarde verriet.

Anke seufzte leise, fast unhörbar im Wind. „Wir tun unser Bestes. Ich weiß, es klingt dünn, aber es ist ein Anfang. Wir haben Spuren, Abdrücke, ein Stück Stoff. Das beweist ihre Route, dass sie zu Fuß unterwegs waren. Vielleicht mussten sie Sinja tragen, war sie nicht kooperativ." Eine grausige Vorstellung, doch sie mussten realistisch bleiben.

Kropka nickte langsam. Sinja würde nicht freiwillig mitgehen, sie war klug genug, Angst genug.

Die Täter waren vorsichtig, aber nicht fehlerlos. Dieser Schuppen, die Stofffetzen, Reifenspuren – sie waren Spuren einer organisierten Aktion, aber auch kleine Risse in ihrer Unsichtbarkeit.

Er trat näher zu Anke, näher als zuvor. „Wir bleiben in Kontakt. Morgengrauen ist bald. Dann suchen wir gezielter, befragen Leute, prüfen Grundstücke." Er klang ruhig, aber seine Augen verrieten Unruhe, ein stummes Drängen, sofort mehr zu tun.

Anke sah ihn an, nickte. „In Ordnung. Ich fahre jetzt ins Dorf, bleibe hartnäckig. Vielleicht kann ich Namen rauspressen." Ihre Stimme hatte einen neuen Unterton: Respekt für Kropkas Entschlossenheit, Mitleid für die Familie, Zorn auf die Täter. „Und Sie?"

Kropka sah zum Schloss zurück. „Ich informiere Benno und Anne über den Fund, beruhige sie so gut es geht. Dann nehme ich Kartenmaterial, schaue nach möglichen Verstecken in der Umgebung. Ich bin sicher, Hadersleben hat ein Nest, einen Ort, an dem er seine Opfer aufbewahrt."

Anke verzog das Gesicht leicht, als schmecke sie etwas Bitteres. „Ein Nest. Klingt passend für diesen Unrat. Wir finden ihn." Sie klang entschlossen, schaltete die Taschenlampe aus, als würde sie sich jetzt auf ihre eigenen Sinne verlassen.

Kropka zwang ein kurzes, hartes Nicken. Keine langen Abschiede, sie verstanden sich wortlos.

Anke verschwand im Dunkel, Richtung Auto. Der Motor würde gleich aufheulen, und sie würde im Dorf wühlen, in schweigenden Kehlen nach Antworten suchen.

Allein im Regen, im kalten Wind, blieb Kropka zurück. Er ballte eine Hand zur Faust, um die Ohnmacht zu unterdrücken. Er wusste, jetzt begann ein neues Kapitel: systematische Suche, methodische Ermittlungen. Weniger Chaos, mehr Analyse. Er würde jeden Stein umdrehen, jede Geschichte prüfen, bis er die Spur hatte, die ihn direkt zu Sinja führte.

Mit gesenktem Kopf ging er zurück zum Schloss. Ein blasses Morgenlicht kündigte sich in der Ferne an, ein graues Glimmen über dem Deich. Kropka wusste, der Tag würde hart, voller Fragen, aber auch mit der Chance auf Antworten. Er schloss die Haustür leise, dachte an Hadersleben. Diesmal nicht, dachte er. Diesmal erwischen wir dich.

Teil 3

Der Morgen war grau, die Welt noch feucht vom nächtlichen Regen. Kropka fuhr mit Benno ins Dorf, die Straßen still, als hätten die Häuser den Atem angehalten. Anne blieb im Schloss, bereit, falls Sinja irgendein Signal gab. Die Luft schmeckte nach Salz, Müdigkeit brannte in

Kropkas Augen. Er hatte nicht geschlafen, keiner hatte das.

Benno saß neben ihm, den Blick starr durch die Windschutzscheibe gerichtet. Seine Hände bebten leicht, er kaute auf seiner Lippe. Er wirkte wie ein Mann, der am Abgrund stand, jede Faser seines Körpers angespannt. Kropka sagte nichts, denn Worte halfen nicht. Sie mussten Fakten sammeln, reden, fragen, Antworten erzwingen.

Sie hielten am Marktplatz, leere Pflastersteine, ein Brunnen mit schmutzigem Rand. Ein paar Dorfbewohner standen herum, kauerten wie Krähen. Als Kropka und Benno ausstiegen, verstummten die Gespräche. Blicke huschten zur Seite, nervöse Gesten. Kropka spürte die Spannung wie ein Messer in der Brust.

Benno trat vor, Stimme heiser: „Bitte, hat jemand etwas gesehen? Meine Tochter ist verschwunden. Wir brauchen Hilfe." Seine Worte klangen verzweifelt, ein flehendes Wimmern unterdrückt in jedem Ton. Doch die Leute sahen weg, einer spuckte auf den Boden, eine Frau zupfte an ihrem Schal, als wüsste sie nicht, wohin mit den Händen.

Kropka presste die Lippen aufeinander, trat an einen Mann heran, der am Brunnen lehnte, hageres Gesicht. „Fremde letzte Nacht? Ein Auto ohne Licht? Irgendwas?" Kurz, hart, keine Umschweife.

Der Mann zuckte mit den Schultern, sah an Kropka vorbei. „Nix." Ein Wort, leblos, als sei er taub.

Benno trat näher, die Stimme brach fast: „Meine Tochter, Sinja. Sie ist erst acht. Bitte!" Er hob die Hände, als wolle er die Leute anflehen. Ein Murmeln ging durch die Gruppe, aber niemand trat vor, niemand bejahte, niemand widersprach offen. Nur Schweigen und stumme Blicke.

Kropka knirschte mit den Zähnen, drehte sich um, versuchte es an anderer Stelle. Eine junge Frau mit Kopftuch, die Brotkörbe trug, senkte den Kopf, tat, als habe sie nichts gehört. Ein älterer Mann, grauer Bart, stellte sich weg, als Kropka ihn fragte.

„Hören Sie", sagte Kropka, leiser, aber eindringlich. „Ein Kind wurde entführt. Das geht alle an. Wer schweigt, schützt Verbrecher." Ein Funke Wut in seiner Stimme, aber kein Aufbäumen. Er wollte sie nicht verschrecken, aber das Schweigen trieb ihn zur Weißglut.

Die Frau mit dem Kopftuch flüsterte etwas, kaum hörbar: „Man sagt, man solle sich nicht einmischen..." Dann verstummte sie, als hätte sie zu viel verraten, hastete davon, hastige Schritte auf feuchtem Stein.

Benno hob die Hände vors Gesicht, schluchzte lautlos, dann sammelte sich, schrie fast: „Bitte, sie ist doch nur ein Kind!" Sein Ruf hallte über den Platz, prallte an steinernen Wänden ab. Doch die Leute senkten den Blick, rückten enger zusammen. Wer es wagte, den Helm des Schweigens zu lüften?

Kropka sah, dass ein Mann mit Kinnbart im Hintergrund stand, verschränkte Arme, der ihn fixierte. Ein starrer Blick, feindselig. Kropka trat näher, schmaler Abstand. „Sie wissen etwas", zischte er. Der Mann antwortete nicht, ballte nur die Fäuste, schüttelte den Kopf.

Ein anderer, hager, trat dazwischen. „Lass ihn. Wir wissen nichts." Ein Ton von Abwehr, als steckten sie unter einer Decke. Kropka las Angst in ihren Augen, aber auch Loyalität. Loyalität zu wem?

Hadersleben war ein Name, der Kropka auf der Zunge brannte, aber er sprach ihn nicht laut aus. Wollte er Reaktionen testen? Er biss die Zähne zusammen. Vielleicht später.

Benno wandte sich zur Kneipe, die Tür halb offen, muffiger Geruch von altem Bier. Drinnen saßen ein paar Leute, mieden seinen Blick, als er eintrat. „Hilfe... bitte... Sinja ist weg." Seine Worte platzten heraus, flehend. Der Wirt polierte Gläser, schaute kurz auf, dann wieder aufs Glas. Kein Wort.

Kropka trat neben Benno, senkte die Stimme. „Habt ihr heute Nacht einen Wagen gesehen, ohne Licht?" Er betonte jedes Wort. Der Wirt blinzelte. „N-nein. War ruhig." Doch sein Zögern verriet Unsicherheit. Kropka kniff die Augen zusammen, roch Lügen in der Luft.

Eine Frau, die am Tresen lehnte, hustete leise. Kropka fing ihren Blick auf, sie sah weg. Vielleicht wusste sie mehr, aber war zu verängstigt, um zu reden. Der ganze Raum war ein Knoten aus Schweigen, Schuld, Angst.

Benno trat noch näher zum Tresen, stützte sich auf die Platte. „Sie kennen uns, wir tun keinem was Böses. Warum schweigen Sie?" Seine Stimme zitterte, Wut und Tränen zugleich.

Der Wirt zuckte zusammen, sah kurz zur Seite. „Manchmal ist es besser, nicht zu wissen", murmelte er. Kropka hörte dieses Subtextwort: „besser". Für wen besser? Für die Täter? Für die Gemeinschaft? Wer hielt diese Menschen in der Faust?

Kropka wollte den Namen Hadersleben ausspucken, sie damit konfrontieren. Er beherrschte sich. Wenn sie seine Angst spürten, wäre es sinnlos. Er blieb starr, eiskalt. „Ihr schützt jemanden. Und ein Kind leidet. Das macht euch zu Komplizen."

Ein Raunen im Raum, jemand flüsterte: „Sei still." Ein leises Zischen. Die Leute fürchteten, Kropka könnte etwas Unverzeihliches aussprechen, den Schutzwall zerbrechen.

Benno stieß sich vom Tresen ab, ging rückwärts, entsetzt von der Kälte, der Gleichgültigkeit. Draußen heulte der Wind, warf ein paar Regentropfen gegen die Scheibe. Kropka packte Bennos Schulter, führte ihn nach draußen, weg von diesen stummen Feiglingen. „Wir vergeuden Zeit", sagte er hart.

Vor der Kneipe blieb Benno stehen, schnappte nach Luft. „Sie lassen uns im Stich", flüsterte er, die Worte kratzten an seiner Kehle. Kropka schwieg, nickte nur. Er wusste es, fühlte es. Aber vielleicht gab es einen Ansatz.

Ein Mann, der vorbei ging, warf einen nervösen Blick, als Kropka ihn fixierte. Kropka trat ihm in den Weg, kurz. „Kennst du Hadersleben?" fragte er plötzlich, ohne Vorwarnung. Der Mann erschrak, riss die Augen auf, huschte zur Seite. „Ich... nein... kenn ich nicht." Zu schnelles Dementi, schweißnasse Stirn. Verdächtig.

Kropka presste die Lippen aufeinander. Er spürte, wie Haderslebens Name wie Gift wirkte. Dieses Schweigen war keine persönliche Entscheidung, sondern aufgezwungen, eine Macht, die sie alle einschnürte. Vielleicht lebten sie in Angst vor Repressalien, vor noch mehr Gewalt.

„Gut", sagte Kropka leise, ließ den Mann passieren. Er hatte genug gesehen. Hier war kein Wort zu holen, kein offenes Eingeständnis. Nur Ausweichen, falsches Staunen, leere Blicke.

Benno schaute ihn an, als erwarte er ein Wunder. „Was jetzt?" Seine Stimme klang gebrochen, hohl.

Kropka wischte sich den Regen aus dem Gesicht, schüttelte den Kopf. „Wir gehen. Spuren außerhalb des Dorfes sind zuverlässiger. Diese Leute reden nicht. Aber sie wissen etwas, ganz sicher." Er hätte am liebsten alles angeschrien, aber blieb kalt.

In der Ferne schrie eine Möwe. Der Wind riss an ihren Mänteln. Das Dorf war eine Mauer aus Stille, ein Totenacker von Informationen. Kropka wusste, sie mussten einen anderen Weg finden. Durchbruch durch dieses Schweigen war schwer, aber nicht unmöglich. Vielleicht reichte ein Fehler der Entführer, um die Zunge eines Dorfbewohners zu lösen.

Benno nickte stumm, ließ sich zum Wagen führen. Er starrte auf die leeren Straßen, suchte vergeblich nach Mitleid in den Gesichtern, doch es gab nur Schemen, verschlossene Mienen.

Kropka startete den Motor, fuhr langsam weg. Er nahm sich vor, später zurückzukehren, vielleicht andere Taktiken einzusetzen. Aber jetzt brauchten sie einen neuen Ansatz, vielleicht Kartenmaterial, Geodaten, alte Berichte. Diese Leute würden nicht helfen. Sie standen auf der Seite der Angst, vielleicht auch der Täter.

Während der Wagen den Marktplatz verließ, beobachteten Augen aus Fenstern, hinter Vorhängen. Flüsternde Stimmen, die sich duckten, als Kropka und Benno verschwanden. Sie verteidigten ihr Schweigen wie einen Schatz, doch Kropka wusste: Im Kern dieses Dorfes steckte ein Name, ein Mann, der alles kontrollierte. Hadersleben.

Irgendwann würden sie brechen müssen, oder er würde sie zwingen, die Wahrheit auszuspucken. Für jetzt blieb nur Frustration und der kalte Atem des Deichs, der in der Ferne seufzte.

Teil 4

Der Wagen rollte langsam aus dem Dorf heraus, die Straßen noch feucht, der Himmel drückend grau. Kropka saß am Steuer, Benno neben ihm, beide schweigsam. Die Dorfgemeinschaft hatte nichts gesagt, nur stummes Wegsehen, verlegene Gesten. Aber Kropka hatte sich jedes Gesicht gemerkt, jeden Zögern in den Augen, jedes verräterische Zusammenzucken.

Sie bogen auf einen schmalen Feldweg ein, der windschiefen Bäumen folgte, bis zum Rand des Dorfes, wo Ove Andresen hauste. Ein Mann mit krummer Nase, dem Ruf einer dunklen Vergangenheit. Sein Name war Kropka aufgefallen, immer wenn er nach Fremden fragte, nach Leuten, die nachts unterwegs waren, hatte einer zögernd „Andresen" gemurmelt, bevor andere ihn zum Schweigen brachten.

Benno schluckte hart, als sie näherkamen. „Dieser Ove... sicher, dass er was weiß?" Seine Stimme klang dünn, hoffnungslos, als suche er in Kropkas Gesicht nach Halt.

Kropka antwortete nicht sofort. Die Luft roch modrig, der Wind schleifte an den Feldern, durchwehte sein Inneres. Er kannte den Typus: ein Mann, der zu viel wusste, aber nicht reden wollte, ein Zahnrad in einer größeren Maschinerie. Vielleicht würde er unter Druck etwas verraten, oder sich selbst entlarven. Er parkte den Wagen hinter ein paar knorrigen Büschen, stieg aus, ohne Worte. Benno folgte zögernd.

Oves Haus war ein schiefer Bau, verwitterte Bretter, ein ungepflegter Garten, zerzaustes Gras, über dem der Wind heulte. Ein Wellblechdach klapperte leise, als ob es gegen ein Geheimnis ankämpfte. Kropka ging vor, Benno blieb einen Schritt zurück, zitternde Hände in den Taschen.

Kropka klopfte hart an die Tür, drei kurze Schläge. Kein Rufen, kein „Hallo". Warten. Drinnen huschte ein Schatten am Fenster vorbei. Dann knarrte die Tür, Ove Andresen stand da, blasse Haut, Augen, die sich nicht festlegen wollten. Ein nervöses Zucken um den Mund.

„Was soll das?" fragte Ove, knapp, unangenehm rau. Sein Blick glitt über Kropka und Benno, verharrte kurz an Bennos Gesicht, das gequält aussah.

Kropka kam zur Sache: „Sinja Schepp. Entführt. Sie wissen was." Kein Flüstern, keine Höflichkeit. Er beobachtete Oves Reaktion, die Muskeln im Gesicht, ob die Pupillen sich weiteten.

Oves Augen flackerten, ein Atemzug stockte. „Ich... keine Ahnung. Wieso sollte ich?" Eine zu hastige Abwehr, zu lautes Nein im Unterton. Er wich einen halben Schritt zurück, als sei die Luft vor Kropka brennend.

Benno trat vor, die Stimme erstickend: „Bitte, Ove, sag, wenn du was weißt! Mein Kind..." Er brach ab, Tränen in den Augen. Ove sah weg, als könne er den Schmerz nicht ertragen, oder wollte ihn ignorieren.

Kropka drängte weiter: „Jemand hat sie letzte Nacht mitgenommen. Du kennst die Leute im Dorf, kennst Wege, kennst Höfe. Wo verstecken sie sich?" Er sprach kurz, scharf, wie ein Messer an der Kehle.

Ove schnaubte, wandte den Blick in den Garten, als suche er dort eine Antwort. „Ich sag doch, ich weiß nichts." Doch seine Stimme klang dünn, spürbar angespannt. Er trat unruhig von einem Fuß auf den anderen.

Kropka zog die Augenbrauen zusammen, musterte Oves Hände. Zitternde Finger, Schmutz unter den Nägeln. Als hätte er letzte Nacht im Freien gewühlt, oder irgendetwas vergraben. „Wo warst du letzte Nacht?" Ein gezielter Schuss, keine Ablenkung.

Ove verzog das Gesicht, als habe er in eine Zitrone gebissen. „Hier. Geschlafen." Sein Blick blieb auf dem Boden haften, mied Kropkas Augen. Typisches Lügenverhalten. Kropka kannte solche Typen. Er rückte näher, bis Ove seinen Atem spüren musste. „Geschlafen? Ohne Licht, ohne Geräusch? Niemand hat dich gesehen."

Ove wich zurück, stieß fast gegen den Türrahmen. „Was soll der Mist? Raus aus meinem Grundstück!" Ein Anflug von Wut, aber darunter Angst. Kropka roch die Furcht wie faulen Fisch.

Benno flehte, die Stimme rau: „Ove, wenn du was weißt... Es geht um mein Kind!" Aber seine Worte klangen hohl an Oves abweisender Haltung. Ein nervöses Augenzucken bei Ove, als falle es ihm schwer, Benno anzusehen.

Kropka fuhr dazwischen, hart: „Kennst du Hadersleben?" Er beobachtete Oves Gesicht genau. Eine kurze Weitung der Augen, ein Atemzug stockte. Dann ein störrisches Schütteln des Kopfes. „Nein, nie gehört." Zu schnell, zu laut.

Das genügte Kropka. Eine glatte Lüge. Haderslebens Name wirkte wie ein Stromschlag auf diese Leute. Ove kannte ihn. „Lügen bringt nichts. Wir haben Spuren, Socken von Sinja, Stofffetzen, ein leerer Schuppen. Dachte mir schon, dass du weißt, wer sich da rumtreibt."

Ove runzelte die Stirn, versuchte, die Kontrolle wiederzugewinnen. „Hau ab, ich hab keine Zeit für deine Spielchen." Er machte die Tür einen Spalt zu, aber Kropka blockierte mit dem Fuß. „Du bleibst", zischte Kropka. „Eine Chance: Rede jetzt, oder ich sorge dafür, dass die Polizei hier alles auf den Kopf stellt."

Ove schluckte, die Kehle hüpfte. „Ich kann euch nicht helfen", murmelte er. Ein Anflug von Verzweiflung in seiner Stimme, als ringe er mit einer unsichtbaren Macht.

Kropka presste weiter: „Warum nicht? Wem gehörst du? Was droht dir, wenn du redest?" Er senkte die Stimme, machte sie gefährlich leise. Ove hörte die Untertöne, zuckte nervös.

Benno stand im Hintergrund, die Hände vors Gesicht, ein leises Schluchzen. Ove warf einen flüchtigen Blick zu ihm, dann schloss er die Augen kurz. Ein innerer Konflikt, dachte Kropka, er weiß etwas, hat Angst vor Konsequenzen.

Eine Windböe zerrte an der Haustür, ließ sie knarren. Ove öffnete die Augen, flackernder Blick. „Geht weg. Ich weiß nichts, sonst würd ich's sagen." Doch da war ein Bruch in seiner Stimme, als würde er sich selbst nicht glauben.

Kropka ging auf Nummer Sicher: „Wir kommen wieder, Ove. Und dann mit Verstärkung. Das Dorf mag schweigen, aber Sinja ist ein Kind. Kein Gesetz schützt dich, wenn du Infos verheimlichst." Er sprach ruhig, aber drohend, ein Schachzug, um Ove einzuschüchtern.

Ove schluckte erneut, schwitzte sichtlich. „Du verstehst nicht..." Flüsterte er, mehr zu sich selbst als zu Kropka. „Sie lassen mich nicht..." Dann brach er ab, biss die Lippen zusammen.

Kropka sprang darauf an. „Sie? Wer? Hadersleben? Seine Leute?" Keine Antwort, nur ein verzweifeltes Kopfschütteln von Ove, als müsse er stumm bleiben, um sein Leben zu retten.

Benno trat ein Stück vor, Tränen in den Augen, aber auch Wut. „Ein Kind ist in Gefahr, Ove. Denk nach. Willst du damit leben, dass du wegsiehst?" Ein Versuch, an Oves Moral zu appellieren. Aber Ove schien gefangen in Angst und Loyalität.

Ein kurzer Moment schneidender Stille, nur der Wind pfiff. Ove schaute über Kropkas Schulter zum Deich, als suche er irgendwo weit draußen Rettung. Dann stieß er ein heiseres „Raus!" hervor und drückte die Tür zu. Kropka ließ es zu, für den Moment. Er hatte genug gesehen.

Sie standen vor dem Haus, Benno bebte vor Wut und Verzweiflung. „Er weiß was! Der Bastard! Warum sagt er nichts?" Benno schlug gegen einen Pfosten, verzweifelte Energie. Kropka legte ihm kurz eine Hand auf die Schulter, fest. „Er fürchtet Hadersleben. Sie haben alle Angst."

Benno schüttelte den Kopf, Tränen im Gesicht. „Was jetzt?" Seine Stimme klang hohl. Kropka atmete tief durch, schmeckte Salz in der Luft. „Wir wissen, dass Ove lügt. Er kennt die Täter. Wir halten ihn im Auge. Vielleicht bricht er unter Druck. Oder wir finden etwas in seiner Umgebung."

Ein Plan formte sich in Kropkas Kopf. Er würde Ove nicht entkommen lassen. Der Mann war ein schwaches Glied in der Kette, einer, der die Wahrheit verraten könnte, wenn der Druck stieg. Kropka spürte den nahenden Sturm, als würden die Wolken über dem Deich ihre Fäuste ballen.

Während sie zum Wagen zurückgingen, wendete Kropka den Kopf noch einmal zum Haus. Ove stand am Fenster, ein Schatten hinter dem Glas. Starrte ihnen nach, als sei er ein angeschossenes Tier, gefangen im Netz aus Angst und Schweigen.

Kropka war sicher: Ove Andresen war verdächtig, ein Mann mit bröckelnder Fassade. Er würde fallen, früher oder später. Und dann würden auch die anderen Domino-Steine kippen. Vielleicht war dies der Weg zu Sinja, zu Hadersleben, zum Ende dieser grausamen Stille.

Teil 5

Sie kehrten zum Schloss zurück, der Wind schob dunkle Wolken über die Felder, die Luft dick wie Blei. Kropka und Benno stiegen aus, schwiegen. Anne wartete am Eingang, Augen rot, blasse Lippen. Kein Wort nötig. Sie wusste, dass sie im Dorf auf verschlossene Türen gestoßen waren.

Kropka hielt inne, lauschte. Kein Laut von Sinja, nichts als der raue Atem der See, die stumme Wut des Windes. Er trat ins Haus, Benno folgte langsam. Anne reichte ihnen Tee, kalter Trost in feuchten Händen. Kropka trank nicht. Er spürte Unruhe, als müsse er tiefer graben, tiefer in die Eingeweide dieses Falls.

Er erinnerte sich an den Keller, an alte Papiere, an den Namen Hadersleben, der ihm wie eine dämonische Fratze erschien. Vielleicht hatten sie etwas übersehen. „Ich gehe in den Keller", sagte er knapp. Anne nickte stumm, Benno schloss die Augen. Sie wussten, er brauchte keine Erlaubnis.

Unten war es still, feucht, die Luft modrig wie altes Grabholz. Kropka leuchtete über die Steinmauern. Er hatte hier schon einmal Spuren gefunden, aber vielleicht gab es noch mehr. Er tastete Ritzen ab, schob ein Regal beiseite, fand einen Riss in der Wand.

Ein Klopfen, ein verrutschtes Mauerstück. Er drückte, mit leichten Widerstand, dann gab ein Stein nach, eine Nische öffnete sich. Darin ein dünner Umschlag, brüchiges Papier. Er zog ihn heraus, öffnete vorsichtig. Alte Schrift, gekritzelte Notizen, ein Name prangte wieder: Otto von Hadersleben.

Er las flüchtig, erkannte Andeutungen von Grundstücken, alten Lagerhäusern, Waren, die über dunkle Kanäle liefen. Hadersleben nutzte diese Gegend, hatte vermutlich Verbündete im Dorf, kontrollierte Fäden. Hier stand etwas von „Versteck an der Küste, Lagerhaus in der Nähe des Deichs, markiert mit einem alten Anker-Symbol". Kropkas Herz schlug schneller.

Oben hörte er Schritte, Anne rief leise: „Anke ist da." Kropka steckte die Papiere ein, eilte nach oben. Anke Petersen trat gerade über die Schwelle, tropfender Regen auf ihrem Mantel. Sie sah müde, aber entschlossen aus. Kein Begrüßungsfloskeln. „Ich habe in den Unterlagen des Landratsamts gewühlt. Es gibt ein altes Lagerhaus am Deich. Früher genutzt von Fischern. In den letzten Jahren kaum registriert. Kein offizieller Eigentümer, Gerüchte über private Transaktionen."

Kropka hielt ihr den Umschlag hin, zeigte auf die Notizen. „Hadersleben. Er benutzt solche Orte, um Dinge zu verstecken. Hier ein Hinweis auf ein Lagerhaus, ein Anker-Symbol. Das passt zu Ihrem

Fund." Er klang angespannt, aber eine Spur von Erleichterung. Endlich konkrete Verbindungen.

Anne, hinter ihnen, flüsterte: „Heißt das, sie halten Sinja da fest?" Ihre Stimme dünn. Benno trat näher, umklammerte die Lehne eines Stuhls, die Finger weiß vor Druck.

Anke sah Kropka an. „Möglich. Oder sie nutzen es als Durchgangsort. Ich habe erfahren, dass Hadersleben und seine Leute oft ohne offizielle Spuren arbeiten. Keine Verträge, nur mündliche Absprachen." Ihre Augen glitten zu Anne und Benno, Mitleid, aber keine falschen Hoffnungen.

Kropka nickte, zeigte auf die Dokumente. „Diese Briefe erwähnen Transporte, seltsame Codes. Vielleicht schmuggeln sie Menschen oder Waren. Sinja könnte ihr Pfand sein. Wir müssen dieses Lagerhaus überprüfen, sofort."

Anke presste die Lippen zusammen. „Offiziell brauche ich Haftbefehle, Genehmigungen. Inoffiziell... wir haben nichts Greifbares für einen sofortigen Zugriff. Nur Indizien."

Kropka verengte die Augen. „Wir warten nicht. Ein Kind ist in Gefahr. Wir fahren hin, sehen uns um." Ein harter Ton, kein Verhandeln. Anke schüttelte leicht den Kopf, aber er sah, wie sie haderte. Ihr Pflichtbewusstsein gegen die Dringlichkeit.

Benno brach die Stille, heiser: „Bitte, tun Sie was. Wir können doch nicht einfach sitzen und warten, bis sie Forderungen stellen." Seine Worte klangen brüchig, doch Kropka spürte den Wille dahinter.

Anke seufzte, nickte zögernd. „Okay, aber vorsichtig. Wir schauen von außen, sammeln Beweise. Wenn wir sicher sind, rufen wir die Verstärkung." Eine dünne Kompromisslinie, aber besser als nichts.

Anne knetete die Hände, versuchte, nicht zu weinen. „Hadersleben... wer ist er wirklich?" Die Frage stand im Raum, eine scharfe Klinge. Kropka antwortete knapp: „Ein Mann mit Macht, der Angst sät. Ich vermute, er steckt tief hinter dieser Entführung."

Anke ergänzte: „Alte Einflusssphären, alter Adel oder zumindest Gelder, Netzwerke, schmutzige Geschäfte. Der Name kursiert im Dorf wie ein Fluch. Alle schweigen." Subtext: Haderslebens Schatten liegt über allem.

Kropka zog die Jacke fester, die Luft schien dünner zu werden. „Wir kennen jetzt einen Ort. Das ist mehr als vorher. Wir müssen handeln." Ein Funken Entschlossenheit flammte in seiner Stimme auf. Er erinnerte sich an das Gift, an den Hund, an die Drohungen. Hadersleben durfte nicht gewinnen.

Anke schnaubte leise, spielte mit ihrem Autoschlüssel. „Sie wollen also sofort los? Kein Abwarten?" Ihr Unterton kritisch, aber nicht ablehnend. Kropka blinzelte, fixierte sie. „Jede Stunde zählt. Sinja hat keine Zeit für Bürokratie."

Anke zuckte mit den Schultern. „Okay, ich fahre vor, Sie folgen. Wir stellen uns nahe des Deichs ab, schauen, ob wir das Symbol finden, Spuren von Aktivität." Sie klang nüchtern, aber er sah die Spannung in ihren Augen. Ein Fehler, und sie könnten in eine Falle tappen.

Benno trat vor, die Stimme flehend: „Ich will mitkommen." Kropka schüttelte den Kopf, fest. „Nein. Zu gefährlich. Bleiben Sie hier, warten auf Nachrichten." Ein harter Satz, doch Benno nickte nach kurzem Zögern, wusste, er wäre nur Ballast. Anne drückte seine Hand, als wollten sie sich gegenseitig aufrechthalten.

Ein leises Kratzen am Fenster ließ sie aufhorchen, nur der Wind. Kropka spürte, wie die Minuten verrannen. Hadersleben, ein Name, eine Macht, ein unsichtbarer Tyrann. Diese Dokumente, dieses Lagerhaus, sie waren der erste echte Schritt, den Schleier zu lüften.

Anke drehte sich zur Tür. „Los jetzt." Ein knapper Befehl, kein Abschied. Kropka folgte, blickte noch einmal über die Schulter zu Anne und Benno, die wie Statuen im Flur standen. Er wollte sie nicht enttäuschen.

Draußen war der Himmel finster, der Deich ein harter Strich, die Küste unsichtbar. Er und Anke stiegen in ihre Wagen, würden gleich den Motor heulen lassen. Keine Zeit für Zweifel. Ein klares Ziel: das Lagerhaus.

Während er den Schlüssel drehte, dachte Kropka an Hadersleben. Endlich würden sie näherkommen, ein Stück seiner mysteriösen Macht ergründen. Doch er wusste, es würde gefährlich. Vielleicht war dies eine Falle, vielleicht warteten Handlanger mit Waffen. Er biss die Zähne zusammen, schob die Angst beiseite. Sinja musste gerettet werden, nichts anderes zählte.

Anke fuhr voran, Kropka hinterher, die Scheinwerfer schnitten durch die Dunkelheit. Der Wind jaulte, als wollte er warnen. Doch sie hielten Kurs, Richtung Deich, Richtung Wahrheit. Kropka spürte, dass sie einen Schritt tiefer in Haderslebens Reich traten. Aber diesmal ging er nicht blind hinein, er trug Indizien, Namen, Verbindungen. Ein Puzzle, das sich vervollständigte.

Ein letztes Mal sah er im Rückspiegel das Schloss, ein dunkler Fleck, umgeben von unendlicher Melancholie. Dann verschwand es hinter Bäumen. Jetzt gab es nur den Weg nach vorn, ins Herz der Gefahr.

Teil 6

Der Wagen kam kaum vom Fleck im zähen Morgennebel, als das Handy in Kropkas Tasche vibrierte. Eine knappe Nachricht von Anne: „Sinja ist da. Vor der Tür. Lebt." Er bremste scharf, Anke hinter ihm hupte kurz, irritiert. Kropka zeigte ihr die Nachricht durch die Scheibe, keine Worte nötig. Sie kehrten um.

Die Fahrt zurück fühlte sich endlos an, obwohl sie nur wenige Minuten dauerte. Der Wind drückte die Wolken tief auf die Felder, färbte die Welt grau. Keine Lichtblicke, nur die Aussicht auf etwas Schreckliches. Sinja zurück, aber in welchem Zustand?

Als Kropka und Anke das Schloss erreichten, stürmte Benno ihnen entgegen, die Augen gerötet, die Stimme heiser: „Sie ist hier! Einfach vor der Tür abgelegt!" Sein Wort „abgelegt" klang wie ein Dolch im Herzen. Anne kniete neben Sinja im Eingang, die Kleine zitterte unter einer Decke, den Blick auf den Boden gerichtet.

Kropka trat näher, Anke hinter ihm. Sinja saß da, starr, bleich, schmutzige Kleidung, ein Kratzer an der Wange, die Haare zerzaust und feucht. Sie atmete flach, murmelte unverständliche Worte, die in Schluchzern erstickten. Anne umklammerte ihre Schulter, kämpfte gegen Tränen, versuchte, eine Ruhe vorzutäuschen, die sie nicht hatte.

Benno sank auf die Knie, streichelte Sinjas Hand, die kalt war wie Stein. „Mein Schatz", flüsterte er. Sinja zuckte, als hätte seine Stimme sie erschreckt. Sie sah ihn kurz an, ihre Pupillen erweitert, als sähe sie Gespenster.

Kropka ging in die Hocke, suchte Sinjas Augen, sprach leise: „Sinja, wir sind bei dir. Kannst du sagen, was passiert ist?" Eine einfache Frage, doch sie war gefangen in ihrer Angst. Sinja wich zurück, vergrub das Kinn in der Decke, schüttelte kaum merklich den Kopf.

Anne zog Sinja ins Haus, weg von der zugigen Tür. Drinnen im Wohnzimmer war es dämmerig, die Lampen ausgeschaltet, als sei kein Licht für solche Schrecken vorgesehen. Benno schloss zitternd die Tür, lehnte sich dagegen, versuchte, nicht laut zu weinen.

Sinja ließ sich auf das Sofa schieben, zusammengekauert, Hände an den Ohren, als wolle sie Geräusche ausblenden. Kropka stand daneben, Anke ein Stück entfernt. Alle warteten, hofften, sie würde etwas sagen, einen Namen, ein Hinweis.

Eine Weile nur Stille, unterbrochen von Annes leisen Beruhigungsversuchen. Dann flüsterte Sinja, kaum hörbar: „Dunkel... kalt... sie haben gelacht..." Worte wie ein Albtraum. Benno schnappte nach

Luft, als würde jeder Fetzen von Sinjas Aussage ihn erdolchen.

Kropka kniete vor dem Sofa, sprach sanft: „Wer, Sinja? Hast du Gesichter gesehen?" Sie reagierte auf seine ruhige Stimme, hob den Blick für einen Moment. Ihre Augen glitzerten nass, wie ein Tier, das in der Falle steckt.

„Kapuze... Messer..." hauchte sie. Ihre Stimme brach ab, Hände klammerten sich in den Stoff der Decke. „Ein Mann, ein Name... Otto... sie flüsterten ihn..." Ihr Blick huschte zu Kropka, als wollte sie prüfen, ob er verstand.

Kropka verstand. Otto. Hadersleben. Die Bestätigung traf ihn wie ein Hammerschlag. Ein Teil seiner Wut brannte jetzt noch heißer. Er wusste, dass dies kein Zufall war. Sinja hatte ihren Entführern zugehört, ein Name sickerte in ihr Trauma.

Benno streichelte Sinjas Haar, Tränen liefen ihm übers Gesicht, lautlos. Anne drückte Sinjas andere Hand, flüsterte sinnlose Worte des Trostes. Doch Sinja zitterte, wisperte: „Nicht wieder... bitte... nicht..."

Kropka musste sich zusammenreißen, um neutral zu bleiben. Er fragte leise: „Haben sie gesagt, was sie wollen?" Sinja biss auf ihre Lippe, zuckte, als drohte ihr Körper zu zerbrechen. „Nein... nur ‚Aufhören'... ‚Bleibt weg'..." Ihre Stimme bebte, als wiederholte sie Drohungen, die sie im Dunkeln gehört hatte.

Anke trat näher, hielt Abstand, um Sinja nicht einzuschüchtern. Sie flüsterte Kropka zu: „Sie haben sie benutzt, um eine Botschaft zu senden. Eindeutiger geht's nicht." Kropka nickte knapp, Wut und Ohnmacht in seinem Blick. Sie hatten Sinja entführt, um Angst zu säen, um klarzustellen, wer hier das Sagen hatte.

Benno klammerte sich an seine Tochter, als wolle er sie nie mehr loslassen. „Gott... Sinja... sie haben dir wehgetan?" Seine Stimme zitterte. Sinja schüttelte den Kopf, aber ihr Körper sprach andere Bände. Der Kratzer, die zerrissene Kleidung, die starre Furcht waren Beweise, dass sie nicht unversehrt davongekommen war. Nicht körperlich schwer verletzt, aber seelisch erschüttert.

Anne kämpfte um Fassung, drückte Sinjas Hand fester. „Wir sind hier, du bist sicher." Doch Sicherheit war eine leere Floskel in diesem Moment. Sie alle wussten, dass diese Leute im Schatten lauerten, jederzeit wieder zuschlagen konnten.

Kropka richtete sich auf, presste die Lippen zusammen. Otto von Hadersleben. Der Name war nun offiziell in dieses Haus gedrungen, bestätigt durch ein traumatisiertes Kind. Er sah Anke an, die nickte stumm. Sie hatten keinen Zweifel mehr, wer hinter der Macht stand, wer das Dorf in Angst hielt.

Benno wollte mehr wissen, konnte aber nicht fragen, ohne Sinja erneut zu quälen. Er ließ es, schloss die Augen, hielt seine Tochter an sich, als könnte seine Wärme sie vor weiteren Albträumen schützen.

Anke sprach leise zu Kropka: „Wir haben jetzt klare Verbindungen. Wir können Druck aufbauen. Selbst wenn sie schweigen, wissen wir, wo wir suchen müssen." Doch ihre Stimme klang hohl, als wüsste sie, dass man gegen ein solches Netzwerk nicht einfach anrennen konnte.

Kropka nickte, führte Anke einen Schritt zur Seite, damit Sinja nicht alles hören musste. „Das Lagerhaus, Otto, Ove und die schweigenden Dorfbewohner. Alles fügt sich zusammen. Sinja ist der lebende Beweis, dass sie keine Grenzen kennen." Er flüsterte, Zorn vibrierte in seinen Worten.

Anke atmete durch. „Wir müssen Hadersleben stellen. Nur wie, ohne harte Beweise?" Ein ewiger Teufelskreis. Doch Kropka wusste, nun gab es kein Zurück. Sie würden weiter graben, tiefer in die Finsternis, bis sie dieses Monster im Dunkeln fanden.

Sinja wimmerte leise, als Anne und Benno versuchten, sie zu beruhigen. „Nie wieder..." flüsterte sie. Kropka hörte Schmerz im Unterton. Nie wieder Gefangenschaft, nie wieder Messer, nie wieder Otto. Die Botschaft war unmissverständlich.

Benno hob den Kopf, sah Kropka an, Flehen in den Augen: „Holen Sie diesen Otto. Bitte." Kein langes Reden, nur ein stummes Aufschreien. Kropka verzog das Gesicht, nickte knapp. Er würde nicht ruhen, bis er Hadersleben zur Strecke brachte.

Draußen zerrte der Wind an den Fensterläden, als wolle er das Haus verschlingen. Drinnen war es still, schwanger mit Schmerz und Zorn. Sinjas Rückkehr war ein schrecklicher Sieg für die Täter, ein Beweis ihrer Macht. Aber auch ein Fehler: Sie hatten ihren Namen hinterlassen, hatten Sinja ein Fragment ihrer Identität enthüllt.

Kropka nahm seinen Mantel vom Stuhl, atmete flach. „Ich gehe. Brauche frische Luft." Anne nickte verständnislos, aber sie wusste, er musste denken, planen, handeln. Anke folgte ihm zum Flur. Beide tauschten einen Blick, keine Worte nötig. Sie verstanden sich.

Im Hof traf Kropka auf den wolkenverhangenen Himmel, schmeckte die Bitterkeit im Mund. Hadersleben würde zahlen, für diese Qualen, für Sinjas Angst. Er hatte nun mehr als bloße Theorien. Er hatte ein Opfer, das Namen flüsterte.

Anke trat neben ihn, Kapuze hoch, Schulter an Schulter im Wind. „Wie weiter?" fragte sie knapp. Kropka drehte den Kopf nicht, starrte den Deich an. „Wir gehen aufs Ganze. Kein Zögern. Ich will jeden Winkel prüfen, jede Spur verfolgen. Otto wird keine Ruhe haben." Seine Stimme klang schneidend, Entschlossenheit gepaart mit innerem Feuer.

Anke nickte kurz, akzeptierte seine Härte. Sie wusste, dass dies ein Punkt ohne Wiederkehr war. Jetzt war klar, wer der Feind war. Kein Weg führt an der Konfrontation vorbei.

Während sie zurück ins Schloss gingen, blieb Sinjas leises Schluchzen wie ein Echo in ihrem Kopf. Ein Brennstoff für ihren Feldzug gegen diese unsichtbare Macht. Ein Schritt weiter ins Dunkel, aber mit klarem Ziel: Gerechtigkeit und ein Ende der Angst.

KAPITEL 4

Das Polizeirevier war klein, nüchtern, roch nach altem Papier und kaltem Rauch. Kropka stand im Flur, die Hände in den Taschen. Er hatte Stunden investiert, Beweise präsentiert, aber die Gesichter der Beamten blieben ausdruckslos. Anke Petersen war an seiner Seite, die Arme verschränkt, ihr Kiefer gespannt.

Ein leitender Beamter trat vor, faltete die Hände. „Der Fall ist abgeschlossen. Das Kind ist zurück.

Keine akute Gefahr." Seine Stimme flach, als hätte er einen Routinebericht vorzutragen. Kropka fühlte Wut in sich aufsteigen wie Galle.

„Keine Gefahr?" knurrte Kropka. „Das Mädchen ist traumatisiert. Die Täter frei. Was soll das?" Er hielt den Blick des Beamten hart, doch der wich ihm aus, sah an den Wänden vorbei.

„Wir haben keine greifbaren Beweise für weitere Taten. Das Dorf schweigt. Wir können nichts tun." Der Beamte zuckte mit den Schultern, als sei das Schicksal besiegelt.

Anke spannte sich an. „Wir haben Hinweise, Namen, Otto von Hadersleben. Er kontrolliert die Leute, schüchtert sie ein." Ihre Worte stießen auf taube Ohren. Der Beamte schüttelte den Kopf, ein müdes Lächeln, als würde sie übertreiben.

„Mythen, Gerüchte. Wir brauchen harte Beweise. Die Ressourcen sind begrenzt. Wir beenden den Einsatz." Klare Sätze, ohne Mitgefühl.

Kropka ballte die Fäuste. Er hätte dem Kerl am liebsten ins Gesicht geschrien. Stattdessen spuckte er leise: „Feiglinge." Er wusste, sie hörten es, doch keiner reagierte. Sie waren froh, den Fall los zu sein.

Anke legte eine Hand an Kropkas Arm, ein kurzer Druck, um ihn zu beruhigen. Dann hob sie den Kopf, sah den Beamten an. „Ich bin nicht einverstanden, aber ich kann es nicht ändern." Ihr Ton war bitter. Sie verstand, dass sie hier gegen Betonwände redete.

„Das ist ihr Problem, Petersen. Dienstanweisung. Konzentrieren Sie sich auf andere Fälle." Der Beamte nickte kurz, wandte sich ab. Die Szene war beendet. Kropka spürte, wie sein Herz raste, seine Nerven spannten sich. Er schnaubte, drehte sich um, ging zur Tür.

Anke folgte ihm hinaus in die kühle Luft. Der Himmel war bleiern, der Wind pfiff um die Ecken. Kropka blieb vor dem Revier stehen, den Blick auf den entfernten Deich gerichtet. „Abschließen, als wäre nichts gewesen... lächerlich." Seine Worte knirschten.

Anke seufzte, trat neben ihn. „Ich kann offiziell nichts machen. Meine Vorgesetzten wollen den Fall ruhen lassen. Ein gefundenes Kind, keine Anklage, kein Geständnis." Ihre Stimme klang hohl. Sie wollte mehr tun, aber ihre Hände waren gebunden.

Kropka drehte den Kopf, sah sie an, die Augen hart: „Dann tue ich es allein." Ein gefährlicher Entschluss, aber es gab für ihn keinen anderen Weg. Die Schepps brauchten Gerechtigkeit, Sinja verdiente Antworten.

Anke zögerte, ließ den Blick über die Straße wandern. „Ist das klug? Ohne Rückhalt, ohne Befugnisse? Sie riskieren viel." Subtext: Sie sorgte sich um seine Sicherheit, wusste aber, dass er sich nicht aufhalten ließ.

„Klug oder nicht, es muss sein." Er trat näher, flüsterte: „Otto von Hadersleben hat dieses Dorf in der Hand. Die Polizei hat kapituliert. Ich nicht." Ein Funken Entschlossenheit glomm in seinen Augen.

Anke schluckte, hob kurz die Schultern. „Inoffiziell kann ich Hinweise geben, wenn ich was erfahre. Aber offiziell..." Sie brach ab, wusste, dass es ein Tabubruch war. Doch sie schuldete es Sinja.

Kropka nickte, dankbar, aber knapp. „Reicht. Jeder Fetzen Information hilft." Er starrte erneut Richtung Deich, als liege dort die Antwort. Das Land war karg, die Luft nach Salz und Verfall. Ein Ort des Schweigens, aber er würde das Schweigen brechen.

Sie fuhren zurück zum Schloss. Unterwegs sprach keiner. Anke konzentrierte sich auf die Straße, Kropka starrte aus dem Fenster, die Gedanken kreisten um Hadersleben. Der Mann, der unbehelligt blieb, während ein Kind litt. Nicht hinnehmbar.

Am Schloss wartete Benno vor dem Tor, Anne daneben, beide bleich, erschöpft. Sinja schlief drinnen, traumgeplagt, wimmerte im Schlaf. Benno sah Kropkas leeren Blick, ahnte schlechte

Nachrichten. „Die Polizei macht nichts?" Seine Stimme zitterte.

Kropka stieg aus, schloss die Tür hart, als wolle er die Welt aussperren. „Sie ziehen sich zurück. Fall abgeschlossen, sagen sie." Er knirschte die Worte heraus, sah Bennos Schultern sinken.

Anne presste eine Hand an den Mund, um nicht laut zu weinen. „Mein Gott, und jetzt?" Nichts war gut, nichts war gelöst.

Kropka trat näher, senkte die Stimme: „Ich gebe nicht auf. Ich gehe tiefer, finde Hadersleben, decke seine Hintermänner auf." Ein Versprechen, hart wie Stein. Er wusste, dass es gefährlich war, aber er hatte nichts zu verlieren.

Benno flüsterte: „Wie? Alle schweigen. Und ohne Polizei..." Seine Angst war verständlich, doch Kropka ließ sich nicht beirren.

Anke stand ein paar Schritte entfernt, die Arme verschränkt, schwieg. Sie war hier, aber ihre Rolle war jetzt eine andere, inoffiziell, im Schatten. Kropka wusste, dass sie ihm Informationen zustecken würde, wenn sie konnte.

„Ich spreche mit einzelnen Dorfbewohnern, isoliert, abseits der Gruppe. Ich suche nach Hinterlassenschaften, alten Akten, Grundbucheinträgen, die Hadersleben mit diesem Ort verbinden." Er sagte es rasch, kein Ausweichen, kein Zögern.

Anne schniefte, versuchte, tapfer zu wirken. „Wir vertrauen Ihnen. Bitte, passen Sie auf Sinja auf, passen Sie auf sich auf." Ein flehender Ton, als wüsste sie, dass es ein gefährlicher Weg war.

Benno trat vor, legte Kropka kurz eine Hand auf den Arm. „Wir stehen hinter Ihnen, was immer Sie brauchen." Er bot an, was er konnte, obwohl er selbst kaum standhalten konnte.

Kropka nickte knapp, ohne zu lächeln. „Haltet euch bereit. Vielleicht muss ich schnell handeln, wenn ich was finde." Er sah kurz zu Anke, ein stummer Austausch: Sie würde es versuchen, aber ihre Hände waren gebunden.

Anne atmete tief durch, räusperte sich. „Sinja schläft. Sie ist sehr unruhig. Sie murmelt von einem Lagerhaus, von einem Anker. Immer wieder der Name Otto." Ihre Stimme brach fast. Doch das war eine wichtige Information, Sinjas Unterbewusstsein spuckte Fragmente aus.

Kropka nahm das auf, presste die Lippen zusammen. Der Anker, das Lagerhaus. Er hatte eine Spur, aber ohne offizielle Hilfe. Er musste improvisieren, schnell handeln, bevor Hadersleben nochmal zuschlug. „Ich gehe jetzt raus, schaue mir den Deich an, die Gegend." Keine Entschuldigung, keine Pause.

Benno und Anne nickten, resigniert, aber hoffnungsvoll. Sie hatten keine Wahl. Kropka war ihre einzige Chance.

Anke trat näher, sprach leise: „Wenn ich etwas erfahre, melde ich mich. Aber erwarten Sie nicht viel. Meine Chefs blocken alles." Ihr Ton war bitter, sie war zerrissen zwischen Pflicht und Moral.

Kropka sah ihr in die Augen, hielt ihren Blick. „Ich weiß. Danke." Kurz, hart, ehrlich. Dann wandte er sich ab, ging die Stufen hinunter, den Mantel im Wind flatternd. Er spürte, wie die Einsamkeit wieder an seinen Knochen nagte, aber es war egal. Er war nicht hier, um Freunde zu finden. Er war hier, um ein Monster ans Licht zu zerren.

Während er sich entfernte, blieb die Familie am Tor stehen, stumm. Der Wind fauchte, als wolle er Kropkas Weg versperren, doch er blieb stur. Das Schweigen der Dorfgemeinschaft, die Untätigkeit der Polizei, die Macht Haderslebens – all das würde ihn nicht stoppen.

Er ging Richtung Deich, die Landschaft leer, kein Schutz, nur karge Erde unter grauem Himmel. Er war allein, aber entschlossen. Er hatte keinen offiziellen Rückhalt mehr, doch er würde weitergehen. Ein Schritt nach dem anderen, bis Hadersleben fiel.

Teil 2

Das Schloss lag still, nur der Wind pfiff durch die Ritzen. Kropka kehrte zurück, leise Schritte auf Stein. Er hatte draußen nichts gefunden, nur leere Felder, stumme Horizonte. Drinnen: stumpfer Geruch von Angst, Verzweiflung. Er kannte diese Atmosphäre, kannte sie aus früheren Fällen, aus seinem eigenen Leben. Jetzt fand er sie hier, in Bennos Reich, der einst so stolz gewesen war.

Anne führte ihn zu Bennos Arbeitszimmer, ein Raum voller Bücher, Pläne, alte Dokumente. Ein Schreibtisch aus Eiche, Stuhl mit abgegriffenen Lehnen. Früher ein Ort der Ideen, Visionen. Jetzt ein Bunker aus Gedanken, die zerbröckelten. Benno stand am Fenster, starrte nach draußen, den Kopf gesenkt. Sein Schatten fiel schmal auf den Boden.

Anne flüsterte: „Er spricht kaum, seit die Polizei sich zurückgezogen hat. Seit Sinja zurück ist, aber so… so verstört." Ihre Stimme brach fast. Kropka nickte knapp, trat näher an Benno heran.

Benno hörte die Schritte, drehte den Kopf nur ein Stück. Die Augen gerötet, tiefe Schatten darunter. Er atmete flach, als würde jeder Zug schmerzen. Ein Mann am Rand des Abgrunds.

Kropka sprach leise, ohne Umwege: „Benno, ich weiß, es ist hart. Aber wir dürfen jetzt nicht aufgeben." Er klang ruhig, aber bestimmt, wusste, dass sanfte Worte hier nichts brachten.

Benno lachte kurz, bitter, ein heiserer Laut. „Aufgeben? Was bleibt mir? Meine Tochter ist verängstigt, die Täter frei, die Polizei… weg." Er ballte die Fäuste, knirschte mit den Zähnen. „Dieses Schloss, mein Traum, alles zerstört."

Anne trat hinter ihn, legte zitternd eine Hand auf seine Schulter. „Benno..." flüsterte sie, doch er zuckte zusammen, als sei jede Berührung schmerzhaft. Er war nicht wütend auf sie, sondern auf die ganze Welt.

Kropka seufzte innerlich, blieb ruhig. „Sinja braucht Sie stark. Sie braucht uns alle. Hadersleben ist noch da, aber wir haben eine Spur. Wir arbeiten daran." Er wusste, es klang hohl, doch es stimmte: Sie wussten wenigstens, wer der Feind war.

Benno schlug mit der Faust an den Fensterrahmen, nicht hart, aber verzweifelt. „Spur? Spur reicht nicht. Ich wollte das Schloss retten, Leben reinbringen, statt Leichen." Sein Blick glitt über den Schreibtisch, wo alte Entwürfe lagen, Skizzen von Ausstellungen, Plänen für Konzerte. Nun alles wertlos, vergiftet von der Angst.

Anne trat näher, ihre Stimme leise: „Wir sind noch hier, Benno. Sinja ist zurück, wenn auch gebrochen. Wir müssen kämpfen." Ihr Ton versuchte Zuversicht, aber zitterte.

Benno senkte den Kopf, als schäme er sich. „Ich habe versagt. Als Vater, als Mann, der dieses Projekt wollte." Seine Worte schwer, als wögen sie Tonnen.

Kropka trat neben ihn, so nah, dass er Bennos Atem hörte. „Nicht versagt. Ihr Feind ist mächtig, das Dorf schweigt. Sie sind nicht schuld, dass diese Leute brutal sind." Klare Sätze, ohne Mitleid, aber mit einer kühlen, aufbauenden Schärfe.

Benno schloss die Augen, rang um Fassung. „Sinja hatte Albträume die ganze Nacht. Sie flüstert Ottos Namen, zuckt zusammen, wenn ein Windstoß knarrt. Ich kann ihr nicht helfen." Seine Stimme brach fast, ein Vater am Ende seiner Kräfte.

Anne senkte den Blick, wischte sich Tränen ab, ohne Erfolg. Sie war hier, versuchte, die Familie zusammenzuhalten, aber auch sie war an ihrer Grenze.

Kropka atmete tief. Er kannte Verzweiflung, hatte sie in eigenen Wunden erlebt. Doch jetzt musste er stark sein. „Wir holen uns die Kontrolle zurück. Ich weiß, die Polizei zieht sich zurück, aber ich nicht. Ich mache weiter, notfalls allein."

Benno hob den Kopf, sah ihn an, die Augen voller Schmerz. „Aber wie? Alles gegen uns. Alle schweigen." Ein leises Wimmern im Unterton, als suche er Halt in Kropkas Worten.

Kropka spannte den Kiefer an. „Ich finde Wege. Ich suche Leute, die knicken. Jeder Mensch hat eine Schwachstelle. Vielleicht ein Dorfbewohner, der Angst hat, aber doch etwas flüstert, wenn wir ihn allein erwischen." Subtext: Unkonventionelle

Methoden, vielleicht moralisch fragwürdig. Aber er sah keine Alternative.

Anne biss sich auf die Lippe, versuchte, eine Spur Hoffnung zu greifen. „Bitte, Michael... Vorsicht. Sie sind gefährlich, und wir können niemanden verlieren." Ein flehender Ton, Angst in jeder Silbe.

Kropka nickte hart. „Ich weiß. Aber dieses Spiel ist dreckig. Ich muss riskieren, sonst bleiben wir im Dunkeln."

Benno atmete stoßweise, als müsse er sich entscheiden, ob er diesem Mann glaubte. Dann hob er die Hand, fuhr sich durchs Haar. „Danke", murmelte er, tonlos. „Ich weiß nicht, was ich ohne Sie tun soll."

Kropka zuckte die Schultern. „Wir tun, was getan werden muss. Ich brauche Ihr Vertrauen. Halten Sie Sinja fest, geben Sie ihr Ruhe. Ich kümmere mich um die Schatten." Kurze, harte Worte, ein Pakt aus Notwendigkeit.

Benno schluckte, ein schwaches Nicken. Er starrte auf seine gescheiterten Träume, dann hob er den Blick zu Kropka. „Ich werde versuchen, stark zu sein. Für Sinja, für Anne. Aber..." Er verstummte, keine Worte für die Leere in ihm.

Anne trat zwischen sie, legte eine Hand auf Bennos Schulter, eine auf Kropkas Arm. „Wir halten zusammen, so gut es geht." Ihre Stimme noch dünn, aber dennoch der einzige milde Klang im Raum.

Kropka lockerte die Schultern, ein winziger Hauch von Mitgefühl in seinen Augen. Er war kein Tröster, aber er verstand die menschliche Seite. „Benno, Ihre Verzweiflung ist verständlich. Aber Hadersleben will genau das: Dass Sie zerbrechen. Geben Sie ihm nicht die Genugtuung."

Benno schloss die Augen, flüsterte fast lautlos: „Nein. Er kriegt mich nicht." Ein Fünkchen Trotz, klein, aber vorhanden.

Draußen heulte der Wind, kratzte an den Fensterrahmen, als wollte er lauschen. Drinnen hielt die Stille sie umklammert. Kropka wusste, dass er jetzt gehen musste, weitersuchen. Dies hier war nur ein Zwischenstopp, ein Moment, um Bennos Geist zu stabilisieren.

„Ich gehe jetzt wieder raus. Suche Spuren, red mit Anke, vielleicht finde ich was in alten Unterlagen. Irgendwas, um Hadersleben zu greifen." Er redete schnell, kein Trost, nur Pläne.

Benno atmete tiefer, etwas gefasster. „Danke." Ein Wort, das er wohl tausendmal sagen wollte.

Anne nickte stumm, beugte sich zu Sinjas Foto auf dem Schreibtisch, streifte es mit den Fingern. Eine Erinnerung, ein Anker in diesen Stürmen. Kropka verließ den Raum, hörte hinter sich Bennos leisen Atem, Annes Schluchzen erstickt.

Auf dem Flur schien die Luft schwerer. Er wusste, dass die Zeit knapp war. Hadersleben lachte wohl über die Untätigkeit der Polizei, über die Verzweiflung einer Familie. Er durfte nicht scheitern.

Während Kropka die Treppe hinabging, dachte er an Bennos gebrochene Stimme. Er würde diesen Mann nicht allein lassen. Die Polizei mochte sich zurückziehen, die Dorfbewohner schweigen, doch Kropka blieb. Ein einsamer Krieger in einem Land der Schatten. Er war es Sinja schuldig, Benno, Anne und sich selbst.

Unten öffnete er die Tür, der Wind sprang ihn an, peitschte ihm ins Gesicht. Er schloss sie hinter sich, trat in die karge Landschaft. Der Deich starrte zurück, grau und ungerührt. Kropka biss die Zähne aufeinander, machte sich auf den Weg. Keine Zeit für Zweifel. Der Kampf ging weiter, und er würde ihn nicht aufgeben.

Teil 3

Nacht über dem Schloss, der Wind pfiff durch leere Gänge. Kropka war wach, saß an einem Fenster, den Blick zum Deich, als ob er dort Antworten fände. Die Wolken drückten, schwer wie Blei. Kaum Licht, nur die Ahnung von Schatten.

Er hörte es zuerst als ein leises Knacken, irgendwo unten, dann ein dumpfer Schlag. Kropka sprang auf, griff nach seiner Taschenlampe, hastete zum Flur. Fußtritte im Dunkel, ein unterdrückter Fluch. Eindringlinge wieder, wie Gespenster, die sich an der Seele des Hauses labten.

Benno rief, gedämpft, aus einem oberen Zimmer: „Kropka? Was ist da?" Seine Stimme zitterte, Anne keuchte leise im Hintergrund. Kropka brüllte nur: „Bleibt oben!" Keine Zeit für Erklärungen. Er musste handeln, schnell, lautlos.

Er schlich die Treppe hinab, jeder Schritt vorsichtig. Kein Licht anmachen, kein Signal geben. Nur die Taschenlampe, halb verdeckt in seiner Hand. Draußen peitschte der Regen gegen die Scheibe, ein monotoner Takt, als ob er das Chaos begleiten wollte.

Ein Knarren links, er wirbelte herum, sah eine Gestalt in dunkler Kleidung, Kapuze tief, ein Brecheisen in der Hand. Der Fremde wandte den Kopf, reflektierte kurz den schmalen Lichtstrahl, dann sprang er nach hinten, verschwand um eine Ecke.

Kropka fluchte stumm, rannte hinterher, hörte noch ein zweites Paar Schritte, härter, schwerer. Zwei oder mehr? Er biss die Zähne zusammen, beschleunigte. Sie waren wieder hier, um Angst zu säen, keinen Diebstahl, nur Verwüstung. Ein Psychospiel.

Ein Splittern, Holz zerbrach. Er bog um die Ecke, sah den Umriss einer zweiten Gestalt, die gerade ein Regal umstieß, Bücher fielen, Papiere flogen durch die Luft wie tote Vögel. Kropka stürzte vor, richtete den Lichtkegel auf ihr Gesicht, aber sie duckte sich, huschte ins Dunkel zurück.

Oben Benno schrie: „Verdammt, Kropka, was tun sie da?" Panik klang in seiner Stimme, Anne versuchte, Sinja leise zu beruhigen. Das ganze Haus bebte vor Spannung.

Kropka rief knapp: „Bleibt, wo ihr seid!" Er musste verhindern, dass die Familie in die Schusslinie geriet. Er wollte die Eindringlinge stellen, oder zumindest vertreiben. Er raste weiter durch den Flur, rutschte auf einem nassen Fleck aus, fing sich an der Wand. Ein kicherndes Geräusch, als würden die Täter ihn verhöhnen.

Er trat in den nächsten Raum, die Küche, Licht schaltete er nicht ein. Nur seine Taschenlampe zuckte durch den Raum. Nichts. Dann plötzlich ein Schatten am Fenster, ein Fauchen, ein kräftiger Stoß gegen seine Schulter. Kropka taumelte, schlug mit der Lampe nach vorn, traf wohl nur Luft.

Die Gestalt sprang durch das halb offene Fenster, Glassplitter klirrten. Kropka keuchte, beugte sich vor, sah in den Garten, nur dunkle Umrisse. Der Feind verschwand in der Nacht. Der zweite? Noch im Haus?

Rasch zurück in den Flur, ein dritter Knall im Salon. Er hörte heftiges Keuchen, dann ein Flüstern:

„Schnell, raus!" Ein Stuhl kippte um. Kropka erreichte den Salon, leuchtete, sah einen Schatten zur Terrassentür verschwinden. Er sprang hinterher, doch zu spät, die Tür stand offen, der Fremde flüchtete ins Freie.

Kropka stieß einen bitteren Laut aus, rannte hinaus. Draußen nichts, nur peitschender Wind, Regengischt im Gesicht, der Deich als schwarze Wand. Kein Mensch zu sehen. Sie waren fort, wieder entkommen, nur Chaos hinterlassen.

Fluchend ging er zurück, schloss die Türen, verriegelte so gut es ging. Oben hörte er Anne weinen, Benno stammeln: „Gott, Sinja, alles okay…" Kropka stieg die Treppe hinauf, trat ins Zimmer, fand Benno zitternd, Sinja an seine Brust gepresst, Anne daneben, bleich.

„Alles in Ordnung", sagte Kropka, kurz und rau. „Sie sind weg." Aber nichts war in Ordnung. Das Haus verwüstet, die Familie erschüttert. Wieder ein Schlag ins Gesicht.

Benno flüsterte: „Wieder nichts gestohlen? Nur Zerstörung?" Verzweifelte Unruhe. Anne legte den Arm um Sinja, die verstummt war, als hätte sie Angst zu atmen.

Kropka nickte finster. „Nur Chaos. Sie wollen zeigen, dass sie jederzeit zuschlagen können." Subtext: Haderslebens Handlanger, ein perfides Spiel der Einschüchterung.

Anne schluchzte leise, versuchte, Sinja zu wiegen, aber das Mädchen war steif, teilnahmslos, mit großen, leeren Augen. Benno presste die Lippen zusammen, Wut kochte in ihm. „Wir dürfen nicht zulassen, dass sie uns brechen."

Kropka sagte nichts, wusste aber, dass dies genau ihr Plan war. Er ging zurück nach unten, wollte den Schaden begutachten. Im Salon umgestürzte Möbel, in der Küche Glassplitter, im Flur verstreute Papiere. Eine Botschaft im Durcheinander, vielleicht?

Er bückte sich, hob ein herumliegendes Blatt auf. Ein altes Dokument, zerrissen, unleserlich. Nichts Konkretes. Er suchte weiter, fand ein kleines Stück Stoff, ähnlich dem von Sinja damals. Doch diesmal war es dunkler, verschmutzt. Jemand hatte eine Markierung hinterlassen? Oder war es nur ein abgerissenes Stück ihrer Kleidung?

Er knirschte die Zähne, leuchtete die Ecken aus. Hinter einem Schrank entdeckte er ein kleines Zeichen, in den Staub gekratzt: wieder ein Kreis mit einem Anker, durchgestrichen. Das Symbol, das er im Dorf gesehen hatte. Ein klares Statement: Sie kontrollieren alles. Vielleicht ein Verräter im Dorf, der sie über Kropkas Bewegungen informierte.

Ein kalter Schauer lief Kropka über den Rücken. Diese Leute waren vernetzt, wussten genau, was sie taten. Er ballte die Hand zur Faust. Kein

Entkommen, wenn man sich nicht selbst in die Offensive wagte.

Leise stieg er wieder hinauf, trat ans Zimmer, wo Benno, Anne und Sinja versuchten, ihre Fassung zu finden. Er sprach leise, aber fest: „Sie haben uns erneut gewarnt. Ein Symbol hinterlassen. Jemand im Dorf hilft ihnen, hält sie auf dem Laufenden."

Benno fluchte leise: „Ein Verräter..." Anne schwieg, starrte den Boden an. Sinja klammerte sich an Annes Arm, zitterte.

Kropka hob den Kopf, entschlossen. „Ich werde diese Verräter finden. Egal wie." Er hatte keine Rückendeckung von der Polizei, aber brauchte auch keine. Er konnte nicht zulassen, dass dieser Terror weiterging.

Anne rang nach Luft, flüsterte: „Seien Sie vorsichtig..." Ein leises Flehen, als wüsste sie, wie gefährlich es war, mit harten Bandagen zu kämpfen.

Benno nickte stumm, seine Hände zitterten, aber in seinem Blick lag jetzt Trotz. „Tun Sie es." Kurz und knapp, eine Ermächtigung. Er hatte nichts mehr zu verlieren.

Kropka stellte die Taschenlampe aus. Kein Licht half ihnen in dieser Dunkelheit. Nur Entschlossenheit, Mut und eine Spur Wut. Ein Cliffhanger in seinem Kopf: Er musste den Netzwerken auf den Grund gehen, tiefer in die Eingeweide dieses

Dorfes eindringen, bis er den Verräter enttarnte, Hadersleben aufspürte.

Draußen heulte der Wind, als wäre er der Chor einer grimmigen Oper. Drinnen herrschte Stille, erschwert durch Angst. Kropka wusste, dass dies erst der Anfang war. Der nächste Schritt würde ihn ins Herz der Verschwörung führen, und er würde nicht zurückweichen.

Teil 4

Die Nacht war schweigsam, das Schloss im Halbdunkel, als Kropka in den Keller zurückkehrte. Nach dem Einbruch lagen noch Scherben am Boden, splitternde Erinnerungen an fremde Schritte. Er hatte den Flur grob aufgeräumt, aber das Chaos blieb in der Luft hängen.

Er leuchtete mit der Taschenlampe über die Wände, an den Stellen, wo er schon einmal Spuren gefunden hatte. Eine feine Rille, ein Spalt im Mauerwerk. Vielleicht hatte er etwas übersehen. Er tastete mit den Fingerspitzen über kalten Stein, spürte eine leichte Unebenheit. Drücken. Ein Knacken. Ein loses Brett hinter einer alten Kiste.

Kropka zog die Kiste beiseite, fand ein kleines Fach, darin ein Ledermäppchen, verstaubt. Er zog es heraus, blies vorsichtig den Staub weg. Ein Dokument, alt, brüchiges Papier. Er klappte es auf, sah handgeschriebene Notizen, seltsame Kürzel. Wieder dieser Name, Hadersleben, mehrfach unterstrichen, dazu Zahlen, Datumsangaben, Ortsbezeichnungen, die er nicht sofort verstand.

Er biss die Zähne zusammen. Ein weiteres Puzzleteil im dunklen Netz dieses Mannes. Hadersleben, der Schatten, der das Dorf kontrollierte. Offenbar gab es schon früher Kontakte zu diesem Schloss, zu früheren Besitzern oder alten Geschäften. Er zitterte leicht, vor Wut oder Vorfreude, endlich tiefer in den Sumpf vorzudringen.

Oben hörte er leise Schritte, dann Ankes Stimme: „Kropka? Sind Sie da?" Leise, vorsichtig, als wolle sie kein Chaos wecken. Er antwortete knapp: „Hier unten", und kurz darauf kam sie die Stufen hinab. Ihr Gesicht war angespannt, die Haare unordentlich, aber ihre Augen wach.

„Was haben Sie?" fragte sie, knappe Worte, kein Smalltalk. Kropka zeigte ihr das Dokument. Sie trat näher, las mit schmalen Augen die Notizen, runzelte die Stirn. „Hadersleben... diese Zahlen könnten Codes für Lieferungen sein, oder Personenkürzel. Irgendwas, das auf ein Netzwerk hinweist." Ihre Stimme rau, frustriert, aber auch analytisch.

Kropka nickte, schob das Licht über die Schrift. „Vielleicht alte Transaktionen. Bedeutet, dieses Schloss war schon früher Teil seines Plans. Kein

Zufall, dass er jetzt hier angreift." Ein bitterer Unterton in seiner Stimme.

Anke atmete flach, versuchte, die Zeichen zu deuten. „Sehen Sie hier, diese Ortsnamen. Küstendorf, ein Marker für ein Lagerhaus vielleicht. Und dieses Datum ist alt, Jahrzehnte her." Sie klang nachdenklich, als öffneten sich Abgründe von Vergangenheit.

Kropka straffte die Schultern. „Also war Hadersleben nicht erst gestern aufgetaucht. Er hat tiefe Wurzeln hier, seit langem. Kein Wunder, dass alle schweigen – sie kennen seine Macht." Worte knirschten zwischen den Zähnen.

Anke hob den Blick, musterte Kropkas Gesicht. „Wenn er so tief verankert ist, wird er uns immer einen Schritt voraus sein. Wir brauchen eine andere Strategie." Ihre Stimme klang nüchtern, aber in ihren Augen flackerte Sorge.

Kropka schnaubte leise. „Andere Strategie? Was schlagen Sie vor? Mit den Leuten reden bringt nichts, die Polizei macht einen Rückzieher, Hadersleben hat Schergen überall." Er klang gereizt, müde.

Anke verzog den Mund, überlegte einen Moment. „Wir könnten versuchen, diesen alten Unterlagen weiter zu folgen. Grundbuchämter, Archive. Irgendwo muss es einen Fehler geben, eine Spur, die ihn verbindlich macht." Sie sprach schnell, als wäre die Zeit knapp.

Kropka nickte, aber seine Wut kochte: „Sie wissen, dass wir kaum Zeit haben. Er wird weiter Druck machen, uns einschüchtern, bis wir aufgeben oder etwas Unüberlegtes tun." Er sah kurz weg, als hätte er Angst, die Selbstbeherrschung zu verlieren.

Anke verstand, hielt sich zurück, sagte leise: „Ich helfe, so gut ich kann. Inoffiziell." Ein bitteres Lächeln huschte über ihre Lippen, ironisch, weil sie gern offiziell handeln würde, aber nicht durfte.

Kropka straffte den Nacken, steckte das Dokument ein. „Wir werten das aus. Vielleicht findet sich ein Name eines Helfers, ein Dorfname, etwas, womit wir einen Dorfbewohner konfrontieren können." Er hatte genug von Allgemeinplätzen, wollte endlich ein Gesicht, einen Zeugen, der redet.

Anke legte den Kopf schief, musterte ihn. „Konfrontation ist riskant. Sie haben gesehen, was passiert, wenn Sie zu offensiv fragen. Ein Einbruch, ein erneuter Angriff." Ihre Stimme im Subtext: Vorsicht.

Kropka kniff die Augen zusammen. „Riskant, ja. Aber wir können nicht warten. Ich wähle gezielt jemanden aus, jemanden, der ins Wanken geraten könnte." Er dachte an Ove, an die Frau im

Kaffeehaus, an den Mann mit Kinnbart. Irgendwer würde bröckeln, unter dem richtigen Druck.

Anke atmete durch, als wollte sie widersprechen, aber hielt sich zurück. „Gut, aber ich kann Sie nicht retten, wenn was schiefläuft. Sie sind auf sich gestellt. Meine Vorgesetzten haben die Akte geschlossen."

Kropka zuckte die Schultern. „Keine Rettung erwartet. Ich habe mich schon damit abgefunden, allein zu sein." Ein Hauch von Bitterkeit in seiner Stimme.

Ein Luftzug, das Geräusch von Holz, das irgendwo knarrte. Das Schloss wirkte, als lausche es diesem Gespräch. Die Dielen unter ihren Füßen schwiegen, aber draußen flüsterte der Wind über den Deich, ein monotones, endloses Lied von Stille und Angst.

Kropka hob die Taschenlampe, sah Anke in die Augen. „Wir haben ein Dokument, Hinweise auf Haderslebens alte Machenschaften. Das ist mehr als gestern. Das bedeutet Fortschritt, auch wenn es mickrig scheint." Er wollte irgendetwas Positives festhalten.

Anke nickte langsam, kaum sichtbar. „Besser als nichts. Ich beobachte das Dorf. Vielleicht finde ich jemanden, der nachts rumläuft, ungewöhnliche Treffs." Ihr Ton war sachlich, aber in den

Augen lag Unterstützung. Ein leises Band zwischen ihnen, inmitten der Finsternis.

Kropka trat vom Keller in Bennos Arbeitszimmer, Anne hatte frische Kerzen aufgestellt, schwaches Licht. Benno saß auf dem Stuhl, starrte schweigend auf seine Papiere. Er hob kaum den Kopf, als Kropka und Anke eintraten.

„Wir haben etwas gefunden", sagte Kropka knapp, zeigte das Dokument. Keine lange Erklärung, Benno hätte sie ohnehin kaum aufnehmen können. Er nickte nur, matt. „Hoffe, es hilft", flüsterte er. Seine Stimme war ein Schatten seiner selbst.

Anne, hinter ihm, presste die Hände zusammen. „Bitte... seid vorsichtig." Mehr konnte sie nicht sagen. Die Furcht stand ihr ins Gesicht geschrieben.

Kropka steckte das Dokument weg, nickte steif. „Wir gehen jetzt, Anke und ich. Schauen, was wir herausfinden." Er hatte keine Zeit für lange Abschiedsformeln.

Benno hob den Kopf, flüchtiger Blick: „Danke..." Ein Wort, fast erstickt. Anne streichelte seinen Arm, ihre Blicke bitter, hoffnungslos, und doch dankbar, dass Kropka noch kämpfte.

Kropka und Anke verließen den Raum, gingen den Flur entlang, ihre Schritte hallten. Draußen zischte der Wind, als warte er schon auf sie. Kropka spürte, dass die nächste Phase gefährlich würde. Er hatte ein Dokument, aber keine klaren Namen. Ein Puzzle ohne fertiges Bild. Doch er würde nicht ruhen, bis er ein Gesicht zu Haderslebens Name hatte.

Anke neben ihm schwieg, doch aus ihrem Schweigen sprach Verständnis. Sie standen vor der Haustür des Schlosses, bereit, wieder in die graue Landschaft zu treten. Ein Hauch von Entschlossenheit in der Luft, trotz aller Zweifel.

„Gehen wir", murmelte Kropka. Keine Zusicherungen, kein Aufschub. Sie öffneten die Tür, der Wind pfiff, die Nacht saugte sie hinein. Hinter ihnen brannte eine Kerze im Arbeitszimmer, ein kleines, flackerndes Licht im endlosen Dunkel. Doch draußen lauerte Hadersleben, ein Wolf im Schatten.

Kropka schluckte hart. Er würde diesen Wolf jagen, egal wie tief er sich verkroch.

Teil 5

Die Nacht drückte sich schwer auf das Land, als hätte ein unsichtbarer Koloss sich über Eiderstedt gebeugt. Der Wind fuhr scharf über die kargen Felder, schlug gegen den Deich und peitschte die Luft mit unsichtbarer Härte. Das Schloss Hoyerswort lag darunter wie ein dunkler Klotz, ein Schweigen in Stein gehauen, umgeben von leerer Weite. Kein Mondlicht, kein Stern, nur dicke Wolken und ein Geruch von Salz und Moder.

Drinnen kämpften sie gegen Geister, draußen war der Himmel taub. Kropka stand im Flur, den Mantel noch um die Schultern, als er gerade zurückgekehrt war. Die Luft war stickig, die Stille voller gespannter Erwartung. Er wusste nicht, woher die Unruhe kam, aber sie kroch ihm in den Nacken. Ein Kribbeln. Er dachte an Hadersleben, an Ove, an die Dorfbewohner, die ihn ausspionieren konnten. Der letzte Einbruch hatte es gezeigt: Sie waren bereit, jeden Winkel zu infiltrieren.

Benno stand im Arbeitszimmer, gebeugt über den Schreibtisch, die Hände flach auf das Holz. Anne saß auf einem Sessel, Sinja schlief endlich, erschöpft in ihrem Zimmer, bewacht von Angst und Tränen. Die Luft war schwer von Ungesagtem. Kropka trat ein, nickte Anne zu, deren Augen gerötet waren. Sie sagte nichts, doch ihre Blicke flehten um Sicherheit.

Benno hob den Kopf, als Kropka den Raum betrat. Sein Gesicht: eine Landschaft aus Furchen, Schmerzen, verlorenen Träumen. Seit Sinjas Entführung und all den Demütigungen hatte er sich in eine fragilere Version seiner selbst verwandelt. Kropka spürte, wie Benno zerrissen war, zwischen Wut auf die Täter und Hilflosigkeit angesichts der Übermacht des Schweigens.

„Wir haben ein paar Spuren", sagte Kropka knapp. Kein überflüssiges Wort. „Alte Dokumente, Haderslebens Name, Verstrickungen. Aber noch kein Hebel." Seine Stimme klang rau. Er wollte Fortschritte bieten, aber alles war so vage.

Benno nickte stumm, wandte sich ab. Sekundenlang: Schweigen. Dann brach er hervor, leise, aber voller Bitterkeit: „Was bringt das alles, wenn sie uns jederzeit treffen können, wann immer sie wollen?"

Anne schloss die Augen, brachte keinen Trost hervor. Kropka verstand Benno. Er selbst war am Limit, doch er musste stark bleiben. „Wir werden sie finden", flüsterte er. „Wir brauchen Zeit."

Benno lachte bitter, ein Ton, der durch die Wände kratzte. „Zeit... wir haben längst zu viel Zeit verloren. Sinja ist verängstigt, unsere Pläne liegen in Trümmern. Und die Polizei hat uns verlassen. Die Dorfbewohner schweigen." Er schlug mit der Faust auf den Tisch, ein dumpfes Dröhnen. „Jeder Tag macht es schlimmer."

Kropka knirschte die Zähne. Er konnte Benno nichts vormachen. Die Lage war düster. Doch er durfte nicht aufgeben. „Ich bin hier", sagte er, kurz, fast barsch. Er wollte, dass Benno begriff: Er kämpft, auch wenn alle anderen den Rücken kehren.

Anne stand auf, trat zum Fenster, sah hinaus ins Nichts. Der Regen hatte aufgehört, nur der Wind zischte an den Scheiben. Eine unruhige Nacht, perfekt für Geheimnisse im Dunkeln. Sie fröstelte, rieb die Arme. „Ich habe Angst", flüsterte sie. „Angst, dass sie wiederkommen, dass sie etwas Schlimmeres tun."

Benno ballte die Hände, als wolle er die Angst zermalmen. „Ich kann das nicht mehr ertragen." Ein inneres Beben in seiner Stimme, ein Mann, der kurz davor war, etwas Unüberlegtes zu tun. Kropka kannte solche Blicke, von Menschen in Ausnahmesituationen, die in blinde Aktionismus flüchten.

„Benno, Sie dürfen jetzt nicht unüberlegt handeln", warnte Kropka leise, trat näher. „Wir müssen klug vorgehen." Doch er sah, wie Bennos Augen funkelten, ein gefährliches Licht. Er war bereit, Risiken einzugehen, Wut in Form von Tat auszuleben.

Plötzlich knarrte die Haustür. Alle erstarrten. Schritte im Flur, ein leises Kratzen. Waren sie wieder hier? Kropka fuhr herum, griff nach seiner Taschenlampe, bedeutete Anne und Benno, still zu sein. Anne klammerte sich an den Sessel, die Knöchel weiß, und Benno zog scharf die Luft ein.

Kropka schlich zur Tür, das Herz pochte in seinen Ohren. Ein Einbrecher wieder? Oder jemand aus dem Dorf, der heimlich spionierte? Er öffnete die Zimmertür einen Spalt, spähte in den Flur.

Dunkelheit. Doch da – ein Schatten huschte an der Wand entlang.

„Bleibt hier", zischte Kropka zurück ins Zimmer, bevor er sich hinauswagte. Doch Benno, getrieben von Zorn und Verzweiflung, schob sich an Kropka vorbei, die Augen wild. „Nicht noch mal! Ich lasse mir das nicht bieten!" flüsterte er, eine stumme Explosion von Wut in seiner Stimme.

„Benno, warten Sie!" Kropka versuchte, ihn am Arm zu packen, aber Benno riss sich los, sprang in den Flur, als wäre er zu einer finalen Konfrontation bereit. Anne keuchte: „Benno!", doch zu spät. Er war schon in der Dunkelheit verschwunden.

Kropka fluchte stumm, folgte rasch, die Taschenlampe halb verdeckt. Er hörte heftiges Atmen, ein Stöhnen, dann einen dumpfen Schlag. Ein Stuhl fiel um. Im Garten knarrte eine Tür. Die Eindringlinge versuchten erneut zu entkommen oder Chaos zu stiften.

Benno stürmte zur Hintertür, riss sie auf, rannte in den Garten hinaus, ohne Deckung. Kropka eilte ihm nach, barfüßiger Boden, nasse Erde. Der Garten war kaum erhellt, nur schwaches Mondlicht brach durch die Wolken. Jetzt sah man schemenhaft: Zwei Gestalten an der Mauer, eine kauerte, die andere stand wachsam.

„Stehenbleiben!" schrie Benno, so laut, dass es durch die Nacht gellte. Die Gestalten zuckten, einer sprang über die Mauer, verschwand. Der andere wandte sich um, etwas in der Hand, ein metallischer Glanz. Benno rannte auf ihn zu, blind vor Wut.

Kropka keuchte, wollte Benno warnen: „Vorsicht!" Doch die Worte erstarben in seinem Hals. Es ging alles zu schnell. Die Gestalt duckte sich, ein Stoß mit dem Arm, ein blitzender Strich in der Dunkelheit. Ein leises, feuchtes Geräusch, als ein Messer tief ins Fleisch drang.

Benno blieb abrupt stehen, keuchte. Ein Ersticken im Hals, die Augen weit aufgerissen. Kropka sah es, zu spät, wie eine Szene in Zeitlupe: Die Klinge verschwand im Schatten, der Täter trat zurück, ließ Benno wanken.

Anne schrie im Haus, als hätte sie etwas geahnt. Kropka stürmte vor, Taschenlampe auf den Täter gerichtet, aber der wandte sich ab, sprang über den Zaun, so flink, dass Kropka nur die Luft griff. Er wollte hinterher, doch Benno sackte in diesem Moment zusammen, kippte auf die Knie, Hände an die Brust gepresst, ein leises Röcheln.

Kropka fühlte, wie ihm das Herz in die Kehle schlug. „Benno!" Er ließ den Verfolger ziehen, kniete sich neben den fallenden Mann. Sein Mantel färbte sich dunkel, feuchte Wärme, Blut. Das Messer hatte die Brust getroffen, lebensgefährlich. Bennos Atem war rasselnd, unregelmäßig.

„Nein, nein!" flüsterte Kropka, packte Bennos Schulter, versuchte, den Blutfluss mit der Hand zu stoppen. „Bleiben Sie bei mir, Benno." Doch dessen Augen flackerten, unfähig, Kropkas Gesicht scharf zu sehen. Der Schmerz war enorm, man sah es an den Zuckungen seines Körpers, den Fingern, die krampfhaft ins Gras griffen.

Aus dem Schloss eilte Anne hinaus, wankend, Sinja schrie im Hintergrund, aber Anne ließ sie sicher im Zimmer, um nach Benno zu sehen. „Benno! Oh Gott!" Ihre Stimme war gellend, Tränen, Verzweiflung. Sie kniete sich auf die andere Seite, versuchte, Bennos Hand zu greifen, doch er zitterte, kaum fähig, ihren Griff zu erwidern.

Kropka tastete nach dem Handy, wollte einen Notruf absetzen, doch Empfang war hier stets schwach, und in der Panik tastete er ins Leere. Er wusste, jeder Moment zählte, aber er sah, wie Bennos Lebensenergie verrann. Das Messer war tief, vermutlich ein Herz- oder Lungenstich. Kropka kannte solche Verletzungen aus seiner Vergangenheit. Verdammt.

Anne schluchzte hemmungslos, beugte sich über Bennos Gesicht, wisperte seinen Namen, als könnte Liebe ihn retten. Sinja schluchzte im Haus, rief nach Papa, aber niemand konnte ihre Schreie besänftigen. Kropka versuchte, ruhig zu bleiben, Bennos Puls zu spüren, aber es war schwach, unregelmäßig.

„Benno", stammelte Kropka, beugte sich vor, um ihm ins Ohr zu flüstern: „Halten Sie durch. Wir kriegen Sie hier weg, ins Krankenhaus." Doch Benno röchelte nur, versuchte zu sprechen, Blut rann über seine Lippen, ein leises Gurgeln. Seine Augen kämpften, wollten etwas sagen, aber er kam nicht dazu.

Anne wimmerte: „Bitte nicht... bitte nicht..." Sie drückte Bennos Hand, als könne sie ihn ans Leben ketten. Doch sein Griff lockerte sich, die Muskeln erlahmten. Er wirkte plötzlich so blass, als wäre das Blut aus seinem Körper gesogen. Kropka versuchte, mit einer Hand den Brustwunde zu pressen, aber das Blut sickerte weiter.

Draußen winselte der Wind, als stimmte er in den Chor des Elends ein. Kropka fühlte, wie ihm Tränen in die Augen stiegen, blieb aber beherrscht. Kein Platz für Schwäche. Doch das hier war brutal, ein Mann, der um seine Träume kämpfte, nun verblutend im nassen Gras seines Gartens.

Benno versuchte ein letztes Mal, den Kopf zu heben, fand Kropkas Blick. Etwas in seinem Blick: Dankbarkeit? Oder Entschuldigung für seine Wut, seine Überstürztheit. Kropka presste die Lippen aufeinander, wollte etwas sagen, aber was hilft es jetzt?

Ein Ruck ging durch Bennos Körper, dann wurde er schlaff. Ein röchelnder Laut erstarb im Hals, die Augen brachen weg, der Atem stockte. Anne schrie auf, ein Ton, der durch Mark und Bein fuhr.

Sinja rief im Hintergrund, als hätte sie gespürt, was passiert.

Kropka wusste: Benno war tot. Der Stich war tödlich, ein sauberer Mord in der Nacht. Er kniff die Augen zusammen, packte Anne sanft an der Schulter, doch sie wollte es nicht wahrhaben, rief seinen Namen, flehte, doch Bennos Körper blieb leblos, regungslos, nur noch eine Hülle.

Das Schloss war Zeuge eines neuen Grauens, die Dorfbewohner würden weiter schweigen, Hadersleben grinste wohl im Verborgenen. Kropka schnaubte, Tränen brannten ihm im Hals, aber er schluckte sie runter. Er durfte nicht zerbrechen, jetzt nicht. Er musste weiterkämpfen. Doch dieser Verlust – es war zu viel.

Anne sackte zusammen, die Hände in den nassen Haaren, ihre Schreie gellen in der Nacht. Kropka legte Bennos Körper sanft auf den Rücken, schloss die toten Augen. Ein schreckliches Ende für einen Mann, der nur sein Schloss retten wollte, seiner Familie Zukunft geben wollte. Nun war alles dunkel.

Sinja kam zitternd an die Tür, traute sich nicht näher. Ihr schmaler Schatten im Licht der Flurlampe, stummes Entsetzen in ihren Augen. Anne winkte ihr nicht heran, schrie nur nach innen, als wolle sie ihre Tochter vor diesem Anblick schützen. Aber Sinja wusste es wohl, spürte die Endgültigkeit in der Luft.

Kropka stand auf, atmete rasselnd. Hadersleben hatte wieder zugeschlagen, diesmal direkt, brutal, ohne Maske. Ein Signal: Wir können euch jeden nehmen, jederzeit, ohne Konsequenzen. Die Polizei war fort, die Dorfbewohner schwiegen, und jetzt war Benno tot. Ein ultimativer Schlag, um sie zu brechen.

Doch in Kropka keimte etwas anderes. Wut, glühend wie Lava. Er würde diesen Hund aus der Dunkelheit zerren, egal wie. Jetzt war es persönlich, jetzt gab es kein Zögern mehr. Bennos Blut war auf seinen Händen, metaphorisch, weil er nicht schnell genug war, um ihn zu retten.

Anne flehte: „Ruf Hilfe", aber Kropka wusste, es war zu spät. Er griff dennoch zum Handy, tippte Notruf. Schlechter Empfang, wie immer. Er rief, brach ab, rief erneut, letztendlich erreichte er die Leitstelle. Doch was konnten Sanitäter noch tun? Eine Leiche ist eine Leiche. Trotzdem, er tat es für Anne, für Sinja, um wenigstens den Anschein von Menschlichkeit zu wahren.

Als er aufgelegt hatte, kehrte Stille ein. Anne saß im Gras, neben Bennos totem Körper, ihr Rock nass, die Hände um seine steife Hand. Sinja in der Tür, lautlos weinend, die Schultern zuckten. Kropka stand etwas abseits, die Taschenlampe in der Hand, leuchtete ins Leere. Kein Täter zu sehen, nur verkrümmte Büsche, der stumme Deich. Ein Cliffhanger in Fleisch und Blut. Wussten sie, dass sie nun alles in der Hand hielten?

Kropka spürte, wie sein Kopf raste. Er musste Anke informieren, irgendwie ein Zeichen geben, dass die Lage eskalierte. Er wusste, ohne Rückendeckung war er verloren, aber diese Tat würde vielleicht selbst die stumme Dorfgemeinschaft erschüttern. Ein Mord, mitten in der Nacht, ein Vater, der seine Familie schützen wollte. Wenn das nicht ein paar Zungen löste, was dann?

Doch vielleicht war das genau die Botschaft: „Redet und sterbt." Ein perfides Spiel aus Tod und Schweigen. Kropka schob die Zähne aufeinander, schmiedete in Gedanken Pläne, wen er als nächstes konfrontieren würde. Er würde härtere Methoden nutzen. Keine Skrupel mehr. Hadersleben hatte seine Grenze überschritten.

Anne wimmerte leise, hielt Bennos Hand, als könnte sie ihn damit ins Leben zurückzerren. Sinja trat näher, zögernd, zitternd. Kropka schloss die Augen, musste diese Szene ertragen. Er beugte sich zu Anne, sprach leise: „Der Notarzt kommt, aber... er ist fort." Ein Kloß in der Kehle, doch die Wahrheit war nötig.

Anne schluchzte auf, Sinja flüsterte: „Papa...", ein Wort, das wie ein Dolch in Kropkas Herz stach. Er zwang sich, kontrolliert zu bleiben. Eine Familie zerbrochen vor seinen Augen, und er konnte nichts tun. Er schwor sich, Hadersleben würde dafür bezahlen.

Der Wind fegte über den Deich, ein stummes Heulen, als zöge eine neue Front auf. Kropka wusste, das war noch nicht das Ende. Es war nur ein weiterer Tropfen Blut in einem Krieg, der sich hinter Schatten abspielte. Nun war die Bühne bereit für den nächsten Akt.

Während sie warteten, während Anne weinte und Sinja zitterte, während Benno reglos dalag, dachte Kropka an das nächste Kapitel. Er wollte nicht nur Beweise, er wollte Gerechtigkeit, Rache, ein Ende dieses Leidens. Dieser Moment, Bennos Tod, war ein Punkt ohne Rückkehr.

Der Cliffhanger war perfekt: Ein Mord, eine Eskalation, ein gebrochener Bund aus Schweigen und Tod. Kropka wusste, dass er nun tiefer graben musste, weiter gehen, als irgendein Gesetz erlaubte. Er hatte nichts mehr zu verlieren. Und Hadersleben sollte beben.

Draußen näherte sich ein fernes Motorengeräusch, Notarzt oder Polizei, müde Routine. Sie würden nur Leichen bergen und Achseln zucken. Aber diesmal würde Kropka nicht akzeptieren, dass der Fall verstaubte. Er würde den Druck erhöhen, bis jemand sprach, bis Hadersleben fiel.

Der Abendhimmel, nun fast Morgen, blieb düster, trotzig. Ein passendes Ende für diese Szene, ein Todes Akt, der ins nächste Kapitel führte, wo Kropka, getrieben von Schuldgefühlen, Wut und Entschlossenheit, die Grenzen sprengen würde.

Der Cliffhanger brannte sich in die Nacht, ein Schrei ohne Echo.

KAPITEL 5

Dichter Nebel schlang sich um das Schloss. Der Morgen nach Bennos Tod brachte keine Erleichterung, nur ein dumpfes Dröhnen in der Stille. Der Wind, der gestern noch heulte, war nun leiser, aber nicht freundlicher. Er rieb sich an den Mauern, als wollte er eindringen, ins Herz des Grauens.

Innen roch es nach kaltem Stein, nach Trauer, nach Blut und Verzweiflung. Die Polizei war gekommen, hatte alles abgesperrt, Leichenschau, Fotos, flüchtige Fragen. Sie hatten Anne befragt, Kropka kurz interviewt, doch ihr Tonfall klang routiniert, distanziert. Ein weiterer Fall in einer endlosen Reihe, schien es. Kropka wusste, dass sie bald wieder abziehen würden, ohne mehr als ein Achselzucken. Hadersleben würde sich ins Fäustchen lachen.

Im Wohnzimmer brannte eine Kerze, schwach, als könne sie die Finsternis in Annes Seele nicht vertreiben. Anne saß auf dem Sofa, Sinja war oben, schlief erschöpft, eingehüllt in Angst. Der Platz, wo Benno zu sitzen pflegte, war leer, unendlich leer. Annes Hände zitterten, sie presste die Lippen zusammen, um kein Schluchzen zuzulassen. Tränen waren versiegt, es blieb nur ein schmerzhafter Kloß im Hals.

Kropka stand ein paar Schritte entfernt, an der Wand gelehnt. Die Hände in den Taschen, den Kopf gesenkt. Er fühlte die Schwere in der Luft, spürte Annes Blicke, die er mied. Er war müde, leer, fragte sich, ob er weitermachen sollte. Er hatte versagt, Benno zu schützen. Was nützte seine harte Entschlossenheit, wenn das Böse trotzdem zuschlug?

Die Polizei war noch im Haus, sprach gedämpft, ließ Absperrbänder um die Mordstelle ziehen, doch Kropka kannte ihr Muster: sie würden das Protokoll abarbeiten, dann verschwinden. Keine tiefen Ermittlungen gegen eine unsichtbare Macht, kein Heldenmut. Sie hatten aufgegeben, genauso wie bei Sinjas Entführung.

Anne räusperte sich leise. Eine schmale Stimme in der Stille. „Michael..." Sie klang brüchig, ein Vogel mit gebrochenem Flügel. Kropka hob den Blick, sah sie an. Ihre Augen waren rot, aber nicht leer. Da war Wut, Verzweiflung, ein glühender Kern.

„Ja?" Kropka hielt seine Stimme knapp, wusste nicht, was sie von ihm hören wollte. Er hatte nichts Gutes zu sagen.

Anne strich sich über die Wangen, fasste dann an den Stoff ihres Kleides, als suche sie Halt. „Sie müssen weitermachen", flüsterte sie. „Die Polizei lässt es fallen. Die Dorfbewohner schweigen. Aber Hadersleben... er..." Ihre Stimme brach, sie schluckte.

Kropka spannte den Kiefer an. Er verstand. Sie wollte, dass er sich weiter reinsteigert, weiter ermittelt, trotz des Risikos. Er zögerte, fühlte die Last auf seinen Schultern. Schon jetzt war alles kompliziert, gefährlich. Doch wie sollte er ihr diesen Wunsch abschlagen? Sie hatte alles verloren.

Er trat näher, setzte sich auf einen Stuhl, der dem Sofa gegenüberstand. Zwischen ihnen die flackernde Kerze, ein schwacher Zeuge dieses Gesprächs. „Anne, ich habe auch Grenzen. Ich bin kein Polizist mehr, nur ein Mann, der versucht, etwas Gerechtigkeit zu schaffen. Aber sehen Sie, was passiert ist..." Er brach ab, schüttelte den Kopf.

Anne knetete ihre Hände, ihr Atem flach. „Benno hat... kurz vor seinem Tod... er fand etwas. Alte Unterlagen, Andeutungen eines Geheimgangs im Schloss. Er meinte, Hadersleben oder seine Leute hätten früher solche Wege genutzt, um heimlich ins Haus zu gelangen." Ihre Worte kamen stoßweise, als sei jedes Wort ein Messer in ihrem Fleisch. „Ich weiß nicht, ob es stimmt. Aber er war besorgt, kurz vor diesem letzten Einbruch."

Kropka horchte auf. Ein Geheimgang? Das erklärte vielleicht, warum die Eindringlinge so leicht ins Haus kamen. Sie mussten nicht durchs Fenster, sie kannten versteckte Pfade. Ein Vorteil für die Täter. Kropka spürte neues Brennen im Kopf. Das war ein echter Hinweis, etwas Greifbares, um diese Ratten ans Licht zu zwingen.

Er lehnte sich vor, die Ellbogen auf die Knie. „Ein Geheimgang. Haben Sie etwas Genaues? Wo?" Er klang wieder sachlich, fokussiert. Hier war sein Revier – Analyse, Ermittlung, Fakten sammeln.

Anne schniefte, schüttelte den Kopf. „Benno hat nur ein paar Andeutungen gemacht. Irgendwo im Keller, hinter einer kaputten Mauer, ein alter Zugang. Er sagte, er wolle es genauer untersuchen, war aber nie dazugekommen." Ihre Stimme klang trocken, verwaschen von Weinen und Angst.

Kropka atmete tief. Ein Kellerzugang, alte Gänge, vielleicht in Verbindung mit den Dokumenten, die er gefunden hatte. Hatte Hadersleben sich ein verstecktes Netz von Tunneln geschaffen, um jederzeit zuschlagen zu können? Das war mehr als nur eine Vermutung. Es passte zum Muster: unsichtbare Macht, überall eindringbar.

Er hob den Blick, traf Annes Augen, suchte darin ihren Willen. „Wenn ich weitermache, wird es gefährlich. Für mich, für Sie, für Sinja. Sind Sie sicher?" Er wollte ehrlich sein, kein falsches Versprechen geben. Hadersleben würde nicht zögern, noch mehr Blut zu vergießen.

Anne schluckte, Tränen in den Wimpern, doch die Stimme fest: „Ich will wissen, wer es getan hat. Ich will, dass dieser Mann, Hadersleben, nicht ungestraft davonkommt. Ich habe nichts mehr zu verlieren, Michael. Bitte... tun Sie es für Benno, für Sinja." Ihre Worte zitterten, doch sie waren klar. Sie flehte nicht nur, sie befahl fast.

Kropka senkte den Kopf, spürte die Schwere dieses Auftrags. Er sah sein eigenes Spiegelbild in der Kerzenflamme, verzerrt, klein. Ein einsamer Mann in einer Welt aus Schatten. Doch wie konnte er jetzt gehen? Nach Bennos Tod, nach Sinjas Leid, nach Annes Flehen?

Draußen hörte er die Polizisten flüstern, ihre Schritte auf dem Kies, das Absperrband raschelte. Bald wären sie weg, und dann standen Anne, Sinja und er allein gegen dieses Monster. Kropka musste stark sein, musste ihre Schleusen öffnen, dieses Dorf zum Reden bringen, oder den Geheimgang finden und mit eigenen Augen die Wahrheit sehen.

Er seufzte leise, ein bitterer Atemzug. „Ich mache weiter", sagte er. Kurz, hart, kein unnötiges Pathos. Anne schloss die Augen, ein Hauch von Erleichterung in ihrem Schluchzen. „Danke", flüsterte sie, ein Wort, das mehr Gewicht trug als jede Befehlsgewalt der Polizei.

Kropka stand auf, griff nach seiner Taschenlampe, die er am Gürtel befestigt hatte. Er würde gleich wieder in den Keller gehen, vielleicht einen Plan des Hauses suchen, alte Baupläne. Er musste diesen Geheimgang finden. Vielleicht war das der Schlüssel, vielleicht würde er darüber an Haderslebens Handlanger kommen. Ein Schwachpunkt im scheinbar perfekten Schweigen.

Anne stand langsam auf, wankend, als würde sie von einer schweren Last erdrückt. Sie trat an seine Seite. „Michael, passen Sie auf sich auf. Wir können keinen weiteren Verlust ertragen." Ihre Stimme voller Trauer, aber auch ein Funke Hoffnung, dass er es schaffen könnte.

Er nickte, konnte ihr nicht sagen, dass er nichts garantieren konnte. In dieser Welt war nichts sicher. Doch er würde sein Bestes geben. Hätte er vorher auf Bennos Warnungen geachtet, hätte er verhindern können, was geschah?

Ein Stich im Herzen. Schuldgefühle nagten. Doch er musste nach vorn blicken, um Anne und Sinja nicht enttäuschen. Er hob den Kopf, hörte die Polizisten draußen murmeln. Bald ist hier Ruhe, nur noch die Stille des Schlosses.

„Ich werde tiefer graben", sagte er leise. „Wenn Hadersleben seit Jahrzehnten Fäden zieht, hat er irgendwo Spuren hinterlassen. Dieser Geheimgang ist ein Anfang." Er versuchte, in seiner Stimme Entschlossenheit zu legen, um Anne Mut zu machen.

Anne wischte sich Tränen ab, nickte mechanisch. Sie hatte keinen Trumpf mehr außer Kropka. Keine Verbündeten, keine schützende Hand. Nur diesen eigenwilligen Mann, der sich schon so tief verstrickt hatte.

Sinja schrie im Obergeschoss, ein Albtraum offenbar, ein dumpfes Wimmern. Anne zuckte zusammen, wollte nach oben stürzen, doch bevor sie ging, drehte sie sich noch einmal um. „Michael, bitte... holen Sie uns heraus. Bringen Sie die Wahrheit ans Licht." Keine Bitte mehr, eher ein Befehl einer gebrochenen Mutter, die um Leben und Gerechtigkeit flehte.

Kropka schloss kurz die Augen, schluckte. „Ich tu, was ich kann." Mehr konnte er nicht versprechen. Sie akzeptierte es stumm, dann rannte sie die Treppe hinauf, Sinja beruhigen, ein endloser Kreislauf von Angst.

Kropka blieb zurück, allein mit der Kerze, dem schweren Geruch von Parfüm und Tränen, von Blut, das in den Fugen des Gestern haftete. Er fasste den Entschluss, stärker denn je: Er würde keine Rücksicht mehr nehmen. Er würde die Dorfbewohner herausfordern, notfalls einschüchtern, bis jemand sprach. Er würde den Keller umkrempeln, jede Wand abklopfen. Der Geheimgang war sein nächster Schritt.

Und er wusste, dass er sich damit in die Schusslinie begab. Hadersleben war kein Schatten mehr, sondern ein Gegner aus Fleisch und Blut. Kropka spürte, dass diese Auseinandersetzung auf ein Finale zusteuerte, in dem es keine halben Sachen gab. Bennos Blut war sein Antrieb, ein stiller Schwur, die Schuld der Täter aufzudecken.

Er trat zum Fenster, blickte hinaus, sah nur Dunkelheit. Doch in dieser Finsternis sah er nun auch seinen Weg klarer: weiterkämpfen, tiefer graben, dem Grauen ins Auge sehen. Anne erwartete es, Sinja verdiente es, Benno hatte dafür sein Leben gelassen.

Der nächste Schritt stand fest: den Geheimgang finden, die Struktur des Schlosses verstehen, Haderslebens alten Pfaden folgen. Kropka würde nicht ruhen, bis er die Drahtzieher entlarvt hatte. Und wenn er dafür Höllenfeuer provozieren musste, dann sei es so.

Die Kerze flackerte, als wollte sie die Worte bestätigen. Kropka nahm seinen Mantel, steckte das Dokument ein, ging zur Tür, bereit für die nächste Runde in diesem Kampf ohne faire Regeln. Hinter ihm lag das Kapitel von Bennos Tod, vor ihm das Kapitel einer verzweifelten Witwe, deren Entschlossenheit ihn anfeuerte.

Mit zusammengepressten Lippen trat er hinaus, hörte noch Annes gedämpfte Stimme oben, wie sie Sinja beruhigte. Dann war er im Flur, allein. Draußen wartete die karge Landschaft, drinnen die Geheimnisse des Schlosses. Die Schleifen zogen sich zu, und Kropka war mittendrin.

Teil 2

Kropka stand im Keller, die Luft feucht, modrig. Nach Benno war das Haus leerer, stiller, als hätte der Tod eine Spur aus Kälte hinterlassen. Anne hatte ihm vom Geheimgang erzählt. Nun war er hier, bereit, die Steine abzuklopfen, jede Lücke zu prüfen, jede Fuge auszuloten.

Anke trat neben ihn, die Arme verschränkt, den Blick ernst. Sie hatten beschlossen, gemeinsam nach dem Geheimgang zu suchen. Keine offizielle Aktion, kein Polizeibericht, nur zwei Menschen im Dunkel, die nach Spuren tasteten. Der Wind draußen kratzte am Gemäuer, ein gedämpftes Heulen.

„Hier muss es sein", flüsterte Kropka. Er hielt die Taschenlampe schräg, ließ den Lichtstrahl über die Steinwand fahren. Unebenheiten, verrottete Balken, winzige Spalten. Irgendwo ein Hohlraum.

Anke blieb still, konzentriert. Ihre Augen suchten systematisch, von links nach rechts. Zwischen zwei massiven Steinen bemerkte sie einen winzigen Metallstift, kaum sichtbar. „Da" sagte sie leise, zeigte mit dem Finger.

Kropka nickte, beugte sich vor, tastete mit den Fingerspitzen. Ein leichter Druck, ein Klicken, dann ein leises Schaben von Stein auf Stein. Ein schmaler Riss erschien in der Wand, verbreitete sich, eine geheime Tür schwang langsam nach innen. Der Geruch von altem Erdreich schlug ihnen entgegen, muffig, scharf.

„Wow", murmelte Anke, unterdrückter Respekt. Kropka presste die Lippen zusammen, trat vor, die Taschenlampe ins Dunkel geneigt. Ein schmaler Gang, niedrige Decke, feuchte Wände. Wie ein Tunnel ins Ungewisse.

„Gehen wir rein", sagte Kropka, kurz und fest. Anke nickte knapp, folgte ohne ein Wort. Sie duckten sich, traten vorsichtig auf weichen Boden, eine Mischung aus Erde und Steinstaub. Der Gang war kaum einen Meter breit, die Luft stickig, kein Windzug.

Jeder Schritt knirschte leise, als sie voranschritten. Die Taschenlampe war ihr einziger Schutz gegen die absolute Dunkelheit. Auf halber Strecke sah Kropka an den Wänden seltsame Markierungen: eingeritzte Symbole, verwaschene Lettern. Er hielt den Lichtkegel darauf. Nichts Alltägliches, vielleicht Codes, Kennzeichnungen von Schmugglern oder alten Komplizen Haderslebens.

„Das ist alt", flüsterte Anke, ihre Stimme dumpf im engen Raum. Kropka nickte. Sie bogen um eine Kurve, der Gang führte leicht abwärts, dann wieder geradeaus. Er schien tiefer in das Erdreich zu führen, vielleicht unter den Deich oder die Felder hinaus, ein geheimer Fluchtweg oder Verbindungsstrang für verbotene Aktivitäten.

Dann entdeckten sie eine kleine Nische, eine Art Versteck, durch lose Bretter verschlossen. Kropka nahm vorsichtig die Bretter beiseite. Dahinter: eine Kiste, verschimmelt, Metallbeschläge verrostet. Er leuchtete hinein. Papiere, Bündel, alte Dokumente, versiegelte Umschläge. Morsche Ledermappen. Hier hatten sie es: Beweise, Indizien für Haderslebens Schattenreich.

Anke stand dicht daneben, beobachtete, wie Kropka vorsichtig ein Dokument hervorzog. Die Schrift alt, Tinte verblasst. Namen, Daten, Zahlen. Ein Wort sprang ins Auge: „Hadersleben". Immer wieder dieser Name, verbunden mit Warenlisten, Terminen, Kürzeln für wahrscheinlich illegale Deals. Kropka kniff die Augen zusammen, las flüchtig, verstand nur Bruchstücke. Doch es reichte, um ein Bild zu formen: Otto von Hadersleben nutzte diesen Gang als Depot, um geheime Transaktionen abzuwickeln.

„Verdammt", zischte Kropka. „Das ist sein Archiv. Er war hier seit Jahren aktiv." Ein leiser Zorn schwang in seinen Worten. Sie hatten nun echte Beweise, mehr als vage Hinweise. Aber noch war es gefährlich. Wenn Haderslebens Leute merkten, dass sie den Gang fanden, würde es mehr Blut geben.

Anke atmete flach, beugte sich näher, sah auf die Dokumente. „Illegale Geschäfte, Schmuggel, vielleicht Menschenhandel? Wer weiß. Jetzt verstehen wir, warum das Dorf schweigt. Sie sind in einem Netz aus Drohungen, Angst, Abhängigkeiten." Ihre Stimme angespannt. Dies war kein harmloser Heimlichtuer, sondern ein Verbrechersyndikat mit tiefen Wurzeln.

Kropka steckte ein paar Papiere ein, wollte Beweise sichern. Doch als er sich aufrichtete, hörte er ein leises Klicken, gefolgt von einem leisen Seufzen der Steinwände. Er spannte sich an. „Vorsicht", zischte er. Ein Mechanismus, eine Falle?

Eine der Steinplatten an der Decke löste sich, rutschte, schabte über Stein, als wollte sie herabfallen. Kropka riss Anke zurück, ein dumpfer Schlag, Steinsplitter rieselten. Kein schwerer Einsturz, aber ein Warnsignal. Hadersleben hatte Sicherheitsvorkehrungen eingebaut, wollte Eindringlinge verschrecken oder töten.

„Nicht bewegen!", flüsterte Kropka, hielt Anke am Arm fest. Sie hielten inne, lauschten. Kein weiterer Einsturz, aber die Luft wirkte jetzt noch drückender. Eine simple Falle, um Panik auszulösen. Kropka atmete tief, löste die Starre. „Wir sollten verschwinden, bevor noch etwas passiert."

Anke nickte, zitterte leicht. „Wir haben genug gesehen", murmelte sie. Ihr Ton war belegt, als hätte sie kaum Luft. Dieser Ort war wie ein Rachen, der sie verschlucken wollte.

Kropka drehte sich um, folgte den Pfad zurück zum Ausgang, Taschenlampe im Anschlag, jeden Schritt vorsichtig. Hinter ihm Anke, schweigend, aber wachsam. Der Fund war enorm, aber sie waren in feindlichem Territorium.

Kurz vor dem Ausgang hörten sie ein Kratzen von draußen, als ob jemand an der Kellerwand lauschte. Kropka erstarrte, drehte das Licht aus, legte einen Finger an die Lippen. Sie standen reglos, hörten das Kratzen aufhören, dann ein entferntes Tapsen. Wahrscheinlich ein Wachposten oder Handlanger, der kontrollierte, ob jemand den Gang entdeckt hatte.

Lange Sekunden verstrichen, bis sie den Mut fanden, weiterzugehen. Kropka öffnete die Geheimtür leise, schob sie zu, so gut es ging, damit keine Spuren verrieten, was sie gefunden hatten. Dann stiegen sie rasch die Kellertreppe hinauf.

Oben im Schloss war es noch still. Anne saß mit Sinja in einem Zimmer, kümmerte sich um die traumatisierte Tochter, hielt sie eng umschlungen. Die Polizei hatte Bennos Leichnam abgeholt, schon vor einer Weile. Die Abwesenheit seines Körpers hinterließ ein Loch im Haus. Der Tod lastete schwer auf jedem Atemzug.

Kropka und Anke betraten Bennos Arbeitszimmer. Eine Kerze brannte, reflektierte im Glas eines alten Schrankes. Die Stimmung war bedrückend, doch sie mussten sprechen, Pläne schmieden. Kropka legte die Papiere auf den Tisch, ordnete sie grob.

„Sehen Sie", sagte er leise. „Hier ist der Name Hadersleben, hier Koordinaten oder Codes. Diese Zahlen könnten Lagerorte sein. Das erklärt die Machtverhältnisse. Das Dorf gehorcht, weil er überall seine Finger hat."

Anke stand neben ihm, die Arme verschränkt. „Das ist groß. Vielleicht größer, als wir dachten. Nicht nur Erpressung, sondern ein ganzes Imperium. Schmuggel, vielleicht Waffen, wer weiß." Ihre Stimme rau, entsetzt.

Kropka nickte, fühlte, wie ihm kalt wurde. Ein Imperium im Schatten, ein Mann, der mit Drohungen und Mord sein Schweigen erkauft. Benno war ein Opfer dieses Netzes geworden, nur weil er sich dem Wandel verschrieb. Nun war sein Blut ein Mahnmal auf dieser Landkarte des Schreckens.

„Wir müssen diese Infos nutzen", sagte Anke, sah zu Kropka. „Aber ohne Polizei, ohne Rückhalt? Ist das klug?" Ein subtiles Zögern, als fürchte sie um ihr Leben und seines.

Kropka kniff die Augen zusammen. „Klug? Wahrscheinlich nicht. Aber was ist die Alternative? Aufgeben, schweigen, so wie alle hier?" Er schnaubte. „Nie."

Anke schluckte, nickte knapp. Sie verstand seinen Zorn, teilte ihn vielleicht. Sie standen beide außerhalb des Gesetzes, ohne offizielle Unterstützung. Doch diese Dokumente könnten irgendwann helfen, wenn sie sie richtig einsetzen.

Kropka sammelte die Papiere ein, verstaute sie sicher in einer Plastikhülle, die er in der Jacke verbarg. Er musste sie schützen. Jede Zeile könnte ein Schlüssel sein, um Hadersleben ans Licht zu zerren. „Wir halten uns bereit. Ich werde versuchen, diese Codes zu entschlüsseln. Vielleicht kann ich ein paar Dorfbewohner damit konfrontieren." Ein riskanter Plan, aber sie hatten keine Wahl.

Anke trat einen Schritt zurück, musterte ihn aus Schatten im Gesicht. „Ich helfe Ihnen. Inoffiziell. Wenn ich etwas erfahre, gebe ich es weiter." Ihre Stimme klang feste, trotz Angst.

Kropka nickte, dankbar, aber wortkarg. Er wusste, sie riskierte ihre Karriere. Doch jetzt war Zeit für Taten. Die nächste Phase würde gefährlicher, der Feind würde reagieren, vielleicht noch brutaler zuschlagen.

Draußen war der Himmel nach wie vor grau, kein Licht, nur endlose Melancholie. Drinnen ein Hauch von Entschlossenheit, zwei Menschen gegen ein unsichtbares Reich. Kropka spürte, wie sein Herz schneller schlug, eine Mischung aus Furcht und Wut.

„Wir müssen vorsichtig sein", sagte er leise. „Jeder Fehler könnte tödlich sein." Ein Unterton, der an Bennos Tod erinnerte. Anke senkte den Blick, wusste, dass jedes Wort stimmte.

Damit schloss sich das Kapitel, ein Cliffhanger in der Luft. Sie hatten den Geheimgang entdeckt, alte Dokumente, Hinweise auf ein riesiges Netzwerk. Doch jetzt war die Frage, wie sie diese Beweise nutzen, ohne selbst Opfer zu werden. Kropka fühlte die Schlinge enger werden, aber er würde weitergehen. Haderslebens Imperium wackelte, vielleicht nur ein bisschen, doch genug, um Hoffnung zu säen.

Im nächsten Moment trat er zur Tür, Anke im Schlepptau, bereit, den nächsten Schritt ins Dunkel zu tun. Keine Verschnaufpause, keine Zeit für Tränen. Der Gang war gefunden, die Gefahr eskalierte, und Hadersleben lauerte irgendwo da draußen im Schatten.

Teil 3

Der Geheimgang war enger als zuvor, in Kropkas Erinnerung. Er und Anke hatten nochmals alles abgesucht, tiefer gegraben, weiter hinein. Der Boden feucht, muffiger Geruch, jede Bewegung ein leises Knirschen. Sie waren auf der Suche nach mehr Beweisen, irgendwas, das Haderslebens Machenschaften weiter entlarvte.

Kropka führte den Weg an, die Taschenlampe im Anschlag. Er fühlte, wie der Tunnel ihn umschloss, wie ein Schlund, der ihn verschlingen wollte. Der Wind draußen war fern, nur ein dumpfes Pochen in den Ohren blieb. Melancholie, Schuld, Wut – all das drückte in seiner Brust. Er musste klar bleiben.

Anke hinter ihm, Schritte leise, ihr Atem flach. Sie hatte ihm geholfen, jetzt standen sie tief im Feindesgebiet. Keine Polizei hinter ihnen, keine offizielle Rückendeckung. Nur zwei Menschen, die im Halbdunkel nach der Wahrheit tasteten. Kropka spürte ihre Anspannung.

Sie stießen auf eine kleine Seitennische, abgesperrt mit morschen Latten. Kropka zog die Latten beiseite, ein trockenes Knacken. Dahinter: Schmuggelware, Kisten, verrottete Säcke. Er leuchtete hinein, sah verstaubte Flaschen, Papiere, verblichene Etiketten in fremden Sprachen. Ein Lager, illegaler Kram, vielleicht Drogen, Antiquitäten, Waffen? Er tippte auf gefährliche Handelsware, etwas, das das Dorf mit Furcht gefügig machte.

Anke hob eine alte Rechnung, kaum lesbar. Kropka schob den Lichtkegel darüber. Ein Name stand in krakeliger Handschrift, eingekreist: „Hadersleben". Ein Fingerabdruck des Schattens. Kropka kniff die Augen zusammen, beugte sich näher. Otto von Hadersleben – hier war er wieder, verbindlich, nicht nur Gerede. Dokumente, die seine Präsenz belegen. Ein Netz von Verbrechen, über Jahrzehnte gewachsen.

„Das ist groß", flüsterte Anke, die Stimme angespannt. „Er kontrolliert wohl ganze Lieferketten. Keine Kleinigkeit." Ihre Augen huschten zwischen den Zeilen. Sie wirkte schockiert, aber professionell, wusste, was das bedeutete.

Kropka nickte, kaute auf seiner Lippe. „Wir haben ihn. Nur… wie nutzen wir das? Ohne Zeugen, ohne dass jemand aussagt?" Bittere Erkenntnis: Papier kann viel bedeuten, aber ohne Aussagen war es nur ein Risiko, es in die Welt zu tragen. Haderslebens Leute würden töten, um es zurückzuholen.

Anke trat zurück, schüttelte den Kopf. „Wenn wir weitermachen, riskieren wir unser Leben. Dieser Mann hat bereits gemordet." Subtext: Benno. Sie wusste, jedes weitere Vordringen konnte sie in die Schusslinie bringen.

Kropka ballte die Faust. „Ich weiß. Aber wollen wir aufhören? Benno ist tot, Sinja traumatisiert, das Dorf schweigt. Wir können nicht einfach gehen." Seine Stimme hart, angetrieben von Rache und Gerechtigkeit.

„Ihr Leben steht auf dem Spiel", zischte Anke. „Und meins. Sind Sie bereit dafür?" Sie klang verärgert, als wolle sie ihn wachrütteln. Er hatte keine offizielle Position, sie riskierte ihre Karriere, ihr Leben, für einen Mann, der gegen ein Verbrecherimperium antrat.

Kropka atmete heftig, schaute sie an, der Lichtstrahl zuckte über ihre Gesichter, scharfe Schatten. „Ich hab schon alles verloren. Familie. Hoffnung. Wenn ich es jetzt lasse, sterben noch mehr. Ich kann nicht anders." Ein Bekenntnis, ehrlich, roh. Er erinnerte sich an seine eigene Vergangenheit, an das Feuer, das ihm einst alles nahm. Hadersleben oder seine Leute – er ahnte einen Zusammenhang, spürte einen vertrauten Gestank von Schuld.

Anke schwieg kurz, sah seine Zerrissenheit, seufzte leise. „Okay, weiter. Aber wir müssen klüger sein." Ihre Stimme klang schärfer, aber auch nachgiebig. Sie verstand seine Motive, wenn auch widerwillig.

Er nickte, schaute ins Dunkel, als würde dort Ottos Schatten lauern. „Wir bringen das Material in Sicherheit, kopieren es, falls möglich. Dann suchen wir einen Verbündeten. Irgendjemand muss sprechen." Er warf einen Blick zurück, Richtung Ausgang. Dieser Gang war ein Symbol für Ottos Griff aufs Schloss. Sie mussten raus, bevor jemand sie hier erwischte.

Anke hob den Kopf, lauschte. „Hören Sie was?" Ein leises Knistern, ein Rascheln. Vielleicht Ratten, vielleicht jemand, der draußen Wache hielt. Sie traten zurück, sicherten die Kisten. Nichts stahlen sie, nur Dokumente, die Kropka bereits eingesteckt hatte.

Kropka spürte Schweiß auf der Stirn, die Enge des Ganges lastete auf seiner Brust. Er wollte raus, Luft, klaren Kopf. Sie begaben sich zurück zum Durchgang, duckten sich durch die schmale Tür, verriegelten sie so gut es ging. Kropka prüfte die Mauer, kaum sichtbar, dass sie offen war. Gut.

Wieder im Keller, dunkle Ecken, modriger Geruch. Hier war es etwas luftiger, trotzdem spürte Kropka die Last der Entdeckung. Hadersleben war kein Mythos. Er existierte, manipulierte, mordete. Ein Titan im Dunkel.

„Ich verstehe Ihr Motiv, Kropka. Aber wir sind allein. Kein Polizei-Schutz, keine Zeugen." Anke sah ihn an, die Augen ernst, forsch. „Wir werden seine Handlanger provozieren. Sind Sie bereit für die Konsequenzen?"

Kropka nickte, knirschte mit den Zähnen. „Ja. Ich kann nicht mehr zurück. Benno..." Er schluckte, erinnerte sich an Bennos leblosen Körper, an Annes Tränen, Sinjas stummen Schmerz. Das war der Preis für Untätigkeit. „Ich mach weiter."

Anke seufzte, wirkte resigniert, aber sie sagte nicht nein. Sie stand an seiner Seite, wenn auch unsicher. „Dann fangen wir mit den Codes an. Diese Zahlen, Orte. Vielleicht können wir sie entschlüsseln, herausfinden, wo Hadersleben sein

Hauptquartier hat. Wir brauchen was Greifbares, um ihn zu stellen."

Kropka nickte, ein Funken Entschlossenheit in den Augen. Er dachte an seine Vergangenheit, an die Familie, die er einst verlor, ein Feuer, ein Mord. Vielleicht war Hadersleben damals schon beteiligt, sein Einfluss reichte weit zurück. Wenn er diese Bestie jetzt besiegte, war es nicht nur Gerechtigkeit für Benno, sondern auch für sich selbst. Ein innerer Konflikt brannte in ihm, Schuld, Wut, Rachegelüste. Doch er musste es rational halten, ein Polizist in der Tiefe seiner Seele.

Sie gingen nach oben, ins Schlossinnere. Draußen hingen die Wolken tief, der Wind pfiff, trug den Geruch von Meer und Fäulnis heran. Ein Bild Kropkas innerer Isolation: einsam gegen ein System. Doch nun mit Anke an seiner Seite, ein schwacher Lichtstreif. Auch wenn sie stritten über Risiken, sie war da, half ihm, gab Struktur.

Anke blieb im Flur stehen, sah ihm ins Gesicht: „Wir sollten vorsichtig sein. Sie beobachten uns. Jeder Fehltritt ist tödlich." Ihre Worte waren knapp, aber aufrichtig. Sie war nicht weniger mutig, nur realistisch.

Kropka hob die Augenbrauen, schüttelte den Kopf. „Ich kenne die Gefahr. Aber wir haben keine Wahl." Ein einzelner Satz, stur, unbeugsam.

In diesem Moment hörte er draußen ein Knacken, ein Ast, vielleicht nur Wind. Aber es klang wie ein Warnsignal. Sie schauten beide in Richtung Fenster. Nichts, nur Dunkelheit. Doch es fühlte sich an, als lauere dort Ottos Schatten, lachte stumm über ihre Pläne. Sie mussten rasch handeln, ehe er noch mehr Blut forderte.

Kropka strich sich über die Stirn, fühlte die scharfe Kante seiner Entschlossenheit. „Wir sammeln alles, kopieren, verstecken Kopien. Dann versuchen wir, jemanden im Dorf damit zu konfrontieren. Vielleicht knickt Ove oder ein anderer ein." Anke presste die Lippen zusammen, kein Widerspruch.

Sie waren sich einig: Hier endete der Schutz der Nacht, hier begann die Offensive. Ein Cliffhanger in der Luft: Was, wenn sie Ove drängten und dabei in eine Falle tappten? Was, wenn Hadersleben zuschlug, bevor sie die Daten nutzen konnten?

Trotz der Angst: Sie mussten es wagen. Kropka prüfte seinen Taschenlampenakku, sah Anke an. Sie nickte, bereit für den nächsten Schritt. Der Schatten von Otto von Hadersleben würde nicht verschwinden, es sei denn, sie zogen ihn ins Licht.

Draußen raschelte der Wind wieder, als Antwort. Kropka wusste, die kommende Phase würde brutal, gefährlich und ohne Rückweg sein. Aber er hatte ein Ziel: Gerechtigkeit, oder wenigstens

Rache. Und vielleicht, ganz am Ende, etwas Frieden.

Teil 4

Die Nacht lastete schwer auf dem Schloss, als Kropka Anne seine Entscheidung mitteilte. Sie mussten weg, Anne und Sinja mussten in Sicherheit, weit weg von dieser beklemmenden Stille und den drohenden Schatten. Kropka wusste, es blieb nur eine Option: Maren Putz, eine alte Freundin, die in der Nähe von Husum lebte, etwas weiter nördlich an der Küste. Eine vertrauenswürdige Zuflucht.

Anne saß auf dem Sofa im Wohnzimmer, blass, die Augen rot, die Hände um die Lehne geklammert. Sinja schlief erschöpft im oberen Stockwerk, atmete flach, traumgeplagt. Kropka hatte ihnen von seinem Plan erzählt, sie beide ins Auto zu setzen, bei Nacht davonzufahren, um sie in Marens Obhut zu bringen. Anne war still, aber in ihren Augen lag Zustimmung. Sie wusste, dass sie hier keine Chance hatten.

Kropka griff zum Handy, wählte eine Nummer, die er lange nicht benutzt hatte. Die Verbindung knackte, dann Marens Stimme, warm, aber angespannt. „Michael? Es ist spät. Was ist los?" Kurz, kein unnötiges Gerede, sie kannte ihn zu gut.

Kropka atmete flach. „Maren, ich brauche Hilfe. Eine Familie in Gefahr, der Ehemann ermordet, das Kind traumatisiert. Ich muss sie irgendwohin bringen. Schnell und leise." Er sprach knapp, ohne Mitleid heischend, aber sie hörte die Härte in seiner Stimme.

Maren schwieg für einen Moment, dann klang ihre Stimme besorgt: „Was ist passiert?" Kropka erzählte ihr in knappen Sätzen von Hadersleben, von Benno, vom Schweigen des Dorfes, von Sinjas Leiden. Sie ließ ihn ausreden, kein Unterbrechen, nur gelegentlich ein leises Einatmen, um das Gehörte zu verdauen.

„Bring sie her", sagte Maren schließlich. „Ich wohne außerhalb von Husum, abgelegen, ruhig. Sie können hierbleiben, solange es nötig ist." Ihre Worte kamen entschlossen, ohne Zögern. Kropka spürte Erleichterung, ein Funke Menschlichkeit in dieser düsteren Lage.

Er nickte stumm, obwohl sie es nicht sehen konnte. „Danke, Maren. Das bedeutet viel." Seine Stimme rauer, ein Hauch von Emotion. Er war froh, jemanden zu haben, der Verstand und nicht diskutierte.

„Pass auf dich auf, Michael", flüsterte sie, bevor er auflegte. Er hob kurz die Augen, spürte die Last etwas leichter. Dann wandte er sich an Anne. „Maren erwartet euch. Wir fahren sofort, noch in dieser Nacht." Anne atmete zitternd aus, nickte müde. „Ich wecke Sinja, packe das Nötigste. Wie weit ist es?" Kropka schätzte die Distanz, ein paar Stunden Fahrt, abseits der Hauptstrecken, sicher genug, um den Blicken der Gegner zu entgehen.

Kurz darauf stand er im Garten, überprüfte den Wagen. Der Wind zerrte an seiner Jacke, der Himmel über dem Deich unverändert grau. Er schielte zur Hintertür, als suche er nach Spionen. Niemand. Nur Stille. Er hörte Anne drinnen leise mit Sinja sprechen, beruhigende Worte, ein Kampf gegen die Panik.

Wenig später kam Anne mit Sinja in den Armen, eingehüllt in eine Decke, blasse Gesichter, schmale Schultern. Sinja klammerte sich an Anne, halb wach, halb benommen, aber sie protestierte nicht. Anne wirkte zerschlagen, aber trotzdem bemüht, standhaft zu wirken.

Kropka öffnete die Beifahrertür, half Anne einzusteigen, Sinja sicher auf dem Schoß. „Wir fahren vorsichtig. Maren ist ein guter Mensch, sie kümmert sich", sagte er leise, um Anne Mut zu machen. Sie nickte, ein mattes Lächeln, dann schluckte sie hart.

Die Fahrt verlief schweigend, nur das Summen des Motors und das Flüstern des Regens auf der Scheibe. Sinja schlief bald wieder, erschöpft von Angst und Schmerz. Anne starrte durchs Fenster, sah nichts als Dunkelheit, aber in ihrem Inneren tobte ein Sturm. Manchmal öffnete sie den

Mund, als wolle sie etwas sagen, doch kein Wort kam heraus.

Als sie endlich Marens Anwesen erreichten, war es kurz vor dem Morgengrauen. Ein kleines Haus, umgeben von schmalen Bäumen, abseits der Straße. Maren erwartete sie, in einen Mantel gehüllt, die Augen ernst, aber herzlich. Kropka parkte, half Anne beim Aussteigen, Sinja schlafend an ihrer Brust. Maren trat näher, nickte Anne zu, legte eine Hand auf deren Schulter. „Ihr seid hier sicher", sagte sie leise.

Anne schluckte, Tränen in den Augen. „Danke", flüsterte sie, die Stimme heiser. Sie kannte Maren nicht persönlich, aber Kropka hatte erklärt, dass sie vertrauenswürdig war. Das musste genügen.

Drinnen war es warm, einfach eingerichtet, aber gemütlich. Maren brachte Tee, küsste Sinja leicht auf die Stirn, als wolle sie sie segnen. Anne setzte sich auf ein Sofa, legte Sinja vorsichtig ab, damit das Mädchen weiterschlafen konnte. Kropka blieb in der Nähe der Tür, als fühlte er sich fremd in dieser Oase. Doch Maren kam zu ihm, die Stirn in Falten, musterte sein Gesicht.

„Du siehst fertig aus", sagte sie knapp. Er nickte, presste die Lippen zusammen. „Viel passiert." Subtext: Mord, Drohungen, Schweigen, er muss nicht alles ausschmücken, sie versteht. Maren seufzte, nahm seine Hand kurz in ihre, ein stilles Zeichen von Wärme. „Du hast das Richtige getan, sie in Sicherheit zu bringen."

Kropka zögerte, wandte den Blick ab. „Ist es das Richtige? Wir flüchten, statt den Täter sofort zu stellen." In seiner Stimme lag Zorn auf sich selbst. Er wollte handeln, Gerechtigkeit schaffen, doch er musste umdenken, Schritte machen, um Opfer zu schützen.

Maren drückte seine Hand sanft, ließ dann los. „Manchmal ist das Beschützen der Schwächsten der erste Schritt. Danach kannst du immer noch zuschlagen, Michael." Ihre Worte trafen ihn, halfen ihm, sein schlechtes Gewissen zu lindern.

Anne hörte ihnen zu, ihr Blick zwischen den beiden. Tränen rollten über ihre Wangen, doch sie wollte nicht eingreifen, sah nur, dass Kropka und Maren vertraut waren, eine emotionale Stütze, die ihm Kraft gab. Ein Funken Hoffnung in diesem Albtraum.

Kropka atmete durch, knetete die Finger. „Ich gehe bald wieder. Muss zurück, Hinweise nutzen, jemanden zum Reden zwingen." Er klang entschlossen, aber nicht überstürzt. Maren nickte. „Pass auf dich auf." Keine langen Reden, nur ehrliche Sorge.

Anne brach in ein leises Schluchzen aus, hielt Sinjas kleine Hand, flüsterte: „Danke, Kropka. Du bist unsere einzige Hoffnung." Ihre Stimme bebte, aber sie meinte es ernst. Sie wusste, dass er mit Marens Unterstützung weitermachte.

Kropka neigte den Kopf, respektvoll. „Ich tue, was ich kann." Ein Versprechen, mehr nicht. Sein Blick streifte Sinjas schlafendes Gesicht, so jung, so verstört. Er dachte an seine eigene Vergangenheit, an die Toten, die er nie retten konnte. Diesmal darf er nicht versagen.

Maren legte eine Decke über Anne, die zitterte. „Ruh dich aus, zumindest ein paar Stunden. Ich kümmere mich um Tee, was zum Essen, damit ihr zu Kräften kommt." Ihre Stimme hatte etwas Beruhigendes, ein Gegenpol zu der rauen Welt draußen.

Anne nickte, wischte Tränen weg. „Danke, Maren. Ich... wir wissen das zu schätzen." Mehr konnte sie nicht sagen, ihre Worte brachen im Hals. Doch ihre Augen verrieten Dankbarkeit.

Kropka trat einen Schritt zurück, lehnte sich an die Tür. Er sah, wie Anne versuchte, sich zu sammeln, wie Sinja schlief, wie Maren mit ruhigen Bewegungen Tee zubereitete. Ein kurzer Moment der Ruhe inmitten von Krieg. Er erkannte darin eine Art Zwischenstation, bevor er sich wieder ins Dunkel stürzte, um Hadersleben zu stellen.

Maren drehte sich kurz um, traf seinen Blick. Ein stilles Einvernehmen: Sie würde auf Anne und Sinja aufpassen, während er draußen in der Finsternis kämpfte. Er nickte, straffte die Schultern.

„Ich muss zurück", sagte er leise. „Es wartet Arbeit auf mich." Anne hob den Blick, sorgenvoll, doch sie verstand, dass er nicht bleiben konnte. Sinja schlief weiter, friedlich in Unwissenheit.

Maren trat zu ihm, legte kurz eine Hand an seinen Arm. „Sei vorsichtig, Michael. Du kannst nicht alle retten, aber tust dein Bestes." Er schluckte, nickte knapp. Ja, er würde aufpassen, so gut es ging.

Dann trat er hinaus in die kalte Luft, der Wind zerrte an seiner Jacke, die Wolken hingen tief, als wollten sie ihn erdrücken. Aber er fühlte sich etwas leichter, weil Anne und Sinja jetzt in Sicherheit waren, dank Marens Hilfe.

Er sah zurück zum Fenster, sah Annes Silhouette, die auf der Couch saß, Sinja beschützt. Ein Bild, das ihn anspornte, weiterzukämpfen. Jetzt musste er zurück in dieses verwobene Netz, die Dorfbewohner, die Schweigen hüteten, Hadersleben, der im Schatten lauerte.

Draußen nur Dunkelheit, karge Felder, der Deich als stummes Monument. Kropka atmete tief, stieg in sein Auto, startete den Motor. Er wusste, es würde hart werden, aber Marens Worte klangen nach: „Pass auf dich auf." Und er würde es versuchen, für sie, für Anne und Sinja, für Benno, der sein Leben ließ.

Mit diesem Gedanken fuhr er zurück, ins Zentrum des Unheils, entschlossen, nicht klein beizugeben.

Teil 5

Kropka war wieder zurück am Schloss, lange nach Mitternacht. Er hatte Anne und Sinja sicher bei Maren untergebracht, fernab der drohenden Schatten. Nun stand er im Keller, den Atem flach, die Taschenlampe eng umklammert. Er fühlte sich leer, aber nicht schwach. Im Gegenteil: Er war entschlossener denn je.

Anke wartete schon, den Rücken an die feuchte Mauer gelehnt. Sie hatte keine Fragen gestellt, als er hereinkam, nur ein kurzes, hartes Nicken. Beide wussten, Zeit war kostbar. Das Netz zog sich zu, sie mussten tiefer in den Geheimgang vordringen, auf der Suche nach weiteren Hinweisen.

Sie hatten den ersten Teil des Ganges erforscht, doch nun entdeckten sie einen schmalen Durchschlupf am Ende der Nische, den sie zuvor übersehen hatten. Dahinter ein scharfer Knick, noch enger und niedriger. Kropka duckte sich, ging voran, Anke knapp hinter ihm, der modrige Geruch brannte in der Nase.

Kein Laut außer ihren Schritten auf feuchtem Boden. Der Wind draußen war hier nur ein fernes Raunen, gedämpft vom Erdreich, als wären sie unter der Welt in einer anderen Dimension. Das Licht zuckte über Wände, wies Spuren von Kratzern auf. Jemand hatte hier Karten befestigt, dann entfernt. Klebrige Rückstände. Ein Versteck für Pläne, die nun fehlten?

Kropka hielt an, leuchtete auf eine kleine Ausbuchtung. Dort lagen ein paar vergessene Papierschnipsel, halb vermodert, unleserlich. Doch ein Wort war erkennbar: „Lieferung", daneben eine abgekürzte Ortsangabe, ein Datum von morgen. Er schnaubte leise. Ein neuer Hinweis auf Ottos Operationen: Nicht nur Vergangenheit, sondern auch Zukunft. Er plante weitere Aktionen, weitere Transporte.

Anke trat neben ihn, las über seine Schulter. „Morgen", flüsterte sie, tonlos. „Heißt, er ist aktiv, er macht weiter, trotz allem. Er hat keine Angst vor uns." Ihre Stimme klang rau. Kropka nickte knapp. Otto spielte ein hohes Spiel, sie waren nur Störfaktoren.

Er ging weiter, duckte sich unter einen niedrigen Balken. Dort fand er eine weitere schmale Kammer, kaum einen Meter tief, aber belegt mit alten Holzkisten. Er öffnete eine, die Scharniere quietschten. Darin: alte Aufzeichnungen, detailreiche Skizzen von Küstenabschnitten, Markierungen auf Landkarten. Ein bestimmter Küstenpunkt war rot eingekreist, vielleicht ein geheimer Anlande Platz. Ottos Weg, um illegale Ware ins Land zu schleusen, ohne Zeugen.

Anke sog scharf die Luft ein. „Das ist groß. Er kontrolliert die Küste, hat geheime Landepunkte.

Das erklärt seinen Einfluss." Ein Funke Verzweiflung in ihrer Stimme. Wie bekämpft man ein solches Netzwerk ohne Rückhalt?

Kropka presste die Lippen zusammen, steckte die Dokumente sorgfältig ein. „Wir können ihn fassen, wenn wir einen dieser Landepunkte überwachen. Beweise sammeln, ihn auf frischer Tat." Er sprach nüchtern, doch innerlich brannte Wut. Otto wagte es, weiterzumachen, obwohl Blut geflossen war.

Plötzlich ein leises Knirschen. Die Decke des Ganges knirschte, winzige Erdkrümel rieselten herab. Kropka erstarrte, Anke hob alarmiert die Hand. Die Luft schien dicker. Ein Riss im Mauerwerk, kaum sichtbar, aber gefährlich.

Kropka flüsterte: „Ruhig bleiben." Er tastete sich zurück, weg von der Kammer, zurück in den Haupttunnel. Anke folgte, hochkonzentriert. Doch als sie den Engpass erreichten, hörten sie ein tieferes Grollen. Die Erde über ihnen – instabil. Ein falscher Schritt, und sie begraben sich selbst unter Trümmern.

Mit zitternden Fingern leuchtete Kropka den Weg zurück aus, ging langsam, Schritt für Schritt, Anke hinter sich. Ein Knacken, lauter diesmal. Ein Stück Decke barst, Steinstaub in der Luft. Kropka biss die Zähne zusammen, drängte Anke voran. „Schnell, raus hier."

Sie hechteten zurück zum Durchschlupf, die Wände ächzten. Ein trockenes Knallen, ein paar Steine prasselten zu Boden. Kein totaler Einsturz, aber ein Warnsignal. Der Gang wollte sie nicht mehr hier haben. Kropka quetschte sich durch die enge Stelle, Anke direkt hinter ihm, hustend vom Staub.

Wieder im ursprünglichen Teil des Ganges, sicherer, aber noch nicht draußen. Sie spürten den Puls in den Schläfen. Dieser Ort war gefährlich, nicht nur wegen Haderslebens Schergen, sondern auch strukturell. Ein perfektes Versteck, aber ein potenzielles Grab für Neugierige.

Kropka hustete, schüttelte Staub von den Schultern. „Wir haben genug gesehen." Er klang erschöpft, aber entschlossen. „Ein Küstenlandepunkt, Lieferungen morgen. Wir wissen, wo wir ansetzen können." Eine Chance, Ottos Operationen anzugreifen.

Anke wischte sich den Schweiß von der Stirn, nickte atemlos. „Raus hier, bevor noch was einstürzt." Sie wirkte erleichtert, diesen Höllenschlund zu verlassen. Kein Ort für lange Debatten.

Sie tasteten sich zum Ausgang, prüften den Mechanismus, die versteckte Tür im Keller. Kein Geräusch von draußen. Kropka öffnete die Geheimtür leise, spähte in den Keller, alles still. Sie schlüpften hinaus, verriegelten wieder so gut sie konnten.

Oben im Haus hörten sie nur ihre eigenen Schritte. Die Stille war beklemmend, aber besser als das Erdgrab unten. Kropka atmete durch, sortierte die mitgenommenen Dokumente in seiner Jacke. „Wir haben etwas Konkretes: Ein Termin, ein Ort, Hinweise auf Ottos Landepunkt." Das bedeutete einen Angriffspunkt, eine Stelle, wo man Haderslebens Leute überraschen konnte.

Anke verschränkte die Arme, spürte die Aufregung in den Adern. „Aber wir sind allein. Keine Polizei, kein Dorfzeuge." Ihre Stimme klang bitter. Sie wusste, wie riskant es war, sich selbst gegen ein Syndikat zu stellen.

Kropka zuckte mit den Schultern, betrachtete kurz die Dunkelheit draußen durchs Fenster. „Wir müssen es versuchen. Das ist unsere einzige Chance, Hadersleben auf frischer Tat zu erwischen." Er sah Ankes Zweifel, aber sie konnte keinen Gegenvorschlag machen. Es gab keine Alternativen.

Ein tiefer Seufzer von Anke, dann ein leises Nicken. „Okay. Wir tun's. Aber wir planen sorgfältig. Sonst enden wir wie Benno." Ein scharfer Hinweis, um Kropka wachzuhalten, ihn an die tödliche Realität zu erinnern.

Kropka blinzelte, eine innere Wunde schmerzte bei Bennos Namen. „Ja, mit Plan. Keine heroischen Alleingänge." Er spürte in sich die Schuld, die Wut, den Drang, sofort zuzuschlagen. Doch er musste klug sein. Hadersleben würde nicht zögern, sie beide umzubringen.

Draußen kratzte der Wind über den Deich, zischte durch karges Gras. Kropka hörte in dem Geräusch eine dunkle Melodie. Er dachte an Anne, sicher bei Maren, Sinja in Sicherheit. Wenigstens diese Sorgen waren gemindert. Jetzt konnte er sich voll auf Hadersleben konzentrieren.

Anke rückte näher, flüsterte: „Morgen also, die Lieferung. Wir müssen heute Nacht ausruhen, dann los, vor Sonnenaufgang. Vielleicht können wir sie erwischen, bevor sie verschwinden." Ihre Augen suchten Kropkas Zustimmung.

Er nickte knapp. Ja, es klang sinnvoll. Ein brutaler Plan, improvisiert, aber es könnte genügen, um das Kartell ins Wanken zu bringen. Er würde keine Sekunde zögern, notfalls mit Gewalt, diese Schweine zu stellen.

Ein feuchter Geruch im Zimmer, die Erinnerung an Benno, an Blut, an Angst. Kropka blinzelte den Schmerz weg. Er durfte nicht wanken, zu viel hing davon ab. Die Hinweise aus dem Gang, die Dokumente, alles sprach von Ottos Macht. Aber Macht kann man erschüttern, wenn man den richtigen Hebel findet.

Er sammelte seine Sachen, bereit, sich vorzubereiten. Anke würde ihm helfen, auch wenn sie zögerte. Sie war der einzige Verbündete, den er hatte. Er wandte sich zur Tür. „Wir treffen uns unten im Hof, wenn alles klar ist." Anke nickte, wirkte leer, aber entschlossen.

Keine weiten Worte mehr, kein Schnickschnack. Sie wussten, was zu tun war. Mit den gefundenen Hinweisen würden sie Hadersleben in die Enge treiben, oder bei dem Versuch umkommen. Eine düstere Aussicht, aber realistisch.

Kropka schob die Hände in die Taschen, atmete die kühle Luft im Flur, bevor er hinaustrat. Die Nacht wachte über das Land, unbarmherzig. Er würde sie nutzen, um den Tyrannen in der Dunkelheit zu stellen.

Teil 6

Der Wind peitschte über den Deich, ließ die dichten Wolken wie geisterhafte Schleier über Eiderstedt tanzen. Kropka stand am Fenster des Schlosses, die Hände tief in den Taschen vergraben, die Augen fest auf die graue Landschaft gerichtet. Die Stille des Hauses schien drückender denn je, nur das monotone Heulen des Windes durchbrach die Schwermut.

Anke Petersen trat leise ein, ihre Schritte hallten gedämpft durch die leeren Flure. Sie hatte das Gespräch mit Kropka verfolgt, wusste um seine innere Zerrissenheit, den Schmerz über Bennos

Tod und die unerbittliche Bedrohung durch Hadersleben. Sie näherte sich ihm, setzte sich auf den Stuhl neben ihm, ohne ein Wort zu sagen. Ihr Blick war ernst, die Augen funkelten entschlossen.

„Wir müssen weitergehen", sagte sie endlich, ihre Stimme hart, aber nicht unfreundlich. Kropka sah sie an, spürte die Anspannung zwischen ihnen. Vertrauen war ein zerbrechliches Gut, doch in diesem Moment war es unvermeidlich.

„Ich weiß, aber ich bin allein", entgegnete Kropka knapp. Die Worte klangen müde, gezeichnet von den letzten Ereignissen. Er wusste, dass Anke Recht hatte, doch die Angst hielt ihn zurück.

Anke nickte langsam, zog ein paar Papiere aus ihrer Tasche. „Hier" sagte sie und reichte ihm ein altes Dokument, das sie im Polizeirevier gefunden hatte. Es war ein Auszug aus einem alten Grundbuch, mit markierten Grundstücken und geheimen Transaktionen, alle verbunden mit dem Namen Hadersleben.

Kropka nahm das Papier, studierte es aufmerksam. „Das erklärt einiges. Diese Orte könnten die Schlüssel zu seinen Operationen sein." Seine Stimme war fest, ein Funken Entschlossenheit in seinen Augen.

„Genau. Und hier", fuhr Anke fort und zeigte auf einen weiteren Eintrag, „ist ein altes Lagerhaus außerhalb von Husum. Das passt zu den Hinweisen, die wir gefunden haben." Sie lächelte kaum merklich, ein Zeichen der Hoffnung.

Kropka sah sie an, fühlte eine Welle der Dankbarkeit. „Danke, Anke. Ohne dich wäre ich verloren." Seine Worte waren kurz, aber ehrlich.

Anke legte ihre Hand auf seine Schulter, ein Zeichen der Unterstützung. „Wir sind ein Team. Wir müssen zusammenarbeiten, um Hadersleben zu stoppen." Ihre Stimme war ruhig, aber bestimmt.

Sie verließen das Schloss, fuhren schnell zum nahegelegenen Polizeirevier, das noch immer verschlossen war. Anke hatte sich um den Zugang gekümmert, nutzte ihre Kontakte, um einen kurzen Einblick in die laufenden Ermittlungen zu bekommen. Die Beamten waren misstrauisch, aber Anke wusste, wie sie die Informationen präsentierte, um Kropkas Rolle zu legitimieren.

„Hier" sagte sie und übergab dem leitenden Ermittler die Dokumente. „Diese Verbindungen zeigen, dass Hadersleben weitreichende Machenschaften betreibt. Wir brauchen Verstärkung, um das Lagerhaus zu überprüfen."

Der Ermittler sah die Papiere an, dann zu Anke und Kropka. „Das ist schwerwiegender, als wir dachten. Wir schicken ein Team hin, aber Vorsicht. Diese Leute sind gefährlich."

Anke nickte, wandte sich zu Kropka. „Wir haben eine Spur, die uns direkt zu Hadersleben führen könnte. Du musst bereit sein, alles zu riskieren." Ihre Augen suchten seine, ein stilles Versprechen.

Kropka atmete tief durch, spürte die Last der Verantwortung. „Ich werde tun, was nötig ist. Für Benno, für Sinja, für Anne." Seine Stimme war rau, aber entschlossen.

Gemeinsam machten sie sich auf den Weg zum Lagerhaus, die Dunkelheit der Nacht umhüllte sie wie ein undurchdringlicher Mantel. Die Fahrt war kurz, doch die Anspannung war greifbar. Anke hielt die Karte hoch, führte Kropka durch die engen Straßen von Husum, bis sie das verlassene Gebäude erreichten. Das Lagerhaus war ein altes, verfallenes Bauwerk, umgeben von überwucherten Gräsern und gesprenkelten Schatten.

Sie näherten sich vorsichtig, Kropka hielt die Taschenlampe fest, die Anke in der anderen Hand trug. „Hier sollten wir sein", sagte sie leise, ihre Augen scannen die Umgebung nach verdächtigen Bewegungen.

Ein leises Knacken hinter ihnen ließ sie erstarren. Kropka zog die Taschenlampe auf, sah zwei Gestalten in dunkler Kleidung, die sich schnell ins Gebäude zurückzogen. „Haderslebens Leute", flüsterte er, die Wut in ihm brodelnd.

Anke nickte, ihre Hand fest um die Waffe gezogen. „Wir haben keine Wahl. Wir müssen sie stellen." Sie trat voran, entschlossen, als würde sie eine unsichtbare Macht herausfordern.

Sie betraten das Lagerhaus, die Tür knarrte bedrohlich. Innen war es dunkel, nur das Licht ihrer Taschenlampen schnitt durch die Finsternis. Kropka und Anke bewegten sich leise, suchten nach Hinweisen, nach einem Zeichen von Haderslebens Anwesenheit.

Plötzlich stieß Anke auf einen verborgenen Schreibtisch, versteckt hinter alten Kisten. Sie zog die Latten beiseite, enthüllte eine verstaubte Schublade, die sie öffnete. Darin fanden sie alte Aufzeichnungen, detaillierte Pläne, Transaktionslisten – alles dokumentierte die illegalen Aktivitäten von Hadersleben.

„Das ist es", sagte Anke, die Augen weit vor Aufregung. „Beweise für seine Operationen. Wir müssen diese Informationen sichern und Beweise sammeln, um ihn zu stoppen."

Kropka nahm die Dokumente, fühlte die Bedeutung jeder Zeile. „Das ist der Schlüssel. Wir müssen diese Daten der Polizei übergeben, jetzt." Seine Stimme war ein klarer Kontrast zur düsteren Umgebung.

Doch bevor sie weiterarbeiten konnten, hörten sie Schritte von außen, schnell und zielgerichtet. Haderslebens Handlanger waren gekommen. Kropka und Anke duckten sich hinter einer alten

Kiste, das Herz raste, Adrenalin pumpte durch ihre Adern.

„Wir haben ihn gefunden", flüsterte Kropka. „Bereit?"

Anke nickte, die Waffe fest in der Hand. „Jetzt oder nie."

Die Tür des Lagerhauses wurde heftig aufgerissen, die Lichtstrahlen von Autoscheinwerfern fielen herein. Mehrere Männer stürmten herein, bereit zu kämpfen, ihre Gesichter von Masken verborgen. Kropka und Anke standen auf, bereit für den Kampf.

Ein Schuss hallte durch das Lagerhaus, Anke duckte sich hinter eine Kiste, während Kropka zurückschoss, die Taschenlampe als Waffe nutzend. Die Spannung stieg ins Unermessliche, jeder Schritt, jede Bewegung war Leben oder Tod.

Plötzlich knirschte der Boden unter ihnen, ein Teil der Decke brach herunter, Trümmer und Staub fielen herab. Die Situation wurde gefährlicher, als sie dachten, die Instabilität des Lagerhauses bot eine zusätzliche Bedrohung. Kropka spürte, wie sich die Augenringe unter seinen Augen vertieften, der Schmerz in seinem Arm nagte, aber er blieb fokussiert.

In einem letzten, verzweifelten Versuch schoss Anke einen letzten Schuss, traf einen der

Angreifer, der hinter ihnen stand. Ein lauter Knall, Blut sprang, als der Mann zurückwich, die Waffe aus der Hand fallend. Kropka nutzte den Moment, stürmte voran, packte den verletzten Mann, hielt ihn fest, bis die weiteren Angreifer zurückschlugen und das Lagerhaus in Chaos versank.

Der Wind draußen wurde stärker, die Wolken schienen den Kampf zu beobachten. Kropka und Anke standen keuchend im halben Licht, die Beweise sicher in ihren Händen. Sie wussten, dass dies nur der Anfang war, dass Hadersleben nicht kampflos aufgeben würde. Doch sie hatten einen entscheidenden Schlag gelandet, ein Stück seiner dunklen Machenschaften zerschlagen.

Anke sah Kropka an, die Augen voller Respekt und Erleichterung. „Wir haben es geschafft, aber wir müssen weiter. Er wird zurückkommen, härter als je zuvor." Ihre Stimme war fest, obwohl die Erschöpfung in ihren Bewegungen lag.

Kropka nickte, die Wut brannte weiterhin in ihm. „Wir lassen ihn nicht gewinnen. Wir bringen ihn zur Strecke, egal was es kostet." Er konnte die Entschlossenheit in ihren Augen lesen, wusste, dass sie bereit war, alles zu riskieren, um Hadersleben zu stoppen.

Sie verließen das Lagerhaus, die Dunkelheit der Nacht umhüllte sie wieder, doch diesmal mit einem Funken Hoffnung. Die Zusammenarbeit zwischen ihnen hatte begonnen, die Last der

Vergangenheit teilte sich ein wenig. Sie wussten, dass der Weg noch lang war, aber sie hatten nun die Mittel, um gegen das dunkle Imperium zu kämpfen, das Hadersleben aufgebaut hatte.

Mit jeder weiteren Stunde wuchs ihre Entschlossenheit, die Schatten zu durchdringen, die Dunkelheit zu erhellen. Sie waren ein Team, verbunden durch Schmerz und den gemeinsamen Willen zur Gerechtigkeit. Der Wind trug ihre Schritte über den Deich, ein symbolischer Übergang von der Verzweiflung zur Hoffnung.

Teil 7

Dünner Regen über Eiderstedt. Der Deich lag wie ein stummer Titan unter bleigrauen Wolken. Der Wind klirrte an den Fenstern des Schlosses, zerrte an den mageren Sträuchern. Kropka stand im Flur, nass, erschöpft, aber entschlossen. Anke hinter ihm, schweigend, die Lippen schmal, den Blick fest auf ihn gerichtet.

Seit Stunden hatten sie Papiere gewälzt, Orte überprüft, Kontakte verfolgt. Die Hinweise auf Ottos Machenschaften häuften sich. Ein komplexes Netzwerk aus Schmuggel, Erpressung, Gewalt. Sie hatten genug gesehen, um zu wissen, dass Hadersleben mehr plante als ein paar Drohungen. Er wollte Einfluss, totale Kontrolle.

Anne, im Wohnzimmer, beobachtete sie still. Seit Kropka sie zu Maren gebracht und dann zurückgekehrt war, hatte sich ihr Verhältnis geändert. Sie vertraute ihm. Er war kein Fremder mehr, sondern ihr Anker im Sturm. Ihr Gesicht blass, doch in den Augen ein Funke Hoffnung. „Ihr habt was gefunden?" fragte sie leise.

Kropka nickte knapp. „Ja. Ein Lagerhaus bei Husum, ein Name, ein Code. Hadersleben hat Lieferungen geplant. Nicht nur Kleinkram. Größeres Kaliber." Kurze Sätze, wie Stiche in die Stille.

Anke trat vor, rollte eine handgezeichnete Karte aus, feucht vom Regen. „Das Dorf hat ein Versteck, eine alte Schmiede am Rande. Dort soll laut diesen Unterlagen ein wichtiges Dokument lagern, ein Schlüssel zu Ottos Verbindungen." Ihre Stimme flach, kein Patos.

Kropka beugte sich über die Karte. „Die Schmiede. Nahe der Dorfgrenze, kaum bewohnt. Perfekter Ort für geheime Absprachen." Er hob den Kopf, die Augen schmal. „Wir müssen hin, sofort."

Anne zitterte leicht. „Schon wieder ins Dorf? Ihr habt gesehen, wie sie schweigen. Sie werden euch beobachten." Ihr Ton verriet Angst, aber auch Entschlossenheit: Sie wollte, dass sie durchhielten, wollte Ottos Niederlage sehen.

Kropka spannte den Kiefer an. „Wir haben keine Wahl. Wenn wir dieses Dokument kriegen, haben wir Beweise. Wir können Druck auf die Polizei ausüben, auf die, die noch zweifeln." Ein Funke Eifer in seinen Worten.

Anke räusperte sich, musterte Kropka. „Ich gehe mit. Keine halben Sachen. Wir sind ein Team, oder?" Ihre Augen forderten eine Antwort. Er zögerte, erinnerte sich an seine Isolation, sein Misstrauen. Doch jetzt brauchte er sie. Er nickte knapp. „Ja, ein Team."

Ein leises Lächeln huschte über Ankes Lippen, kaum erkennbar, dann war es weg. Sie wusste, was auf dem Spiel stand. Sie war bereit, an seiner Seite zu stehen, selbst wenn es gefährlich wurde. Kropka nahm diese Stütze an, mehr als er jemals zugeben würde.

Anne umklammerte die Sofalehne, ihre Stimme bebte: „Passt auf. Hadersleben ist unberechenbar. Er wird alles tun, um sein Netz zu schützen." In ihren Augen spürte Kropka ihren Schmerz, ihre Sehnsucht nach Gerechtigkeit. Er nickte, versprach still, sie nicht zu enttäuschen.

Kurze Zeit später, draußen im Garten. Der Regen peitschte, die Luft roch nach Feuchtigkeit und Salz. Kropka und Anke standen nebeneinander, Kapuzen tief, die Dokumente sicher verstaut. „Wir fahren ins Dorf, versuchen, zur Schmiede zu gelangen, unbemerkt. Vielleicht finden wir das Dokument, das Ottos ganzen Plan offenlegt." Kropkas Stimme scharf, voller Fokus.

Anke hob die Schultern, schaute auf den Deich. „Und wenn sie uns sehen? Wenn wir in eine Falle laufen?" Ihre Fragen kein Widerspruch, nur Vorsicht.

Kropka sog die Luft ein. „Dann kämpfen wir. Ich werde nicht zurückweichen." Ein eisiger Entschluss in jedem Wort. Er dachte an Sinja, an Benno, an Anne – sie alle verdienten die Wahrheit.

Sie stiegen ins Auto, fuhren langsam durch die nassen Straßen. Das Dorf empfing sie mit leerem Marktplatz, verhangenen Fenstern, schweigenden Silhouetten. Kein Jubel, kein Widerstand, nur ein Gefühl von Beobachtung, als würden unsichtbare Augen ihnen folgen.

Die Schmiede lag am Rand, ein verlassenes Gebäude, verwittertes Dach, vermoderte Holztüren. Kropka parkte im Schatten, schlich sich an, Anke in seinem Rücken, Waffe bereit. Sie tasteten die Tür ab, fanden einen Nebeneingang, aufgequollen vom Regen. Mit einer vorsichtigen Bewegung stemmte Kropka ihn auf, der Holzsplitter knarrte in der Stille.

Drinnen war es dunkel, nur der schwache Schimmer der Taschenlampe. Kropka ließ den Lichtstrahl über alte Werkzeuge gleiten, rostige Hämmer, verstaubte Ambosse. Nichts Auffälliges. Dann ein schmaler Spalt in der Wand, ein versteckter Fachboden. Er zog daran, löste eine Bretterkiste aus der Nische.

Anke hob die Brauen, musterte die Kiste. „Vorsicht", flüsterte sie. Kropka nickte, öffnete den Deckel. Drinnen: ein Umschlag, versiegelt, altmodische Wachsstempel. Er schnitt das Siegel auf, zog Papiere hervor. Namen, Kontonummern, Bankverbindungen, internationale Kontakte. Hadersleben spielte auf globaler Ebene, nicht nur ein lokaler Tyrann, sondern ein Spinnennetz, das sich über Landesgrenzen erstreckte.

„Verdammt", zischte Kropka, die Augen schmal. „Er ist größer, gefährlicher. Wir müssen ihn stoppen, bevor er noch mehr Unheil anrichtet."

Anke sog scharf die Luft ein. „Mit diesen Unterlagen können wir Druck machen. Die Polizei kann das nicht ignorieren. Aber wir sind jetzt Zielscheiben. Wenn er merkt, dass wir das haben..." Ihre Stimme verriet Angst, aber auch Härte.

Kropka verschloss den Umschlag, steckte ihn ein. „Es ist unser Ass im Ärmel. Wir müssen clever sein, diese Infos sicher bei jemandem deponieren, der nicht bestechlich ist." Er dachte an Maren, an sichere Orte, an einen Notfallplan.

Sie hörten Schritte vor der Schmiede, huschende Schatten. Kropka löschte das Licht, bedeutete Anke still zu sein. Draußen Stimmen, leise, angespannt. Möglicherweise Haderslebens Handlanger, die den Verlust spürten. Kropka griff nach seiner Waffe, Anke tat es ihm gleich.

Die Schritte kamen näher, dann entfernten sie sich wieder, als wären die Angreifer unsicher. Vielleicht hatten Kropka und Anke Glück, diesmal. Er atmete tief aus, spürte den Druck auf seinen Schultern. „Wir müssen raus, bevor sie zurückkommen."

Anke nickte, nahm die Taschenlampe wieder hoch. Gemeinsam schlichen sie zurück, hinaus in den Regen. Die Nacht war noch immer tief, kein Mond, kein Stern. Doch im Inneren von Kropka loderte ein Funke Entschlossenheit, heller als jede Sonne. Er hatte die Beweise, wusste um Ottos globale Tentakel. Jetzt gab es kein Zurück mehr.

Anke fragte leise: „Was jetzt?" Ihre Stimme knapp, aber hoffnungsvoll.

Kropka spannte den Kiefer an. „Wir bringen diese Unterlagen an einen sicheren Ort, informieren Verstärkung. Dann schlagen wir zu, gezielt. Otto wird nicht entkommen." Seine Augen funkelten vor düsterer Entschlossenheit.

Anne wartete im Schloss, hoffte auf gute Nachrichten. Kropka würde ihr sagen, dass sie einen Durchbruch hatten, dass das Netz sich um Otto zuzieht, auch wenn es gefährlich war. Er dachte an das nächste Kapitel, an den Showdown, an die letzte Konfrontation, die unausweichlich schien.

Der Wind am Deich wurde stärker, die Wolken dichter. Ein Sturm zog auf, als wollte die Natur das Drama unterstreichen. Kropka wusste, es würde hart werden, doch er war nicht mehr allein. Anke stand an seiner Seite, entschlossen, diesen Weg mitzugehen, auch wenn er in Dunkelheit und Blut tauchte.

Während sie zum Auto zurückgingen, inmitten von Regen und einsamen Straßen, trugen sie die Beweise wie ein Sprengsatz, der Ottos Reich erschüttern könnte. Sie waren bereit, den nächsten Schritt zu tun, die Wahrheit auszuspucken, egal, welche Gefahr lauerte.

KAPITEL 6

Das Lagerhaus lag versteckt hinter einer Reihe krummer Bäume, die Äste wie knochige Finger gegen den grauen Himmel gereckt. Der Deich war nicht weit, man roch das Salz in der Luft, spürte den kalten Wind auf der Haut. Kropka stand vor dem verrosteten Tor, die Augen schmal, den Atem flach. Anke neben ihm, die Hand an der Taschenlampe, ihre Bewegungen knapp und konzentriert.

Sie hatten die Hinweise verfolgt, Karten und Dokumente, die auf diesen Ort deuteten. Ein weiterer Stützpunkt von Otto von Hadersleben, tiefer im Schatten als alle zuvor. Kropka rüttelte am Tor, es knirschte leise, gab nach. Sie traten ein, die Atmosphäre schien dichter, als wolle die Dunkelheit sie verschlingen.

Drinnen roch es nach modrigem Holz, öligen Substanzen, altem Papier. Kropka leuchtete über stapelweise Kisten, beschädigte Fässer, notdürftig gestapelte Säcke. Schmuggelware, eindeutig. Die Aufschrift auf einigen Kisten fremd, exotische Namen, vielleicht Waffen, vielleicht Drogen. Er knirschte mit den Zähnen.

Anke bückte sich, fand einen Ordner, vergilbte Seiten, datiert vor Jahren. „Sehen Sie", flüsterte sie, hielt den Ordner ins Licht. Namen, Zahlen, Notizen. Ein Code aus Kürzeln, doch immer wieder tauchte „Hadersleben" auf. Ein klarer Fingerzeig, unverstellbar.

Kropka nahm den Ordner, blätterte durch, keine Zeit für Detailstudien. „Das ist genug, um ihn direkt zu belasten. Verbindungen zu internationalen Lieferanten, Abnehmern. Kein Zufall." Seine Stimme klang schneidend, als hätte er endlich die Klinge gefunden, um Ottos Gitter zu zerschneiden.

Anke nickte, warf einen Blick auf eine zerbrochene Kiste. Darin ein altes Foto, halb zerfetzt: Ein Mann in feinem Anzug, Otto von Hadersleben vermutlich, umgeben von schweigsamen Gestalten. Im Hintergrund ein Schiff am Dock, Warenübergabe. Das Licht der Taschenlampe spiegelte sich auf dem Foto, ließ die Gesichter grimmig erscheinen.

„Er hat das hier schon lange aufgebaut", murmelte Anke. „Nicht nur ein lokaler Schläger. Ein

Boss, der über Grenzen hinweg handelt. Das erklärt seine Sicherheit, seine Brutalität." Ihr Ton war nüchtern, doch Unbehagen vibrierte darin.

Kropka drückte die Finger um den Ordner, die Knöchel weiß. „Wir haben jetzt Beweise. Eindeutig. Die Polizei kann das nicht ignorieren. Aber wir müssen vorsichtig sein, um es ihnen vorzulegen, ohne dass es verschwindet." Er dachte an Verräter, bestechliche Beamte, Ottos langen Arm, der in jede Tasche griff.

Anke hob den Kopf, lauschte. Draußen knackte ein Zweig, eine ferne Bewegung. Sie legte die Hand an ihre Waffe, Kropka tat es ihr gleich. Sie wussten, Ottos Leute könnten jeden Moment auftauchen. Sie mussten schnell handeln, nichts riskieren.

Mit raschen Griffen sammelten sie die wichtigsten Papiere, versteckten sie in wasserdichten Hüllen, die Kropka dabeihatte. Er war vorbereitet, dachte an alle Eventualitäten. Sein Herz schlug hart, er wusste, dies war ein Wendepunkt. Sie hatten den Schlüssel zu Ottos Reich gefunden.

„Was nun?" fragte Anke, die Stimme gesenkt. „Wir haben die Beweise, aber Otto wird es merken. Er wird aggressiver werden." Ihre Augen suchten Kropkas, als wolle sie darin Mut finden.

Kropka senkte den Kopf, die Stirn in Falten. „Wir bringen das Material in Sicherheit. Dann informieren wir ausgewählte Polizisten, solche, die wir für ehrlich halten. Vielleicht, mit Glück, kriegen wir Unterstützung von höherer Stelle." Er wusste, dass er auf dünnem Eis lief, aber aufgeben kam nicht in Frage.

Anke atmete tief durch, nickte. Ein stiller Moment, in dem nur der Wind gegen das Blechdach kratzte. „Otto wird nicht zögern, wenn er uns entlarvt. Wir müssen die Unterlagen schnell verwerten, bevor er zuschlägt." Ein kühler Fakt, kein Trost.

Kropka wusste, dass sie Recht hatte. Er konnte sich die Bilder vorstellen: Otto, zornig, wenn er merkte, dass sein Netz durchlöchert war. Die Dorfbewohner würden schweigen, doch nun war Schweigen nicht genug, um seine Taten zu verdecken. Kropka besaß den Beweis, die Waffe, um Otto zu stürzen.

Er straffte die Schultern, wandte sich zur Tür. „Gehen wir", sagte er knapp. „Keine Zeit verlieren." Ein klarer Befehl, Anke folgte, ohne Widerspruch. Sie wusste, dass jede Minute zählte.

Auf dem Weg zurück zum Wagen fiel ihr Blick auf eine verstaubte Notiz am Boden, halb unter einer Kiste. Anke hob sie auf, las flüchtig, runzelte die Stirn. „Ein Termin morgen Nacht. Ein Treffpunkt am Deich, mitten im Nichts. Klingt nach einem Übergabepunkt." Sie zeigte Kropka die Notiz, ein Name, eine Uhrzeit, eine Frachtangabe.

Kropka nickte, sein Kopf arbeitete schnell. „Perfekt. Wir können dort auflauern, ihn auf frischer Tat erwischen. Diesmal haben wir die Infos, die wir brauchen." Ein riskanter Schritt, aber nötig, um Ottos Macht zu brechen.

Anke zögerte, biss sich auf die Lippe. „Sind wir bereit dafür? Nur wir beide?" Zweifel in ihrer Stimme, aber auch ein versteckter Wille, es zu versuchen.

Kropka legte eine Hand an den Türrahmen, spürte den Windzug, der durch den Spalt hereinpfiff. „Wenn wir auf Unterstützung hoffen, könnten wir verraten werden. Wir gehen vorsichtig vor, dokumentieren alles, dann legen wir es der richtigen Stelle vor." Er klang verbissen.

Anke senkte den Blick, dann traf sie seine Augen: „Ich bin dabei." Ein schlichtes Versprechen, aber es reichte.

Sie verließen das Lagerhaus, gingen geduckt durch den Regen, weg vom Dorf, zurück Richtung Schloss. Die Unterlagen am Körper, das Herz voller Entschlossenheit, die Gedanken bei den drohenden Konsequenzen. Ottos Imperium würde erzittern, wenn sie es richtig spielten.

Am Schloss angekommen, stand Anne unter dem Vordach, den Kopf geneigt, die Augen müde. Als sie die beiden sah, erhellte sich ihr Blick ein wenig. „Habt ihr was gefunden?" fragte sie leise, die Stimme ein hauchdünner Faden.

Kropka trat näher, nickte kurz. „Ja, klare Beweise. Wir wissen, wo wir ansetzen. Es wird gefährlich, aber wir haben jetzt eine echte Chance." Seine Worte waren knapp, doch in ihnen lag neue Kraft.

Anne atmete flach, drückte die Hände zusammen. „Ich vertraue euch", murmelte sie. In ihren Augen spiegelte sich die Hoffnung, die Erleichterung, dass Kropka und Anke nicht umsonst kämpften.

Der Wind riss an ihren Kleidern, peitschte Gischt vom Deich her. Das Land blieb karg und düster, aber in dieser Dunkelheit formte sich ein Plan, ein Vorhaben, das Ottos Herrschaft beenden könnte. Kropka spürte den Druck, doch auch den Willen, nicht mehr zurückzuweichen.

Anke trat neben ihn, warf ihm einen knappen Blick zu. „Morgen Nacht, am Deich. Wir werden sehen, wozu Otto fähig ist." Ihre Stimme eine Warnung, aber auch ein Aufruf zum Handeln.

Kropka nickte, schaute über die Schulter, als würde er bereits den nächsten Schritt im Kopf durchspielen. Er wusste, dass sie keine Zeit hatten, sich auszuruhen. Der Showdown rückte näher, und sie waren bereit, den Sturm zu durchschreiten.

Während der Regen an den Fenstern kratzte und der Wind sang, stand Kropka im Flur, Anke an seiner Seite, Anne in sicherer Entfernung. Das Netz zog sich zu, die Fäden von Ottos Reich lösten sich langsam, doch der Weg war noch lang.

Teil 2

Die Luft im Haus roch nach altem Papier, Staub und schalem Regen. Kropka saß an einem wackeligen Tisch in seinem kargen Wohnzimmer. Der Deich lag draußen wie ein stummer Wächter, der Wind peitschte die Fenster. Anke stand in der Ecke, die Arme verschränkt, ihr Blick auf ihn gerichtet, als wolle sie seine Gedanken lesen.

Vor ihm ein altes Polizeidossier, vergilbte Seiten, Tinte verblasst. Er hatte es aus einer alten Kiste hervorgeholt. Ein Relikt aus einer Zeit, in der er noch offiziell ermittelte. Damals gab es keine Computer, keine digitalen Archive. Er spürte die Schwere dieses Dossiers, als enthielte es nicht nur Fakten, sondern auch Wunden seiner Seele.

„Wie lange her?" fragte Anke leise, ohne seine Augen zu lassen. Ihre Stimme klang vorsichtig, als fürchte sie, Wunden aufzureißen.

Kropka räusperte sich, strich mit den Fingern über den Umschlag. „Zehn Jahre. Ein Fall, der nie gelöst wurde. Ein Brand, Tote, ein Verdächtiger, der entkam. Ich vermutete damals Ottos Hand dahinter." Seine Worte knapp, aber dahinter lag ein roher Schmerz.

Anke trat näher, legte vorsichtig eine Hand auf die Stuhllehne, ohne ihn zu berühren. „Und jetzt? Meinen Sie, er ist derselbe Mann?" Ihr Ton war zurückhaltend, doch sie wollte die Wahrheit wissen.

Kropka nickte knapp, die Kiefer angespannt. „Ja. Das Muster, die Drohungen, die Art, alles passt. Ich war damals sicher, aber konnte es nie beweisen. Er verschwand in den Schatten." Ein Funke Zorn in seinem Blick, ein Spiegel seiner damaligen Ohnmacht.

Anke hob die Augenbrauen, musterte ihn. „Das bedeutet, es ist persönlich. Ihre Wut, Ihr Wille, ihn zu fassen, geht tiefer als bloße Gerechtigkeit." Kein Vorwurf, eher eine Feststellung. Sie versuchte zu verstehen, warum er so verbissen war.

Kropka presste die Lippen zusammen, schwieg einen Moment. Dann hob er den Blick, sah sie an. „Ja, es ist persönlich. Er nahm mir damals etwas, meine Familie, mein Vertrauen in die Welt. Jetzt, mit Benno, mit Sinja, sehe ich dasselbe Muster. Ich kann nicht zulassen, dass er immer wieder gewinnt." Seine Stimme klang rau, gebrochen, aber auch hart wie Stahl.

Anke nickte langsam, ließ den Blick kurz zum Fenster schweifen, der Wind heulte draußen. „Dann haben wir noch mehr Grund, ihn zu stoppen." Ihre Worte waren knapp, doch in ihnen lag Verständnis. Sie begriff, dass dies kein simpler

Job für Kropka war, sondern ein Kampf gegen alte Geister.

Er schlug das Dossier auf, zeigte ihr Schwarz-weiß-Fotos, verschwommene Gesichter, Notizen in seiner alten Handschrift. „Ich war damals sicher, Otto steckt dahinter. Er hatte Einfluss, Geld, Verbindungen in alle Richtungen. Ich fand Hinweise, aber sie verschwanden, Zeugen schwiegen, Beweise kamen weg." Er schnaubte, Zorn ließ seine Kiefermuskeln zucken.

Anke las flüchtig, runzelte die Stirn. „Also hat er damals schon Fäden gezogen, Beweise entsorgt, Zeugen eingeschüchtert. Kein Wunder, dass hier alle schweigen." Ihr Ton nüchtern, aber Mitleid in den Augen.

Kropka schloss die Augen, atmete tief. Die Erinnerung brannte wie eine alte Wunde. „Ich war machtlos, musste zusehen, wie der Fall im Nichts verpuffte. Jetzt ist er wieder da, größer, grausamer, aber diesmal habe ich mehr in der Hand."

Anke legte eine Hand auf seinen Unterarm, vorsichtig, kurz. Ein Zeichen von Menschlichkeit. „Wir haben jetzt Beweise, Dokumente. Sie haben gelernt, aus den Fehlern der Vergangenheit. Wir sind nicht allein."

Kropka hob den Kopf, nickte knapp. Er schätzte ihre Gegenwart, auch wenn er es nicht aussprach. Diese Unterstützung war neu für ihn, eine

Frau an seiner Seite, die kein Mitleid zeigte, sondern Entschlossenheit. Er brauchte das, um nicht an seiner Wut zu ersticken.

„Also gehen wir weiter vor", sagte er leise. „Wir geben diese Unterlagen an zuverlässige Leute, suchen Verbündete, die nicht bestechlich sind. Dann locken wir Otto aus dem Schatten, zwingen ihn, sich zu zeigen." Er klang entschlossen, als wolle er nicht nur gegen Otto kämpfen, sondern gegen seine eigenen Dämonen.

Anke sah ihn an, nickte. „Ich unterstütze Sie. Ich weiß, es ist riskant, aber ich sehe, wie wichtig das ist." Ihre Worte hatten eine Schwere, als hätte sie selbst Angst vor dem, was kommt.

Kropka blätterte nochmal durch das Dossier, fand alte Namen von Helfern Ottos, einige inzwischen tot, andere verschwunden. Dieser Mann war ein Gespenst, der immer wieder auftauchte, immer mächtiger. Doch diesmal hatten sie den Faden in der Hand. Er würde nicht entkommen.

Draußen klatschte Regen an die Scheiben, ein monotones Tropfen, das die Stille im Raum untermalte. Kropka stand auf, ging zum Fenster, sah hinaus. Der Deich, die grauen Felder, der kalte Wind. Er fühlte Isolation, aber nicht mehr absolute Einsamkeit. Anke war hier, Anne vertraute ihm, Sinja in Sicherheit. Er hatte Grund, weiterzukämpfen.

„Morgen treffen wir unsere Kontakte", sagte er, ohne sich umzudrehen. „Wir wählen sorgfältig aus, wem wir die Beweise zeigen. Otto darf nicht wissen, wer unsere Verbündeten sind."

Anke trat neben ihn, blickte ebenfalls hinaus. „Und wenn wir Verräter erwischen?" Ihre Stimme knapp, als akzeptierte sie jetzt seine Methode: harte Auslese, keine Gnade für Verräter.

Kropka spannte die Kiefermuskeln. „Dann eliminieren wir sie. Verbündete von Otto verdienen keine Schonung." Subtext: Er war bereit, über Grenzen zu gehen, um diese Scheiße zu beenden.

Anke zuckte innerlich, aber sagte nichts. Sie verstand, dass es kein moralisches Spiel mehr war, sondern ein Überlebenskampf. Kropka war bereit, alles zu riskieren, getrieben von Vergangenheit und Rache. Sie würde ihn nicht bremsen, aber beobachten, damit er nicht in Raserei verfiel.

Anne betrat leise den Raum, trat hinter sie, fragte mit vorsichtiger Stimme: „Habt ihr etwas erreicht?" Ein leiser Funken Hoffnung in ihrer Frage.

Kropka wandte sich um, nickte knapp. „Wir haben klare Hinweise. Ottos Netz ist weit, aber wir kennen jetzt einige seiner Schwachstellen." Er sprach kurz, doch in seiner Stimme lag Sicherheit.

Anne atmete durch, schloss die Augen einen Moment. „Danke", flüsterte sie. Ein Wort voller Dankbarkeit und Schmerz, als wäre dies ihr letzter Rettungsanker.

Anke legte kurz eine Hand an Annes Schulter, kein Mitleid, aber Verständnis. Sie waren eine seltsame Gruppe, verbunden durch Leid, aber auch durch den gemeinsamen Willen, Ottos Reich zu brechen.

Kropka wusste, dass dies nicht das Ende war. Doch jetzt, mit Anke an seiner Seite, den Beweisen in der Hand, spürte er, dass die Vergangenheit ihm nicht länger nur Flüche brachte, sondern auch Stärke. Er würde Otto stellen, Gerechtigkeit erzwingen.

Während der Wind heulte, setzte er sich an den Tisch, begann, die nächsten Schritte zu planen, Anke beobachtete ihn, Anne lauschte stumm. Sie wussten, dass jeder Tag härter werden würde, dass die Bedrohung eskalierte. Doch sie hatten jetzt etwas, das ihnen zuvor fehlte: einen klaren Plan und den Mut, ihn umzusetzen.

Teil 3

Die Nacht war kalt, das Land stumm. Kropka und Anke standen vor einer unscheinbaren Bodenluke, halb von Sträuchern überwuchert, Erde und Sand dämpften jedes Geräusch. Der Deich ragte im Hintergrund wie eine graue Mauer, der Wind zerrte an ihren Jacken. Kein Mond, kein Stern, nur dichter Nebel, der alles in einen matten Schleier tauchte.

Kropka stieß die Luke auf, rostige Angeln quietschten. Ein muffiger Geruch quoll empor, feucht, modrig, wie ein Grab. Er hielt die Taschenlampe ins Dunkel, sah eine steile Treppe, zu schmal für zwei Personen nebeneinander. Unten ein Schimmer von Metall, als wäre es ein Bunker oder ein alter Lagerraum.

Anke trat hinter ihn, die Waffe griffbereit, den Blick wachsam. „Vorsichtig" flüsterte sie. Kropka nickte knapp, stieg hinab, Stufe für Stufe. Ihr Atem hallte im engen Schacht, jeder Schritt ein leises Knirschen. Die Wände waren aus Beton, mit Schimmelspuren. Ein Ort, der lange unberührt blieb, aber nicht verlassen.

Unten angekommen, sahen sie einen niedrigen Gang, zwei seitliche Nischen, vollgestellt mit Kisten, alten Holzkisten, verstaubten Metallcontainern. Kropka leuchtete über das Holz, entdeckte auf einer Kiste ein altes Symbol: Ein verwitterter Adler, fast unkenntlich. Er spürte ein Kälteflackern in der Brust – Andeutungen aus einer dunklen Epoche. Vielleicht ein ehemaliger Unterschlupf aus dem Zweiten Weltkrieg, ein vergessenes Depot.

Anke bückte sich, öffnete vorsichtig eine Kiste. Darin lagen verrostete Teile, vielleicht Waffenfragmente, verpackt in öligen Tüchern. Daneben

Dokumente, mit Lettern in alter Schrift. Sie konnte nicht alles entziffern, aber es wirkte historisch, brisant. Ein Indiz, dass Ottos Netz nicht nur modern, sondern tief verwurzelt in einer Vergangenheit war, die niemand je aufgearbeitet hatte.

Kropka hob ein paar Papiere an, las flüchtig. Alte Namen, Datierungen aus den vierziger Jahren. Diese Gruft war mehr als ein Versteck – es war ein Knotenpunkt, der Vergangenheit und Gegenwart verband. Er verstand, warum Ottos Machenschaften so mächtig waren: Er nutzte historische Strukturen, geheime Tunnel, vergessene Lager, um sein Schmuggelnetz auszubauen.

„Er ist clever", flüsterte Kropka, die Stimme knapp. „Er bedient sich alter Pfade, nutzt Altes, um Neues zu schmuggeln. Waffen, Drogen, was immer es ist." Seine Worte waren bitter, als spürte er den Zorn, dass sie so lange getäuscht wurden.

Anke trat näher, studierte mit ihm ein vergilbtes Dokument, auf dem skizzenhaft Routen verzeichnet waren, von der Küste ins Landesinnere, verbunden durch Markierungen. „Das ist ein logistischer Plan. Er nutzt diese unterirdischen Kammern seit Jahren, vielleicht Jahrzehnten. Sein Imperium ist älter, tiefer, als wir dachten."

Kropka spannte die Kiefermuskeln an. „Wir müssen das sichern." Er zog Plastikbeutel hervor, stopfte die wichtigsten Papiere hinein. Keine Zeit für Feinheiten, jeder Moment kostbar. Sie waren hier unten schutzlos, wenn Ottos Leute sie erwischen.

Plötzlich hörten sie ein dumpfes Poltern von oben. Schritte auf der Luke, kratzende Geräusche. Kropka löschte die Taschenlampe, bedeutete Anke still zu sein. Ein leises Flüstern, Männerstimmen, sicher Ottos Handlanger. Sie hatten den Wagen vielleicht gesehen oder Spuren entdeckt.

Anke spannte sich an, Waffe im Anschlag. Kropka versuchte, einen Fluchtweg zu erspähen, doch es gab nur diesen einen Schacht. Wenn sie nach oben gingen, liefen sie direkt in eine Falle.

Oben knarrte es, Metall quietschte, die Luke wurde wieder geschlossen, verriegelt. Sie waren gefangen, eingesperrt wie Ratten in einem Keller. Kropka biss die Zähne zusammen, hörte, wie oben schwere Gegenstände geschoben wurden, um den Ausgang zu blockieren.

„Scheiße", zischte er, hielt die Stimme flach. Anke atmete flach, Herzschlag zu hören im Hals. Sie hatten die Beweise, doch jetzt saßen sie in der Falle.

Er tastete entlang der Wände, suchte einen Nebengang, ein zweites Loch, irgendeinen Riss. Nichts, nur blanker Beton. Der Schweiß stand ihm auf der Stirn. „Sie wollen uns hier unten verrecken lassen", murmelte er, die Wut brodelte.

Anke nickte, presste die Lippen zusammen. „Wir müssen raus. Vielleicht können wir den Schacht freiräumen." Ihre Worte knapp, aber entschlossen. Sie wollte nicht tatenlos warten.

Kropka steckte die Beweise tiefer in seine Jacke, zündete die Taschenlampe wieder an, leuchtete zum Schacht hinauf. Er sah den Schatten von Hindernissen, Brettern, Schutt, den sie obendrauf warfen. Doch er war nicht bereit, hier unten zu sterben.

„Hilf mir", sagte er, Anke nickte. Gemeinsam stützten sie sich an der Wand, kletterten etwas hoch, drückten gegen die Luke. Sie war schwergängig, doch Kropka spürte, dass die Konstruktion alt war, vielleicht nicht stabil genug, um sie ewig einzusperren.

Ein krachendes Geräusch, als sie mit vereinten Kräften gegen das Hindernis drückten. Staub rieselte herab, ihr Atem ging stoßweise. Draußen hörten sie Flüche, Männer, die vielleicht überrascht waren, dass der Deckel nicht nachgab.

Plötzlich brach ein Stück Holz auseinander, Kropka stieß die Schulter dagegen, drückte mit ganzer Kraft. Anke half, ihre Beine stemmten sich gegen den rutschigen Boden. Ein Ruck, dann brach ein Teil der Abdeckung weg, Licht drang in den Schacht, wenn auch nur schwach – das matte Grau des frühen Morgens.

Kropka schob sich durch den schmalen Spalt, Anke hinterher. Oben standen zwei Kerle, maskiert, überrascht, die Waffen im Anschlag. Kropka reagierte blitzschnell, packte den nächststehenden Angreifer, rammte ihm die Schulter ins Gesicht. Ein dumpfes Keuchen, der Mann fiel zurück, stieß gegen den anderen.

Anke sprang hinterher, Waffe hoch, zielte knapp über deren Köpfe. „Weg! Oder ich schieße!" Ihre Stimme eiskalt, kein Zittern. Die Männer zögerten, sahen ihre Waffe, sahen Kropkas finsteren Blick. Dann wichen sie hastig zurück, verschwanden in den nassen Feldern, als hätte der Wind sie fortgeweht.

Kropka atmete durch, massierte seine Schulter. „Knapp" flüsterte er, die Wut lauerte unter der Oberfläche. Sie hatten ihre Beweise gerettet, dieses Mal entkamen sie der Falle.

Anke trat neben ihn, schaute auf die verstreuten Bretter und Schutt, die sie eingeschlossen hatten. „Sie wollten uns aus dem Weg räumen, bevor wir zu gefährlich werden." Ein bitteres Lächeln, kurz und hart.

Kropka nickte, blickte zum Deich, die Wolken hingen noch tiefer, der Wind scharf. „Jetzt wissen wir, Otto lässt nicht locker. Je näher wir kommen, desto brutaler wird er." Ein Stachel in seiner Stimme, doch er spürte auch, dass sie jetzt wirklich eine Chance hatten.

Anke legte kurz eine Hand auf seinen Arm, ein wortloses Zeichen von Verständnis. Sie hatten zusammengehalten, waren nicht zerbrochen unter dem Druck. Ein stilles Einvernehmen, weiterzumachen, egal wie gefährlich.

„Wir gehen zurück zum Schloss", sagte Kropka knapp. „Wir sortieren die Beweise, planen den nächsten Schritt. Otto kann sich warm anziehen." In seinen Augen glomm ein finsterer Funken.

Anke nickte, folgte ihm zum Wagen. Die Stille zwischen ihnen war kein Schweigen der Verlegenheit, sondern ein stummes Bündnis. Sie waren tiefer ins Dunkel getaucht, hatten mehr über Ottos Größe und Historie erfahren, und doch lebten sie noch, Beweise an der Brust.

Während sie losfuhren, roch die Luft nach nassem Gras und verrotteten Blättern. Der Tag würde kein schöner werden, doch Kropka spürte eine seltsame Stärke in sich. Er hatte seine Vergangenheit konfrontiert, Anke bewies Loyalität, und jetzt hielten sie entscheidende Hinweise in den Händen.

Für Otto von Hadersleben würde es bald eng werden, das Netz, das er so lange gewoben hatte, begann sich um ihn zu schließen.

Teil 4

Kropka stieg aus dem Wagen, die Nacht war finster, der Wind scharf. Er stand vor Marens Atelier, ein schmales Haus, fernab des Dorfes, näher an Husum. Ein schummriges Licht schimmerte durch die schmale Scheibe. Hinter ihm nur Deich, karge Felder, nasse Stille.

Er klopfte knapp, dreimal. Maren öffnete, die Augen wach, ernst. Kein Lächeln, aber ein sanftes Nicken. Sie erwartete ihn, wusste, dass er nicht für Höflichkeiten kam. Drinnen roch es nach Farbe, Öl, verwittertem Holz. Ein Atelier voller Skizzen, farbloser Leinwände, als hätte sie alle Farben ausgesaugt.

Kropka trat ein, ließ die Tür hinter sich zufallen. Er war nass, erschöpft, doch sein Blick war klar. Maren schenkte ihm Tee, heiß und herb, kein Zucker. Er nahm einen Schluck, schloss kurz die Augen. Ein winziger Moment der Ruhe.

„Anne und Sinja?", fragte er, die Stimme rau. Maren zog die Augenbrauen zusammen. „Sicher" sagte sie leise, nur ein Wort, aber es reichte. Sinja schlief im Nebenzimmer, Anne ruhte, beide in Sicherheit, fern von Ottos Schatten. Das beruhigte ihn.

Er legte die Dokumente auf den Tisch, Papiere, Fotos, Kopien von alten Aufzeichnungen. Maren trat näher, stützte die Hände auf die Kante, musterte sie schweigend. Sie erkannte, dass dies keine Kunst war, sondern Beweismaterial für ein finsteres Spiel.

„Otto von Hadersleben", sagte Kropka flach. „Seine Machenschaften, sein Schmuggelnetz. Wir haben Beweise." Er nickte zu den Papieren. Maren blinzelte, strich mit den Fingern über ein vergilbtes Foto, erkannte Gesichter, misstrauische Blicke. „Verdammt", flüsterte sie, kaum hörbar.

Kropka spannte den Kiefer. „Wir stehen kurz vor der Konfrontation. Anke ist dabei, aber ich brauche mehr als Waffen. Ich brauche Verstand, Ruhe, Verankerung." Sein Blick traf Marens Augen, suchte Halt. Er fühlte den Sturm in sich, die Vergangenheit, die brennende Wut.

Maren legte eine Hand auf seine Schulter, leicht, kein Druck. „Du hast mich", sagte sie knapp. „Ich deute diese Hinweise, helfe dir, das Puzzle zu verstehen." Ihre Stimme war klar, ohne Pathos. Er glaubte ihr.

Er nahm einen tiefen Atemzug, wischte sich mit dem Handrücken über die Stirn. „Dieses Netzwerk ist alt, tief verwurzelt. Otto nutzt historische Strukturen, alte Tunnel. Wir haben Orte, Termine, aber nicht genug Hände, um alle zu fassen." Er klang frustriert, als sei seine Kraft unzureichend gegen einen Giganten.

Maren beugte sich vor, betrachtete eine Karte mit eingezeichneten Routen. „Husum, der Hafen, vielleicht nutzt er diese Schleichwege, um Waren anzulanden, fern von Kontrollen." Sie strich mit dem Finger über eine dünne Linie, eine Andeutung eines verborgenen Kai. „Wenn ihr das beweisen könnt, ist er geliefert."

Kropka nickte, hielt ihren Blick. Er erinnerte sich an früher, als Maren nur eine Freundin war, jemand, mit dem er schweigen konnte. Jetzt war sie mehr: ein emotionaler Pol, ein Anker in der Finsternis. Er spürte Dankbarkeit, sagte aber nichts.

Sie nahm seine Hand, kurz, ein stilles Zeichen. „Ich weiß, es ist hart für dich. Deine Vergangenheit, deine verlorene Familie. Dieser Otto erinnert dich an damalige Wunden, stimmt's?" Ihre Stimme leise, kein Mitleid, nur Verständnis.

Kropka schluckte, sah auf den Boden. „Ja", sagte er knapp. Er brauchte nicht mehr Worte. Sie verstand, las in seinen Augen die Narben der Vergangenheit.

Maren drückte seine Hand fester, dann ließ sie los. „Nutz diese Wut. Aber lass dich nicht verbrennen. Du brauchst Klarheit, um diesen Bastard dran zu kriegen." Ihre Worte klangen wie ein Ratschlag, hart, aber von Herzen kommend.

Er atmete langsam, ordnete ein paar Papiere neu. „Ich werde es versuchen." Ein Versprechen, das er sich selbst gab. Er musste stark sein, nicht wahnsinnig vor Rache.

Anke trat herein, schweigend, hatte am Wagen gewartet, um ihnen Raum zu geben. Sie nickte Maren zu, ein stilles Grüßen. Maren erwiderte den Blick, kein Gelächter, nur Ernst. Hier war kein Platz für Leichtigkeit. Anke legte neue Kopien auf den Tisch, Karten, die sie besorgt hatte. „Wir haben genug, um einen Schlag zu planen."

Maren studierte die Karten, zeigte auf eine Markierung. „Da ist ein altes Silo, leer seit Jahrzehnten. Perfekter Ort für geheime Übergaben. Nutzt ihr das als Ansatzpunkt. Erscheint früher, stellt Fallen." Ihre Vorschläge klangen ruhig, als wäre sie schon lange in diesem Spiel dabei.

Kropka hob die Augenbrauen, beeindruckt von Marens Sinn für Taktik. Er wusste, dass sie keine Polizistin war, aber ihre Klarheit half. „Wir tun's. Anke, besorg Ausrüstung, ruf unseren Kontakt an, der vertrauenswürdig ist. Wir müssen es sauber machen." Kurze Befehle, keine Schnörkel.

Anke nickte, verschwand wieder, um Anrufe zu tätigen, Kontakte zu mobilisieren. Kropka und Maren blieben allein, der Regen trommelte an die Fenster. Er senkte die Stimme, sprach leise: „Danke, Maren. Du bist die einzige, der ich vertraue. Ohne dich würde ich vielleicht blind wüten, alles riskieren."

Maren schnaubte leise, ein Hauch von Ironie. „Du bist stark, Michael, aber jeder braucht einen Halt. Ich sorge dafür, dass du nicht in blinde Raserei verfällst." Ihre Worte brachten ihm ein seltsames Gefühl von Sicherheit.

Er atmete durch, hörte das ferne Heulen des Windes, sah vor seinem inneren Auge den Deich, die leere Landschaft. Ja, er war isoliert, doch nicht völlig allein. Anne, Sinja in Sicherheit, Anke als Partnerin, Maren als emotionale Stütze. Ein Netz von Verbündeten, während er in den Abgrund blickte.

Maren deutete auf die Papiere, stützte eine Hand am Tisch ab. „Diese Beweise genügen, um ihn anzuklagen, wenn ihr ihn in flagranti erwischt. Dein Plan? Ihr lauert ihm auf, dokumentiert alles, dann schlagt ihr zu." Sie klang nüchtern, aber er wusste, sie sorgte sich.

Kropka nickte, straffte die Schultern. „Genau. Keine halben Sachen mehr. Otto wird nicht wissen, was ihn trifft." Seine Stimme kalt, aber innerlich brannte ein Feuer. Er spürte, dass die Zeit für den Showdown nahe war.

Maren trat zurück, verschränkte die Arme. „Pass auf dich auf. Ich bleibe hier, halte Anne und Sinja in Sicherheit, falls was schiefläuft." Ihre Worte ein Versprechen. Er war froh darum, dass sie sich um die, die ihm wichtig waren, kümmerte.

Er nickte, verstaut die wichtigsten Dokumente sorgfältig. Ein leiser Entschluss in seinem Herzen: Diesmal würde Hadersleben nicht entkommen. Diesmal war er vorbereitet, nicht der verlorene Ermittler von einst.

Der Regen ließ nach, doch die Wolken blieben dicht. Der Sturm im Innern von Kropka hatte sich etwas gelegt, dank Marens Ruhe, dank Ankes Mitarbeit. Jetzt war es nur noch eine Frage der Zeit, bis sie Otto von Hadersleben zur Strecke brachten.

Er wandte sich zur Tür, hörte Marens Stimme hinter sich: „Komm lebend zurück." Ein flaches Lächeln auf seinen Lippen, ein kurzes Nicken. Kein Wort, aber er verstand die Botschaft. Er ging hinaus in die Dunkelheit, den Mantel fester um die Schultern. Der Wind pfiff über den Deich, die Nacht blieb düster, doch in seinem Herzen brannte jetzt ein klarer Wille, genährt von Marens Unterstützung.

Teil 5

Die Nacht war still, nur ein leises Heulen des Windes über den Deich. Kropka und Anke hatten erneut den Weg in den Keller genommen, diesmal tiefer, weiter ins Innere. Der Geheimgang, den sie zuvor entdeckt hatten, führte zu einem weiteren Abschnitt. Eine verborgenere Kammer, noch dunkler, noch bedrohlicher.

Die Luft war schal, der Boden feucht. Sie duckten sich unter einem querliegenden Balken, drückten sich an feuchte Wände. Der Geruch von verrottetem Holz und Erde füllte ihre Lungen. Kropka hielt die Taschenlampe fest, der Lichtkegel huschte über Steine, Risse, Spinnweben. Anke ging dicht hinter ihm, die Waffe im Anschlag, kein Wort verschwendet.

Dann ein schmaler Spalt, so eng, dass Kropka seitlich hindurchmusste. Dahinter ein Raum, kaum höher als ein Mann, muffig und stickig. Kropka leuchtete umher. Kisten, Metallkoffer, stapelweise Papiere in Plastikhüllen. Kein harmloses Gerümpel. Hier lag der Kern von Ottos Machenschaften, spürbar wie ein elektrischer Schlag.

Anke trat neben ihn, Augen wachsam. „Sieht nach Logistik aus", flüsterte sie, die Stimme gedämpft. Sie hob ein Dokument an, las flüchtig. „Termine, Orte, Routen. Er plant groß. Nicht nur lokale Schmuggelware. Internationale Kontakte."

Kropka nickte, die Stirn in Falten. „Er ist größer, globaler. Wir dachten, wir hätten schon alles gesehen, aber das ist die nächste Stufe." Er klang hart, doch in seiner Stimme lag Erschütterung. Otto kontrollierte nicht nur ein Dorf, sondern ein Netzwerk von Kanälen, Lieferketten, die tief in dunkle Geschäfte führten.

Anke zog eine Karte aus einer Metallbox. Verwaschene Linien, Markierungen in roter Tinte. „Sieh mal", flüsterte sie. „Ein Punkt am Deich, ein Zeichen, das sich immer wieder wiederholt. Ein Code? Vielleicht sein Hauptversteck, ein Treffpunkt für die nächste große Lieferung." Ihre Worte kamen schnell, vorsichtig gespannt.

Kropka trat näher, spürte die Luft vibrieren. „Wenn wir das Entschlüsseln, können wir ihn stellen, bevor er wieder verschwindet." Er drückte den Kiefer zusammen, dachte an die Opfer, an Bennos Tod, an die Schweigenden im Dorf. Hier hatten sie den Schlüssel in der Hand.

Plötzlich ein Knacken. Ein trockener Laut, dann ein dumpfes Grollen irgendwo über ihnen. Kropka riss den Kopf herum, hob die Taschenlampe. Die Decke des Ganges wies Risse auf, kleine Steinbrocken fielen. Der Boden vibrierte leicht.

„Scheiße", zischte Anke, zog Kropka an der Schulter zurück. „Das Ding stürzt gleich ein." Panik in ihrer Stimme, aber kein Hysterie, nur kühle Alarmbereitschaft.

Kropka stopfte Papiere, Karte und Notizen in seine Jacke, keine Zeit für Ordnung. „Raus, sofort", keuchte er. Beide drehten sich um, rannten zum schmalen Spalt zurück. Hinter ihnen knackte die Decke lauter, Beton splitterte, Staub wirbelte auf, brannte in den Augen.

Sie zwängten sich durch den Spalt, hustend, tasteten sich zum Ausgang. Der Gang war enger, als wäre er schon halb verschluckt. Kropka spürte seinen Herzschlag im Hals, der Staub reizte die Lunge. Er dachte an Otto, an diesen Teufel, der sie lieber verschüttet sähe, bevor sie seine Geheimnisse ans Licht brachten.

Anke keuchte, blieb kurz hängen, Kropka packte ihren Arm, zog sie weiter. Ein lautes Krachen hinter ihnen, ein Teil der Decke brach endgültig ein, Steine schlugen aufs Fundament, scharfe Echos in der Enge. Keine Zeit zurückzuschauen, nur Flucht nach vorne.

Der Ausgang in Sicht, ein schmaler Schacht, aus dem sie gekommen waren. Kropka sprang hoch, griff nach der Kante, zog sich hoch, half Anke hinterher. Ein letzter Ruck, dann standen sie wieder im Keller, hustend, zitternd, aber lebendig.

Draußen über ihnen der Wind, hier drin Stille. Sie hörten noch das letzte Poltern von herabfallenden Steinen, dann Stille. Der Geheimraum war verschlossen, unter Schutt begraben. Doch sie hatten die Beweise. Kropka atmete schwer, spürte Schweiß auf der Stirn.

Anke lehnte sich an die Wand, wischte Staub aus den Haaren. „Knapp" sagte sie nur. Kropka nickte, seine Augen hart, aber in ihnen loderte Wut. Otto hatte unwissentlich versucht, sie aus dem Spiel zu nehmen, der Gang war unbrauchbar, aber sie hatten, was sie brauchten.

„Wir haben die Karte, die Pläne. Er plant einen großen Coup. Nicht nur hier, international, weit verzweigt." Kropkas Stimme knapp, aber vibrierend vor Spannung. „Das wird die Polizei beeindrucken. Sie können nicht mehr wegschauen."

Anke atmete durch, hörte draußen das Heulen des Windes, als wäre es ein Ruf, ein Omen. „Wir müssen diese Infos sicher weitergeben. Irgendeinen Weg finden, einen ehrlichen Beamten, einen Journalisten, irgendjemanden, der laut genug schreit, dass Otto die Luft ausgeht." Ihre Worte hart, aber hoffnungsvoll.

Kropka grinste bitter. „Genau. Und wenn Otto es erfährt, wird er versuchen, uns davor zum Schweigen zu bringen." Er ließ den Kopf sinken, dachte an Annes Gesicht, an Sinjas Angst. Diesmal würde er die Familie schützen, koste es was es wolle.

„Dann tun wir es leise, geschickt", sagte Anke. „Wir planen sorgfältig. Kein überschnelles Handeln, das ihm Zeit gibt, uns zu erwischen." Sie versuchte, Pragmatismus in die Situation zu bringen.

Kropka hob den Blick, sah sie an, nickte. Ein stilles Einvernehmen. Sie hatten es geschafft, wieder einmal Gefahr knapp entgangen, aber mit handfesten Hinweisen, die Ottos Imperium ins

Wanken bringen konnten. Das Netz zog sich enger, diesmal um Otto selbst.

Die Nacht blieb finster, die Wolken hingen tief, kein Mond, kein Stern. Sie standen im Keller, der Boden nass, die Luft stickig, aber in Kropkas Brust schlug ein Herz aus Stahl. Er war näher an Ottos Achillessehne, bereit, die Messer anzusetzen.

Anke legte kurz die Hand auf seine Schulter, leicht, kaum spürbar. Ein Zeichen von Vertrauen, von Respekt. Er erwiderte nichts, aber er spürte die Bedeutung. Sie waren Partner in diesem Kampf, gegen Schatten und Schweigen.

„Gehen wir nach oben", sagte er, die Stimme flach. „Wir ordnen die Beweise, überlegen unseren nächsten Schritt." Keine Zeit für Pausen, der Showdown wartete.

Anke folgte ihm, Stufe für Stufe, das Herz schwer, aber nicht verzweifelt. Sie hatten den nächsten Schritt getan, tiefer ins Dunkel, doch mit jedem Abstieg kamen sie einer Lösung näher.

Oben pfiff der Wind durchs Schloss, als wollte er sie verhöhnen oder anfeuern. Kropka und Anke lauschten nur kurz, dann gingen sie hinaus, Richtung Wohnbereich. Keine Zeit, sich zu erholen, nur Vorwärtsdrang. Sie wussten, die Nacht war noch lang, und Ottos Reich begann zu wackeln.

Teil 6

Die Nacht hing schwer über Eiderstedt, der Wind biss wie Messer an Kropkas Wangen. Er stand vor dem Schloss, die Hände tief in den Taschen, Anke neben ihm, beide schweigend. Der Deich wirkte wie ein dunkler Zacken gegen den grauen Himmel. Kein Mond, kein Stern, nur karges Land und ein Gefühl, als läge Gewalt in der Luft.

Sie hatten die Beweise gesammelt, Pläne geschmiedet. Doch nun war es still, zu still. Kropka fühlte es: Ein Sturm braute sich zusammen. Anke scharrte mit dem Fuß im Kies, die Augen wach. Beide warteten, wussten nicht, worauf, doch jeder Atemzug war angespannt.

Plötzlich ein Geräusch am Seiteneingang. Kropka zog die Taschenlampe, Anke hielt die Waffe bereit. Eine schmale Silhouette huschte ins Dunkel, warf etwas Kleines Richtung Tür und verschwand. Keine Zeit, sie zu fassen.

Kropka trat vor, bückte sich. Eine kleine Metallschachtel, verschlossen. Er hob sie auf, spürte, wie sein Herz schneller schlug. Anke neigte sich vor, schaltete ihre Taschenlampe ein. Auf der Schachtel ein Zettel, knappe Sätze, krakelige Schrift.

Kropka riss den Zettel ab, las ihn flüchtig. „Wir kennen euren Plan. Gebt auf, oder wir holen Sinja. Und diesmal kein Zurück. – O." Nur diese Initiale, aber eindeutig. Otto schlug zurück, direkt, ohne Tarnung.

Anke fluchte leise, presste die Lippen zusammen. „Er weiß, dass wir nah dran sind." Ihre Stimme klang angespannt, aber ohne Panik. Sie wartete, wie Kropka reagierte.

Kropka schnaubte, seine Augen hart. „Er droht erneut mit Sinja. Trotz unserer Sicherheitsmaßnahmen. Er will uns einschüchtern, zeigen, dass er uns im Griff hat." Er ballte die Faust um die Schachtel, hörte Metall knirschen. Wut brannte in seinen Adern.

Anke trat einen Schritt näher, die Waffe sinkend. „Wir haben genug Beweise, genug Kontakte. Wir können seine Lieferkette sprengen, aber er ist bereit, alles zu tun." Ihr Ton nüchtern, aber nicht kalt. Sie erkannte die Gefahr.

Kropka atmete flach durch die Nase. „Es ist Zeit, hart zurückzuschlagen. Keine halben Sachen mehr." Die Worte kurz, jede Silbe ein klares Statement. Er würde nicht länger reagieren, sondern agieren.

Anke beobachtete ihn, sah das Feuer in seinen Augen. „Ich bin bei Ihnen", sagte sie leise, ohne Zögern. Sie hatte Zweifel an seinen Methoden, aber sie wusste, dass sie jetzt zusammenhalten mussten. Der Feind war zu stark, um Zaudern zu erlauben.

Kropka nickte, spürte Dankbarkeit und Zorn zugleich. Er dachte an Anne, an Sinja, sicher bei Maren. Doch Ottos Drohung zeigte, dass er Informationen hatte, Quellen, die ihn über ihre Pläne informierten. Ein Verräter im System, ein Maulwurf im Dorf oder gar bei der Polizei. Sie mussten blitzschnell handeln, bevor Otto noch brutaler zuschlug.

„Wir bringen die Beweise sofort an einen sicheren Ort", sagte Kropka, die Stimme knapp. „Anke, Sie haben doch einen vertraulichen Kontakt bei der Staatsanwaltschaft, oder?" Ein schneller Blick in ihre Richtung.

Anke nickte, Kiefer angespannt. „Ja, ein alter Kollege, ein Mann ohne Preis. Wir treffen ihn heute Nacht, nennen keinen Namen, nur Übergabe. Dann hat Otto keine Chance mehr, die Beweise unter den Teppich zu kehren." Ihre Worte prallten hart und klar in der Stille.

Kropka zog die Jacke enger. Der Wind stieß heftiger, als würde die Natur versuchen, ihre Stimmen zu übertönen. „Danach gehen wir zum Hafen, überprüfen die angepeilte Übergabe. Wir müssen Otto auf frischer Tat erwischen, wenn wir ihn endgültig stürzen wollen."

Anke runzelte die Stirn. „Riskant. Er erwartet vielleicht eine Falle. Aber wir haben keine andere Wahl." Ihre Worte klangen wie ein Echo seiner Entschlossenheit. Sie hatte sich endgültig entschieden, Kropka zu folgen, egal wie gefährlich.

Kropka zuckte mit den Schultern, ein bitteres Lächeln ohne Freude. „Was haben wir zu verlieren? Er droht schon wieder mit Sinja, also werden wir ihm zeigen, dass wir keine leichten Opfer sind." Er spürte, wie seine Wut zum Stahlharten Vorsatz wurde. Ottos Drohung hatte sein letztes Zögern ausgelöscht.

Anke trat näher, ihre Stimme flach: „Versprechen Sie mir, dass Sie die Kontrolle behalten. Keine unnötige Gewalt, keine Kurzschlüsse." Sie fürchtete, er könnte in blindem Hass handeln.

Kropka nickte langsam, hielt ihren Blick. „Ich bleibe klar. Aber Otto wird fallen, verstehen Sie?" Ein leises Knurren in der Stimme. Er würde nicht nachgeben, nicht jetzt, wo sie so nah dran waren.

Der Wind zischte über den Deich, eine Eiseskälte in der Luft. Kropka fühlte die Kälte auch in seinen Knochen, doch innerlich brannte ein Feuer. Er wusste, dass dies der entscheidende Moment war, der Punkt ohne Rückkehr. Er hatte Marens Unterstützung, Ankes taktisches Geschick, die Beweise in seiner Hand. Doch Otto würde kämpfen, bis zum letzten.

„Wir gehen jetzt", sagte er knapp, wandte sich zum Wagen, Anke an seiner Seite. „Übergabe der Beweise, dann zum Hafen. Keine Verzögerung." Knappe Befehle, klare Aktionen.

Anke nickte, ging mit ihm, schweigend. Zwischen ihnen kein Zweifel mehr, sie waren ein Team, gebunden durch Notwendigkeit und Wut gegen einen gemeinsamen Feind. Der Deich stumm, die Nacht finster, als sie im Auto losfuhren, dem nächsten Ziel entgegen.

Auf halber Strecke ein lautes Klirren, eine dunkle Gestalt huschte über die Straße, ein Schuss krachte gegen den hinteren Kotflügel. Kropka fluchte, beschleunigte, Anke hielt die Waffe bereit, aber der Angreifer verschwand im Feld. Nur ein Warnschuss, eine letzte Mahnung Ottos, dass sie verfolgt wurden.

Kropka hielt die Zähne zusammen, ließ den Wagen nicht anhalten. Er würde diesen Bastard zur Strecke bringen, koste es, was es wolle. Dieser Schuss war ein Zeichen, dass Otto wusste, sie kamen näher. Doch Angst war kein Option mehr.

Anke atmete heiser, schaute zurück, aber niemand folgte. „Er testet uns", sagte sie flach. „Will uns nervös machen." Doch Kropka war nicht nervös, nur entschlossener.

„Soll er kommen", zischte Kropka. „Wir haben, was wir brauchen. Wir werden ihn packen." In seiner Stimme ein hartes Versprechen.

Der Wagen raste durch die dunklen Straßen, vorbei an kargen Feldern, in denen der Wind spielte. Kropka und Anke wussten, dass sie jetzt ein Ziel hatten, einen Plan, einen Weg, um Otto endgültig zu fassen. Die Bedrohung eskalierte, doch sie waren bereit.

Mit diesen Gedanken fuhren sie in die kommende Nacht, wissend, dass der entscheidende Schlag kurz bevorstand. Otto hatte keine Ahnung, wie sehr sie ihm auf den Fersen waren, oder vielleicht wusste er es und rüstete sich bereits. Egal, Kropka würde nicht zurückweichen. Nicht jetzt.

Teil 7

Der Marktplatz lag leer, nur ein paar Krähen hackten im nassen Pflaster nach Essbarem. Kropka und Anke standen inmitten dieser trostlosen Weite, der Wind pfiff um die Ecken, als versuche er sie fortzujagen. Kein Lächeln, keine freundlichen Gesichter. Die Dorfbewohner in kleinen Grüppchen, murmelnd, abwartend, als wären sie Teil eines kranken Schauspiels.

Kropka trat vor, zeigte ein Foto, ein altes Dokument aus Ottos Verstecken, hielt es einem alten Mann hin, der am Brunnen lehnte. „Erklären Sie das", sagte er knapp. Der Mann zuckte mit den Schultern, wich seinem Blick aus.

„Nichts zu sagen", murmelte der Alte, hob die Hände abwehrend. Kropka knirschte die Zähne. Hinter dem Alten standen zwei Jüngere, verschränkte Arme, finstere Blicke. Schweigen, kalte Augen, als wäre Kropka eine lästige Fliege.

Anke trat näher, die Stimme leise: „Wir wissen, was hier läuft. Wir haben Beweise. Otto von Hadersleben zieht die Fäden. Ihr wollt weiter schweigen?" Ihr Ton knapp, aber in ihm lag ein Funken Härte, die vorher gefehlt hatte.

Die Dorfbewohner wechselten Blicke, ein Zischen von einem breitschultrigen Mann: „Haut ab", sagte er, die Stimme dumpf. „Wir reden nicht." Ein scharfer Unterton, als drohte er unausgesprochen mit Gewalt.

Kropka spürte die Spannung, als wäre der Boden elektrisch geladen. „Ihr schützt einen Mörder, einen Schmuggler. Wisst ihr, dass er das Dorf als Marionettenbühne nutzt?" Seine Worte spröde, doch er wollte sie wachrütteln.

Keine Antwort, nur schiefe Blicke. Eine Frau mit Wollschal drehte sich weg, ein junger Mann ballte die Faust in der Tasche, verkniff sich aber, zuzuschlagen. Schweigen, kompakt und verräterisch.

Anke knirschte die Zähne. „Wir wissen, dass einer von euch mit Otto kooperiert. Jemand, der unsere Schritte meldet, der unsere Pläne verrät." Ihre Stimme flog über den Platz, kein Echo. Sie sah zu Kropka, ein stummes Einvernehmen: Sie mussten einen Namen finden, einen Verräter isolieren.

Plötzlich trat ein hagerer Mann aus einer Gasse, mageres Gesicht, Nervosität in den Augen. Kropka bemerkte, wie die anderen Dorfbewohner ihm kurz zusahen, dann wegsahen. Eine seltsame Spannung um ihn. Kropka konzentrierte sich auf diesen Mann.

„Du", sagte Kropka, Schritte langsam, zielgerichtet. „Was weißt du von Otto? Deine Finger an den Kisten, deine Augen überall, oder?" Eine aggressive Unterstellung, um eine Reaktion zu provozieren.

Der Mann zuckte zusammen, ein Flackern in seinem Blick. „Keine Ahnung, wovon du redest." Aber seine Stimme zitterte leicht. Kropka spürte die Furcht unter der Oberfläche.

Anke trat von der anderen Seite heran, umzingelte ihn mit Kropka. „Wir wissen, dass du mit Otto redest. Jedes Mal, wenn wir nah dran sind, taucht er auf. Deine Informationen füttern ihn." Ihre Worte klangen wie Messerstiche.

Der Mann hob die Hände schützend, sah sich um. Die anderen Dorfbewohner mieden seinen Blick, ein stummes Urteil. Er war allein, ausgesetzt. „Ich... ich weiß nicht..." stammelte er, verlor an Boden.

Kropka packte ihn am Kragen, zog ihn näher, flüsterte: „Wir haben keine Zeit für Lügen. Otto hat Leute ermordet. Willst du, dass er weiter tötet?" Seine Worte waren kühl, doch in seinen Augen flackerte Zorn.

Der Mann schluckte, sah in Kropkas Augen, sah die Dunkelheit dort, die Entschlossenheit. „Otto gibt uns Schutz, Jobs, hält Fremde fern", stammelte er leise, als rechtfertige er sich. „Wir fürchten ihn. Wenn wir reden, sind wir tot."

Anke biss die Zähne zusammen. „Angst ist keine Entschuldigung. Menschen sterben. Sinja ist ein Kind, das ihr in Gefahr bringt, nur weil ihr schweigt." Ihre Stimme bebte leicht, aber kontrolliert.

Ein Grummeln aus der Menge, einige senkten den Kopf. Der hagerer Mann zitterte, ein verzweifeltes Zucken um seine Mundwinkel. „Ich... ich kann euch ein Hinweis geben. Ein Ort, wo Otto sich oft trifft. Ein alter Schuppen am Rand des Dorfes, früh am Morgen."

Kropka ließ den Kragen los, der Mann stolperte zurück. „Hast du Namen? Zeiten?" fragte er kurz.

Der Mann schüttelte den Kopf, verzweifelt. „Nur Ort und Zeit. Morgen früh, vor Sonnenaufgang. Er plant was Großes. Mehr weiß ich nicht." Er klang, als flehe er um Gnade.

Kropka nickte, ein Funke Triumph in den Augen. Endlich redete einer. Wenig, aber etwas Konkretes. Anke atmete flach aus, behielt ihren kühlen Blick. Sie hatten einen Ansatzpunkt.

„Wir werden da sein", sagte Kropka. „Und wenn du uns betrogen hast, finden wir dich." Seine Stimme war eiskalt. Der Mann nickte hastig, rieb den Hals, verschwand in der Gasse, als würde er im Boden versinken.

Die anderen Dorfbewohner taten, als hätten sie nichts gehört, verstreuten sich langsam, wie Schatten, die in die Dunkelheit zurückkriechen. Schweigen blieb ihr Schild, doch es bekam Risse. Kropka und Anke standen nun allein, die Regen-kühle auf der Haut.

Anke blickte Kropka an, schob sich eine Strähne aus dem Gesicht. „Morgen früh. Ein Schuppen. Vielleicht erwischen wir Otto beim nächsten Deal." Ihre Worte klangen angespannt, aber ent-schlossen.

Kropka nickte, die Augen schmal. „Dann ist das unser nächster Schritt. Keine halben Sachen mehr. Wir legen uns auf die Lauer, filmen, sam-meln Beweise. Dann schlagen wir zu." Sein Unter-ton verriet, dass er bereit war, alle Grenzen zu sprengen, um Ottos Terror zu beenden.

Der Wind trug ein leises Raunen vom Deich her-über, als ob die Landschaft selbst diese dro-hende Spannung spürte. Kropka wusste, wenn sie Otto morgen früh überraschten, war es ein Do-or-Die-Moment. Ein Scheitern konnte alles kosten, ein Erfolg würde das Schweigen brechen.

Anke musterte ihn, ein Hauch Sorge in ihren Augen. „Sei vorsichtig. Otto wird nicht allein sein." Ein notwendiger Hinweis, um ihn nicht in Raserei verfallen zu lassen.

Kropka spannte die Kiefer an. „Ich weiß. Aber jetzt wissen wir wo und wann. Das ist unser Vorteil." Keine langen Reden, er stand fest, bereit für den Showdown.

Gemeinsam verließen sie den Marktplatz, wo die Dorfbewohner wieder in ihre Häuser krochen, als wäre nichts geschehen. Doch Kropka wusste, sie hatten etwas erreicht: Einen Tipp, einen Ort, eine Zeit. Das Netz zog sich nicht nur um Otto, sondern auch um sich selbst. Sie hatten wenig Zeit, mussten handeln, bevor Otto reagierte.

Als sie zum Wagen gingen, hing die Nacht wie ein bleierner Vorhang, der Wind klirrte an den Fenstern. Kropka und Anke tauschten einen knappen Blick, ein stilles Einvernehmen. Morgen früh würde sich entscheiden, wer diese Partie gewann.

Teil 8

Der Regen peitschte gegen die Mauern des Schlosses. Kropka und Anke schlichen durch einen abgelegenen Flur, abseits der bekannten Räume. Kein Licht, nur der matte Schein ihrer Taschenlampen. Der Boden knarrte unter ihren Schritten, die Luft roch nach Moder, nach altem Staub und etwas Bitterem, Unbekanntem.

„Schnell, hier entlang", flüsterte Anke knapp, ihr Atem flach. Kropka nickte, engte die Augen ein. Sie hatten Hinweise bekommen, von Dorfbewohnern erzwungen, von Dokumenten entschlüsselt. Ein weiterer Geheimgang, tief im Bauch des Schlosses, verborgen hinter einer schweren Holzplatte. Vielleicht das letzte Mosaikstück, um Otto in die Enge zu treiben.

Der Raum wirkte erst leer, doch als sie die Wand abtasteten, fanden sie einen schmalen Spalt. Kropka drückte, ein leises Klicken, die Wand schwang nach innen. Dahinter ein enger Gang, kälter als zuvor, der Boden aus Stein, glitschig von Feuchtigkeit.

Sie leuchteten hinein. Ein alter Tisch, Spuren von Abdrücken auf dem Boden, als hätte man Kisten geschoben. Ein Geruch nach Öl, scharfe Chemikalien, Metall. Auf dem Tisch lag etwas Dunkles, in Tücher gewickelt.

Kropka trat näher, hob das Tuch an. Darunter ein Metallbehälter, rostig, doch stabil. Er öffnete ihn vorsichtig. Drinnen lag ein Bündel von Papieren, akribische Listen, Zeiten, Orte. Dazu ein Foto: Otto von Hadersleben, klar erkennbar, im Hintergrund Waffen, seltsame Fässer. Hier war kein Zweifel mehr. Otto nutzte dieses Schloss, diese Gänge, seit langer Zeit. Die Machenschaften größer, brutaler.

Anke spähte über seine Schulter, ihre Augen verengten sich. „Das ist es", flüsterte sie. „Unwiderlegbar." Ihre Stimme klang angespannt, als wüsste sie, dass dies nur der Anfang weiterer Gefahren.

Kropka steckte die Papiere ein, nickte kurz. „Wir haben ihn", sagte er knapp. Doch in seiner Stimme lag keine Erleichterung, nur harte Entschlossenheit. Er wusste, Otto würde nicht kampflos weichen. Jeder Fund bedeutete mehr Wut, mehr Rache.

Ein dumpfes Knarren am Ende des Gangs. Kropka fuhr herum, hob die Taschenlampe, leuchtete ins Dunkel. Eine Silhouette, massig, reglos. Dann ein leises Kichern, gepresst, unmenschlich. Er spürte, wie sein Nackenhaar sich aufstellte.

Anke spannte sich, die Waffe in der Hand. „Wer da?" Zischte sie knapp, kein Echo zurück. Die Gestalt trat einen Schritt vor, so dass der Lichtkegel eine Maske über einem fremden Gesicht zeigte. Kein Wort, nur ein nebliges Zischen, als würde er Ottos Willen stumm vertreten.

Kropka zog seine Waffe, Anke stand seitlich, beide bereit. Doch bevor sie reagieren konnten, trat der Unbekannte näher, schleuderte einen harten Gegenstand auf den Boden, Funken stoben, ein chemischer Geruch breitete sich aus. Rauch füllte den Raum, biss in die Augen, trieb Tränen in die Lieder.

„Raus!" keuchte Kropka, stolperte zurück zum Ausgang, Anke hustend hinterher. Doch der Fremde war schneller, schnitt ihnen den Weg ab, schlug nach Kropka mit einem harten Gegenstand. Ein dumpfer Schlag, Kropka strauchelte, fühlte Schmerz an der Schulter. Anke feuerte einen Schuss ins Dunkel, ein kurzer Knall, der das Gehirn hämmern ließ. Ein Aufschrei, Schritte, dann Stille.

Kropka wischte sich die Augen frei, Taschentuch vor Mund und Nase. Der Rauch war beißend, machte das Atmen schwer. Er hörte, wie der Unbekannte keuchend floh, wohl verletzt, aber nicht gestellt. Hinter ihnen begann der Gang zu knirschen, als hätte der Einsturz aus den anderen Teilen des Schlosses den Boden destabilisiert.

Anke packte Kropka am Arm, zog ihn Richtung Ausgang. „Keine Zeit", flüsterte sie, Panik in ihrer Stimme, aber kontrolliert. Er nickte, stolperte voran, der Schmerz in der Schulter pochte. Die Dokumente in seiner Jacke schabten gegen seine Rippen, wie eine brennende Last.

Sie erreichten den Schlossteil, aus dem sie kamen, husteten frische Luft ein. Draußen gegen die Fenster prasselte der Regen, der Wind klirrte an den Scheiben. Kropka lehnte sich an die Wand, versuchte, den Kopf klar zu bekommen. Sie hatten Otto ein weiteres Mal geritzt, doch er schlug zurück, schickte einen stummen Krieger, um sie auszulöschen. Es war knapper gewesen, als er zugeben wollte.

Anke stand neben ihm, wischte Staub von ihrem Gesicht, die Hand an der Waffe zitterte leicht. „Wir haben die Beweise, aber wir sind beobachtet", flüsterte sie. „Otto weiß, dass wir ihn haben. Er wird morgen handeln, jetzt erst recht."

Kropka nickte, presste die Lippen zusammen. Kein Entkommen mehr. Otto würde all-in gehen, versuchen, sie zu beseitigen, bevor sie die Beweise nutzen konnten. Ein Spiel mit dem Tod als Einsatz.

„Wir müssen sofort handeln", sagte Kropka, die Stimme rau. „Kontakte alarmieren, Polizei, Medien, irgendwen, der laut genug schreit. Sonst sind wir tot, bevor die Sonne aufgeht." Er klang düster, aber realistisch.

Anke nickte, hob den Blick zum Fenster, hinter dem der Deich nur ein dunkler Fleck war. „Ein letzter Schritt. Wir legen alles auf den Tisch, erzwingen Ottos Reaktion in der Öffentlichkeit. Dann kann er sich nicht mehr verstecken." Ihre Worte klangen hart, aber hoffnungsvoll. Ein Showdown, unausweichlich.

Kropka spürte, wie sein Herz raste. Er wollte diesen Bastard stellen, endgültig. Doch jetzt wusste er, dass Otto ihnen dicht auf den Fersen war. Der Unbekannte im Gang war nur ein Vorbote. Die Spannung in der Luft war fast greifbar.

Während sie im dunklen Flur standen, tropfte Wasser von ihren Haaren, der Geruch von Rauch und Chemie in der Luft. Draußen kreischte eine Möwe, ein scharfer Laut in der Nacht, als höhnisches Gelächter. Kropka sah Anke an, ein stummes Einvernehmen: Kein Zurück, nur Vorwärts.

Anke legte eine Hand auf seine Schulter, kurz, ein Riss in der Härte, ein Zeichen von Verständnis. Er nickte knapp, drückte die Hand mit seinem Blick, ohne Worte. Sie waren Partner in diesem Albtraum, verbunden durch Notwendigkeit und Hass auf Otto.

Ein leises Knistern in Kropkas Jacke, die Dokumente, die Karten, die Fotos. Morgen würden sie Ottos Reich erschüttern, oder bei dem Versuch scheitern. Die Frage war: Wer würde die Oberhand behalten, wenn der nächste Tag graute?

Die Nacht blieb düster, der Wind stieß gegen das Gemäuer, als wollte er das Schloss umwerfen. Kropka atmete flach, wusste, dass der nächste Schritt alles entscheiden würde. Keine halben Sachen, keine Schonung, kein Entkommen. Der Cliffhanger hing in der Luft wie ein Messer, bereit, in Fleisch zu schneiden.

KAPITEL 7

Der Wind klang wie Messerstiche über den Deich. Kropka stand im Flur seines Hauses, die Luft schwer von Feuchtigkeit und Angst. Anke lehnte am Fenster, hielt das Handy ans Ohr, lauschte angestrengt, doch nur Rauschen, kein Anschluss, kein Signal. Die Nacht drückte auf ihre Schultern, jede Sekunde ein Stich ins Herz.

Kropka spürte, dass etwas nicht stimmte. Sein Handy vibrierte, eine Nachricht, spärliche Worte: „Maren in Gefahr. Eure Leute sind nicht sicher." Keine Unterschrift, aber er wusste, von wem es kam. Otto oder seine Handlanger. Die Drohung wahr, die Zeit knapp.

„Verflucht", zischte er, die Finger fest um das Handy. Er versuchte, Maren anzurufen, nichts. Anne und Sinja bei Maren, doch die Leitung tot, keine Antwort. Kropkas Herz raste, Schweiß auf der Stirn. Er kannte diesen Trick, Schweigen vor dem Sturm.

Anke hob den Kopf, sah seine Miene, verstand ohne Worte. „Probleme?" fragte sie knapp, die Stimme eisig kontrolliert.

„Maren. Keine Verbindung. Otto hat sie im Visier." Kropkas Worte kurz, aber beladen mit Angst und Wut. Er dachte an Marens Gesicht, ihre ruhigen Augen, an Anne, an Sinja, die er dort in Sicherheit wähnte. Jetzt schien diese Sicherheit zerbrochen.

Anke schnaubte, griff nach ihrer Waffe. „Wir müssen hin. Jetzt." Kein Zögern, nur knappe Entschlossenheit. Kropka nickte, trat zur Tür. Der Regen prasselte, der Wind zerrte an den Scharnieren. Keine Zeit für Pläne, nur handeln.

Sie stiegen ins Auto, Motor aufheulen, Lichtkegel durch tropfnasse Nacht. Die Straße schmal, gesäumt von nassen Feldern. Der Deich ein schwarzer Schatten, als würde er das Licht verschlucken. Kropka drückte das Gaspedal, der Wagen rutschte leicht auf glattem Asphalt. Er ignorierte die Gefahr, jede Sekunde zählte.

„Hoffentlich sind sie noch am Leben", murmelte er, knurrig, die Kiefermuskeln gespannt. Anke schwieg, verstand, dass Worte nichts halfen. Sie kannte Maren kaum, aber wusste, was sie Kropka bedeutete. Und Anne, Sinja – unschuldige Opfer in diesem Krieg.

Das Handy summte erneut. Kropka blickte kurz auf das Display: Ein Bild, unscharf, Nachtaufnahme. Schemen von Flammen, ein Haus in der Ferne brannte. Sein Herz setzte einen Schlag aus. Marens Haus? Er spürte, wie seine Fingernägel sich in das Lenkrad bohrten.

„Sie setzen das Haus in Brand", flüsterte er, die Stimme rau, als wäre ihm die Luft abgeschnitten.

Anke hob den Kopf, ein leises Keuchen. Kein Witz, kein Trick – Ottos Leute spielten mit Feuer und Leben.

„Fahr schneller", sagte Anke knapp. Kropka tat es, der Wagen heulte über die nasse Straße. Der Regen verschleierte die Sicht, Schemen von Bäumen zogen vorbei, als wäre die Welt ein schmieriges Gemälde aus Grau und Schwarz.

Er dachte an Maren, ihre ruhige Art, ihre Worte, die ihn stabilisierten. Nun in Flammen, Hilfeschreie, panische Flucht. Er biss die Zähne zusammen, unterdrückte die aufsteigende Panik. Er musste klar bleiben, sonst war alles verloren.

Anne und Sinja – bei Maren in Sicherheit. Was, wenn sie dem Feuer nicht entkamen? Der Gedanke nagte in Kropkas Kopf, trieb ihn an, jede Vernunft beiseite zu schieben, aber er durfte jetzt nicht durchdrehen.

Anke legte eine Hand auf seinen Unterarm, kurz, fest. „Wir retten sie. Keinen Fehler machen. Ruhe bewahren." Ihre Stimme war knapp, aber darin lag ein Funken menschlicher Wärme. Sie wusste, wie tief diese Wunde reichte, erinnerte an alte Narben.

Kropka nickte stumm, beschleunigte weiter, hörte den Motor jaulen, fühlte die Reifen über Pfützen gleiten. Die Zeit schien langsamer zu vergehen, jeder Herzschlag ein Hämmern in seinen Ohren. Er sah vor seinem inneren Auge Flammen, die an Fenstern leckten, hörte stumme Schreie. Der Wahnsinn drohte, aber er klammerte sich an Ankes Handgriff auf seinem Arm, an ihr leises Versprechen.

Endlich tauchten Lichter am Horizont auf, Husums Rand, dann der Abzweig zu Marens Haus. Rauch schwärzte den Himmel, ein gelbliches Flackern tanzte hinter kargen Büschen. Kropkas Magen krampfte sich zusammen. Er drosselte das Tempo, fuhr ab, sah im Licht der Scheinwerfer Funken in der Ferne.

„Da, Rauch", sagte Anke knapp. Sie lud ihre Waffe durch, Kropka bremste vor dem Grundstück. Der Regen machte das Feuer nicht tot, nur langsamer, aber es loderte trotzdem. Ein Fenster flog klirrend heraus, Funken stoben in die Nacht.

Kropka sprang aus dem Wagen, rief „Maren! Anne! Sinja!", doch der Wind fraß seine Stimme. Anke stand hinter ihm, die Waffe nutzlos gegen Flammen. Keine Antwort, nur prasselndes Holz, beißender Rauch in der Kehle.

Er rannte, hielt sich den Mantel vors Gesicht, Anke hinter ihm, hustend. Das Haus brannte an der Ostseite, Flammen leckten an Balken. Die Haustür war verschlossen, verriegelt. Kropka schlug mit der Schulter dagegen, spürte kaum den Schmerz vor Adrenalin.

Nichts nachgeben, immer weiter. Anke trat vor, half, drückte gemeinsam, bis das Schloss nachgab. Drinnen Rauch, Hitze, stickige Luft. „Maren!", rief Kropka, die Stimme heiser. Keine Antwort. Ein Stöhnen aus einem Nebenraum? Er hörte etwas, ein Wimmern. Er und Anke stürzten hinein, die Hand vor Mund und Nase.

In einer Ecke kauerte Maren, Anne daneben, Sinja in Annes Armen, alle hustend, halb bewusstlos. Kropka atmete Erleichterung, aber keine Zeit zum Durchatmen. Er packte Maren, zog sie hoch, Anke half Anne mit Sinja. „Raus hier", knurrte er, Augen brennen, Tränen flossen ungewollt.

Die Flammen knackten in den Wänden, ein Balken krachte herab. Kropka duckte sich, zog Maren mit, spürte ihr schlackerndes Husten, ihre Panik, aber auch ihren Willen, zu überleben. Anke schleifte Anne mit Sinja, die kaum noch Luft bekamen.

Sie erreichten die Tür, taumelten ins Freie, schluckten nasse, kühle Luft. Kropka legte Maren ins Gras, hustete, spürte, wie sein Herz raste. Anke legte Anne und Sinja daneben, kontrollierte Puls, Atmung. Alle lebten, wenn auch knapp.

Kropka kniete neben Maren, sah ihre verrußten Wangen, ihre tränenden Augen. Sie griff nach seiner Hand, drückte schwach. Ein stilles Danke, ohne Worte. Anne weinte leise, Sinja klammerte sich an ihre Mutter. Sie hatten es geschafft, knapp.

Doch Kropka wusste, Otto hatte diesmal offen zugeschlagen, ohne Scheu. Er wollte zeigen, dass kein Ort sicher war. Das Netz zog sich nicht nur um Otto, auch um sie. Der Showdown rückte näher, jeder Schritt gefahrvoller.

Anke trat neben ihn, wischte sich Ruß von der Stirn. „Wir müssen die Polizei rufen, den Notarzt, alle. Es ist Zeit, alles offen auf den Tisch zu legen." Ihre Stimme klang stumpf, aber entschlossen.

Kropka nickte, hielt Marens Hand, spürte ihren zarten Druck. In diesem Moment spürte er eine Wut, die intensiver brannte als jedes Feuer. Otto hatte es gewagt, Maren, Anne und Sinja so zu bedrohen. Er wusste, dass es jetzt kein Zurück gab. Ein letztes Gefecht, ultimativ, ohne Gnade.

Hinter ihnen loderte das brennende Haus, Flammen leckten an der Fassade, Rauch stieg in den schwarzen Himmel. Ein Bild, das sich in Kropkas Kopf brannte: die Manifestation von Ottos Willen, ihre Welt in Brand zu setzen. Aber sie waren noch hier, lebendig, vereint, trotz des Schmerzes.

„Keine Gnade", zischte Kropka leise, ohne Marens Hand loszulassen. Anke hörte es, nickte knapp. Die nächste Phase würde brutal, aber sie waren bereit. Das Feuer im Hintergrund, der Regen, der Wind, alles nur Kulisse für den Showdown, der unausweichlich vor ihnen lag.

Teil 2

Das Haus brannte hinter ihnen, orangefarbene Flammen gegen einen grauen Himmel. Der Wind stach in die Haut, als wolle er Salz in offene Wunden reiben. Kropka stand im nassen Gras, die Hände zitterten leicht, aber er hielt sie ruhig. Anne kniete mit Sinja ein paar Meter entfernt, hustend, weinend, aber am Leben. Maren lehnte an einem umgestürzten Zaunpfahl, verrußt, blutend am Kopf, doch wach.

Anke trat näher, sah Kropka an. „Das war knapp." Ihre Worte kurz, kein Mitleid, nur Fakten. Er nickte, sein Blick auf Maren, die ihren verletzten Arm umklammert hielt, den Schmerz unterdrückte.

„Otto meinte es ernst", sagte Kropka heiser. „Kein Bluff, kein Versuch, nur Angst einzujagen. Er will uns vernichten, Stück für Stück." Er kniff die Augen zusammen, spürte Wut und Ohnmacht. Doch er durfte jetzt nicht brechen.

Maren hob den Kopf, traf seinen Blick. Trotz Ruß und Tränen war da ein stiller Glanz in ihren Augen. „Du hast uns gerettet", flüsterte sie, kaum hörbar. Kropka schluckte, nickte stumm, konnte nichts sagen. Ihre Stimme war wie ein warmer Hauch in der eisigen Nacht.

Anke schaute sich um, spähte ins Dunkel. „Wir können nicht bleiben. Otto hat uns beobachtet, den Brand gelegt. Er weiß, wo wir sind." Ihre

Stimme angespannt, als schmiedete sie schon den nächsten Plan.

Kropka atmete durch, ging zu Anne, strich Sinja über das Haar, so vorsichtig, als wären seine Finger aus Glas. Sinja klammerte sich an ihre Mutter, große Augen, erschrocken wie ein Reh. Anne hob tränenfeuchte Augen: „Was jetzt?" Ihre Stimme zitterte.

Kropka spannte die Kiefer an. „Wir bringen euch weg. Weiter, an einen Ort, den Otto nicht kennt." Er wusste noch nicht wohin, aber er musste handeln, improvisieren. Er hatte Kontakte, flüchtige Beziehungen, irgendwelche Leute in der Peripherie, denen er vertrauen konnte. Oder sie gehen weiter nach Norden, tiefer ins Land, bis Otto den Faden verliert.

Anke musterte den brennenden Rest des Hauses, Funken tanzten im Regen, ein unheimliches Knistern. „Die Polizei wird kommen, Fragen stellen. Wir dürfen nichts verheimlichen, aber wir müssen klug sein. Otto hat Mächte überall." Ihre Worte knapp, aber klug.

Kropka schnaubte. „Wir reden nur mit Vertrauensleuten. Keine Zeit für bürokratische Spielchen. Otto wird wieder zuschlagen." Er dachte an die Beweise, die sie hatten, an die Pläne für den nächsten Morgen. Jetzt, da Otto bewiesen hatte, dass er zu allem fähig war, gab es kein Zurück.

Maren hustete, rutschte von dem Zaunpfahl, Kropka sprang hin, stützte sie. Ihr Gesicht verzerrt vor Schmerz, aber sie lächelte schwach. „Du bist da, Michael", sagte sie, nur diese drei Worte, aber ihre Bedeutung wog schwerer als alles andere.

Er nickte, spürte, wie ihre Nähe ihn erdete. Sie war verletzt, traumatisiert, doch sie glaubte an ihn. Anke trat hinzu, half Maren, den Arm vorsichtig zu bandagieren, ein provisorischer Verband aus einem Tuch. Sinja schluchzte leise, Anne wiegte sie, als ob sie ein Schlaflied singen wollte, aber kein Ton kam heraus.

„Wir fahren jetzt", entschied Kropka, streng. „Ein anderer Ort, weiter weg. Keine Funkstille mehr, wir brauchen Unterstützung. Ich rufe meinen Kontakt an, der mutig genug ist, aufzustehen." Er hatte einen Namen im Kopf, jemand von früher, ein Kommissar im Ruhestand, hart, unbestechlich.

Anke nickte, keine Widerrede. Sie verstand, dass die Lage eskalierte. Otto zündete Häuser an, würde bald Menschen töten. Sie mussten schnell handeln.

Ein lautes Knarzen, das Dach des brennenden Hauses brach zusammen, Funken stoben in die Nacht. Kropka spürte den Luftzug, der Funken auf ihre Kleidung wirbelte. Er drängte alle zum Auto, öffnete die Tür, half Anne und Sinja auf die Rückbank, Maren auf den Beifahrersitz. Sie husteten, zitterten, aber waren sicher im Wageninneren.

Anke nahm den Platz hinter Kropka ein, die Waffe auf den Knien, bereit, wenn nötig zu handeln. Kropka startete den Motor, drehte langsam, die Scheinwerfer zeichneten schaurige Schatten in die Nacht. Hinter ihnen brannte das Haus weiter, ein flammendes Mahnmal, das ihnen sagte: Dies ist erst der Anfang.

Während er fuhr, dachte Kropka an Ottos nächsten Zug. Der Brand war ein Zeichen, eine Botschaft. „Verschwindet oder brennt." Kropka aber würde nicht verschwinden, er würde angreifen, noch härter, noch gezielter. Er dachte an die morgendliche Übergabe, an die Falle, die sie Otto stellen wollten.

Maren stöhnte leise vor Schmerz, er legte eine Hand auf ihren Unterarm, kurz, vorsichtig, ein stilles Versprechen, dass alles gut werden würde. Sie nickte, schloss die Augen, vertraute ihm blind, während die Nacht um sie herumtobte.

Der Wagen holperte über nasse Wege, weg von diesem Ort des Feuers. Kropka fühlte die Spannung zwischen ihnen, die stille Panik, aber auch den steinharten Willen, Otto niederzuringen. Keine Grenzen mehr.

Anke prüfte den Spiegel, sah nur Dunkelheit, keine Verfolger. Noch nicht. Doch sie wusste,

Otto würde nicht lockerlassen. Ein nächster Angriff, eine nächste Falle, alles möglich.

Kropka spürte, wie die Kälte in seine Knochen kroch, aber das Feuer in seiner Brust erlosch nicht. Er würde diesen Bastard fassen, um jeden Preis. Ankes Gegenwart, Marens Vertrauen, Annes und Sinjas Unschuld – all das stählte seine Entschlossenheit.

Das Auto rollte über einsame Straßen, der Deich wie ein schwarzer Wall in der Ferne, der Wind zischte an den Scheiben. Kropka kniff die Augen zusammen, wusste, dass der nächste Schritt der entscheidende sein würde. Eine Begegnung, ein Schlagabtausch, ein Duell ohne Gnade.

Die Nacht gab keine Antworten, nur Rätsel. Der Brand war nur ein Vorspiel, ein letztes Warnsignal. Otto testete ihre Willenskraft, doch Kropka und Anke würden nicht weichen. Mit jeder Stunde stieg die Gefahr, doch auch ihre Entschlossenheit wuchs, ein Funke in der Dunkelheit.

Teil 3

Die Straße glänzte nass im Schein der Scheinwerfer. Kropka hatte das Lenkrad fest im Griff, Anke daneben, die Augen wachsam auf die Dunkelheit gerichtet. Im Rückraum husteten Maren, Anne und Sinja, in Decken gewickelt. Marens Atmung klang flach, unregelmäßig. Jeder Atemzug ein Stakkato zwischen Leben und Tod.

„Noch ein paar Kilometer", sagte Anke knapp, die Stimme tonlos. Kropka nickte, presste die Lippen zusammen. Der Regen peitschte die Windschutzscheibe, der Deich ragte wie ein dunkler Berg im Hintergrund, der Wind klirrte am Blech. Er fuhr schneller, als es die Verhältnisse zuließen, aber Vorsicht kostete jetzt Zeit.

Maren lag auf der Rückbank, den Kopf auf Annes Schoß, Sinja daneben. Anne streichelte Marens Haar, flüsterte beruhigende Worte, die im Motorenlärm untergingen. Kropka spürte Marens Schmerz, als wäre er ein Messer an seiner eigenen Kehle. Sein Herz hämmerte, ein stummer Befehl an die Welt, sie möge diese Frau retten.

Anke kontrollierte ihr Handy, kein Signal, nur Rauschen. Sie zischte leise, frustriert. Keine Hilfe von außen, nur ihr eigenes Geschick. Kropka dachte an die Hülse, die er eingesammelt hatte – ein Stück Metall, ungewöhnlich geformt, vielleicht ein Zünder oder Teil einer Spezialbombe. Ein Fingerzeig auf Ottos Handlanger. Er schwor, dieses Indiz zu nutzen, um Otto zu stürzen.

Die Lichter des Krankenhauses tauchten endlich auf, blasse Flecken im Dunst. Kropka bog in die Auffahrt ein, quietschende Reifen, Adrenalin pulsierte in seinen Schläfen. Er hielt vor der Notaufnahme, sprang aus dem Wagen, öffnete die hintere Tür. Anke half, Maren vorsichtig herauszuziehen, Anne hielt Sinja fest umklammert, das Mädchen stumm, aber am Leben.

Ärzte eilten herbei, Fragmente von Fragen: „Brandopfer? Verletzungen?" Kropka nickte, kurz, nannte die nötigsten Stichworte. Keiner hatte Zeit für Erklärungen. Sie nahmen Maren auf eine Trage, führten Anne und Sinja in einen Nebenraum. Kropka und Anke blieben zurück, keuchend, nass, voll Ruß und Dreck.

„Sie wird's schaffen", sagte Anke, kurz, aber ihre Augen verrieten Sorge. Kropka hörte hinter der Tür gedämpfte Kommandos der Ärzte, metallisches Klirren von Instrumenten. Sein Herz zog sich zusammen, Erinnerungen an früher, an andere Nächte, andere Opfer. Er hasste Otto dafür, dass er diese alten Wunden aufriss.

Eine Krankenschwester trat heraus, fragte nach ihren Namen, notierte knapp. Kropka gab kurz Auskunft, erwähnte den Brand. Die Schwester verschwand wieder, Kropka blieb mit Anke allein im kahlen Flur, Neonlicht flackerte, der Geruch nach Desinfektion und Angst.

Kropka zog die Hülse aus der Tasche, zeigte sie Anke. „Das lag am Ort des Feuers, seltsames Teil. Wahrscheinlich Ottos Tech. Ein Beweis seiner Handschrift." Er klang hart, als habe er genug von Rätseln. Anke beugte sich vor, runzelte die Stirn. „Sieht aus wie ein spezieller Zünder, schwer zu kriegen. Otto kennt Kontakte im Untergrund."

Kropka nickte, knirschte die Zähne. „Jetzt haben wir was Handfestes. Wir bringen das den richtigen Leuten. Otto hat keine Ausreden mehr." Ein Hauch Befriedigung in seiner Stimme, doch überlagert von Marens Zustand.

Draußen klopfte der Regen ans Fenster, als wolle er ihr Gespräch belauschen. Kropka dachte an den nächsten Morgen, den geplanten Schlag gegen Otto. Die Zeit lief. Er musste Maren hierlassen, in Sicherheit, während er draußen in den Abgrund trat, Otto stellen und sein Netzwerk zerstören.

Anke legte ihm eine Hand auf den Arm, kurz, behutsam. „Ruh dich aus, ein paar Minuten. Dann planen wir weiter." Ein leises Angebot, keine langen Worte, aber er verstand. Sie sah seine Erschöpfung, seine innere Wut. Er nickte stumm, aber Ruhe war ein Luxus, den er sich kaum leisten konnte.

Anne kam aus dem Nebenraum, Sinja an der Hand, beide mit Decken und warmen Getränken versorgt. Anne sah Kropka an, versuchte zu lächeln. „Maren?", fragte sie leise, Hoffnung in der Frage.

„Ärzte kümmern sich", antwortete Kropka, kurz. Mehr konnte er nicht sagen. Anne presste die Lippen zusammen, nickte. Sinja kuschelte sich an ihre Mutter, blickte Kropka an, große Augen voller Fragen, die er nicht beantworten konnte. Warum brennt die Welt, warum tötet dieser Otto?

Ein Arzt trat hinaus, Wangen gerötet von der Hektik. „Ihre Freundin ist stabil, aber verletzt. Wir tun unser Möglichstes." Kurze Sätze, keine Beschwichtigungen. Kropka nickte, atmete etwas freier. Maren lebte, das war das Wichtigste.

Anke räusperte sich: „Jetzt müssen wir entscheiden. Wir haben einen Anhaltspunkt, Otto wird morgen handeln. Wir nutzen die Hülse, legen alles offen. Maren und die anderen bleiben hier, sicher hinter Polizeischutz." Sie klang nüchtern, aber Kropka ahnte, wie sehr sie sich selbst unter Druck setzte.

Kropka drehte sich zum Fenster, sah sein Spiegelbild im Glas: ein Mann, gezeichnet von Ruß, Erschöpfung, Wut. „Wir müssen Otto auf frischer Tat erwischen. Kein Aufschub." Seine Worte klangen wie ein Urteil. Er musste diesen Bastard stoppen, bevor weitere Häuser brannten, weitere Leben zerstört wurden.

Anne trat neben ihn, Sinja schüchtern hinter ihr. „Pass auf dich auf", flüsterte Anne. Kropka schluckte, nickte. Er würde Maren hierlassen, in ärztlicher Obhut, Anne und Sinja sicher, während er in die Dunkelheit ging, mit Anke an seiner Seite. Ein schmaler Grat zwischen Leben und Tod, jeder Schritt risikoreich.

Anke nahm die Hülse, betrachtete sie noch einmal. „Wir geben das dem zuverlässigen Kontakt, starten den finalen Schlag." Ihre Worte fest, unerschütterlich. Kropka wusste, er konnte sich auf sie verlassen, auf ihre kühle Rationalität.

Der Arzt kehrte zurück, kurz. „Maren ist bei Bewusstsein, aber wir müssen sie überwachen. Kommen Sie später wieder." Kropka nickte, ein Stich in der Brust. Er wollte bleiben, aber die Welt wartete nicht. Der Kampf gegen Otto war keine Frage von Stunden, sondern Minuten.

Ein letzter Blick zu Anne, Sinja, Maren hinter der Tür. Kropka spürte, wie sein Herz schmerzte, aber er musste gehen, in die Nacht, um den Feind zu stellen. Er wandte sich Anke zu, ein knappes Kopfnicken. Sie verstanden sich wortlos.

Sie verließen das Krankenhaus, der Regen prasselte leiser, aber die Dunkelheit blieb dicht. Der Deich ein Schatten, der Wind ein stummes Warnsignal. Kropka holte tief Luft, wusste, dass er sich auf schmalem Grat bewegte. Kein Raum für Fehler, keine Gnade. Otto wartete, oder vielleicht lauerte er schon, bereit zum letzten Gefecht.

Teil 4

Der Wind sang ein leises Klagelied über den Deich, als Kropka den Wagen vor seinem abgelegenen Haus zum Stehen brachte. Die Nacht war weit fortgeschritten, ein fahles Grau kündigte den nahenden Morgen an. Regen war nur noch ein Flüstern in der Luft, doch die Kälte biss weiter in die Knochen. Das Haus wirkte leer, verlassen, doch für den Moment ein Unterschlupf fern von brennenden Feuern und hungrigen Blicken.

Anke stieg aus, prüfte den Hof, die Türen, das Fenster. Sie war erschöpft, aber ihr Blick blieb wachsam. Anne hob Sinja aus dem Wagen, das Mädchen war inzwischen eingeschlafen, den Kopf an Annes Schulter gedrückt, die Augen rot vom Weinen. Kropka schloss den Kofferraum, nichts zu schleppen außer ein paar Decken, die er ihnen geben würde.

Maren, schwer verletzt, lag im Krankenhaus. Der Arzt hatte klargemacht: Sie muss bleiben, stabilisiert, aber nicht transportfähig. Kropka hatte sich schweren Herzens gefügt. Er wollte sie an seiner Seite wissen, doch Vernunft ging vor. Jetzt standen sie hier, Anne und Sinja in Sicherheit, Maren in ärztlicher Obhut. Ein Kompromiss, der ihn innerlich zerriss.

Im Haus roch es nach Staub und altem Holz. Keine warme Beleuchtung, nur eine schwache Lampe, die Kropka anknipste. Er zog eine alte Decke aus einem Schrank, legte sie auf das Sofa, nickte Anne zu, damit sie Sinja hinlegen konnte. Anne senkte sich nieder, strich Sinjas Haar zur Seite, ein müdes Lächeln huschte über ihr Gesicht, eine Spur Hoffnung in all dem Dunkel.

Kropka stand am Fenster, blickte auf die karge Landschaft. Der Deich war ein schwarzer Strich, die Wolken tief, als wollte die Welt sie erdrücken. Er dachte an Maren, an ihre Verletzungen, ihre Angst. Sie hatte überlebt, doch immer war da Otto, ein Name, ein Schatten, der alles bedrohte. Er ballte die Hände in den Taschen, spürte Wut und Ohnmacht, aber auch Entschlossenheit.

Anke trat neben ihn. Ihre Stimme war leise, aber klar: „Maren ist in Sicherheit, unter Ärzten. Das ist für heute Nacht das Beste." Sie kannte seine Zerrissenheit, sah es in seinen Augen. Keine langen Reden, nur ein kurzer Satz, um ihn an die Vernunft zu erinnern.

Er nickte, knirschte mit den Zähnen. „Morgen holen wir sie, wenn es möglich ist. Sie muss nicht dortbleiben, wenn Otto noch lauter kläfft." Sein Ton knapp, aber entschlossen. Er wollte Maren nicht als Geisel in einem Krankenhaus sehen, wo Verrat lauern konnte. Doch er wusste, sie brauchte Ruhe, Ärzte, Sicherheit – und gleichzeitig brannte die Zeit davon.

Anne räusperte sich, stand auf, ließ Sinja weiterschlafen. „Danke", flüsterte sie an Kropka gewandt, die Stimme brüchig. „Ihr rettet uns immer wieder. Ich weiß nicht, wie..." Sie brach ab, Tränen im Hals. Kropka drehte sich um, nickte nur. Keine Worte nötig, ihr Dank war Schmerz genug.

Anke trat zum Tisch, auf dem Kropka die wenigen Indizien ausgebreitet hatte, die sie noch bei sich trugen: Kopien von Dokumenten, die Hülse vom Brandort, ein paar Notizen über Ottos geplante Übergaben. „Wir müssen morgen handeln", sagte sie tonlos. „Wir zeigen die Beweise einem zuverlässigen Kontakt. Dann legen wir einen Hinterhalt." Ihr Blick war stählern, kein Zweifel in den Augen.

Kropka setzte sich auf einen wackeligen Stuhl, ließ den Kopf sinken. „Ja. Kein Zögern mehr. Otto hat bewiesen, dass er vor nichts zurückschreckt. Wir spielen jetzt all-in." Seine Stimme war rau, als hätte er die Worte durch Rasierklingen gezogen.

Anne stand unschlüssig in der Mitte des Raumes, blickte zu Anke, zu Kropka, suchte Halt. „Was ist, wenn Otto spitzkriegt, dass wir morgen zuschlagen?" Ihre Frage verhauchte im halbdunklen Raum. Kropka hob den Kopf, ein hartes Lächeln ohne Freude: „Dann kämpfen wir. Wir sind bereit, diesmal nicht überrascht zu werden." Er spürte Ankes Nicken im Hintergrund, ein stummes Einvernehmen.

Sinja murmelte etwas im Schlaf, drehte sich unter der Decke, Anne strich ihr sanft über die Stirn. Ein emotionaler Stachel in Kropkas Brust: unschuldiges Leben, bedroht von einem skrupellosen Verbrecher. Er ließ diesen Schmerz in Wut umwandeln, Wut, die er gegen Otto richten würde.

Maren fehlte ihm, ihre ruhigen Worte, die ihm Halt gaben, fehlten. Doch im Moment war es gut, dass sie in ärztlicher Hand war, fern vom Feuer, fern vom direkten Zugriff Ottos. Morgen, wenn sie stabil war, würde er sie abholen, zu sich holen, an einen sichereren Ort. Bis dahin mussten sie den Plan vervollständigen.

Anke stellte sich neben Kropka, studierte die Notizen mit gerunzelter Stirn. „Wir bereiten alles vor. Wir informieren den Kontakt bei der Staatsanwaltschaft. Wenn er auf unserer Seite ist, können wir öffentlich Druck machen. Otto kann sein Netz nicht mehr im Stillen halten." Ihre Sätze kurz, doch voller Sinn.

Kropka nickte, atmete flach aus. „Ja. Wir treffen ihn am frühen Morgen, dann weiter zum vereinbarten Treffpunkt, wo Otto seine Übergabe plant. Fangen wir ihn auf frischer Tat, fällt sein Kartenhaus zusammen." Er klang entschlossen, aber in seiner Brust hämmerte der Gedanke an Maren, Anne, Sinja, die er schützen musste.

Anne legte Sinja vorsichtig hin, trat näher, die Augen noch rot. „Bitte, bleibt vorsichtig. Ich will nicht wieder fliehen, nicht wieder Angst haben." Ihr Flehen bitter, aber verständlich. Kropka hob den Kopf, sah in ihre Augen, nickte stumm. Er würde alles tun, um diese Hölle zu beenden.

Draußen klirrte der Wind am Fenster, ein nervendes Kratzen, als würde Otto hinter der Dunkelheit lauern. Kropka kannte dieses Gefühl, ein steter Begleiter, seit er diesen Fall übernommen hatte. Doch jetzt war er nicht mehr allein: Anke an seiner Seite, Anne und Sinja in Reichweite, Maren am Leben, wenn auch im Krankenhaus. Ein seltsames Bündnis aus Schmerz und Hoffnung.

Anke sah zur Uhr, knappe Geste. „Wir sollten etwas ruhen, wenigstens ein, zwei Stunden. Morgen ist entscheidend." Ihre Worte sachlich, aber besorgt. Kropka nickte, ließ die Schultern sacken. Ja, ein kurzer Schlaf, bevor die nächste Welle der Gewalt anrollte.

Anne setzte sich zum Sofa zurück, behielt Sinja im Arm, hielt sie warm. Kropka stand auf, holte weitere Decken, legte sie bereit. Anke kontrollierte die Türen, das Licht gedämpft. Keine Gespräche mehr nötig, alles gesagt, was gesagt werden musste. Sie waren hier, vereint in Angst und Entschlossenheit.

Kropka trat ans Fenster, sah hinaus, sah die Konturen des Deichs, die dunklen Wolken. Ein schmaler Grat zwischen Leben und Tod, dachte er. Jeder Schritt ein Risiko, doch er würde diese Nacht überstehen, den nächsten Tag nutzen, um Otto zu fassen. Er würde die Menschen, die ihm wichtig waren, vor dem Abgrund retten.

Die Kerze im Zimmer flackerte, Schatten tanzten an den Wänden. Anke lehnte im Halbdunkel, schweigsam, doch er spürte ihre Präsenz. Anne und Sinja schliefen, erschöpft, aber sicher. Maren in ärztlicher Hand, morgen holte er sie. Ein Plan, ein Funken Hoffnung, obwohl draußen die Welt in Zwielicht getaucht war.

Teil 5

Der Morgen graute über Eiderstedt, der Deich lag wie ein stummer Riese im Grauschleier der Küste. Kropka fuhr mit Anke zum Polizeirevier, die Straßen leer, nur ein paar Krähen pickten in nassem Gras. Im Wagen herrschte Stille, beide müde, aber entschlossen. Sie trugen Beweise bei sich, Dokumente, Hülse, Hinweise auf Otto. Nun wollten sie die örtliche Polizei ins Boot holen, echte Unterstützung erzwingen.

Vor dem Revier ein kleines Schild, blätternder Lack, kein Trubel, als sei das Dorf nur ein Geist. Kropka stieg aus, blickte zum Himmel, als hätte er dort Antworten gesucht. Anke schaltete den Motor ab, sah ihn an, ein stummes Nicken. Sie war seine Brücke zur Behörde, musste zwischen ihm und ihren alten Kollegen vermitteln.

Drinnen roch es nach kaltem Kaffee und stumpfem Papier. Ein müder Beamter am Tresen, stechender Blick, als seien sie Eindringlinge. Kropka zeigte knappe Unterlagen, erwähnte Otto, Brandanschlag, Schmuggel. Der Beamte runzelte die Stirn, hob die Hand: „Langsam, Herr... Kropka, richtig? Wir haben schon Berichte, aber nichts Konkretes."

Kropka spannte die Kiefer. „Wir haben Beweise", sagte er tonlos. „Otto von Hadersleben, Schmuggel, Mord, Brandstiftung. Wir brauchen Unterstützung." Er sprach langsam, aber in jedem Wort lag ein Stachel.

Der Beamte schnaubte, schob die Papiere durch die Finger, als wären es belanglose Flyer. „Viel Gerede, wenig Substanz." Ein spöttisches Zucken um die Lippen. „Die Dorfbewohner schweigen. Kein Zeuge, kein offizieller Hinweis."

Anke trat vor, verschränkte die Arme. „Wir haben klare Indizien. Verschwundene Ware, illegale Kontakte, der Brand als Drohung." Ihre Stimme knapp, aber ernst. Sie kannte diesen Beamten, ein alter Kollege, doch sein Blick war kühl, distanziert. Eine Wand aus Ignoranz.

„Ihr seid überreizt", murmelte er. „Ein paar Brände, ein paar Gerüchte. Wir haben Wichtigeres." Seine Worte trafen Kropka wie Messerstiche. Er schnaubte, ließ die Hände in den Taschen, wusste, er durfte nicht ausrasten.

Anke biss sich auf die Lippe. Sie spürte Kropkas Wut. Ihre Kollegen machten es ihnen schwer, spielten den Fall runter. Vielleicht aus Angst, vielleicht aus Gleichgültigkeit. Ihre Loyalität war hin- und hergerissen. Sie hatte einst hier gedient, aber jetzt schienen sie blind oder feige.

„Hören Sie", zischte Kropka, subtextreich, „wir haben es mit einem skrupellosen Netzwerk zu tun. Ein Mann, der Frauen und Kinder ins Feuer schickt. Wollen Sie das ignorieren?" Kein Schreien, aber die Worte brannten, subtiles Gift.

Der Beamte rieb sich den Nacken, blickte zu einem anderen Kollegen, der hinter einem trüben Fenster zusah. Ein Schulterzucken, als wollten sie sagen: Keine Beweise, nur Vermutungen. Anke spürte, wie Kropkas Geduld schwand.

Sie stemmte die Hände in die Hüften. „Ich habe hier gedient, ich weiß, ihr könnt mehr tun. Wir haben Namen, Orte, Termine. Ihr müsst nur hinsehen." Ihre Stimme war fester, doch die Beamten wichen aus, mieden ihren Blick, als fürchteten sie, in etwas hineingezogen zu werden, dass sie nicht kontrollieren konnten.

Kropka presste die Lippen zusammen. Er verstand: Sie würden nicht helfen. Zu viel Schweigen, zu wenig Rückgrat. Ein System von Angst oder Desinteresse. Er ballte die Fäuste in den Taschen, überlegte kurz, sie anzuschreien, doch wusste, es hätte keinen Sinn.

„Wir regeln es selbst", knurrte er. „Dann wundert euch nicht, wenn es eskaliert." Ein leises Drohen, kein Bluff. Er drehte sich um, verließ den Tresen, Anke folgte, sichtlich frustriert. Draußen schlug der Wind ihnen ins Gesicht, als würde die Natur selbst sie verspotten.

Anke atmete durch, sah Kropka an. „Tut mir leid. Ich hatte gehofft, sie würden reagieren." Ihre Worte leise, fast entschuldigend. Sie war zwischen zwei Welten: ihre alten Kollegen, die nicht handeln wollten, und Kropka, der alles riskierte.

Kropka wandte sich zum Wagen, kniff die Augen zu. „Nicht deine Schuld." Er öffnete die Tür, Anke stieg ein, schweigend. Der Motor heulte auf. Sie fuhren zurück zu seinem Haus, der Deich im Hintergrund, nichts als graue Leere.

Im Auto herrschte Stille, beide dachten nach. Kropka spürte die Isolation, die Last auf seinen Schultern. Keine amtliche Hilfe, nur Anke, Maren im Krankenhaus, Anne und Sinja unter Schock. Alles hing an ihm und Anke, ihre Mut und Entschlossenheit. Er fühlte Ankes innere Zerrissenheit, doch sie war bei ihm, hatte sich für ihn entschieden.

„Wir machen es allein", sagte er flach, ohne Pathos. „Wir haben Beweise, wir legen Otto in einen Hinterhalt. Wir dokumentieren alles, dann zwingen wir die Behörden, zu handeln." Sein Ton hart, aber nicht verzweifelt. Er würde seinen eigenen Weg gehen, ohne Absegnung der Polizei.

Anke nickte, Augen auf die Straße. „Ich helfe. Ganz oder gar nicht." Kurze Sätze, ein Pakt zwischen ihnen. Sie würde ihren alten Kollegen den Rücken kehren, um Kropkas Wahrheit sichtbar zu machen. Eine mutige Entscheidung, riskant, aber ehrlich.

Der Weg zum Haus war still, nur das Rauschen des Windes über die Felder. In Kropkas Brust brannte die Wut, aber auch etwas wie Entschlossenheit. Wenn die Polizei zögerte, dann würde er selbst handeln. Er hatte Anke, Anne, Sinja, die er schützen wollte, Maren, die er morgen früh abholen würde, wenn es ging. Er dachte an Otto, den er jetzt mehr denn je hasste.

Als sie das Haus erreichten, huschte Anke ins Haus, prüfte die Fenster, legte die Dokumente auf den Tisch, kein Wort nötig. Kropka sah aus dem Fenster, die Landschaft düster, als hätte sie alles verschluckt. Er spürte, dass sie sich in eine Ecke gedrängt hatten, und in dieser Ecke würden sie zu Tieren werden, kämpfen bis aufs Blut.

Anne trat schüchtern aus dem Nebenzimmer, Sinja im Arm, beide noch blass, aber etwas ruhiger. Sie sahen Kropka an, in ihren Augen Hoffnung und Furcht. Er schenkte ihnen ein knappes Nicken, als Versprechen, dass er sie nicht enttäuschen würde.

Anke scharrte mit dem Fuß, „Was jetzt?" fragte sie tonlos. Kropka hob den Kopf, die Augen hart. „Wir warten auf Morgen. Wir holen Maren, sammeln unsere Kräfte, dann schlagen wir zu, an der Küste, wo Ottos Übergabe stattfinden soll." Ein Plan, einfach und tödlich präzise.

Niemand widersprach. In der Stille dieses improvisierten Unterschlupfs, umgeben von Angst und

Dunkelheit, einigten sie sich stillschweigend darauf, das Unmögliche zu versuchen. Ohne Polizei, ohne schützende Hand des Staates. Ein Zweikampf gegen ein unsichtbares Imperium.

Draußen zischte der Wind, als lachender Spott. Kropka stand fest, Anke an seiner Seite, Anne und Sinja in Sicherheit, Maren im Krankenhaus – alle Teil einer heiklen Gleichung. Keine Gnade, kein Zurück. Morgen würde alles entschieden werden.

Teil 6

Die Morgendämmerung brachte kein Licht, nur ein fahles Grau, das über den Deich kroch. Kropka stand an einem improvisierten Treffpunkt nahe des Schlosses, ein alter Unterstand, halb zerfallen, der Wind pfiff durch die Ritzen. Er fror, aber spürte die Kälte kaum. Er war hier, um einen Plan zu schmieden, um Otto den letzten Schlag zu versetzen.

Anke trat neben ihn, den Kragen hochgeschlagen, Augen wach, aber müde. Keine langen Worte. Sie wussten, warum sie hier waren. Im Haus zurück Anne mit Sinja, sicher versteckt, Maren im Krankenhaus, für den Moment geschützt. Nun galt es, Ottos Taktik zu durchkreuzen.

Kropka griff in die Jacke, zog ein Dokument hervor, das er in der Nacht gesichtet hatte. Eine Karte, alte Markierungen, Notizen aus Ottos Unterlagen. „Siehst du die Markierung hier?" Er sprach leise, knapp. Anke beugte sich vor, schmale Linien, ein Punkt am Rand des Dorfes, ein verlassenes Silo, von dem sie schon gehört hatten. Ein möglicher Treffpunkt für Ottos nächste Lieferung.

„Dort also", sagte Anke kurz, ihre Stimme ein Schatten im Wind. Kropka nickte. „Wir haben Hinweise, er plant eine große Übergabe heute Nacht. Waffen, vielleicht Drogen. Ein internationaler Deal. Wenn wir ihn dort stellen, vor laufender Kamera, ist sein Spiel vorbei." Seine Worte klangen hart, als habe er sich längst entschieden.

Anke seufzte, blickte zum Deich, dem leeren Land. „Wir gehen allein hin? Keine Verstärkung, keine Polizei?" Eine rhetorische Frage, sie kannte die Antwort. Die Polizei hatte versagt, weggesehen. Jetzt zählten nur sie beide, ihr Mut und ihre Entschlossenheit.

Kropka schnaubte leise. „Die Bullen blocken, die Dorfbewohner schweigen, wir sind auf uns gestellt." Ein bitterer Unterton, aber kein Wanken. Er hatte nicht vergessen, wie die Beamten auf ihre Beweise reagiert hatten. Ignoranz, Angst, korrupte Lähmung. Genug davon.

Anke presste die Lippen zusammen. „Also gehen wir rein, stellen Kameras auf, dokumentieren alles. Wenn Otto auftaucht, haben wir ihn. Dann rufen wir Presse, zwingen die Öffentlichkeit hinzusehen." Ihr Ton kühl, aber darin lag ein Funke

Hoffnung, ein Plan, der ihnen die Oberhand geben könnte.

Kropka blätterte in einer anderen Kopie, ein grober Zeitplan, Lieferzeiten. „Laut diesen Notizen kommt Ottos Konvoi kurz nach Mitternacht. Er erwartet keine Zuschauer, glaubt uns abgeschüttelt. Er hat sich verrechnet."

Anke nickte. „Wie schützen wir uns? Otto ist gefährlich, seine Handlanger gut bewaffnet." Ein leiser Zweifel, ob sie die richtige Ausrüstung hatten. Kropka dachte an seine bescheidenen Mittel: eine Waffe, ein paar Kameras, vielleicht ein paar improvisierte Fallen?

„Wir improvisieren. Kamera in einem alten Zaunpfahl, Mikro im Baum. Wir bleiben verborgen, legen uns auf die Lauer. Sobald Otto vor Ort ist, filmen wir alles." Kropkas Stimme klang wie ein Messer, kurz und scharf. Er war bereit, Grenzen zu überschreiten, notfalls Gewalt einzusetzen, um diese Verbrecher bloßzustellen.

Anke trat einen Schritt zurück, verschränkte die Arme. Sie kannte diese Entschlossenheit, fürchtete, dass Kropka sich selbst opfern würde, aber sie war nun zu tief drin, um zurückzuweichen. Sie war seine wichtigste Unterstützerin, seine zweite Hand, sein klares Auge in diesem Sturm.

„Wir müssen Maren am Morgen aus dem Krankenhaus holen, vorher. Anne und Sinja bleiben bei mir im Haus, gut versteckt. Dann fahren wir zum

Silo, bauen Kameras auf, warten. Keine Zeit verlieren." Kropkas Stimme flach, als diktiere er Befehle an sich selbst. Er wollte Maren in seiner Nähe wissen, sicher, auch wenn das Risiko hoch war.

Anke runzelte die Stirn. „Maren ist verletzt. Ist das klug, sie rauszuholen?" Ein leiser Zweifel. Kropka wusste, sie hatte Recht, aber ihm war klar, dass Maren in einem Krankenhaus, wo Otto sie erreichen konnte, nicht sicher war.

„Sie ist dort nicht sicher", sagte er knapp. „Wir holen sie raus, bringen sie ins Haus. Anne kann sich um sie kümmern, Sinja auch dort. Ein Versteck, das Otto nicht kennt. Wir waren klug, keine Verräter kennen diese Adresse." Er glaubte es fest, jede Hoffnung klammerte sich daran.

Anke nickte langsam, kein Widerspruch mehr. Sie verstand Kropkas Grund: Maren war ihm wichtig, emotionaler Anker, und er wollte nicht riskieren, dass Otto sie aus dem Krankenhaus holte. Ein Kompromiss aus Vernunft und Gefühl.

Die Wolken hingen tief, als er die Dokumente wieder einsteckte. Er spürte den Wind, die Isolation. Keine Hilfe von außen, nur sie beide, ein Mann und eine Frau gegen ein kriminelles Imperium. Doch sie hatten etwas, was Otto fehlte: Moral, ein Grund, weiterzukämpfen, Liebe für Unschuldige.

„Dann morgen früh zum Krankenhaus", sagte Anke. „Wir tun, was nötig ist." Ihre Worte ein stilles Einverständnis, sie würde Kropka nicht alleine lassen.

Kropka atmete tief, der Wind stach in seine Lunge. Sein Herz klopfte ruhig, ein finsterer Rhythmus. Er dachte an die Nacht, die ihnen bevorstand, an die Konfrontation am Silo, an Ottos überraschte Miene, wenn er sah, dass sie nicht aufgegeben hatten.

„Otto wird uns erwarten, aber er rechnet mit Angst, nicht mit Entschlossenheit", sagte er leise. „Wir sind anders. Wir haben Grund, weiterzugehen, auch ohne offiziellen Segen." Seine Worte ein subtiles Bekenntnis, dass er die Gesetze umschiffen würde, um Gerechtigkeit zu erreichen.

Anke drehte den Kopf, betrachtete ihn aus schmalen Augen. Sie sah einen Mann, der alles riskierte, um diese Ungerechtigkeit zu beenden. Sie war bereit, seinen Weg mitzugehen, auch wenn es bedeutete, ihre eigene Integrität infrage zu stellen.

Der Wind pfiff über die leeren Felder, ein kalter Kuss der Einsamkeit. Sie standen dort, nur sie beide, und schmiedeten Pläne, die die Zukunft des Dorfes veränderten. Kropka spürte, dass ihre Beziehung stärker wurde, ein Band aus Not und Mut.

Er hob den Blick zum Deich, als würde er dort Kraft finden. „Wir tun es. Keine Zögern mehr. Wir nutzen die Nacht, um alles vorzubereiten. Morgen holen wir Maren, sichern alle, dann die Falle beim Silo. Wir zeigen Otto seine Grenzen."

Anke nickte, strich kurz über ihre Waffe, ein Symbol dafür, dass sie bereit war. „Ein knapper Zeitplan, aber ich stehe hinter dir." Ihre Worte knapp, aber ehrlich. Kropka spürte eine leichte Erleichterung in seiner Brust, ein Funke Hoffnung inmitten der Dunkelheit.

„Dann los", sagte Kropka, ging zum Wagen zurück. Keine Zeit zu verlieren, sie mussten die nächste Phase einleiten. Er würde die Kameras besorgen, Anke die Ausrüstung, dann würden sie alles in Stellung bringen.

Der Deich schwieg, die Wolken drückten wie ein dunkles Gewicht. Doch Kropka fühlte sich leichter, weil sie nun einen klaren Plan hatten. Ein schmaler Grat zwischen Legalität und Selbstjustiz, aber Ottos Taten rechtfertigten es. Er würde vor aller Welt bloßgestellt.

Sie stiegen in den Wagen, fuhren zurück zu Kropkas Haus, wo Anne und Sinja warteten, müde und verängstigt. Ein flüchtiger Gedanke an Maren, die verletzt im Krankenhaus war. Morgen holten sie sie, bevor Otto erneut zuschlug. Die Zeit drängte, aber Kropka war bereit.

Die Nacht blieb düster, der Wind eisig, aber ihr Plan stand. Ein Funke Entschlossenheit leuchtete in diesem kalten Land, inmitten von Schweigen und Angst.

Teil 7

Der Morgen war grau, still. Kropka hatte Maren aus dem Krankenhaus geholt, gerade eben, als sie die Erlaubnis bekamen. Kein großes Aufsehen, nur ein kurzer Blick des Arztes, der sagte: „Sie ist stabil, aber vorsichtig sein." Maren schwieg, akzeptierte Kropkas stummen Willen. Jetzt saßen sie in seinem Haus, fernab von neugierigen Augen. Anke war im Flur, überprüfte Türen und Fenster, Anne und Sinja ruhten in einem Nebenraum. Ruhe, so viel sie eben finden konnten.

Kropka und Maren im Wohnzimmer, ein schwacher Lichtstrahl fiel durch den Vorhang. Der Deich draußen nur ein finsterer Schatten. Der Wind hustete um die Ecken, als wollte er heimlich lauschen. Maren saß auf einer alten Couch, in Decken gehüllt, noch blass, aber wach. Kropka stand ein paar Schritte entfernt, die Arme verschränkt, als wüsste er nicht, was er sagen sollte.

Maren hob den Kopf, ihre Stimme leise: „Setz dich." Kein Zwang, nur ein Wunsch. Kropka kam näher, setzte sich auf einen wackligen Stuhl, sah sie an, ihre Augen, die Schmerz und

Entschlossenheit vereinten. Er schluckte, die Worte blieben im Hals stecken.

„Wie geht's?" fragte er kurz, klang rau, als würde er versuchen, Normalität vorzutäuschen. Maren lächelte schwach, zuckte die Schultern. „Lebendig" sagte sie knapp. Ein Funken Ironie in der Stimme, trotz der Narben und des Rauchs in ihrer Lunge.

Ein Schweigen zwischen ihnen. Draußen ein Klopfen, Ankes Schritte, dann wieder Stille. Kropka wollte ihr etwas sagen, aber er kannte keine Floskeln. Er wollte ihr danken, dass ihre bloße Existenz ihn stabil hielt. Wollte um Verzeihung bitten, weil er sie in diese Gefahr gezogen hatte. Stattdessen schwieg er, spürte ihr ruhiges Atmen.

Maren sah ihn an, ihr Blick bohrte sich in sein Inneres. „Michael", flüsterte sie. Er spannte die Kiefer, wartete. „Ich weiß, was du tust. Du kämpfst gegen einen Feind, der alles zerstört. Du riskierst dein Leben, für mich, für Anne, für Sinja." Keine Frage, nur eine Feststellung, ein Ausdruck tiefen Verständnisses.

Er nickte kaum merklich. „Ich muss", antwortete er, die Stimme rau. „Otto hat zu viel angerichtet. Keine Gnade mehr." Er versuchte, hart zu klingen, doch Maren hörte die Wunde in seinen Worten. Sie wusste, dass er leidet, alte Narben, verlorene

Menschen. Sein Hass auf Otto war auch Hass auf alte Geister.

„Ich erinnere mich an etwas", sagte Maren plötzlich, ihre Augen flackerten. „Damals, als ich im Schloss gearbeitet habe, manchmal zufällig. Es gab einen Raum im Keller, eine Kiste mit alten Plänen. Ich hab sie kaum beachtet. Aber jetzt denke ich, es könnte wichtig sein." Ihre Worte knapp, jedes Wort ein Tropfen Hoffnung. Ein weiterer Hinweis gegen Otto, ein Puzzleteil mehr.

Kropka spitzte die Ohren, richtete sich auf. „Was für Pläne?" fragte er leise, vorsichtig. Er wollte ihre Kräfte nicht überfordern, aber jeder Hinweis zählte.

Maren schloss die Augen, versuchte, sich zu erinnern. „Karten von unterirdischen Gängen, ein seltsames Zeichen, ein Adler, vielleicht ein Symbol aus alter Zeit. Der Raum war verschlossen, aber ich sah durch einen Spalt. Otto oder seine Leute nutzten das, um Ware durch Tunnel zu schmuggeln." Sie hustete, presste die Lippen zusammen, kämpfte gegen Schmerzen.

Kropka nickte, fasste ihre Hand, vorsichtig, als halte er etwas Zerbrechliches. „Das passt zu unseren Funden. Wir haben Hinweise auf solch ein System. Deine Erinnerung ist wertvoll." Ein Hauch Wärme in seiner Stimme, dankbar, dass sie ihm half, trotz ihres Zustands.

Maren atmete schwer, aber ihre Augen strahlten Entschlossenheit. „Du darfst mich nicht ausschließen. Ich bin Teil davon, ob ich will oder nicht." Ihre Worte ruhig, aber eisern. Kropka wollte sie schützen, doch sie wollte nicht nur ein Opfer sein, sondern eine Verbündete.

Er schüttelte den Kopf, weiches Zögern in seinen Bewegungen. „Du bist verletzt, Maren. Ich kann dich nicht noch mehr gefährden." Er sagte es knapp, aber es klang wie ein Flehen. Er fürchtete um sie, wollte sie fernhalten vom nächsten Gefecht.

Maren senkte den Blick auf ihre verbundene Hand. „Gefahr ist überall. Ob ich hier liege oder mich verstecke, Otto findet Wege. Wenn ich etwas beitragen kann, tu ich es." Ihre Stimme klang ruhig, aber fest. Sie begriff, dass diese Schlacht ihr aller Schicksal bestimmte.

Kropka presste die Lippen, spürte einen inneren Schmerz. Er sah in ihren Augen, dass sie ihm vertraute, dass sie ihm Kraft geben wollte. Er erkannte, dass ihr Mut ihn inspirierte, sein eigenes Zögern zu überbrücken. Er drückte ihre Hand leicht, nickte endlich. „Okay, aber wir gehen vorsichtig vor."

Anke trat ein, hielt sich im Hintergrund, hörte leise zu. Ein schmaler Satz: „Sie hat Recht. Wir brauchen jeden Hinweis." Knappe Worte, aber sie zeigte, dass sie Maren ernst nahm. Kropka atmete durch, akzeptierte diesen Pakt. Gemeinsam, obwohl manche im Bett liegen sollten, verletzt, ängstlich, aber unverzichtbar.

Maren hob den Kopf, ein flüchtiges Lächeln. „Dann schreibe ich alles auf, was ich noch weiß. Wenn es dir hilft, Otto zu stellen..." Sie brach ab, hielt inne, atmete durch. Keine überflüssigen Worte. Sie gab ihm ein Werkzeug in die Hand.

Kropka löste ihre Hand, stand auf, ging zum Fenster. Der Himmel blieb grau, der Deich dunkel, der Wind roch nach Salz und Verfall. Ein hoffnungsloses Bild, doch in ihm formte sich ein neuer Plan. Er hatte Anke, Anne, Sinja, jetzt auch Maren mit ihren Erinnerungen. Ein Team aus Verwundeten, aber entschlossenen Seelen.

Er drehte sich um, sah Maren und Anke an. „Morgen Abend, die Übergabe am Silo. Wir legen eine Falle, filmen alles. Mit Marens Hinweisen finden wir vielleicht noch ein Schlupfloch, um Otto zu überraschen." Seine Worte kantig, aber darin ein Funken Strategie.

Anke nickte, dachte an Taktik, Positionen, Fluchtwege. Maren schloss erneut die Augen, Ruhe brauchte sie, aber sie wusste, dass dieser Weg richtig war. Kropka wusste, dass ihre Unterstützung mehr wert war als jede Waffe. Ihre Bedeutung lag darin, dass sie ihm half, sich nicht in Hass zu verlieren.

Draußen klirrte der Wind, ein stummer Beobachter. Kropka, Anke, Maren, Anne und Sinja: Alle in einem improvisierten Refugium, bereiteten sich auf das große Finale vor. Otto würde kommen, brutal, hinterlistig, doch sie waren bereit. Kropka hatte einen neuen Plan, gestützt auf Marens Erinnerungen, Ankes Methodik, Annes und Sinjas Unschuld. Er würde diesen Bastard vor aller Welt entlarven.

Ein dünnes Lächeln zog über sein hartes Gesicht. Er ließ sich nicht von der Dunkelheit erdrücken. Maren war wichtig, mehr als je zuvor. Sie gab ihm Grund, weiterzukämpfen. Der nächste Schritt würde alles entscheiden. Keine Umkehr, nur vorwärts in die drohende Nacht.

Teil 8

Die Luft im Haus war still, nur das schwache Flackern einer Kerze erhellte den Raum. Kropka stand vor einem kleinen Tisch, Anke neben ihm, Maren ruhte auf dem Sofa, in Decken gewickelt. Anne und Sinja schliefen in einem Nebenzimmer, friedlich für den Moment. Doch in Kropkas Brust pochte Unruhe.

Sie hatten geredet. Maren hatte Erinnerungen beigesteuert, alte Pläne im Schloss, Hinweise auf Tunnels und geheime Orte. Kropka und Anke hatten diese Informationen geprüft, Karten studiert, Notizen verglichen. Zuvor hatten sie geglaubt, ein Silo in der Nähe könnte Ottos nächster Schauplatz sein. Doch nun fügte sich das Puzzle anders zusammen.

Anke blätterte durch ihre Aufzeichnungen, die Stirn in Falten. „Das Silo ist eine falsche Spur", sagte sie tonlos. „All diese Verweise sind zu offensichtlich, zu simpel. Otto hat uns dahin gelockt, um Zeit zu gewinnen." Ihre Stimme verriet einen bitteren Nachgeschmack. Sie hasste es, in eine Falle getappt zu sein.

Kropka nickte langsam, die Kiefer angespannt. „Wir sind auf den Trick reingefallen. Otto ist clever. Er weiß, wie er Spuren legt." Er knurrte leise, schob eine Karte beiseite, auf der das Silo rot umkreist war. Nutzloser Kreis, ein Bluff.

Maren hob den Kopf, ihre Augen glitzerten im Kerzenlicht, trotz ihrer Verletzungen blieb sie konzentriert. „Ich erinnere mich an etwas..." flüsterte sie. „In den Papieren, die ich damals im Schloss sah, fiel Holnis auf, ein Ort nahe Flensburg. Nicht hier, weit entfernt. Vielleicht ist das sein wahres Ziel, sein Hauptquartier." Ihre Worte leise, als fürchte sie, die Wände könnten lauschen.

Kropka spannte sich an, betrachtete Anke. „Holnis", wiederholte er heiser. „Ein Ort, der uns von Anfang an nicht auffiel." Er dachte an die Dokumente, die Codes, die Anke im Schuppen fand, an Hinweise, die nie so recht ins Dorf passten. Holnis machte Sinn: entlegener Küstenstreifen, ideal für internationale Deals, fern von hiesigen Augen.

Anke presste die Lippen zusammen, strich mit dem Finger über eine Landkarte, die sie irgendwoher organisiert hatte. „Holnis... ein paar verlassene Strukturen, ein perfekter Umschlagplatz für Schmuggel. Das erklärt Ottos globale Verbindungen. Er wollte uns hier in Eiderstedt beschäftigen, während er in Holnis sein großes Ding vorbereitet."

Kropka nickte, ein bitteres Lächeln ohne Freude. Sie hatten die Dorfbewohner, die Polizei, Ottos Drohungen – alles hielt sie am Ort, während Otto andernorts an etwas Größerem feilte. Jetzt wussten sie es, aber es nützte wenig, wenn sie allein waren, ohne Rückendeckung, ohne Kraft, um sich dort durchzusetzen.

Maren versuchte aufzustehen, Kropka half ihr, sie setzte sich aufrecht, Gesicht schmerzverzerrt, aber entschieden. „Du kannst das nicht allein, Michael. Nicht nur du und Anke, nicht mit dieser Handvoll Beweise. Holnis ist weit, Ottos Netz mächtiger. Ihr braucht Hilfe, von außerhalb, jemanden, der Kontakte hat, der nicht von hier ist." Ihre Stimme war schwach, aber der Kern war hart wie Stein.

Kropka wusste, sie hatte Recht. Anke stand daneben, die Arme verschränkt, nickte langsam. „Ohne externe Unterstützung laufen wir ins

Messer", sagte sie knapp. Sie dachte an professionelle Hilfe, Leute mit Erfahrung im grenzüberschreitenden Verbrechen, vielleicht ein Ermittler mit alten Verbindungen, ein Mann oder eine Frau, die Ottos Muster verstand.

Kropka spürte, wie sein Stolz schmerzte, doch er war nicht dumm. Otto hatte sie alle an der Nase herumgeführt. Nun ging es um ein internationales Netz, Holnis als Kern. Er konnte nicht in Holnis einmarschieren, nur mit Anke an seiner Seite, um einen Mörder wie Otto zu stellen. Er brauchte Ressourcen, Waffen, Einfluss. Einen Verbündeten, den er bisher nicht kannte oder den er lange nicht kontaktiert hatte.

„Wir holen uns Hilfe", sagte er heiser, sah Maren in die Augen. Sie nickte, ein flüchtiges Lächeln, als sei sie froh, dass er ihre Worte ernst nahm. „Ein Ex-Ermittler, ein alter Jagdhund, der sich auf solche Fälle spezialisiert hat. Oder ein privater Ermittler, der Spuren bis nach Holnis verfolgen kann. Jemand, der uns nicht im Stich lässt."

Anke hob eine Braue, sah Kropka an. „Kennst du jemanden? Jemanden aus deiner Vergangenheit, der so etwas draufhat?" Ihre Stimme vorsichtig, als erwarte sie einen Namen, den er ungern aussprach.

Kropka senkte den Kopf, dachte an einen Namen, einen Mann, den er einst kannte, ein harter Hund, der die Grenze von Legalität streifte, aber zuverlässig war. Er schwieg einen Moment, dann nickte langsam. „Ja, ich kenne jemanden. Aber es wird nicht einfach, ihn zu finden." Ein Unterton von Widerwillen, als müsse er sich auf einen gefährlichen Verbündeten einlassen.

Maren atmete schwer, griff kurz nach Kropkas Hand, drückte sie schwach. „Tu es. Sonst haben wir keine Chance." Ihre Worte kamen wie ein leises Gebet. Er spürte ihren Puls, sah die Angst und Hoffnung in ihren Augen. Er würde sie nicht enttäuschen.

Anne und Sinja schliefen hinter einer Tür, unschuldige Leben, die auf sein Handeln vertrauten. Anke wandte sich zum Fenster, als wolle sie sicherstellen, dass niemand lauschte. Das Haus war still, der Deich schweigend, aber in ihrem Inneren rumorte eine Entscheidung, die das nächste Kapitel einläuten würde.

„Wir kontaktieren ihn", sagte Kropka, knurrig. „Morgen, wenn die Gelegenheit da ist. Wir treffen ihn irgendwo neutral. Er hilft uns, Otto in Holnis zu stellen." Ein Deal mit einem Unbekannten, ein neuer Spieler auf dem Brett.

Anke nickte knapp, akzeptierte dieses Wagnis. Maren ließ Kropkas Hand los, sank in die Kissen zurück, als habe sie ihre Pflicht erfüllt. Sie hatte Kropka einen Weg gewiesen, ihm klar gemacht, dass er alleine unterging.

Draußen flüsterten die Wolken über den Deich, als würden sie diesen Cliffhanger spüren. Kropka stand auf, trat zum Tisch, sah die Papiere an, wappnete sich mental. Im nächsten Kapitel würde er eine neue Figur einführen, einen Verbündeten von außen, jemand, der vielleicht so hart war wie Otto, aber auf ihrer Seite stand.

„Wir schaffen das", sagte er leise, ein hauchdünner Faden Hoffnung in seiner Stimme. Anke antwortete nicht, doch ihr stilles Nicken reichte. Maren schloss die Augen, ein schwaches Lächeln, zufrieden, dass er ihre Botschaft verstanden hatte.

So endete diese Nacht, mit einer neuen Erkenntnis: Der Silo war eine falsche Fährte, Holnis der wahre Ort der Eskalation. Und sie wussten jetzt, dass sie es nicht alleine schaffen konnten. Sie brauchten einen neuen Spieler auf dem Feld, ein unbekanntes Gesicht, das im nächsten Kapitel in Erscheinung treten würde.

KAPITEL 8

Das Land wirkte endlos, leer und verhangen. Wolken drückten schwer auf die Horizonte, der Wind nagte an jedem Strauch, jeder Hecke. Kropka fuhr, Anke neben ihm, beide sprachlos. Sie waren lange unterwegs, fernab des Dorfes, fernab jeder bekannten Straße. Der Deich lag weit zurück, die

Melancholie der Küstenlandschaft begleitete sie mit stummer Strenge.

Irgendwo an der dänischen Grenze, tief im Abseits, stand ein altes Haus. Kein Schild, kein Name, nur verwaschene Planken, ein schiefes Dach. Eine Zuflucht für einen Mann, der der Welt den Rücken gekehrt hatte. Kropka war sich sicher, hier Tobias Struck zu finden – einen alten Weggefährten aus vergangenen Zeiten. Anke wusste wenig über diesen Mann, nur dass Kropka ihn kannte und ihm vertraute.

Der Wagen rollte über schlammigen Boden. Vor ihnen das Haus, windschief, umgeben von verwildertem Gestrüpp. Keine Nachbarn, kein Hund, nur der Gesang des Windes. Kropka stieg aus, Anke folgte. Sie merkte, wie Kropka sich innerlich spannte. Nicht aus Furcht, sondern aus Vorsicht. Dieser Ort war nicht für Fremde, Struck war kein Mann, den man mit warmen Worten gewann.

Kropka ging zur Tür, klopfte dreimal, kurz und trocken. Er wartete, hörte leise Schritte im Inneren. Die Tür öffnete sich einen Spalt, dunkler Flur, ein Gesicht im Halbschatten: Tobias Struck. Groß, sehnig, karge Miene, Augen wie schmale Klingen. Ein ehemaliger KSK-Scharfschütze, der einst Kropka geholfen hatte, als es um Sekunden ging. Sie kannten sich von einem Einsatz, in dem Struck aus der Distanz sauber agierte, Kropka aus einer aussichtslosen Lage befreite. Danach trennten sich ihre Wege, ohne Zwist, ohne Groll, jeder ging ins eigene Dunkel.

Struck musterte Kropka, dann Anke. Kein Lächeln, kein Gruß, nur ein Nicken, als ob er verstand, dass Kropka nicht aus Leichtsinn hier war. „Komm rein", sagte er leise. Kein überflüssiges Gerede. Kropka nickte, trat ein, Anke hinterher. Drinnen roch es nach altem Holz, ein Hauch Öl, sonst wenig. Ein Tisch, ein Stuhl, ein Regal mit Werkzeug, kaum Spuren von Leben. Struck lebte spartanisch, als wäre jeder Luxus eine Verschwendung.

„Du kommst spät", murmelte Struck, ohne Vorwurf, nur als Feststellung. Kropka nickte. „Wir brauchen dich", antwortete er knapp. Ein Satz, der alles sagte. Struck hob eine Braue, trat näher. Er kannte Kropka als Mann, der selten um Hilfe bat. Dass er jetzt hier stand, sagte mehr als tausend Erklärungen.

Anke hielt sich im Hintergrund, die Hand locker an ihrer Seite. Sie beobachtete Struck, suchte Anzeichen von Arroganz oder Misstrauen. Doch Struck wirkte ruhig, nüchtern, als hätte er auf so etwas gewartet. Er kannte Gewalt, kannte den Geruch von Gefahr. Wenn Kropka ihn brauchte, musste es ernst sein.

„Es geht um Otto von Hadersleben", sagte Kropka leise. „Ein Syndikat, brutal, gut vernetzt. Wir sind zu zweit, zu schwach, um ihn allein zu stellen." Seine Worte schlicht, doch im Subtext

Verzweiflung. Struck nickte, als kenne er den Namen oder spüre zumindest seine Schwere.

„Du glaubst, ich helfe dir?" fragte Struck, keine Schärfe in der Stimme, eher Neugier. Er war kein Mann, der nach Komplimenten fragte. Er wollte wissen, ob dieser Einsatz Sinn hatte, ob Kropka wusste, was er tat.

Kropka zuckte mit den Schultern. „Wir haben keine Wahl. Die Polizei blockt, das Dorf schweigt. Otto ist zu groß, hat ein Netz bis nach Holnis bei Flensburg. Wir brauchen deine Fähigkeiten. Präzision, Erfahrung, kühler Kopf." Ein nüchternes Angebot, kein Betteln, aber klar: Ohne Struck kein Erfolg.

Struck schwieg, blickte zu Anke, die ihn ruhig ansah. Sie war skeptisch, aber Kropkas Urteil genügte ihr. Struck schien es zu verstehen, sah ihr in die Augen, dann wieder zu Kropka. Ein schmaler Zug um seine Lippen, als würde er abwägen.

„Damals hast du dich bei mir bedankt, kurz, aber ehrlich", sagte Struck schließlich, als ob er damit die Vergangenheit aufrollte. Ein Satz, der zeigte, dass zwischen ihnen kein Groll lag. Sie trennten sich einst mit gegenseitigem Respekt. Jetzt brauchte Kropka Struck abermals, und Struck sah, dass es kein Spiel war.

Kropka nickte. Kein überflüssiges Gerede, kein Rechtfertigen. Sie verstanden sich wortlos.

Struck trat an den Tisch, öffnete eine Metallkiste, holte ein altes Fernglas hervor, wischte Staub ab. Symbolisch, als ob er sein altes Ich aus dem Schlaf holte.

„Holnis", sagte Struck mit einem leisen Unterton. „Eine Gegend für große Deals. Weit draußen, perfekte Tarnung für Otto. Ihr wollt da rein, ohne Armee?" Er klang nüchtern, als wüsste er, wie aussichtslos es war. Doch er fragte nicht, ob sie mutig oder verrückt waren. Er fragte, ob sie es ernst meinten.

Anke trat vor, die Schultern fest, der Blick klar. „Wir haben Beweise, Hinweise. Aber ohne dich: zwecklos. Wir brauchen dich an unserer Seite. Keine halben Sachen." Ihr Ton sachlich, aber in ihm ein stiller Appell.

Struck betrachtete sie, dann Kropka. Er wusste, Kropka war keiner, der leichtfertig solche Reisen machte. Er erkannte die Ernsthaftigkeit, die Notwendigkeit. Einem Mann wie Struck reichte das. Er zuckte mit einer Braue, nickte langsam, als fasse er einen Entschluss.

„Ich komme mit euch", sagte Struck knapp. „Aber kein Unsinn. Wir bereiten uns in Ruhe vor. Ich gehe mit zu deinem Haus, Kropka, wir besprechen alles dort. Schritt für Schritt." Keine Euphorie, nur pragmatische Zustimmung.

Kropka atmete aus, Erleichterung in seinem Blick. Anke lockerte die Haltung, zufrieden. Sie hatten einen Dritten im Bunde, einen Mann, der wusste, wie man unter Druck agierte. Otto würde nicht damit rechnen, dass sie Verstärkung organisierten.

Struck verstaute ein paar Dinge in einem alten Rucksack, kein Schnickschnack, nur das Nötigste. Dann gingen sie hinaus, der Wind stach wie Nadeln in ihre Gesichter. Kropka und Anke warteten am Wagen, Struck kam mit gemessenen Schritten, stieg ein, als wäre es das Normalste, nach Jahren wieder in die Dunkelheit abzutauchen.

Keine Worte über Gefühle, keine langen Erklärungen. Sie fuhren los, den Deich im Rücken, die karge Landschaft vor Augen. Anke beobachtete Strucks Gesicht im Rückspiegel, sah Ruhe, keine Unsicherheit. Ein Mann, der seine Rolle kannte, der keine Illusionen hatte.

Kropka steuerte den Wagen Richtung Haus, wo Anne, Sinja und Maren warteten. Dort würden sie nicht sofort planen, aber Struck würde die Situation sehen, die Menschen, für die sie kämpften. Er würde verstehen, dass es hier nicht um Machtspielchen ging, sondern um Leben und Tod.

Die Wolken standen tief, der Himmel schwieg. Doch in Kropkas Brust pulsierte ein neues Gefühl: Mit Struck an ihrer Seite hatten sie eine Chance. Kein Wort des Dankes jetzt, kein sentimentales

Gerede. Struck wusste, Kropka schätzte ihn. Das genügte.

In der Ferne verlor sich die Straße, der Motor brummte leise. Ein neuer Weg lag vor ihnen, eine Mission, die Mut und Verstand forderte. Struck war Teil des Teams, ein leiser Krieger, der den tödlichen Tanz mit Otto wagte. Sie würde Otto nicht mehr überraschen, aber Otto würde auch nicht ahnen, dass nun ein Mann wie Struck im Spiel war.

So fuhren sie durch den fahlen Morgen, drei Menschen, ein neuer Verbündeter, ohne Worte noch ein stilles Bündnis. Der nächste Schritt war getan, die Stücke setzten sich, ein Mosaik aus Entschlossenheit und Not. Struck war dabei, und damit hatten sie ein Ass im Ärmel gegen die drohende Finsternis.

Teil 2

Der Wind pfiff scharf um Kropkas Haus, riss am Dach, als wollte er hinein. Die Luft roch nach Salz und feuchtem Holz. Drinnen war es still, die Möbel einfach, der Raum eng. Ein alter Tisch, auf dem Karten lagen, verstreute Notizen, Dokumente, die Anke aus polizeilichen Archiven und externen Quellen hatte besorgen können. Holnis, eine Halbinsel weit nördlich, tauchte als Brennpunkt auf. Dort wartete Ottos wahres Ziel, ein zentraler Ort für seinen großen Coup.

Kropka stand am Fenster, die Arme verschränkt, der Blick hinaus ins Grau. Er fühlte die Last, wusste, dass Holnis weit weg war, ihre Gegner zahlreich. Sie mussten mehr sein als bloße Amateure. Tobias Struck saß auf einem Hocker, musterte die Karten. Er war schweigsam, konzentriert. Ein Mann, der Taktik ohne Umschweife dachte. Anke lehnte am Tisch, prüfte Linien, Punktmarkierungen, nickte ab und an, ohne Worte. Die Stimmung war düster, doch in dieser Stille formte sich ein Plan.

Maren saß auf einem Stuhl, noch angeschlagen, aber wach und entschlossen. Sie war erst kürzlich ins Zentrum gerückt, zuvor ein Opfer, jetzt ein Wille, der nicht ignoriert werden konnte. Sie hatte keine besonderen Kenntnisse über Holnis oder militärische Strukturen, doch sie hörte genau hin, beobachtete die drei. Ihre Hände griffen nach einem Bleistift, einem leeren Blatt, als wäre dies ihr Werkzeug. Künstlerische Fähigkeiten, ein scharfer Blick für Details, Muster, Zusammenhänge. Vielleicht konnte sie etwas beitragen, indem sie die Informationen visuell neu anordnete.

„Ich kenne Holnis nicht", sagte Maren leise. Ihre Stimme war vorsichtig, aber bestimmt. „Aber ich sehe Lücken in diesen Karten. Stellen, an denen die Linien abrupt enden, als hätte Otto dort blinde Flecken geplant." Sie zeigte mit dem Bleistift auf unklare Markierungen, Inseln von Weiß auf der Karte, zwischen Landzungen und

Untiefen. „Vielleicht sind diese Unklarheiten ge-wollt, um uns zu täuschen. Oder um sein wahres Vorgehen zu verschleiern."

Anke hob den Kopf, runzelte die Stirn. „Du meinst, er tarnt seine Route mit absichtlichen Lü-cken?" Maren nickte, ein hauchdünnes Lächeln. Kein Stolz, nur leise Erleichterung, dass man sie ernst nahm. „Ich kenne mich nicht mit Waffen und Taktik aus, aber ich erkenne Muster. Ein ge-wisses Ungleichgewicht in den Markierungen."

Struck lehnte sich vor, musterte die Stelle, auf die Maren zeigte. Er sagte nichts Schmeichelndes, nur ein knappes: „Interessant." Mehr brauchte es nicht. Er akzeptierte Marens Beitrag, sah, dass ihr Auge für Details nützlich war. Sie war verletzt, ja, aber ihr Geist war wach. Kropka spürte Erleichte-rung in der Brust, als hätte er befürchtet, Maren könnte sich nutzlos fühlen.

Kropka trat vom Fenster zurück, stand hinter Ma-ren, spürte ihre Präsenz, ihre neue Kraft. Er wollte sie schützen, aber er sah, dass sie selbst etwas einbringen wollte. „Wir müssen diese Lücken fül-len", sagte er knapp, „um Ottos wahre Pfade zu erkennen." Maren nickte, zeichnete vorsichtig, verband Punkte, schuf eine neue visuelle Ord-nung. Ein subtiles Muster entstand, als hätte ihre künstlerische Intuition eine geheime Schrift ent-schlüsselt.

Anke beobachtete, ihr Blick respektvoll. Zuvor hatte sie Maren eher als jemanden gesehen, den man retten musste. Jetzt erkannte sie, dass Marens stiller Mut und ihr ungewöhnlicher Blickwinkel ein Gewinn waren. Keine überflüssigen Worte, aber in Ankes Augen flackerte Anerkennung. Maren spürte es, lächelte flüchtig, trotz der Schmerzen in den Rippen.

Struck blieb wortkarg, doch er nickte ab und zu, ein stummes Einverständnis, dass Marens Hinweise wertvoll waren. Er kombinierte die neuen Erkenntnisse mit seinen taktischen Überlegungen. „Wenn wir diese Lücken schließen, wissen wir eher, von wo er kommt oder wohin er geht", murmelte er leise. Maren zuckte minimal mit den Schultern, hatte ihr Soll erfüllt.

Kropka legte kurz eine Hand auf Marens Schulter, sanft, vorsichtig. Kein langes Gerede, nur dieses leichte Drücken. Eine Geste, die sagte: Ich sehe dich, ich schätze dich. Maren spürte die Wärme inmitten der Kälte, spürte, dass ihr Mut etwas veränderte, dass sie nicht länger nur ein Opfer der Umstände war.

Anke räusperte sich, blickte auf die Uhr. „Wir haben keine Zeit zu verlieren. Otto schläft nicht." Sie hob den Kopf zu Struck. „Was ist dein nächster Schritt?" Struck hob eine Braue, die Augen auf die Karte gerichtet, die Marens Ergänzungen jetzt klarer wirken ließen. „Ich prüfe diese neuen Linien. Dann legen wir Beobachtungsposten, planen verdeckte Anflüge, koordinieren unser

Vorgehen. Aber jetzt noch nicht. Erst sammeln, erst verstehen."

Maren hörte zu, fühlte sich in der Gruppe aufgehoben, gebraucht. Sie wusste, Kropka hatte anfangs gezögert, sie einzubeziehen, aus Sorge, sie könne brechen. Doch nun sah sie, dass seine Sorge nicht mehr ihre Fähigkeiten in Frage stellte, sondern nur ihre Sicherheit. Sie wusste, dass sie vorsichtig sein musste, ihre Grenzen kannte. Aber sie würde nicht stumm in einer Ecke sitzen, während sie alle Kopf und Kragen riskierten.

Der Wind heulte draußen, klapperte an einem losen Brett am Haus. Ein bedrohliches Wispern in der Dunkelheit. Doch drinnen, in diesem kargen Raum, glomm ein Funke von Hoffnung. Vier Personen, jede auf ihre Art gezeichnet, aber nun in einem Bund. Kropka, hart, aber fürsorglich. Anke, rational und direkt. Struck, schweigsam und tödlich effizient. Und nun Maren, verletzlich, aber wertvoll durch ihren Blick auf die unscheinbaren Details.

Kropka trat vom Tisch weg, sah zu Maren, sagte leise: „Gut gemacht." Zwei Worte, aber sie trafen ihr Herz wie ein warmer Strahl in eiskalter Luft. Sie nickte nur, kein unnötiger Dank, doch ihr Lächeln war echt. Anke schielte kurz hin, ein kleines Anerkennen. Struck strich sich über den Bartansatz, machte keine großen Gesten, aber sein Schweigen war nicht abweisend, eher zufrieden, als hätte er ein sinnvolles Puzzleteil gefunden.

Maren, die einst glaubte, nur gerettet werden zu müssen, hatte sich erhoben, die Asche ihrer einstigen Welt in etwas Nützliches verwandelt. Sie konnte keine Waffe bedienen, keine taktischen Befehle geben, aber sie konnte fehlende Puzzleteile finden, Spuren erspüren, deren Bedeutung erst bei näherem Hinsehen offenbar wurde.

Draußen stieg die Nacht auf, der Himmel schwarz, der Wind schärfer. Sie würden noch nicht planen, hatten nur Indizien geordnet, Pfade vermessen. Doch Marens wachsende Rolle war nun unverkennbar. Aus dem Rand trat sie in die Mitte, ein stiller Kern von Erkenntnis. Und die anderen sahen es, ohne große Worte, nur durch knappe Zustimmung, ein Nicken, ein Blick.

So blieben sie, vier Menschen, zusammen im Dunkel. Ohne Pathos, ohne lange Reden. Einfach ein stilles Einvernehmen: Maren war nicht mehr passiv, sondern Teil des Getriebes, das Otto zum Stillstand bringen sollte. Kropka, Anke, Struck akzeptierten es. Und Maren war bereit, diesen Weg mitzugehen, egal wie kalt der Wind draußen pfiff.

Teil 3

Der Tag neigte sich, das Licht war fahl. Kropka, Anke und Struck standen draußen, nahe dem Deich. Von Kropkas Haus war es nur ein kurzer Weg über feuchtes Gras, der Wind stach ihnen ins Gesicht, als wollten die Wolken jede Wärme aussaugen. Sie brauchten frische Luft, um klare Gedanken zu fassen. Drinnen war alles bedrückend eng, zu viele Papiere, zu viel Spannung. Hier, unter grauem Himmel, sollten sie reden.

Die Aussicht war karg, nur der Deich, der Horizont und ein unruhiger Himmel. Eine Melancholie, die in Kropkas Knochen nagte. Er stand ein paar Schritte vor den anderen, die Arme verschränkt, die Augen auf einen fernen Punkt gerichtet. Anke und Struck hinter ihm, stumme Zeugen seines inneren Ringens.

„Wie weit gehst du, Kropka?" fragte Struck knapp, keine Freundlichkeit, nur Neugier. Er wollte wissen, welche Grenzen sie bereit waren zu überschreiten. Keine Schönrederei, nur harte Fakten. Kropka spürte Stiche in der Brust. Er kannte Strucks Art: direkt, ungeschönt.

Anke hob den Kopf, zuckte leicht mit den Schultern. „Wir folgen den Spuren. Aber keine Hinrichtungen, keine Folter." Ihre Worte kamen hart, betonend, dass sie nicht alles erlauben würde. Sie hatte einen Kompass, wusste, wann Recht in Unrecht kippte. Der Wind zerrte an ihrem Haar, doch sie stand fest, keine zitternde Stimme.

Kropka wandte sich um, sah sie an, dann Struck. „Otto ist ein Monster." Seine Stimme war rau, im Subtext Verzweiflung. „Ich will ihn stoppen, koste es, was es wolle." Ein Satz, der gefährlich klang. Er war müde von Rückschlägen. Doch innerlich spürte er Zweifel, konnte er wirklich alle moralischen Schranken einreißen?

Struck trat einen Schritt vor, verschränkte die Arme vor der Brust. „Willst du dich verlieren? Rache macht blind." Er sprach ruhig, ohne Spott. Er erkannte, dass Kropkas Hass auf Otto brannte wie eine offene Flamme. Struck war kein moralischer Ritter, aber er wusste: Wer blind vor Hass ist, schießt ins Dunkel.

Kropka biss die Zähne zusammen, sagte nichts. Der Wind antwortete für ihn, zischte über nasse Halme. Anke trat näher, stellte sich neben Kropka, sodass die drei fast im Kreis standen. „Wir müssen effizient sein", sagte sie leise. „Aber wir stehen auf dünnem Eis. Wenn wir wie Otto werden, was gewinnen wir dann?" Subtiler Tadel, ein leiser Vorwurf, der Kropka traf.

Er schloss kurz die Augen, spürte den Schmerz seiner inneren Konflikte. Er wollte Otto vernichten, das Dorf von seiner Angst befreien. Doch um welchen Preis? Wollte er selbst zum Ungeheuer werden, das er bekämpfte?

Struck drehte den Kopf, ließ den Blick über die düstere Landschaft schweifen. „Ich kenne Einsätze, in denen Leute ihre Seele verloren haben. Wir sind hier, weil wir glauben, besser zu sein." Kein langes Plädoyer, nur ein knapper Hinweis. Er selbst war einst Scharfschütze, hatte im

Schatten agiert, wusste, wie leicht man ins Bodenlose fiel.

Anke nickte knapp, ein Zeichen, dass sie Strucks Worte verstand. Auch sie hatte Grenzen, war Polizistin, kannte Gesetz und Moral. Otto war ein Feind, doch sie waren nicht vogelfrei.

Kropka trat einen halben Schritt zurück, schaute über die Schulter zum Haus. Dort drinnen war Maren, verletzt, aber wach, Maren, die mit ihren Hinweisen half. Anne, Sinja, all die Unschuldigen, die Otto terrorisierte. Kropka wollte sie schützen. Das war der Kern. Er wollte nicht aus Blutdurst handeln, sondern um Leben zu bewahren.

„Ich will ihn stoppen", flüsterte Kropka, die Stimme rau und brüchig. „Aber nicht um jeden Preis." Ein Eingeständnis, das ihm schwerfiel. Er spürte eine bittere Träne in der Kehle, unterdrückte sie. Er war kein Mörder, wollte es nicht sein. Er wusste, dass Anke, Struck und Maren ihn beobachten würden, seine Entscheidung würde ihr Vorgehen prägen.

Anke atmete leise auf, Erleichterung in ihren Augen. Sie hatte befürchtet, Kropka würde blind in die Finsternis stürzen. Struck nickte minimal, akzeptierte dieses Zugeständnis. Er war Pragmatiker, aber kein Sadist. Er wollte Effizienz, nicht blinde Wut.

„Gut" sagte Struck kurz. „Dann handeln wir klug. Otto ist stark, wir sind wenige. Aber wir behalten unsere Linie." Er klang erleichtert, dass Kropka nicht ins Nichts abdriftete. Diese Einigung war wichtig, um als Team zu funktionieren.

Anke hob den Blick, sah die Wolken, den fahlen Schein im Westen. „Wir brauchen einen Plan, der Otto entlarvt, ohne unnötige Opfer. Wir nutzen Marens Hinweise, deine Taktik, Struck, und Kropkas Entschlossenheit. Aber kein Blutrausch." Ein stiller Kompromiss, im Halbdunkel gesprochen.

Kropka ballte die Fäuste in den Taschen, löste sie wieder. Er war froh, dass Anke und Struck ihn mahnten. Er wusste, was auf dem Spiel stand. Sein eigener innerer Frieden, seine Menschlichkeit. Er brauchte diesen moralischen Halt, sonst würde Otto ihn ins Verderben locken.

Struck trat weg vom Kreis, betrachtete einen verfallenen Zaunpfahl, als müsse er etwas verarbeiten. „Ich habe gesehen, wie Leute auf beiden Seiten ausrasten. Wir bleiben kühl. Dann haben wir eine Chance." Kein Zynismus, nur Erfahrung.

Anke näherte sich Kropka, leiser Ton: „Danke. Dass du nicht blind vor Wut bist." Ein halbes Lob, zurückhaltend, doch Kropka schätzte es. Er nickte knapp, kein Lächeln, aber ein Hauch von Verständigung in seinen Augen. Er wusste, sie brauchten einander, nur als Einheit würden sie Otto bezwingen, ohne selbst zu Monstern zu verkommen.

Der Wind pfiff lauter, als wolle er sie erinnern, dass die Zeit lief. Otto wartete nicht. Doch bevor sie in die nächste Phase gingen, mussten sie diese moralischen Grenzen abstecken. Kropka hatte eingelenkt, Struck und Anke hatten ihre Positionen geklärt. So standen sie nun, an einem Punkt, an dem jeder wusste, was er nicht tun würde, um zu siegen.

Struck wandte sich wieder ihnen zu, ein knappes Nicken, als sei der Konflikt beigelegt. Anke trat einen Schritt zurück, kehrte in ihre wachsame Haltung. Kropka atmete durch, spürte den drückenden Himmel, doch in ihm auch einen Funken Erleichterung. Sie hatten einen gefährlichen Weg vor sich, doch sie würden die moralische Grenze nicht überschreiten, die Otto längst zertrümmert hatte.

Draußen blieben die Wolken dunkel, der Wind unerbittlich. Doch diese Gruppe stand nun etwas fester verwurzelt, ein stilles Einverständnis, dass sie kämpfen würden, ohne ihre Seelen zu opfern. Wenn Otto glaubte, sie würden in seiner Dunkelheit versinken, irrte er sich. Sie würden ihre Menschlichkeit bewahren, selbst in dieser finsteren Welt.

Teil 4

Dichte Wolken, kalter Wind. Irgendwo in Dänemark, abseits der Straßen, ein leerer Schuppen. Das Licht war schwach, ein fahler Streifen, der durch verschmutzte Bretter fiel. Kropka, Anke und Struck warteten im Inneren. Der Boden feucht, der Geruch von Öl, Metall und Moder in der Luft.

Ein dänischer Kontakt von Struck war hier, ein breitschultriger Mann mit kargem Gesicht, kaum Worte. Er hatte Kisten mitgebracht, sperriges Material auf dem Boden verstreut. Struck kniete davor, prüfte Waffen, Munition, Zubehör. Keine langen Erklärungen, nur ein Nicken oder ein leichtes Schütteln, wenn ein Stück Ausschuss war. Der Däne beobachtete regungslos.

Kropka trat näher, die Arme verschränkt. Er hasste diesen Umstand, dass sie Waffen von zwielichtigen Kontakten brauchten. Doch Otto zwang sie in diese Grauzone. Anke stand seitlich, das Gesicht angespannt. Sie war Polizistin, aber das hier war fern der Legalität. Trotzdem schwieg sie, verstand die Notwendigkeit. Otto war zu groß, zu gefährlich, um unbewaffnet entgegenzutreten.

Struck hob ein Gewehr, wog es in den Händen, prüfte den Lauf, ein kurzes Nicken. „Sauber" murmelte er. Eine schlichte Maschinenpistole, nichts Großes. Dann griff er in eine zweite Kiste, holte einen länglichen Koffer hervor. Er öffnete ihn, legte sorgfältig die Teile eines Scharfschützengewehrs frei. Ein hochwertiges Modell, alt, aber gepflegt. Perfekt justierte Optik, schlanker Lauf, kein unnötiger Zierrat.

Anke hob eine Braue, leises Zögern in ihren Augen. Ein Scharfschützengewehr, das bedeutete Distanzschüsse, tödliche Präzision. Sie wusste, dass Struck ein ehemaliger KSK-Scharfschütze war, aber es zu sehen war etwas anderes. Kropka atmete flach aus, akzeptierte es stumm. Das Scharfschützengewehr gab ihnen Reichweite, Kontrolle. Wenn Otto oder seine Handlanger auftauchten, würde Struck aus der Ferne Schutz bieten.

Struck zog den Verschluss zurück, prüfte die Mechanik, kein Kommentar. Für ihn war es ein vertrautes Werkzeug, ein Mittel zum Zweck. Keine Euphorie, kein Glänzen in den Augen. Nur Notwendigkeit. Er kannte die Gefahr, die Verantwortung, die an diesem Gewehr hing.

Der Däne trat zurück, forderte wortlos die Bezahlung. Struck reichte ihm ein zusammengerolltes Bündel Scheine. Knappe Gesten, kein Feilschen, kein Handschlag. Eine alte Übereinkunft aus einer Zeit, in der Struck in den Schatten arbeitete. Der Däne nahm das Geld, steckte es weg, verschwand hinter einem Vorhang aus Stille. Kein Abschied, nur ein Funke, der im Dämmerlicht verglühte.

Anke wischte sich mit dem Handrücken über die Stirn, als müsse sie diese moralische Last abwischen. Waffen, ein Scharfschützengewehr – sie scherte von ihrem gewohnten Pfad ab. Doch Otto zwang sie dazu. Sie war rational, wusste, ohne solche Mittel wären sie leichte Beute.

Kropka trat näher, betrachtete Struck, wie er das Gewehr in seinen Koffer zurücklegte. „Wirst du es benutzen, wenn's sein muss?" fragte er leise. Struck hob den Kopf, sein Blick ruhig. „Ich war nicht umsonst Scharfschütze. Ich schieße nur, wenn nötig." Kein Pathos, nur Versprechen. Kropka nickte. Das reichte ihm.

Sie verließen den Schuppen, die Waffen sorgsam im Wagen verstaut. Der Wind biss in ihre Gesichter, aber sie blieben gefasst. Kropka fuhr, Anke daneben, Struck hinten. Keine langen Gespräche, nur ein stilles Einvernehmen: Sie waren jetzt ausgestattet, vorbereitet. Das Scharfschützengewehr gab ihnen einen Vorteil, eine Chance, Ottos Spiel zu stören, bevor er sie an die Wand drückte.

Auf der Fahrt zurück herrschte bedrückende Stille. Anke starrte in die Dunkelheit, dachte an die Konsequenzen. Kropka spürte den Stahl im Kofferraum als Gewicht auf seiner Seele, doch er wusste, sie mussten handeln. Struck betrachtete die Landschaft, als wisse er, dass bald ein harter Kampf anstand.

Trotz der Beklemmung wuchs in Kropka ein zartes Vertrauen in Struck. Er sah, dass Struck kein Fanatiker war, kein Mörder aus Freude, sondern ein präziser Techniker des Überlebens. Ein Mann, der klug genug war, nicht in sinnlose Gewalt abzurutschen. Und das Scharfschützengewehr war nur ein Teil des Puzzles, kein Selbstzweck.

Anke seufzte leise, murmelte: „Wir stehen auf der Grenze zum Unrecht." Struck hörte es, antwortete nicht sofort. Dann, nach Sekunden, ein knapper Satz: „Nur Mittel zum Zweck." Kropka kniff die Augen zusammen, wusste, dass dies keine Rechtfertigung für alles war, aber besser als blindes Massaker. Sie würden die Waffen einsetzen, um Otto zu stoppen, nicht um Rache im Blutrausch zu nehmen.

Draußen wurde es dunkler, die Straße eng. Kropka konzentrierte sich aufs Fahren, der Motor schnurrte leise. Anke blickte Struck im Rückspiegel an, suchte Subtext in seinen Augen. Nichts außer Ruhe. Sie verstand, dass er ihr diesen Weg nicht aufdrängte, sondern anbietet. Sie können jederzeit entscheiden, wie weit sie gehen. Die Waffen sind Werkzeuge, die Moral liegt in ihren Händen.

Kropka hielt den Wagen an einer Kreuzung, wartete, bis ein Lkw vorbeirauschte. Dann weiter. Sie näherten sich wieder dem Deich, Eiderstedt war fern, aber nicht vergessen. Hinter dichten Wolken spürten sie Ottos Schatten, doch jetzt hatten sie Mittel, sich zu verteidigen, ihn anzugreifen. Das Scharfschützengewehr ein leises

Versprechen, dass sie nicht hilflos sein würden, wenn es ernst wurde.

Als sie schließlich ihr Ziel erreichten, zurück in Kropkas Haus, stiegen sie aus, luden vorsichtig die Kisten ab. Maren wartete drinnen, sicher. Sie würde bald erfahren, dass sie nicht nur Hinweise hatten, sondern nun auch bewaffnet waren. Anke befürchtete, dass es Maren ängstigen könnte, doch vielleicht verstand sie die Notwendigkeit.

Struck trug den Koffer mit dem Scharfschützengewehr hinein, stellte ihn in eine Ecke, fern von neugierigen Blicken. Kropka folgte, schloss die Tür gegen den heulenden Wind. Die Atmosphäre blieb düster, der Druck steigend, doch ein Teil der Unsicherheit schwand. Sie hatten Möglichkeiten, Werkzeuge, um Otto die Stirn zu bieten.

Kein Wort des Triumphes, keine Aufbruchsstimmung. Nur ein stilles Einvernehmen: Morgen, übermorgen, wenn sie Otto konfrontierten, würden sie nicht mehr wehrlos sein. Kropka, innerlich zerrissen zwischen Hass und Moral, versuchte, die Balance zu wahren. Anke schluckte ihre Zweifel, vertraute darauf, dass sie nicht zu Mördern werden. Struck kannte diese Gratwanderung, war für Präzision, nicht für Amok.

So endete dieser Abschnitt: mit schweigendem Respekt vor den Instrumenten, die sie nun besaßen. Kein Grund zur Freude, aber ein notwendiger Schritt in einem düsteren Spiel, in dem Otto die Regeln nicht bestimmte. Das Scharfschützengewehr, ein stiller Garant, dass sie zumindest eine Antwort hatten, wenn Otto auftauchte.

Teil 5

Grauer Himmel, tiefe Wolken. Broager, Dänemark: ein entlegener Punkt an der Küste. Auf der anderen Seite der Ostsee lag Holnis, nur ein Streifen Wasser dazwischen. Ein Ort der Stille, von Wind gezeichnet, als hätten die Elemente jeden Komfort fortgeweht. Kropka, Anke und Struck hatten hier einen alten Schuppen gefunden, ein verlassenes Gebäude, kaum mehr als ein paar Wände und ein Dach, doch genug, um sich zu verschanzen. Keine Nachbarn, keine neugierigen Augen.

Drinnen war es kühl, modriger Geruch an den Wänden, Spinnweben in den Ecken. Sie hatten einfache Matten ausgelegt, ein paar Kisten als Sitzgelegenheiten. Auf dem Boden: Karten, Skizzen, Notizen. Ein improvisiertes Hauptquartier, strategisch nahe am Schauplatz ihrer nächsten Schritte. Holnis war in Sichtweite, ein bedrückender Horizont voller Ungewissheiten.

Kropka stand über der Karte, den Kopf gesenkt, die Arme verschränkt. Er sprach leise, kontrollierte Stimme. „Wir sind nah genug, um Holnis zu beobachten. Von hier aus koordinieren wir. Keine unnötigen Wege, kein Risiko, vorher entdeckt zu werden." Sein Blick glitt zu Anke, suchte in ihren Augen Zustimmung. Sie nickte knapp, kühles Verstehen.

Struck hockte auf einer Kiste, prüfte vorsichtig den Inhalt einer kleinen Metallbox. Munition, Ersatzteile, ein Fernglas. Sein Gesicht regungslos, doch in seinen Augen arbeiteten Gedanken. Er ließ seinen Blick über die Karte schweifen, fuhr mit dem Finger über einen Küstenstreifen. „Hier können wir uns positionieren. Knapp außerhalb ihrer Reichweite, aber mit freier Sicht auf mögliche Landezonen." Kein Scherz, keine Anekdote, nur pure Taktik.

Anke trat näher, verschränkte die Arme, betrachtete Strucks Finger auf der Karte. „Wir brauchen klare Posten. Einer beobachtet, einer sichert, einer koordiniert. Wir haben kaum Leute, also müssen wir schlau sein." Ihre Worte klangen nüchtern, ein Echo der rauen Landschaft. Keine Illusion, keine Heldenromantik. Ottos Reich war näher als ihnen lieb war, und sie hatten nur diesen windgepeitschten Unterschlupf als Basis.

Kropka hob den Kopf, sah hinaus zum Fenster. Draußen klirrte der Wind am morschen Rahmen, als wolle er sie warnen. „Wir wissen nicht, wie viele Leute Otto mobilisiert. Er hat Kontakte, Verräter, Schmuggler. Wir dürfen nicht auffallen."

Subtext: Jede falsche Bewegung könnte sie verraten. Jeder Fehler kostete Leben.

Struck beugte sich vor, holte ein Fernglas hervor, wog es in den Händen. „Ich nehme die erhöhte Position. Ich liege still, beobachte, gebe euch Zeichen. Wenn etwas schiefgeht, ziehe ich mich zurück." Seine Stimme blieb flach, emotionslos, doch Kropka sah in Strucks Augen einen Funken Erfahrung, harte Lektionen aus vergangenen Einsätzen. Anke nickte, akzeptierte die Rollenverteilung.

Anke zeigte auf die Karte: „Holnis ist kein Dorf, sondern Halbinsel, offene Flanken. Ottos Leute können an beliebigen Stellen landen. Wir müssen Muster erkennen, Lieferboote, Fahrzeuge. Wir spüren sie auf, legen uns auf die Lauer." Sie sprach sachlich, doch Kropka spürte die innere Spannung. Zeit war knapp, ihre Mittel begrenzt.

Kropka seufzte kaum hörbar, strich sich über das Kinn. Er sah Anke und Struck an, wusste, dass sie auf ihn zählten, dass er konzentriert bleiben musste. Er dachte an Maren, die ihnen aus der Ferne half, an ihre Hinweise, an ihre stillen Beobachtungen. Sie blieb im Hintergrund, schonte ihre Kräfte, doch ihr Wissen über die alten Dokumente hatte ihnen geholfen, Ottos Taktik besser zu verstehen.

Struck hob eine Hand, als lege er Einwände auf den Tisch. „Ihr beide müsst Ruhe bewahren. Keine Hektik, kein überstürztes Handeln. Wenn

Otto euch bemerkt, war's das." Kropka akzeptierte diesen Ton, er brauchte Strucks kühle Präzision. Anke schwieg, nickte langsam, verstand, dass sie ihre polizeiliche Routine ablegen musste. Hier galt eine andere Logik.

Kropka trat vom Tisch zurück, blickte in die Ecken des Raums, als suche er etwas Unausgesprochenes. „Wir gehen systematisch vor. Erst Ausspähen, dann Positionen sichern, dann warten, bis Otto auftaucht. Wir schlagen erst zu, wenn wir sicher sind, ihn wirklich zu treffen." Ein Satz, der wie ein scharfer Befehl klang, doch eigentlich ein Appell an ihre Vernunft war.

Anke lockerte die Schultern, glaubte an diesen Plan. Keine Tollkühnheit, kein blindes Rennen. Struck schien zufrieden, keine unnötigen Risiken. Sie hatten einen Konsens: Keine Gewaltorgie, keine Selbstzerstörung. Sie würden scharf und leise agieren, Otto in die Falle locken, ohne ihre Moral zu verschütten.

Draußen jaulte der Wind, warf Salz in die Luft, als läge die Ostsee nicht weit. Holnis war jenseits des Wassers, ein feindliches Territorium, das sie aus der Distanz studieren würden. Kropka wusste, dass noch viele Fragen offenblieben: Wie viele Leute hatte Otto? Gab es weitere Maulwürfe, neue Unbekannte? Doch diese Fragen konnten sie nur lösen, indem sie dranblieben, methodisch und vorsichtig.

Struck lehnte sich zurück, blickte Kropka an. „Wir haben das Werkzeug, einen Plan, ein Versteck. Wir warten auf den richtigen Moment." Seine Stimme klang wie ein Uhrwerk, das tickt, aber niemals hastet. Kropka nickte, sah in Strucks Gelassenheit eine Stärke, die ihm half, seine eigenen Zweifel zu bändigen.

Anke ließ den Blick durchs Zimmer schweifen. Ein mieser Ort, aber sicher genug, um ungestört zu arbeiten. „Wir richten hier eine kleine Kommandozentrale ein. Ich verwalte die Notizen, du, Kropka, bleibst draußen in Kontakt mit Struck. Wir wechseln uns ab, keiner darf müde werden." Ihre Stimme organisierte, schuf Struktur.

Kropka akzeptierte, Struck auch. Ein stilles Einvernehmen. Sie waren keine eingespielte Einheit, aber Not schweißt zusammen. Sie hatten den Deich, den Wind, die graue Ödnis als stumme Zeugen. Sie mussten darauf bauen, dass ihre Entschlossenheit stärker war als Ottos Hinterlist.

Ein letzter Blickwechsel zwischen ihnen, bevor sie sich an ihre Aufgaben machten. Kropka legte Karten zurecht, Anke bereitete Notizen vor, Struck überprüfte Ausrüstung. Jeder tat, was er am besten konnte. Keine langen Erklärungen, kein falsches Pathos, nur kurze, knappe Sätze, klare Blicke. Zeit war kostbar, Otto schlief nicht.

Inmitten dieser kargen Umgebung, dieses abgeschiedenen Gebäudes, fanden sie eine Art Ruhe, einen Fokus. Sie hatten Werkzeuge, Wissen, jetzt auch ein strategisches Versteck. Das Wetter war bitter, die Stimmung düster, aber sie ließen sich nicht einschüchtern. Sie hatten sich geeinigt, unauffällig, effizient, ohne moralischen Verfall.

So verharrten sie, eins mit der melancholischen Landschaft, entschlossen, Ottos Fäden zu kappen. Draußen peitschte der Wind gegen die Wände, aber drinnen fühlte sich ihre Entschlossenheit an wie ein festes Band, unsichtbar, doch stark genug, um der drohenden Nacht zu trotzen.

Teil 6

Ein grauer Abend, die Wolken dicht und schwer. Der Wind strich über das karge Land, riss an kahlen Büschen, als wolle er sie entwurzeln. Das Versteck lag abgeschieden in Broager, Dänemark: ein leerer Raum, feuchte Wände, knarrende Dielen unter schweren Schritten. Kropka, Anke und Struck drängten sich um einen wackligen Tisch mit Karten und Notizen. Keine zusätzlichen Zuschauer, nur diese drei.

Kropka stand an der Wand, die Arme verschränkt, die Augen auf die Karte von Holnis gerichtet. Sein Gesicht angespannt, als würde er gegen unsichtbare Dämonen kämpfen. Anke lehnte am Tisch, Kiefer zusammengepresst, ein Hauch von Zorn in ihren Augen. Struck hockte auf einem umgedrehten Eimer, die Hände auf den Knien, beobachtete beide.

Stille herrschte, nur der Wind pfiff durch Ritzen, ein ständiges Heulen, das die Nerven spannte. Kropka hob endlich den Kopf, räusperte sich. „Wir haben die Waffen, die Positionen. Aber wie weit gehen wir?" Seine Stimme leise, eindringlich. Er wusste, die Frage war unausweichlich.

Struck hob eine Braue, sein Blick kalt. „Weit genug", sagte er kurz. Keine Romantik, nur Härte. „Otto wird nicht nett sein." Subtext: Wir dürfen nicht zögern. Anke reagierte sofort, ihre Finger krallten sich an die Tischkante. „Weit genug heißt was?" Ein scharfer Ton, als würde sie sich wehren, Struck zu folgen, wohin er auch wollte.

Kropka spürte die Spannung zwischen ihnen, wie eine straffe Saite. Er wusste, Anke war Polizistin, kannte Gesetze, Grenzen. Struck, ehemaliger KSK-Mann, kannte die Schatten, in denen Recht nur ein Wort war. Zwei Weltbilder prallten aufeinander, und Kropka stand dazwischen, zerrissen.

Struck wich Ankes stechendem Blick nicht aus. „Wir haben wenig Leute, wenig Zeit. Otto ist brutal, kein Gentlemen's Deal. Wir handeln oder verlieren." Keine falschen Versprechen, nur ein brutales Faktum. Anke schnaubte, ein Laut, der ihre Wut andeutete. „Heißt das sinnlose Schüsse, Tote ohne Not? Das sind wir nicht!"

Kropka hob eine Hand, als wolle er sie beruhigen. „Ruhig." Ein Wort, aber es klang hohl. Der Wind zischte, als lache er. Anke presste die Lippen zusammen, sah zu Kropka. „Du hast ihn geholt,

Tobias. War das dein Plan? Mit roher Gewalt?" Ein Vorwurf, leise, aber schmerzhaft. Kropka zuckte innerlich zusammen.

Struck ließ den Kopf leicht neigen, ein Hauch von Verachtung oder Erstaunen. „Roh? Ich bin kein Schlächter, Petersen. Ich war Scharfschütze, nicht Henker." Ein Satz mit Subtext: Ich kenne meine Grenzen, aber ich kenne auch die Notwendigkeit. Anke verzog das Gesicht, glaubte sie ihm?

Kropka trat vor, zwischen die beiden, hob die Stimme um einen Hauch. „Hört zu. Wir sind hier, weil Otto uns zwingt. Wir wollen ihn ausschalten, aber nicht unser Gewissen verlieren." Seine Worte flach, aber ehrlich. Er wollte keinen Blutrausch, keinen moralischen Zerfall. Er wollte Otto stoppen, ohne die eigene Menschlichkeit zu opfern.

Anke löste den Griff am Tisch, atmete durch. „Gut, aber Struck spricht, als wären wir in einem Kriegsgebiet." Ein bitterer Unterton. Struck drehte den Kopf leicht zur Seite, musterte die Wand, als fände er dort eine Antwort. „Weil wir es sind. Otto kennt keine Skrupel. Wir können nicht zart besaitet sein, wenn's ernst wird." Er klang nicht arrogant, eher desillusioniert. Anke verstand, doch sie hasste diesen Gedanken.

Kropka ballte die Fäuste in den Taschen, entspannte sie wieder. Er spürte die innere

Zerreißprobe. Er brauchte Strucks Härte, um Otto zu schlagen, aber auch Ankes moralisches Rückgrat, um nicht abzurutschen. Er musste eine Brücke bauen. „Wir nutzen die Waffen nur, wenn nötig. Kein wildes Feuer, kein Mord auf Verdacht." Er sprach entschieden, als schlüge er einen Pflock ein, um ihre Gruppe zu vereinen.

Struck nickte minimal. „Okay. Kein Abschlachten. Aber wenn wir Ziel haben, schießen wir." Ein Kompromiss, hart, aber ein Schritt auf Anke zu. Sie schluckte, legte die Schultern zurück. „Einverstanden. Aber ich bleibe wachsam. Wenn's über die Stränge schlägt, ziehe ich die Notbremse." Ihr Ton zeigte, dass sie nicht kampflos ihre Prinzipien aufgab.

Kropka spürte Erleichterung. Ein dünner Faden war gespannt, aber nicht gerissen. Beide, Anke und Struck, hatten nachgegeben, ein wenig. Er konnte nicht riskieren, dass sie sich jetzt trennten, sie brauchten jeden von ihnen. Otto war ein Albtraum, Holnis eine tödliche Arena. Ohne ein vereintes Team waren sie verloren.

Draußen kratzte ein Ast am Fenster, ein nervtötendes Geräusch, als würde die Natur ihr Gespräch belauschen. Kropka trat ans Fenster, blickte in die Ferne. Nebel oder Gischt verwischte die Konturen. Er dachte an die kommenden Tage, an Observation, an leise Schüsse, an gefährliche Routen. Die Angst fraß in ihm, doch er hielt stand.

Anke trat neben ihn, sprach leise, ohne den Blick von draußen zu lösen. „Ich verstehe, dass wir handeln müssen. Ich will nur nicht, dass wir unsere Seelen verkaufen." Ihr Unterton von Kropka verstanden, Struck hörte es auch. Er schwieg, respektierte diesen Wunsch.

Struck stand weiter beim Tisch, sortierte Munition ohne Eile. „Ich habe keine Lust, ein Massaker anzurichten", sagte er dann unerwartet. Ein Satz, der mehr verriet, als er sonst preisgab. Er wollte nur effektiv sein, kein Monster werden. Kropka und Anke hörten hin, nickten stumm. Ein fragiles Einvernehmen.

Kropka wandte sich um, sah von Anke zu Struck, fand in beiden Gesichtern keine Feindschaft mehr, nur eine raue Einigung. „Dann gehen wir's an: Beobachten, planen, dann zuschlagen, wenn's unvermeidbar ist. Keine unnötigen Leichen." Ein Beschluss, kurz, klar.

Anke trat zurück an den Tisch, hob ein Fernglas, musterte die Karten erneut. Struck nahm eine Patrone, prüfte sie unter schwachem Licht. Kropka blieb am Fenster, sog die Luft ein, roch Salz und Moder, spürte den Druck. Doch er war nicht mehr allein zwischen Feuer und Moral. Sie hatten eine Linie gezogen, sich geeinigt, dass ihr Zorn, ihre Waffen nicht blindwütig wüten würden.

Draußen heulte der Wind, doch drinnen war die Stimmung etwas gelöst, trotz Düsternis. Keine Freundschaften, kein Schmusekurs, aber Respekt. Eine Basis, die reichte, um weiterzumachen. Kropka war dankbar, dass der Konflikt nicht eskaliert war. Jetzt konnten sie fokussiert arbeiten, ohne sich gegenseitig zu zerreißen.

Die Nacht kam näher, dunkle Schatten über dem Land. Doch sie würden weiterarbeiten, leise, gründlich. Ohne Marens Anwesenheit, nur die drei, die jetzt ein Gleichgewicht fanden. Otto würde warten, aber nicht für immer. Bald würde ihr Handeln entscheiden, wer die Oberhand behielt – und sie würden vorbereitet sein, ohne ihre Menschlichkeit ganz aufzugeben.

Teil 7

Dunkler Himmel, der Wind ein ständiges Heulen. Broager, Dänemark, ein karges Stück Land. Auf der anderen Seite der Ostsee lag Holnis, nur Wasser dazwischen, ein ferner Schatten. Im Versteck herrschte gedämpftes Licht. Die Fenster verrußt, ein provisorisches Labor aus Tischen, Kartonstapeln, verstreuten Papieren. Keine Zeit für Luxus, nur Fokus auf die Mission.

Kropka stand über einer Karte, den Kopf gesenkt, die Stirn in Falten. Neben ihm Anke, die Arme verschränkt, der Blick auf jede Markierung fixiert. Struck saß auf einem klapprigen Hocker, ein Messer in der Hand, mit dem er gedankenverloren an einer Holzplanke kratzte. Keine unnötigen Worte, nur leise Atemzüge. Draußen prallten Wolken auf unsichtbare Barrieren, als schüttle die Natur selbst den Kopf über ihr Vorhaben.

Kropka hob den Kopf, flüsterte: „Wir haben Hinweise: Otto nutzt Holnis als Bühne. Eine Villa dort, abgeschieden, perfekt für diskrete Treffen." Sein Ton war rau, als durchdringe er Nebel. Die Dokumente, die Anke über Umwege beschafft hatte, zeigten Routen, seltsame Vermerke, Namen ohne Kontext. Doch zusammen ergab es ein Bild: Otto operierte nicht blind, sondern mit System, und Holnis war sein Schachbrett.

Anke trat näher, beugte sich über einen Haufen Notizen, kopierte Fragmente, die Namen von möglichen Komplizen im Dorf enthielten. „Hier" sagte sie kurz, tippte mit dem Finger auf ein paar Namen, unscheinbar im Subtext erwähnt. „Zwei, drei Personen, die offenbar Infos weitergeben. Wir hatten einen Verräter im Dorf vermutet. Vielleicht sind es mehrere." Ihr Ton war knapp, doch im Subtext zitterte leiser Zorn. Wie tief reichte Ottos Griff?

Struck hob den Blick vom Messer, warf Anke einen schmalen Blick zu. „Mehrere Maulwürfe? Dann hat Otto ein Netz, nicht nur ein Einfallstor." Subtext: Es wird härter, komplexer. Er stand auf, näherte sich der Karte von Holnis. Ein roter Kreis dort, wo sie die Villa vermuteten. Ein Punkt am Ufer, ein Pfad durchs Schilf. Aus diesen Puzzleteilen mussten sie Ottos Ablauf rekonstruieren.

Kropka rieb sich den Nacken. „Also Holnis ist mehr als nur ein Treffpunkt. Eine Basis. Otto arbeitet von dort aus, zieht Fäden ins Dorf, nach Eiderstedt, und weiter. Wir müssen ihn dort erwischen, aber erst wenn wir seine Knotenpunkte verstehen." Sein Ton verriet innere Unruhe, doch er hielt sich zusammen. Ein Fehltritt, und sie fielen ins Leere.

Anke seufzte leise, musterte Struck. „Du kennst Taktik. Wie fassen wir ihn dort?" Ihr Unterton war nüchtern. Struck spielte mit dem Messer, steckte es dann weg. „Zuerst beobachten. Nichts überstürzen. Wenn wir wissen, wer Informationen liefert, können wir Wege kappen. Otto im Dunkeln lassen, seine Bewegungen einschränken, dann zuschlagen." Ein kühler Plan, ohne Schminke.

Kropka nickte, doch die Ungewissheit nagte an ihm. Fehler in der Analyse könnten sie das Leben kosten. Ein Name falsch gedeutet, eine Route missverstanden, und Otto lachte über ihre Leichen. „Wir dürfen uns keinen Irrtum leisten", sagte er tonlos. „Wenn wir jemanden verdächtigen, der unschuldig ist, verstreuen wir Misstrauen. Dann bricht alles zusammen." Subtext: Sie konnten nicht willkürlich jeden im Dorf anklagen.

Anke hob eine Braue, nickte minimal. „Präzision, Kropka, so wie Struck sagt. Erst Beweise, dann handeln." Eine kühle Zustimmung, stummes Einvernehmen. Sie wussten, dass die Waffen, die sie hatten, kein Ersatz für sorgfältiges Denken waren.

Struck trat zur Karte, fuhr mit dem Finger einen möglichen Bootskurs nach. „Holnis ist nur durch die Ostsee getrennt. Otto könnte Boote nutzen, nachts, leise, um Ware oder Leute zu schmuggeln. Wir müssen seine Landepunkte identifizieren." Er sprach leise, als verschleiere die Dunkelheit auch seine Stimme. Kropka krümmte die Lippen, Anke notierte gedanklich die Möglichkeiten.

Ein feines Zittern lag in der Luft. Sie spürten, dass hinter jedem Detail ein Abgrund lauerte. Ottos Netzwerk war tief, verschachtelt. Das Dorf gefangen in stillem Schweigen, Holnis in verschlüsselten Plänen. Ein Fehler konnte ihnen den Boden unter den Füßen wegziehen. Aber gemeinsam suchten sie nach einer Linie, einer klaren Schneise durch den Nebel.

Kropka strich über einen Namen, kaum lesbar auf einem Fetzen Papier. „Dieser hier könnte ein Mittelsmann sein, liefert Koordinaten an Otto." Er sagte es leise, mehr zu sich selbst. Anke nickte. „Wir observieren ihn. Finden heraus, ob er wirklich ein Verräter ist." Struck zuckte mit den

Schultern. „Diskret vorgehen, kein Alarm. Sonst versteckt Otto seine Spuren besser."

Ein Moment der Stille, in dem jeder die Last spürte. Die Dunkelheit draußen verschlang Konturen, der Wind pfiff durch Spalten, ein kalter Atem im Nacken. Sie hatten ein gemeinsames Ziel: Otto lahmlegen, seine Operation in Holnis offenbaren, die Maulwürfe entlarven. Doch Vorsicht war oberste Regel, sonst scheiterte alles.

Kropka hob den Kopf, sah Anke an, dann Struck. „Wir haben genug Hinweise, um uns festzubeißen. Lass uns Rollen verteilen. Anke beobachtet den möglichen Verräter, Struck wählt Observation am Ufer, ich koordiniere von hier aus." Ein Vorschlag, knapp, konzentriert. Beide nickten. Keine Debatte, nur Zustimmung. Zeit war zu kostbar für Eitelkeiten.

Struck kniff die Augen zusammen, murmelte: „Wenn wir den richtigen Faden finden, zieht sich Ottos Netz zusammen. Dann steht er nackt da." Ein leiser Hauch von Zuversicht, beunruhigend und doch beruhigend. Kropka spürte eine winzige Erleichterung. Sie hatten zumindest einen Plan, besser als im dunklen Tappen.

Anke atmete aus, als habe sie ein Gewicht abgelegt. „Wir arbeiten ruhig, methodisch. Kein Fehler, keine falschen Anschuldigungen." Ihre Stimme nüchtern, aber weniger angespannt. Sie sah, dass sie sich einigten, nicht in blindem Aktionismus ertränkten.

Kropka trat vom Tisch zurück, massierte seine Schläfen. „Dann tun wir's. Schritt für Schritt. Wir versagen nicht." Ein karger Satz, aber in ihm lag ein Funke Hoffnung, so schwach wie das Licht im Raum, doch existent. Struck stieß leise Luft aus, ein stummes Einverständnis. Anke hob den Kopf, straffte die Schultern, bereit für ihren Part.

Draußen klopfte der Regen an Bretter, ein monotones Ticken. Drinnen verfestigte sich ihr Entschluss. Sie hatten Ottos Netz vor Augen, Fragmente von Holnis, Verdachtsnamen aus dem Dorf, ein potenzielles logisches Konstrukt, das sie entwirren mussten. Jetzt kannten sie die Risiken. Ein Fehltritt, und Otto lachte zuletzt. Doch sie würden gründlich sein.

So standen sie, drei Personen in einem kargen Raum, vor verteilten Aufgaben, vereint durch Not. Die düstere Landschaft passte zu ihrer Lage, kein heller Trost, nur Entschlossenheit. Sie wussten, das nächste Kapitel würde zeigen, ob ihr Plan standhielt, ob ihre Analyse stimmte. Keine Garantie, doch sie waren vorbereitet, wachsamer denn je.

Sie rückten die Karten zurecht, nickten ein letztes Mal. Kropka spürte, dass sie nun an einem Punkt waren, an dem Arbeit begann, Worte versiegten. Nur Taten würden zählen. Der Wind pfiff, doch sie hielt er nicht auf. Sie würden Otto finden, sein

Netz aufreißen, seine Macht brechen, ohne sich in blindem Hass zu verlieren.

Teil 8

Der Wind riss an den morschen Brettern, ein unablässiges Kratzen an der Welt. Draußen blieb es düster, graue Wolken über einer kargen Landschaft, das Meer nur ein ferner Hauch. Drinnen, im Versteck, flackerte eine schwache Lampe, gerade hell genug, um die Karten und Notizen zu erhellen. Kropka, Anke und Struck standen um den Tisch, die Köpfe gesenkt, die Haltung konzentriert. Keine überflüssigen Worte, nur Blicke, leise Atemzüge.

Kropka brach das Schweigen. „Wir wissen: Otto sitzt auf Holnis, nutzt die Villa als Drehscheibe." Kein Pathos, nur eine Feststellung. Anke nickte, die Stirn in Falten. „Zugang nur über See oder schmale Pfade. Wir müssen ihn überraschen." Ihr Ton war knapp, als reiße sie Namen und Orte aus der Luft. Struck beugte sich über die Karte, fuhr mit dem Finger eine mögliche Route nach. „Wir setzen Beobachter an die Ufer, eine Vorhut für überraschende Anlandung. Wir isolieren Ottos Leute, bevor sie reagieren."

Die Atmosphäre dicht, kein Lachen, kein Aufatmen. Sie waren Krieger im Kopf, planten einen Angriff in der Finsternis. Kropka kniff die Augen zusammen. „Du, Struck, bekommst den Hügelkamm, beste Sicht auf die Villa. Ein Schussfeld auf mögliche Fluchtwege. Anke, du sondierst den Küstenstreifen, identifizierst Verdächtige." Er sprach, als verteile er Schachfiguren. Anke zuckte mit der Braue, akzeptierte. Struck nickte, griff einen Stift und markierte einen Punkt auf der Karte, seine Position.

„Ich kümmere mich um die Kommunikation, halte Verbindung, koordiniere Signale", fuhr Kropka fort. Seine Stimme klang hohl in der Dunkelheit. Er musste ruhig bleiben, seine Leute vertrauen lassen. Sie hatten Streit, moralische Konflikte überwunden, jetzt war der Fokus auf das Wesentliche: Otto zu stellen, ohne zu verkommen.

Anke kratzte mit dem Fingernagel an der Tischplatte. „Was ist mit den Booten? Otto kann auf See ausweichen." Subtext: Ein Loch im Plan. Struck strich über die Karte. „Wir postieren eine Person auf der anderen Seite, schließen Lücken, oder wir legen ein Alarmsystem. Vielleicht nutzen wir Nacht, Nebel. Kein perfekter Plan, aber wir minimieren Fluchtchancen." Sein Ton sachlich, zeigt, dass sie nicht alles kontrollieren konnten. Ein Restrisiko blieb.

Kropka atmete flach. „Wenn Otto merkt, dass wir kommen, könnte er abtauchen, sein Netzwerk verlagern. Wir müssen ihn am richtigen Tag packen, wenn er Ware umschlägt." Ein kritischer Punkt: Timing. Anke neigte den Kopf. „Dafür brauchen wir Infos. Wir haben Hinweise aus den

Dokumenten, aber kein genaues Datum." Sie klang frustriert, doch Struck zuckte die Schulter. „Dann beobachten wir kontinuierlich, bis Anzeichen da sind. Wir überstürzen nichts."

Keine leichte Aufgabe: Sie hockten hier in Broager, hatten einen Überblick, aber keinen genauen Zeitplan. Dennoch, sie konnten warten, geduldig, wie Jäger, die Beute in der Dämmerung anpeilen. Kropka erinnerte sich an die moralischen Grenzen, die sie gesteckt hatten: Sie würden schießen nur, wenn nötig. Kein sinnloses Gemetzel. Diese Einigung hielt sie auf Kurs.

Anke schob ein paar Papiere herum. „Ich nehme die polizeilichen Methoden: Rasterfahndung im Kopf, Überlegung, wer im Dorf auffällig ist. Vielleicht locken wir Ottos Informanten an einen neuralgischen Punkt, beobachten Reaktionen." Ein leiser Plan, subtextreich. Sie nutzen Ottos eigene Netze, um ihn in die Falle zu führen.

Struck hörte zu, schmale Augen. „Gut. Ihr liefert Verdächtige, ich halte das Scharfschützengewehr bereit, falls etwas entgleist. Kropka koordiniert. Wir halten die Nerven. Kein blindes Feuer." Ein kurzer Satz, erinnert an ihre Abmachung. Kropka nickte, zufrieden, dass Struck nicht vom Pfad abweicht.

Sie standen nah beieinander, drei Gestalten in halber Dunkelheit. Die Spannungen der letzten Nacht, die moralischen Zwiste, hatten sie nicht zerbrochen, sondern sensibilisiert. Jeder verstand jetzt die Grenzen, die Notwendigkeit von kühler Planung. Kropka war erleichtert. Er musste diese Gruppe führen, ohne sie in Chaos zu stürzen.

Draußen kratzte ein Ast am Fenster, ein dumpfes Geräusch. Der Wind wurde lauter, als wollte er sie an die drohende Gefahr erinnern. Aber sie ignorierten die Natur, konzentrierten sich auf die Karte, die Linien, Punkte, Zeichen. Ein Schlachtplan, kein Prachtwerk. Rauer Pragmatismus.

„Wenn wir Otto erwischen, legen wir sein Netzwerk offen", sagte Kropka leise. Er wusste, es war mehr als nur Otto zu fangen. Sie mussten die Dorfbewohner befreien, den Sumpf trockenlegen. Anke ballte kurz die Fäuste, lockerte sie wieder. „Dann endet die Angst." Struck schweigsam, aber sicher, dass sie Erfolg haben konnten, wenn sie konzentriert blieben.

Kropka hob den Kopf, sah beide an. „Wir sind jetzt ein Team. Kein Streit, keine inneren Feinde. Wir ziehen an einem Strang." Er spürte die Notwendigkeit, ihren Zusammenhalt verbal zu sichern. Anke nickte, Struck ließ ein knappes „Ja" hören, ohne Pathos. Ein Leuchtpunkt im Dunklen: Sie hatten sich gefunden.

Kurz stahl sich eine Spur Hoffnung in Kropkas Brust. Der Tag war düster, die Landschaft bedrückend, doch in diesem Raum entstand ein Plan, klarer als zuvor. Kein dummer Sturmangriff, sondern schrittweise vorgehen, Infos sammeln, Posten besetzen, das richtige Timing abwarten.

Anke musterte Struck, dann Kropka. „Wir werden Erfolg haben, wenn wir Disziplin wahren", sagte sie. Eine nüchterne Ermahnung, aber im Subtext auch Ermutigung. Struck nickte, schien zufrieden, dass keine schrägen Experimente auf dem Tisch lagen. Kropka wusste, dass sie ohne Vertrauen scheiterten, aber jetzt sah er, dass sie sich vertrauten, trotz aller Unterschiede.

Der Wind draußen klang wie ein fernes Wimmern, doch drinnen war jetzt Klarheit. Sie schlossen die Karten, Struck verstaute ein paar Utensilien, Anke feilte gedanklich an ihrem Vorgehen, Kropka atmete tiefer, versuchte die Einsamkeit abzustreifen. Sie waren nicht mehr ratlos, hatten einen Weg, ein gemeinsames Ziel.

„Dann los", sagte Kropka knapp, als beende er die Sitzung. Keine Lobreden, keine großen Gesten. Sie wussten, was zu tun war: Beobachten, warten, reagieren. Holnis im Blick, das Dorf im Hinterkopf, die Verräter im Visier. Ihre Vereinbarungen standen, die Rollen verteilt.

Struck erhob sich, nahm das Fernglas, eine Karte, nickte Kropka zu. Anke rückte ihre Jacke zurecht, band sich die Haare, bereit für akribische Arbeit. Kropka fasste den Türgriff, fühlte die Kälte durch die Hand. Die Zukunft war ungewiss, aber jetzt hatten sie eine gemeinsame Richtung.

Draußen würden sie ihre Positionen einnehmen, Informationen sammeln, Ottos nächste Schritte abschätzen. Sie würden sich nicht hetzen, nicht an der eigenen Moral scheitern. Ein fester Beschluss in der Stille. Der Wind knurrte, doch sie waren entschlossen, nicht nachzugeben.

Teil 9

Der Himmel war tiefschwarz, nur ein schwacher Schein am Horizont. Im Versteck herrschte drückende Stille, das dünne Licht einer Not Lampe warf harte Schatten an die Wände. Kropka, Anke und Struck hatten ihre Rollen verteilt, den Plan geschmiedet. Jetzt starrten sie auf eine Karte, die Namen, Pfeile, Daten, mit Bleistift vermerkt, jeder Strich eine mögliche Falle.

Kropka schob die Karte zur Seite, griff nach einem Fernglas, polierte die Linse mit ruhiger Hand. Sein Gesicht angespannt, der Kiefer hart. „Otto versteckt sich dort, in der Villa", sagte er knapp, die Stimme rau. Er zeigte auf einen markierten Punkt an Holnis' Küste. „Wir wissen's jetzt sicher. Einer seiner Handlanger hat eine Spur hinterlassen." Ein knapper Satz, doch im Subtext Triumph: Endlich ein konkreter Anhaltspunkt.

Anke trat näher, die Hände auf dem Tisch, beugte sich über die Markierung. „Die Villa", flüsterte sie, kaum hörbar. „Abgeschieden, leicht zu sichern.

Er erwartet keinen Besuch." Ihr Ton verriet leises Unbehagen, als wüsste sie, dass dieser Ort eine Falle sein konnte, für beide Seiten. Struck stand im Halbdunkel, reglos, nur die Augen schmal.

Struck nickte knapp. „Wir haben unser Ziel. Nun beobachten wir, warten auf seinen nächsten Schritt. Dann agieren." Keine überflüssigen Worte, nur Pragmatismus. Kropka atmete flach aus, spürte die Spannung in der Luft. Sie waren bereit, vorbereitet, doch ein letzter Rest Unsicherheit nagte an ihm.

In diesem Moment, ein Geräusch vor der Tür, ein dumpfes Poltern, als rutsche etwas über den nassen Boden. Kropka zog die Waffe, Anke spannte sich an, Struck duckte sich, die Muskeln angespannt. Keiner sprach, der Wind draußen war verstummt, als halte er den Atem an. Eine unheimliche Stille, die Welt schien den Atem anzuhalten.

Dann ein weiterer Laut: leises Kratzen am Holz. Jemand war da draußen, vielleicht nur ein Tier. Doch sie konnten sich kein Risiko leisten. Anke schob sich an die Wand neben die Tür, Kropka nahm Position hinter einem Schrank, Struck hob das Gewehr an, geräuschlos. Ihre Blicke trafen sich kurz, stumme Verständigung: Wer auch immer es war, sie waren bereit.

Ein kurzer Schatten huschte am schmalen Fensterspalt vorbei. Kropkas Herz schlug härter, der Finger am Abzug zitterte nicht, aber sein Puls raste. Sie hatten keine Zeit für Kompromisse. Wenn Ottos Leute sie schon gefunden hatten, war alles verloren. Oder war es nur ein Flüchtiger, ein Fremder, der Zuflucht suchte?

Anke kniff die Augen zusammen, versuchte im Dämmerlicht etwas zu erkennen. Struck schob die Linse des Fernglases ins Auge, doch der Winkel war schlecht. Kropka hörte ein leises Wispern draußen, undeutbare Worte, nur ein Laut, als erstarb er im Kehlkopf. Angst legte sich auf den Raum, schwer wie Blei.

Dann ein Knirschen unter einem Stiefel, ganz nah. Kropka biss die Zähne zusammen. Sie waren enttarnt? Oder nur beobachtet? Wenn Ottos Spione hier waren, konnten sie ihre Pläne vergessen. Struck schob sich einen Millimeter näher ans Fenster, um eine Lücke im Bretterwerk zu nutzen. Ein kurzer Blick hinaus.

Struck hielt den Atem an, keine Bewegung. Anke spürte seine Anspannung, zog die Waffe straffer, Kropka fixierte den Türspalt. Keiner sprach. Die Zeit schien eingefroren, ein Augenblick, in dem alles kippen konnte. Wenn jemand die Tür aufstieß, würde es krachen. Wenn nicht, blieben sie unentdeckt, doch die Ungewissheit fraß an ihnen.

Ein Geräusch: entfernte Schritte, als zöge sich der Schatten zurück. Struck entspannte sich minimal, Kropka ließ die Luft aus den Lungen entweichen. Anke hob die Waffe etwas niedriger.

Vielleicht war die Gefahr vorbei. Doch die Angst blieb. Was, wenn Otto schon ahnte, dass sie da waren? Was, wenn er sie aus der Ferne testete?

Kropka trat vorsichtig zur Tür, lauschte. Nichts als Wind und Nacht. Er wagte nicht, sofort rauszustürmen, könnte eine Falle sein. Er sah Struck an, ein leises Kopfschütteln: Kein Signal, dass sie sicher waren. Anke schloss kurz die Augen, inneres Ringen. Keiner wollte diesen nervösen Moment, doch sie saßen drin.

Nach endlosen Sekunden zog sich die Spannung ein wenig zurück, wie eine Hand vom Hals. Der Feind, falls er da war, hatte sich entfernt. Doch der Schock saß tief. Sie hatten gerade gesehen, wie fragil ihr Plan war. Ein kleiner Laut, und alles zitterte.

Kropka kehrte zum Tisch zurück, holte tief Luft. „Wir sind nicht allein. Ottos Leute könnten überall sein." Seine Stimme klang fester, entschlossener. Anke nickte, Struck rieb sich das Kinn. Dieses Ereignis, so klein es schien, hatte ihnen gezeigt, dass die Uhr tickte.

Anke atmete flach, legte die Waffe vorsichtig auf den Tisch. „Wir müssen schneller handeln. Je länger wir warten, desto größer die Gefahr, dass Otto uns wittert." Ein nüchterner Satz, aber im Subtext Panik. Struck nickte, betrachtete erneut die Karte. Sie waren gezwungen, ihr Vorgehen zu straffen, Risiken zu kalkulieren.

Kropka sah in den Gesichtern beider die Unsicherheit. Doch jetzt war die Zeit, sich zusammenzuraffen. „Das macht es umso wichtiger, perfekt vorzugehen. Holnis, die Villa, die Verräter im Dorf – wir ziehen den Knoten enger." Er sprach in knappen Sätzen, die Entschlossenheit durch den Druck geschärft.

Struck hob den Blick, ein Hauch von Anerkennung darin. „Wir lassen uns nicht vertreiben. Wir haben einen Plan, wir halten daran fest." Keine heroischen Worte, nur Pragmatismus. Anke nahm ihre Waffe wieder auf, prüfte das Magazin, als Zeichen, dass sie bereit war, unter Spannung zu arbeiten.

Draußen war es still, der Wind hatte seine Stimme wiedergefunden, ein monotones Pfeifen, als wäre nichts geschehen. Doch drinnen wusste jeder, dass dies ein Vorbote sein konnte. Otto zögerte nicht, würde versuchen, sie aus dem Schatten heraus anzugreifen oder einzuschüchtern.

Kropka stand aufrecht, der Rücken schmerzte, aber er ignorierte es. Er wusste, ihre Mission hatte einen neuen, scharfen Rand bekommen. Sie durften keinen Fehler machen, kein Zögern. Der Feind lauerte, vielleicht war dieser Zwischenfall nur ein Test, ein Wink, dass Otto seine Fühler ausgestreckt hatte.

Anke schaute hinüber zu Struck, dann zu Kropka. „Wir bleiben wachsam. Keine Panik." Ihre Worte kurz, aber notwendig. Kropka nickte, Struck stimmte zu. Eine knappe Einigkeit, die sie in dieser Trostlosigkeit verband.

Das Versteck war nicht mehr so sicher, wie sie hofften. Otto spielte sein Spiel, und sie mussten doppelt wachsam sein. Der nächste Schritt würde noch vorsichtiger sein müssen, der Druck stieg. Sie hatten ein Ziel: Ottos Villa in Holnis, seine Schmuggelrouten, sein Netzwerk aus Verrätern. Doch nun wussten sie, dass Otto vielleicht schon ahnte, dass sie ihm auf den Fersen waren. Ein letzter Augenblick, bevor sie sich erneut formierten und in die kommende Nacht schauten, wissend, dass die Konfrontation näher rückte.

KAPITEL 10

Das Meer lag dunkel, nur ein fahler Schimmer im Westen. Holnis, ein streifiger Schatten über der Ostsee. Kropka, Anke und Struck hatten sich aufgeteilt. Kropka und Anke blieben auf Distanz, in Broager, nur durch Funk mit Struck verbunden. Struck bewegte sich über nasse Böden, niedrige Büsche, kein Geräusch außer dem Wispern des Windes. Der Himmel bleiern, die Luft kalt, ein Geruch von Salz und totem Gras.

Tobias Struck lag flach an einer Kante, sein Scharfschützengewehr vor sich, sorgfältig zusammengebaut. Die Villa des Otto von Hadersleben war etwa zweihundert Meter entfernt, halb hinter verkrüppelten Bäumen, ein lichter Schein im Inneren. Er betrachtete sie durch die Optik, sah Schatten von Wachen, Schlieren von Bewegungen an Fenstern. Keine lauten Stimmen, alles gedämpft, als lebten sie in einer Welt aus Watte und Stahl.

Er spürte die Waffe in seinen Händen, ein vertrauter Druck. Er erinnerte sich an eine frühere Mission, lange her, in einer fernen Stadt. Damals verschanzte er sich auf einem Dach, sollte einen Drogenhändler neutralisieren. Ein simpler Auftrag, doch ein unvorsichtiger Schritt, ein falsch berechneter Winkel, und sein Partner starb im Kreuzfeuer. Ein Stich in der Brust bei der Erinnerung, doch Struck schob sie weg. Hier durfte er nicht wanken.

Ein Funkspruch, leise im Ohr, Kropkas Stimme: „Wachen identifiziert?" Struck antwortete knapp: „Zwei am Haupteingang, einer auf dem Dach. Keine Hunde, keine beweglichen Patrouillen." Subtext: Sie sind statisch, leichter zu umgehen. Kropka knirschte leise, kaum hörbar. Anke raunte, dass die Zeit knapp sei.

Struck hob den Kopf um Millimeter, justierte die Optik. Die Wache am Dach, ein schlanker Mann, rauchte. Unvorsichtig. Struck hielt den Atem an, zielte. Ein Schuss – lautlos dank Schalldämpfer – und die Wache fiel wie ein Stein, kein Schrei. Der Dachposten erledigt, ein notwendiges Übel. Er hasste die Notwendigkeit, aber Otto ließ keinen Raum für Milde.

Er kroch weiter, um eine bessere Position zum Haupteingang zu finden. Sein Herz schlug hart, doch sein Atem blieb flach. Die nächste Wache lehnte an einem Pfosten, starrte in die Dunkelheit. Struck erinnerte sich an jene Nacht von damals, der Partner, der fiel, weil Struck zögerte, eine Sekunde zu lang. Jetzt kein Zögern. Er drückte ab. Ein gedämpfter Schlag, die Wache sackte zusammen, kein Laut, nur ein Körper im feuchten Gras.

Eine weitere Wache, hinter einem Busch. Struck schlich näher, duckte sich unter ästigem Gestrüpp. Er roch feuchte Erde, spürte, wie ein Ast an seinem Jackenärmel zerrte. Er hätte alles geben, um nicht töten zu müssen, aber Ottos Handlanger schirmten ein Monster ab. Struck wusste, wenn er nachgab, wenn er zögerte, gefährdete er Anke und Kropka.

Er näherte sich der letzten Wache, der Mann las auf seinem Handy etwas, unaufmerksam. Struck fixierte die Zieloptik, drückte ab. Der Körper fiel ohne Aufschrei. Ein minimaler Hauch von Erleichterung, doch keine Freude. Er stand auf, huschte näher an die Villa, kauerte hinter einem Baumstumpf.

Drinnen flackerte Licht. Struck prüfte die Fenster. Mindestens zwei weitere Leute drin, vielleicht Otto selbst. Er wollte nicht überstürzt handeln, sollte warten, dass Kropka und Anke das Signal gaben. Er funkte leise: „Wachen draußen erledigt. Keine Alarme bisher." Kropka brummte zustimmend, Anke atmete kurz auf. Doch genau in diesem Moment sah Struck einen roten Lichtpunkt an der Villa, ein unregelmäßiges Flackern, als hätte jemand ein System aktiviert.

Ein Sicherheitsprotokoll? Plötzlich surrte etwas im Gebüsch, ein versteckter Sensor. Struck fror. Ein leiser Ton, kaum hörbar, aber er kannte solche Fallen aus früheren Zeiten: Bewegungsmelder, vielleicht ein Laser, der den Pfad kreuzte. Er duckte sich, spürte Nervosität. Hatte er etwas übersehen?

Wieder ein leises Surren, als sich eine kleine Drohne oder ein automatischer Scheinwerfer bewegte. Lichtkegel tanzten über den Rasen, suchten nach Eindringlingen. Ein neues Hindernis. Struck fluchte stumm, funkte leise: „Neues System aktiv. Hinten beim Westflügel. Muss Route ändern." Seine Stimme blieb ruhig, als wäre es eine kleine Panne. Doch innerlich biss er die Zähne zusammen. Ein Fehler in der Analyse, Otto war schlauer, hatte Sicherheitsstufe erhöht.

Anke fragte kurz: „Brauchen wir Rückzug?" Struck zögerte, nein, er konnte nicht einfach umkehren. Sie waren so nah, hatten die äußeren Wachen eliminiert. Ein Rückzug verriet sie, Otto würde alarmiert sein. Er musste improvisieren.

Kropka sagte nichts, doch Struck spürte, dass Kropka ihm vertraute, dass er es löste.

Struck umging die Scheinwerfer, kroch tiefer ins Dunkel, suchte eine Nische zwischen Mauervorsprung und Buschwerk. Jeder Schritt war ein Tanz auf Messers Schneide. Er hörte Schritte drinnen, gedämpfte Stimmen, als hätten Ottos Leute etwas gewittert. Keine klare Warnung, aber Unruhe.

Das Fernglas half nichts, zu nah, kein gutes Schussfeld. Er war fast an der Wand, fühlte die Kälte des Steins. Er musste die Drohne oder den Sensor ausschalten, leise, ohne Krach. Er kramte in der Tasche, fand ein kleines Störgerät, kaum größer als eine Streichholzschachtel. Einst im KSK eingesetzt, um Signale zu unterbrechen.

Ein Klingeln in der Villa, leise, vielleicht ein Handy oder ein internes Warnsystem. Struck wusste, er hatte Sekunden. Er aktivierte das Störgerät. Das Surren verstummte, der Lichtkegel brach ab, als hätte er einen Faden durchschnitten. Ein leiser Triumph in Strucks Brust, aber er durfte keine Erleichterung zeigen.

Funkspruch an Kropka: „Sensor ausgeschaltet, gehe weiter." Kropka bestätigte knapp, Anke schwieg. Sie alle wussten, das war nur ein kleiner Sieg, es konnte jeden Moment kippen. Struck atmete flach, drückte sich an die Wand, lauschte. Keine lauten Schreie, kein Alarm. Vielleicht war Otto abgelenkt, oder seine Leute schliefen.

In diesem Augenblick wusste Struck, dass sie kurz vor dem entscheidenden Schritt standen. Die Wachen außen eliminiert, der Sensor lahmgelegt. Nun lag die Villa vor ihm, nur eine Tür oder ein Fenster entfernt, die Schatten drinnen warteten. Der nächste Zug würde über Leben und Tod entscheiden.

Er zog die Waffe enger, bereit, jederzeit erneut zu schießen. Sie waren so nahe an Otto, kurz vor der Konfrontation. Ein falscher Atemzug, und alles endete blutig. Struck verspürte ein flüchtiges Zittern, erinnerte sich an den Vorfall von früher, doch er unterdrückte die Angst. Er musste Kropka und Anke vertrauen, und sie ihm.

Draußen knarrte ein Ast, der Wind hauchte ein letztes Mal kalt in sein Genick. Struck legte die Hand an die Klinke eines kleinen Kellerfensters, versuchte es zu öffnen. Knarrte es? Würde jemand ihn hören? Jede Sekunde spannte den Bogen der Anspannung mehr.

Ein Laut im Inneren, Schritte näherkommend. Struck hielt den Atem an. Der Showdown rückte näher, die Konfrontation mit Otto oder seinen Leibwächtern war unausweichlich. Er würde jetzt entscheiden müssen, ob er eindrang oder wartete. Kein Zurück, kein Zaudern.

Teil 2

Kropka öffnete das Kellerfenster vorsichtig, die Feuchtigkeit kroch in seine Knochen. Keine Zeit für Zögern. Struck hatte die äußeren Wachen ausgeschaltet, ein stilles Signal, dass der Weg frei war – vorerst. Draußen pfiff der Wind, ein ständiges Heulen über den Strand von Holnis. Drinnen herrschte schwacher Lampenschein, flackernde Schatten an kahlen Mauern.

Anke folgte ihm, schob sich durch das enge Fenster. Sie atmete flach, die Hand an der Waffe, die Augen wachsam. Keine Worte, nur ein Nicken zwischen ihnen, ein stummer Pakt: Sie waren hier, in Ottos Villa, bereit, die Wahrheit freizulegen. Struck blieb draußen, funkte leise ins Ohr, hielt die Lage im Griff. Sie konnten nicht scheitern.

Kropka kniete sich hin, spähte den Kellerflur entlang. Ein muffiger Geruch, alte Holzkisten, ein Hauch von verschüttetem Öl. Anke schob sich an seine Seite. „Still" flüsterte sie, kaum hörbar. Kropka nickte, konzentriert. Sie mussten vorsichtig sein, jede Falte im Dunkeln könnte Ottos Leute verbergen.

Ein schwaches Licht drang von oben durch einen Spalt, ein Treppenaufgang, schmale Stufen. Kropka deutete dorthin. Anke verstand. Sie glitten geräuschlos voran, wie Schatten im Halbschatten. Keine Feinde in Sicht, doch die Wände schienen zu atmen, als könnte Otto selbst im Mauerwerk stecken.

Oben, ein Flur, gedämpftes Licht von einer Flurlampe. Der Boden knarrte unter vorsichtigen Schritten. Kropka hielt den Atem an. Irgendwo ein leises Summen, vielleicht ein Kühlschrank oder eine Maschine. Ottos Operation lief still, effizient, kein Lärm. Anke hielt den Blick scharf auf jede Ecke, Kropka fühlte ihren Puls in der Luft.

Ein Raum zur Linken, die Tür einen Spalt offen. Kropka schob sich näher, wagte einen kurzen Blick hinein. Regale, Kisten, Papierstapel, keine Menschen. Er trat ein, Anke im Rücken. Der Geruch hier war scharf, nach Chemikalien, vielleicht Lösungsmittel. Auf einem Tisch lagen Dokumente: Listen von Namen, Ortsangaben, kryptische Symbole. Kropka griff vorsichtig nach einem Blatt.

„Schau", flüsterte er, reichte Anke das Papier. Sie musterte es im fahlen Lampenschein, runzelte die Stirn. „Orte an der Küste, Lieferdaten. Otto koordiniert Schmuggelware." Ihre Stimme knapp, subtextreich: Hier lag der Beweis. Kropka nickte, steckte ein paar Blätter ein. Keine Zeit, alles zu lesen, aber genug, um Ottos Machenschaften zu entlarven.

Plötzlich Schritte im Flur. Anke hob die Waffe, Kropka duckte sich hinter ein Regal. Die Schritte verklangen, als ob jemand gezögert hätte.

Vielleicht ein Wachmann, vielleicht nur ein Bote. Kropka atmete durch die Nase aus, leise, versuchte, ruhig zu bleiben. Sie mussten weiter, tiefer hinein, mehr Hinweise finden.

Ein Funksignal ins Ohr, Strucks leise Stimme: „Zwei Männer im Obergeschoss, scheinen nervös. Passt auf." Kropka ballte die Fäuste kurz, nickte Anke zu. Sie schlichen weiter, ein anderer Raum, verschlossene Tür, massives Holz. Kropka legte Ohr an die Tür, hörte gedämpfte Stimmen oder Geräusche, unklar. Anke trat näher, flüsterte: „Könnte wichtig sein." Subtext: Dort drin könnte Otto sein oder etwas Wertvolles.

Kropka zögerte. Ein offener Angriff wäre riskant. Sie hatten Waffengewalt, aber wollten kein Chaos. Er versuchte den Türknauf – verschlossen. Ein kurzer Blick zu Anke, sie verstand, nickte. Sie zog ein dünnes Werkzeug aus ihrer Tasche, Polizeitraining, Schlösser knacken. Kein Wort über Moral, nur Effizienz. Knappe Handbewegungen, ein Klicken. Die Tür gab nach, Millimeter um Millimeter.

Doch bevor sie die Tür öffneten, laute Schritte von oben, schnelle Worte, als hätte jemand Alarm geschlagen. Vielleicht hatten sie doch etwas bemerkt. Kropkas Herz schlug härter, Anke spannte sich an. Strucks Stimme im Ohr: „Eile. Sie kommen runter, mindestens zwei." Subtext: Zeit läuft ab. Kropka fluchte stumm, sie mussten die Tür jetzt öffnen oder verschwinden.

Anke drückte den Griff, langsam, kein Quietschen. Ein schmaler Spalt. Drinnen herrschte düsteres Licht, eine Art Lagerraum. Säcke, Metallkisten. Kropka schob sich hinein, Anke dicht hinter ihm. Sie hörten leises Wimmern, ein unterdrückter Laut, als läge jemand gefesselt hinter Kisten. Kropka kniff die Augen zusammen. Hielten Ottos Leute Gefangene?

Er setzte einen Schritt vor, Anke sicherte die Tür, leise schloss sie sie hinter sich. Die Schritte im Flur wurden lauter, Stimmen, angespannt. Sie waren in der Falle, in diesem Raum, ohne Fluchtweg. Doch hier konnten sie Hinweise finden, oder jemanden retten. Wimmern wurde deutlicher, Kropka trat um eine Kiste herum. Eine Person, gebunden, Mund geknebelt, die Augen voller Angst. Kropkas Herz zog sich zusammen. Er wollte schreien, aber er blieb stumm, hob die Hand, beruhigend.

Anke biss sich auf die Lippe, zerrte leise an Ketten, die an einer Öse im Boden befestigt waren. Vielleicht ein Zeuge, ein Hinweisgeber, den Otto verschleppt hatte. Doch jetzt, während sie versuchten die Person zu befreien, kamen Schritte direkt vor der Tür. Ein Schatten unter dem Türspalt, leises Geflüster. Kropka hob die Waffe, Anke spannte die Muskeln. Sie konnten keinen Lärm machen, aber sie mussten die gefesselte Person schützen.

Strucks Funkspruch im Ohr: „Seid ihr okay?"
Kropka flüsterte: „In Kontakt. Feinde vor der Tür."
Struck fluchte leise, konnte von draußen nicht
helfen. Sie steckten drin, gefangen in diesem
Raum, kurz davor entdeckt zu werden. Die Zeit
lief, der Druck stieg. Kropka und Anke tauschten
einen panischen Blick. Ein falscher Schritt, und sie
waren erledigt.

Die Türklinke bewegte sich, ein Knarren. Kropka
hob die Waffe, Anke hielt den Atem an. Das Wimmern des Gefangenen verstummte, nur zitternde Augen. Draußen vielleicht Ottos Leute,
die Alarm riechen. Kropka wusste, wenn sie jetzt
schossen, war das Inferno perfekt. Doch sie hatten keine Wahl, sie mussten diesen Unbekannten
retten, ihre Hinweise sichern.

Die Tür öffnete sich einen Spalt, ein Fuß trat über
die Schwelle. Anke biss die Zähne zusammen,
drückte sich an die Wand, die Waffe erhoben.
Kropka zielte auf einen dunklen Umriss, Schweiß
auf der Stirn. Struck konnte nur schweigen, von
außen zuschauen.

Teil 3

Die Tür knarrte. Im letzten Moment drückte sich
Kropka hinter einen Schrank, Anke verschwand in
einer Nische. Die feuchte Luft im Raum
schmeckte bitter, während ein Unbekannter eintrat. Ein Schatten, tastende Schritte, ein zögern-
der Atem. Kropkas Herz pochte, seine Hand an

der Waffe. Er hörte, wie der Mann schnaufte, etwas suchte, dann nach Sekunden wieder verschwand, die Tür leise schließend. Kein Alarm, nur ein leises Murmeln im Gang. Sie waren knapp davongekommen.

Anke atmete flach aus, Kropka nickte ihr zu. Beide wussten, sie mussten weiter. Struck gab über Funk ein kurzes „Alles klar?" Kropka bestätigte leise. Dann traten sie ins Halbdunkel, tasteten sich tiefer in die Villa vor. Ein muffiger Geruch nach feuchtem Holz, Schimmel und Rauch. Ein langer Korridor, Kerzen oder schwache Lampen verströmten fahles Licht. Sie spürten Ottos Präsenz in jeder Faser der Wände, als hänge sein Geist hier wie ein Schleier.

Ein schmaler Gang führte zu einer Tür ohne Griff. Anke musterte den Rahmen, fand einen versteckten Hebel. Ein Klacken, und die Tür schwang auf. Ein geheimer Raum, versteckt hinter einer dunklen Wand. Kropka hob die Waffe, ging voraus, Anke sicherte. Drinnen: Regale voller Ordner, Kartons, Waffenkisten, ein alter hölzerner Schreibtisch mit verstaubten Ledermappen. Kein Schmuck, nur Funktion. Dies war Ottos Schatzkammer des Wissens, sein Archiv der dunklen Machenschaften.

Kropka kniete sich hin, öffnete eine Mappe, fand Listen mit Namen, Koordinaten, Schiffsrouten, Nummern von Konten. Ein nervöses Kribbeln lief seine Wirbelsäule hoch. Er verstand sofort: Das war es. Der Beweis für Ottos Netzwerk. Anke trat heran, nahm einen Stapel Papiere, musterte sie im Lampenschein. „Das zieht sich über Ländergrenzen. Schmuggel, Waffen, Drogen. Otto kontrolliert mehr, als wir dachten." Ihre Stimme knapp, aber im Subtext Entsetzen.

Struck meldete sich leise über Funk: „Wie sieht's aus?" Kropka antwortete flüsternd: „Volle Bestätigung. Wir haben alles. Er ist größer als angenommen." Struck knirschte hörbar mit den Zähnen, doch er blieb ruhig. Kein Jubel, denn sie waren mitten im Feindesland.

Kropka blätterte weiter, fand ein verknittertes Foto, ein Brief, halb vergilbt. Er schluckte, als er ein bekanntes Gesicht erkannte – ein Verwandter, vielleicht sein Onkel, damals im Dorf, bevor alles zerbrach. Ein Stich im Herzen. Otto hatte Verbindungen, die tief in Kropkas eigene Vergangenheit reichten. Ein roher Schmerz blitzte in seinen Augen auf, doch er unterdrückte jede Regung. Anke bemerkte, dass seine Hand zitterte. Er ließ den Brief in die Tasche gleiten, sagte nichts.

Anke hob eine Karte, darauf Linien zu entlegenen Häfen. „Er plant etwas Großes. Ein Transport in den nächsten Tagen? Die Daten sind codiert, aber es sieht nach einer baldigen Aktion aus." Ihr Ton flach, aber die Augen verrieten Anspannung.

Zeit war knapp, sie mussten handeln, bevor Otto verschwand.

Kropka biss die Zähne zusammen, griff noch einige Dokumente, steckte sie ein. „Wir nehmen, was wir brauchen. Dann raus hier." Er wollte nicht länger bleiben als nötig. Jeder Atemzug in diesem Raum war eine Wette, ob Otto oder seine Leute nicht doch auftauchten.

Struck über Funk: „Bewegung draußen. Zwei Mann an der Seite des Hauses." Kropka erstarrte, Anke hob die Waffe. Sie waren entdeckt? Noch nicht, aber nahe dran. Kropka spürte einen Kloß im Hals, Struck warnte sie, dass die Lage kippte. Sie mussten weg, sofort.

Anke schob vorsichtig eine Waffenkiste beiseite, dahinter ein kleiner Auslass, ein Abzug nach draußen? Sie testete die Wand, nichts. Verdammt. Kein einfacher Fluchtweg. Nur der Weg zurück, wo der Unbekannte im Gang patrouillierte. Kropka drückte die Zähne aufeinander, murmelte: „Wir müssen riskieren, auf die gleiche Weise raus. Struck, Deckung?" Struck: „Ich bin bereit." Subtext: Wenn es knallt, schießt er.

Anke nickte, faltete die Dokumente unter ihre Jacke, jede Bewegung vorsichtig, als würden die Papiere knarren. Kropka legte den Finger an die Lippen, hieß sie schweigen. Sie öffneten die Tür zum Gang, Millimeter pro Sekunde, lauschten. Stimmen in der Ferne, gedämpft, als diskutiere jemand. Sie hatten keine Zeit, auf besseres Wetter zu warten.

Kropka führte, Anke hinter ihm. Sie schlichen zurück durch den Flur, den Weg, den sie kamen. Draußen tobte der Wind, doch hier drin war Stille wie vor einem Gewitter. Ein neuer Funkspruch: Struck warnte: „Ein Mann kommt von rechts, Vorsicht." Kropka spannte sich an, duckte sich hinter eine Säule, Anke hinter eine halb offene Tür. Ein Mann mit einer Pistole tauchte auf, schlich die Gänge entlang, suchte offenbar Eindringlinge.

Kropka hob die Waffe, Anke auf der anderen Seite, beide hielten den Atem an. Der Mann horchte, blieb stehen, als spürte er ihren Geruch. Ein Nervenkitzel, Sekunden zogen wie Schleifpapier über die Nerven. Kropka sah Anke in den Augen den Entschluss: wenn nötig, schießen. Doch noch warteten sie, wollten kein Blutvergießen, außer im Notfall.

Der Mann ging weiter, verschwand um eine Ecke. Ein leiser Atemzug der Erleichterung. Kropka nickte, Zeichen zum Weitergehen. Anke folgte, die Pistole im Anschlag. Schritt für Schritt zurück zum Keller, zur Fensterluke. Kein Wort, nur scharfe Blicke, gespannte Muskeln.

Wieder unten im Keller, Schatten tanzten an den Wänden. Ein letztes Problem: Waren weitere Wachen hereingekommen? Kropka schob sich zum Fenster, Anke deckte ihn. Ein Sprung nach draußen, in die kalte Nacht. Der Wind schlug ihnen ins

Gesicht, als sie sich aus dem Kellerfenster hievten. Kein Alarm, kein Schuss. Struck gab ein kurzes „Alles okay?" per Funk. Kropka flüsterte: „Ja, wir haben die Beweise."

Sie hatten Ottos Netzwerk entschlüsselt, seine Pläne zu großen Lieferungen, seine Verräter im Dorf, vielleicht auch sein nächstes Ziel. Doch noch schwebte Gefahr über ihnen. Dieses Gefühl, dass Otto ahnte, etwas war im Gange. Sie hatten belastendes Material, doch Ottos Leute waren nah. Ein falscher Schritt, und alles endete in einer Explosion aus Blut und Feuer.

Anke atmete durch, ihre Augen auf Kropka gerichtet: „Wir haben genug, oder?" Ein leiser Zweifel, ob sie nicht mehr holen sollten. Kropka schüttelte kaum merklich den Kopf. „Genug für jetzt. Zurück zu Struck. Dann planen wir den finalen Schlag." Subtext: Zeit zu verschwinden, bevor Otto sie einkreist.

Sie rannten geduckt durchs nasse Gras, weg von der Villa, das Herz in der Kehle. Hinter ihnen kein Schrei, kein Schuss, doch die Bedrohung schwebte. Sie hatten eine Tür in Ottos Dunkelheit aufgestoßen, sein innerstes Heiligtum entweiht. Er würde reagieren, hart und gnadenlos.

So endete dieser Moment: Sie flohen mit wertvollen Informationen, doch ohne Sicherheit. Die nächste Phase würde zeigen, ob sie Otto stürzen konnten, oder ob er ihnen zuvorkam. Das Herz pochte, der Wind knurrte. Keine Gewissheit, nur die Aussicht auf einen letzten, tödlichen Tanz.

Teil 4

Feuchte Nacht, kalter Wind. Draußen auf dem Gelände der Villa, zwischen Matsch und halbverrotteten Sträuchern, duckten sich Kropka, Anke und Struck. Vor Sekunden hatten sie sich hastig zurückgezogen, Dokumente und Erinnerungen an Gewalt im Kopf. Kein Erleichterungsseufzer, keine Ruhe. Plötzlich flammten Scheinwerfer auf, grelles Licht brach durch die Dunkelheit, raue Strahlen, die jede Deckung leere Illusion sein ließen.

Kropka schlug die Hand vor die Augen, Anke kniff die Lider zusammen, Struck duckte sich tiefer. Keine Alarme, keine Schüsse, nur dieses blendende Licht, das sie an die Wand drückte. Dann, eine Stimme aus dem Nichts, metallisch verzerrt, als käme sie aus jeder Richtung: Otto.

„Kropka", sagte die Stimme, ein kalter Singsang. „Dachtest du, ich kenne dich nicht? Deine Familie, dein Leben, alles nur Scherben. Du rennst hier rum, tust mutig, aber was bleibt dir?" Jede Silbe ein Stich, subtextreich. Kropka spürte, wie sein Magen sich zusammenzog.

Anke legte eine Hand auf Kropkas Arm, ein knappes Drücken, wortlos. Struck funkte leise: „Haltet euch ruhig." Er suchte mit seinem Zielfernrohr nach der Quelle, aber Otto war schlau, kein sichtbares Ziel, nur Lautsprecher an versteckten Ecken. Der Wind zerrte an ihren Nerven, die Stimme zerschnitt die Nacht.

„Du hast gedacht, du kannst mich überlisten, Kropka? Du bist ein Bauer in meinem Spiel. Deine Schuld frisst dich auf, oder?" Otto lachte trocken, kein Humor, nur Spott. Kropka knirschte mit den Zähnen. Er wusste, Otto spielte mit seinen Schwächen, rührte an alten Wunden. Er durfte nicht darauf eingehen.

Anke flüsterte: „Lass dich nicht provozieren. Wir haben, was wir brauchen." Ihre Stimme knapp, aber ein warmer Kern darin, ein Versuch, Kropka auf den Boden zu halten. Kropka atmete flach, nickte kaum. Er spürte seinen Hass, aber auch die Falle. Otto wollte sie aus der Deckung locken, wollte, dass sie blind reagierten.

Struck kniete ein paar Meter entfernt, suchte Deckung hinter einem verrosteten Metallgestell. Sein Funk: „Ich sehe nichts. Er ist verborgen. Wir müssen raus aus dem Licht." Kein Zögern, Struck sprach, als plane er einen lautlosen Auszug. Doch das Licht war überall, gleißend, als würde Otto sie auf einer Bühne präsentieren.

Die Stimme verzerrte sich, Otto klang näher: „Kropka, erinnerst du dich an jenen Abend, als dein Leben zerbrach? Ich weiß, du erinnerst dich. Dieser Schmerz, du trägst ihn wie einen Stein im Herz. Willst du ihn jemals loswerden? Oder gehst du hier unter?" Subtext: Otto wusste genau, wo er einst wühlte, was Kropka verlor. Kropka biss sich auf die Zunge, schmeckte Blut. Er durfte nicht schwach werden.

Anke spähte zur Villa, erkannte kleine Lautsprecher an Ecken des Dachs, kein Schussfeld, kein einfaches Abschalten. „Wir müssen das Gelände verlassen, sonst treibt er uns in die Enge." Ihre Stimme angespannt, aber klar. Kropka atmete einmal durch, hart, konzentrierte sich auf die Realität: Sie waren drei, sie hatten Waffen, Infos, und keine Zeit für Ottos Psychospiele.

Struck hob die Waffe an, zielte auf einen Scheinwerfer, ein Schuss, Glas splitterte, ein Lichtkegel erlosch. Ein Funken Erleichterung, aber noch andere Scheinwerfer blieben. Otto lachte leise in den Lautsprechern, als genieße er dieses Katz-und-Maus-Spiel.

„Moral, eh? Ihr glaubt, ihr seid besser als ich. Lachhaft." Ein bitterer Unterton, als Otto ihre moralischen Skrupel verspottete. Kropka spürte einen Kloß im Hals, wollte am liebsten zurückrufen, doch Anke drückte seinen Arm fester. „Bleib ruhig", flüsterte sie, so leise, dass nur er es hörte. Er nickte.

Während Otto weiter sprach, spulte er Namen ab, Orte im Dorf, Verbindungen, als wollte er beweisen, dass er alles wusste. Er wollte sie verunsichern, sie in Wut oder Panik treiben. Kropka klammerte sich an den Gedanken, dass sie bereits wertvolle Beweise hatten. Ottos Worte durften ihn nicht vergiften.

Struck schoss erneut, ein zweiter Scheinwerfer platzte, die Nacht etwas dunkler. Aber immer noch zu viel Licht, immer noch Ottos Stimme, die über den Hof schallte. „Ihr denkt, ihr habt etwas erreicht? Nichts habt ihr. Ich kontrolliere das Dorf, die Küsten, eure kleinen Geheimnisse. Kropka, du bist nichts ohne deinen alten Zorn."

Kropka schluckte, sprach leise: „Ich bin nicht dein Spielzeug, Otto." Subtext: Er weigerte sich, diese Fassade zu akzeptieren. Anke hörte seine Worte, schwieg, doch ihr Blick zeigte Zustimmung. Struck funkte knapp: „Noch ein Scheinwerfer, dann wird's dunkler." Kropka nickte, bedeutete ihm, weiterzumachen.

Ein dritter Schuss, Glas krachte, ein Funkenregen, mehr Dunkelheit kehrte zurück. Ottos Stimme zischelte: „Schießt ruhig, versucht, mich zum Schweigen zu bringen. Ihr rennt im Kreis. Meine Leute kommen. Ihr werdet bluten für euren Hochmut." Ein Drohen, aber Kropka konzentrierte sich auf die Fluchtmöglichkeit. Wenn sie die Lichter ausschalteten, konnten sie im Dunkeln entkommen.

Anke berührte Kropkas Schulter, kurz, er spürte ihre Nähe, ihren ruhigen Atem. Sie wollten zusammen hier raus, danach konnten sie Otto später konfrontieren, wenn sie vorbereitet waren, mit Menschen, die ihre Zeugenaussagen hörten. Struck nahm Anweisung per Handzeichen, zielte auf den letzten großen Scheinwerfer. Ein Schuss, ein dumpfer Laut, Dunkelheit senkte sich wie ein Leichentuch.

Die Lautsprecher krächzten, Otto stieß ein scharfes Lachen aus. Doch ohne Licht war er nun nur eine Stimme im schwarzen Raum, weniger dominant. Kropka nutzte den Moment: „Raus, jetzt." Anke nickte, Struck bestätigte über Funk. Sie kannten den Weg zurück zum Ausgang, vorsichtig, Schritt für Schritt, im Schutz der Nacht.

Otto redete weiter, spie Gift in die Nacht, aber ohne Licht hatte seine Präsenz etwas von einem leeren Drohszenario. Kropka hörte die Worte, ließ sie an sich abperlen. Er war verletzt, innerlich zerrissen, doch er würde nicht brechen. Anke hielt die Waffe schussbereit, Struck deckte ihren Rückzug aus sicherer Entfernung.

Sie entfernten sich, die Villa im Rücken, Ottos Stimme immer schwächer in der Ferne. Kein Abschiedsruf, kein letztes Wort. Der Wind fraß die Echos von Ottos Psychospiel. Kropka wusste, Otto hatte sein bestes Gift versprüht, aber sie hatten überlebt, im Geist standhaft geblieben, und nun hatten sie die Beweise, Ottos Operation verstanden.

Keine Leichtigkeit in ihren Schritten, doch sie gingen weiter, der Boden nass, die Kälte eisig, ihr Herz voller Entschlossenheit. Ein harter Weg lag vor ihnen, doch die Einheit im Team war stärker als Ottos hohle Worte. Endlich waren sie frei von seinem direkten Zugriff, in der Finsternis schritt der nächste Morgen unaufhaltsam näher.

Teil 5

Kropka, Anke und Struck hetzten über das Gelände, geduckt, in tiefem Schatten. Ihr Plan war die Flucht, doch plötzlich flammten Scheinwerfer auf, ein klappernder Mechanismus riegelte ein Tor. Funken sprühten, als eine Stahltür ins Schloss fiel. Kein Durchkommen. Der Weg zurück, den sie eben genommen hatten, versperrt. Ein Fluch, kaum lauter als ein Hauch, entkam Kropkas Lippen.

Anke ließ den Blick rasch schweifen. „Er hat uns erwartet", murmelte sie leise, Zorn in der Stimme. Struck kniete abseits, das Fernglas vor den Augen. „Zwei Mann an der Ostseite, drei im Westen", flüsterte er, Subtext: ein enges Netz. Otto wollte sie zurück in die Villa treiben, in seinen Kern, wo er stärker war.

Kropka presste die Zähne zusammen. Zurück zur Villa, keine Wahl. Sie mussten durch Ottos Schlupfwinkel, vielleicht einen anderen Ausgang finden. Struck musterte die Beleuchtung und Waffenstellungen. „Ich trenne mich hier", raunte er. Ein Entschluss, knapp und ohne Frage. Er deutete auf einen Seitentrakt, von dem aus er Feuerschutz geben konnte.

Anke spannte die Kiefer, wollte widersprechen, doch Kropka legte ihr eine Hand auf den Arm. „Lass ihn. Er deckt uns, wir gehen rein." Keine Zeit für Debatten. Struck nickte kurz, verschwand im Dunkel, lautlos wie ein Geist. Anke und Kropka blieben zurück, ein paar Schritte auseinander, dann schoben sie sich an die brüchige Seitenwand der Villa, fanden eine offene Terrassentür. Drinnen flackerndes Licht, scharfe Winkel aus Schatten und Möbeln.

Kaum waren sie eingetreten, erhellte ein Funke die Halle, ein kleines Feuerwerk aus funkenschlagenden Fallen. Ottos Männer hatten Drähte gespannt, Stolperdrähte. Anke riss Kropka zurück, bevor er hineintrat. Ein kurzer Fluch im Flüsterton. „Vorsicht", zischte sie. Er nickte, erkannte dünne Metallfäden in Kniehöhe. Sie kletterten vorsichtig darüber, kein Geräusch.

Im Inneren ein breiter Korridor, Türen halboffen, Statuen mit hohlen Augenhöhlen. Dumpfe Schritte von irgendwo. Otto hatte Leute stationiert, sie hörten eine Flüsterdiskussion an einer Kreuzung. Kropka und Anke duckten sich hinter eine Säule, scharfe Konturen aus Lampe und Dunkelheit. Zwei Leibwächter kamen näher, nervös, Waffen bereit.

Kropka hob die Pistole, Anke zielte ebenfalls. Zwei Schüsse, kurz, präzise. Ein gurgelnder Laut, dann Stille. Kein Platz für Gnade, kein Raum für Zweifel, sie mussten vorankommen. Ankes Gesicht verhärtet, Kropka spürte Scham, doch weiter. Keine Zeit für Gefühle. Sie bewegten sich weiter den Gang entlang, ein Labyrinth aus Holz und Stein, jeder Schritt konnte die nächste Falle sein.

Ein Lautsprecher knisterte, Ottos Stimme erneut. „Ihr kommt nicht raus. Ihr wollt mich stellen? Hier bin ich der Herr. Ihr sterbt, bevor ihr mich erreicht." Eine Drohung, hart wie Stahl. Kropka kniff die Augen zusammen. Er kannte Ottos Spiel. Diesmal aber kein Herumreden, sondern reine Einschüchterung. Er biss auf die Zunge, ignorierte die Worte. Anke schwieg, ihr Blick eiskalt.

Ein zweiter Korridor, schmaler, kahle Wände. In einer Ecke lagen Kisten, darin vermutlich Schmuggelware. Kropka und Anke wechselten Blicke, wussten, dass sie Beweise für Ottos Operationen hatten, doch sie mussten leben, um sie zu nutzen. Plötzlich das Klirren einer Granate am Boden, ein klingender Ton. Anke stieß Kropka in eine Nische, er hob den Arm vorm Gesicht. Eine kleine Explosion, Rauch, keine Splitter, nur Blendwirkung. Sie rieben sich die brennenden Augen. Eine Falle, nur um sie aus dem Gleichgewicht zu bringen.

Kropka hörte Ottos Lachen über den Lautsprecher. „Schön, nicht wahr? Meine kleine Show." Ein

Zischeln, als würde Otto selbst in der Dunkelheit stehen und grinsen. Anke hustete, versuchte, klare Sicht zurückzugewinnen. Kropka packte ihren Arm, führte sie weiter, tastete sich vor, der Schmerz im Kopf dröhnte. Sie mussten Otto finden, oder wenigstens aus seinem Netz entkommen.

Ein anderer Raum, heller Schein unter der Tür. Kropka presste sich daran, hörte leises Gehen. Möglicherweise Ottos Leibwächter, größerer Trupp, vielleicht Otto selbst. Sie mussten vorsichtig sein. Struck meldete sich über Funk: „Ich sehe dich an Fenster, kann aushelfen, wenn du Locke gibst." Kropka ein kurzes „Verstanden."

Anke zeigte auf eine Statue in einer Ecke, hoch, aus Metall. Sie könnte als Deckung dienen. Kropka stimmte zu, beide schoben sich vor, geduckt. Ein Wachmann trat aus der Tür, sah sie im letzten Augenblick, hob die Waffe. Kropka war schneller, drückte ab. Ein Schuss durchbrach die Stille, der Mann fiel, nur röchelnde Laute. Wahrscheinlich hörten andere es. Otto wusste, dass sie näherkamen.

Wieder Ottos Stimme: „Ihr wollt alles kaputtmachen, wofür ich arbeitete. Ist es das wert, Kropka? Dein schmerzverzerrtes Leben gegen meine Macht? Du verlierst." Subtext: Otto versucht, Zweifel zu säen. Kropka knurrte, schüttelte den Kopf. Er hatte nichts mehr zu verlieren, außer seine Prinzipien, und die würde er nicht Otto überlassen.

Anke legte Hand an Kropkas Schulter: „Bleib bei dir, Michael." Ein flüsternder Ton, nennt ihn beim Vornamen, selten, intim. Er versteht. Er atmet ruhiger, schiebt den Zorn beiseite, konzentriert sich. Vor ihnen eine Tür, schwer, massiv. Dahinter könnte Otto sein, oder ein Kern seines Betriebs. Sie hörten gedämpfte Stimmen, Befehle, hektisches Rascheln von Papieren.

Struck per Funk: „Zwei Mann versuchen, hinten reinzukommen. Ich halte sie auf." Kurze Schüsse von draußen, gedämpft, Strucks Effizienz. Kropka und Anke sind allein, aber Struck deckt ihnen den Rücken, verhindert Verstärkung. Sie dürfen nicht zögern.

Kropka nickt Anke zu, sie tritt die Tür auf. Ein karges Büro, Schreibtisch, Lampen, zwei Leibwächter heben sofort die Waffen. Anke schießt dem einen ins Bein, Kropka trifft den anderen in die Schulter. Schreie, Blut, aber kein Rückzug, sie bleiben standhaft. In der Ferne wohl Otto, noch unsichtbar, aber nahe.

Anke beugt sich über den verletzten Mann, reißt ihm die Waffe weg. „Wo ist Otto?" Er spuckt vor Wut, schweigt. Kropka tritt vor, düster, keine Gnade im Blick. „Sprich, oder wir lassen dich liegen." Der Mann keucht, zeigt widerwillig

Richtung nächste Tür. Sie verstehen: Otto dahinter, sein letztes Bollwerk.

Draußen wispert der Wind, drinnen pochen ihre Herzen. Ottos Verteidigung bricht, aber er ist noch nicht besiegt. Anke schließt die Augen kurz, konzentriert sich, dann nickt Kropka zu, der die Waffe nachlädt. Struck schweigt im Funk, vielleicht gerade beschäftigt. Sie sind am Zenit: ein Schritt weiter, und sie stehen Otto gegenüber.

Keine Erwähnung von Hoffnung, kein leises Lächeln. Nur der Geschmack von Metall auf der Zunge, der Geruch von Pulver, Schweiß und Angst. Ottos letzte Verteidigung wankt, doch er lebt noch, ein Schatten hinter der nächsten Tür. Kropka, Anke und Struck müssen mutig bleiben, fokussiert, bereit für den finalen Akt.

Teil 6

Der Wind klang wie ein ferner Schrei, drang durch Ritzen, verirrte sich in der Dunkelheit. Kropka und Anke standen vor der letzten Tür, noch geschlossene Barrikade zwischen ihnen und Otto. Struck meldete sich kurz über Funk, tonlos: „Hab meine Position, aber kein klares Ziel." Draußen klirrte die Nacht, drinnen warteten Antworten und Gefahren.

Kropka drückte die Klinke, die Tür knarrte. Ein karger Raum, gedämpftes Licht. Keine Leibwächter mehr, nur Otto, lässig an einer Wand gelehnt, ein schmallippiges Lächeln. Er hielt keine Waffe in der Hand, doch seine Augen verrieten Härte, ein Raubtierblick. Auf dem Boden eine Falltür offen, Stufen führten hinab in einen Tunnel. Ein Fluchtweg, schlau angelegt. Der Geruch von feuchter Erde stieg in die Nase, Moder, Salz Luft, als führe der Tunnel unter der Ostsee entlang.

Anke trat neben Kropka, Waffe im Anschlag. Otto hob eine Braue, zeigte mit dem Kopf zu Kropka. „Du dachtest, du kannst mich stürzen? Wer bist du denn, Michael? Ein verlorener Mann, dessen Familie im Rauch aufging, dank Befehlen, die ich gab." Jeder Satz ein Dolch, Subtext: Otto wusste genau, was Kropka antrieb. Kropkas Herz raste, die Finger verkrampften sich um den Pistolenlauf.

Das Licht flackerte, Ottos Schatten lang und verzerrt. Kropka atmete flach. „Warum?" Ein Wort, mehr brauchte er nicht. Otto schmunzelte, als koste er den Schmerz. „Weil dein alter Herr im Weg stand, weil ich ein Geschäft sichern musste." Keine Reue, nur Pragmatismus. Anke spannte sich, sah, wie Kropka zitterte. Struck über Funk, leise: „Keine Zeit für Palaver." Doch Kropka hörte Struck kaum. Er stand vor dem Mann, der sein Leben zerriss.

Die Luft dick, als steckten sie in einem dunklen Götterspiel. Otto machte einen Schritt zurück, Richtung Falltür. „Ihr habt Beweise, na und? Ohne mich könnt ihr nichts beweisen. Ich kenne eure

Namen, eure Schwächen. Ich habe meinen Weg."
Er hob die Hand, zeigte auf den Tunnel. „Ein Weg
raus, während ihr hier erfriert." Ein Hauch von
Spott, selbst jetzt, wo er in die Enge getrieben
schien.

Anke trat vor, Waffe auf Ottos Brust gerichtet.
„Bleib stehen", knurrte sie. Er hob nur die Augenbrauen. „Sei doch nicht naiv. Ihr seid müde, verletzt, und ich habe noch Mittel. Ihr werdet diesen
Kampf nicht so einfach gewinnen." Kropka
kämpfte mit seinem inneren Sturm, der Zorn
brauste in ihm auf, aber er zwang sich zur Ruhe.
Hier im Tunnel könnte Otto entkommen, wenn
sie die Nerven verloren.

Struck über Funk, genervt: „Soll ich schießen?"
Kropka zögerte. Ein Schuss konnte die Chance
auf ein Geständnis in Gefahr bringen. Ottos Finger tippte auf die Wand, ein verborgenes Panel.
Ein Klicken, ein tiefes mechanisches Stöhnen aus
der Tiefe des Tunnels. Wassergeräusche, als
würden Schleusen öffnen. Ein unheimliches Gefühl kroch Kropka den Rücken hinauf. Otto
spielte mit Strukturen unter der Villa, vielleicht
flutete er den Tunnel oder aktivierte Fallen.

Anke spürte die Zeit verrinnen, Kropka stand vor
einem moralischen Abgrund, Ottos Worte in seinem Kopf. Sie legte kurz eine Hand auf Kropkas
Schulter, subtextreich: Lass dich nicht verrückt
machen. Kropka schluckte, hob die Waffe, zielte
auf Ottos Kopf. Ihre Blicke trafen sich, gläsern

und hart. Otto lächelte müde, als hätte er alles vorhergesehen.

Das Licht in der Lampe flackerte erneut, als hätte die Villa selbst Angst. Ein rumpelnder Laut, Feuchtigkeit in der Luft, der Geruch von Salz stärker. Kropka begriff: Otto öffnete vielleicht einen Kanal, wollte sie in einer Flutwelle ertränken, oder den Weg ins Freie kappen. Struck funkte knapp: „Bewegung über euch, habe keine klare Sicht." Der Druck stieg, jede Sekunde zählte.

Anke schob Kropka leicht beiseite, „Nicht töten, wir brauchen ihn lebend", zischte sie. Doch Kropkas Augen loderten vor Schmerz, vor Erinnerung an die Familie, die Otto ihm nahm. Otto nutzte das, grinste. „Schieß doch, Michael. Dann kennst du nie die ganze Wahrheit." Ein kalter Stich. Kropka wusste, er musste Otto lebendig haben, um das Netz zu zerschlagen, die Dorfleute zu befreien. Doch sein Herz schmerzte wie eine offene Wunde.

Plötzlich Schritte die Treppe herab, Wasser tropfte, ein männliches Fluchen. Einer von Ottos Männern kehrte zurück, alarmiert, Waffe im Anschlag. Anke reagierte, zwei schnelle Schüsse, der Mann brach krachend auf die Stufen. Ottos Miene blieb regungslos, doch die Spannung im Raum stieg ins Unermessliche. Kropka wusste, sie hatten jetzt kaum noch Optionen. Entweder sie packten Otto oder er entkam in diesen Tunnel, der mit unbekannten Fallen wartete.

Ein Rumpeln, ein Fauchen von Wasser, vielleicht im Untergrund. Ottos Finger am Panel, als würde er noch einen Hebel ziehen. Kropka kniff die Augen zusammen, Anke hob die Waffe, Struck fluchte über Funk: „Verdammt, was macht er da?" Kropka packte Ottos Handgelenk, schlug sie weg vom Schalter. Otto fauchte, versuchte sich zu befreien. Kropka spürte die Muskelkraft des Mannes, kein schwacher Boss, sondern ein Kämpfer.

Anke half, packte Ottos anderen Arm. Er wand sich, spuckte Beleidigungen, versuchte, Kropka ins Gesicht zu schlagen. Kropka duckte sich, schlug zurück, ein harter Aufprall Knochen auf Knochen. Der Schmerz schoss durch sein Handgelenk, doch er hielt nicht inne. Otto musste gestoppt werden. Anke trat ihm in die Kniekehle, Otto fiel auf ein Knie, keuchte.

Doch der Boden vibrierte, als ob etwas Großes in den Tiefen des Tunnels arbeitete. Kropka war unsicher, ob sie hier lange bleiben konnten. Struck schnarrte: „Leute, beeilt euch, da kommen noch mehr!"

Ottos Lächeln war verschmiert von Blut, er zischte: „Ihr glaubt, ihr habt mich. Dumm. Ihr sterbt hier. Keiner entkommt." Ein Funke Wahnsinn in den Augen, als hätte er noch ein Ass im Ärmel.

Kropka drückte die Waffe an Ottos Kopf, Anke trat zurück, sicherte den Raum. Ottos Männer scharrten auf dem Gelände, Struck meldete erneut Bewegung. Zeit fast abgelaufen. Kropkas Herz raste, Anke suchte mit dem Blick einen Ausweg. Otto war gefasst, aber nicht besiegt, der Tunnel noch ein Rätsel.

Wasser gluckerte, ein metallisches Knirschen aus dem Untergrund. Anke spürte Feuchtigkeit am Boden. War der Keller dabei, sich mit Wasser zu füllen? Oder eine Chemikalie, eine tödliche Falle? Kropka kniff die Augen zusammen. Er durfte sich nicht von Ottos Worten in den Abgrund reißen lassen, aber die Situation war am Kippen. Sie standen am Rand der Katastrophe.

Kein Platz für Mitleid, aber auch kein Raum für Verzweiflung. Kropka presste die Pistole härter gegen Ottos Schädel, atmete durch. Anke positionierte sich hinter einer Säule, Struck funkte ungeduldig. Jeder Muskel angespannt, jeder Atemzug ein Messer in der Luft. Eine Sekunde, eine Entscheidung, ein Wimpernschlag.

Das Licht in der Lampe flackerte stärker, das Grollen aus dem Tunnel wurde lauter. Ottos Lächeln wurde breiter, als spüre er, dass ihre Moral gegen die drohende Panik ankämpfte. Kropka schluckte, Anke riss die Augen auf. Geräusche von außen, Stimmen, Schritte nahen. Struck verlor Sicht, meldete Störungen.

Ottos Stimme war nur ein Flüstern: „Siehst du, Michael, das Ende rückt näher." Kropka hob den Kopf, Anke schluckte, Struck schwieg. Kein Satz über das Ende, kein Rückzug mehr, nur ein brutales Now-or-never.

Teil 7

Dunkler Himmel, graue Wolken. Ein rauer Wind, der das Land peitschte. Die Villa auf Holnis leuchtete mit fahlen Lampen, unruhiges Flackern, als würde sie zittern. Drinnen war Kropka mit Anke bei Otto, im Kern dieses Albtraums. Draußen Tobias Struck, allein, ein Scharfschütze im Kampf gegen unsichtbare Linien. Die Gruppe hatte sich kurz getrennt, um ihre Flucht zu sichern.

Struck lag halb im Schatten eines zerbrochenen Zauns, Waffe im Anschlag, die Augen schmal hinter dem Zielfernrohr. Er beobachtete die Außenbereiche: ein paar Wachen verstreut, nervöse Bewegungen, Rufe, die im Wind zerrissen. Keine klare Formation, doch genau das machte sie gefährlich. Struck wusste, ein falscher Atemzug, und sie würden die Fluchtwege blockieren.

Kropkas Stimme kam leise über Funk: „Wir halten Otto im Griff, aber keine Ahnung, wie lange." Subtext: Beeil dich, Struck. Drinnen war die Luft schwanger mit Gewalt. Struck presste die Lippen zusammen. Er musste handeln, effizient, lautlos. Er kannte seine Rolle: Den Weg freimachen, damit Kropka und Anke entkommen konnten.

Ein Mann trat ins Freie, eine Pistole in der Hand, suchend, unsicher. Struck hielt den Atem an, zielte. Ein sauberer Schuss, kein Schrei, nur ein Aufprall. Der Körper sank ins feuchte Gras. Kein Triumph, nur Notwendigkeit. Anke flüsterte über Funk: „Gute Arbeit. Noch mehr?" Struck schwieg, suchte weitere Ziele.

Drei Männer sammelten sich nahe einer Werkzeughütte. Struck beobachtete, wie sie miteinander fauchten, wild gestikulierten. Otto hatte sie wohl unzureichend gebrieft, Chaos fraß ihre Moral. Struck nutzte die Gelegenheit, schoss dem Anführer ins Knie. Ein scharfer Schrei, die anderen tauchten weg, in Panik. Eine einzelne Kugel, durchdacht platziert, reichte oft, um eine Gruppe zu zerstreuen.

Eine Meldung von Kropka: „Otto versucht, uns psychisch zu knacken. Wir halten stand." Struck nickte für sich selbst, während er einen anderen Korridor mit dem Zielfernrohr abtastete. Er verstand Kropkas innere Kämpfe nur ansatzweise, aber er respektierte sein Durchhaltevermögen. Er musste das Äußere sichern, damit die beiden drinnen nicht von hinten überrascht wurden.

Wind pfiff, die Blätter knisterten. Struck bewegte sich einen Meter zur Seite, suchte einen neuen Winkel. Er sah Bewegung hinter einem hohem Busch, ein einzelner Schütze mit einem Langgewehr, offenbar vorbereitet, um bei ihrer Flucht tödliche Fallen zu stellen. Struck spannte die Muskeln, zielte vorsichtig. Ein präziser Schuss in die Schulter, der Mann fuhr hoch, wimmerte, ließ die Waffe fallen. Genug, um ihn aus dem Spiel zu nehmen.

Struck atmete flach, fühlte keinen Stolz, nur Erleichterung. Er machte den Weg frei, aber jeder Schuss fraß an seiner Seele. Er erinnerte sich an alte Missionen, Gesichter von Kameraden, die er nicht retten konnte. Nun hatte er hier eine zweite Chance, andere zu schützen, auch wenn es bedeutet, wieder zu töten. Eine bittere Ironie des Lebens.

Anke meldete sich flüsternd: „Tobias, es gibt Geräusche unter uns. Otto hat vielleicht einen Fluchttunnel. Prüfst du die Außenseite?" Struck starrte zum Hausfundament, sah einen schwachen Lichtschein zwischen Brettern. Ein geheimer Schacht? Struck funkelte mit dem Zielfernrohr, doch er erkannte nur unklare Schatten. Kein klares Ziel, aber möglicherweise Ottos letzter Trick.

Der Druck stieg. Kropka hauchte: „Wir müssen bald raus. Die Luft wird dünn." Subtext: Ottos psychologische Manöver drohten, ihre Nerven zu zerreißen. Struck verzog keine Miene. Er wusste, sie mussten handeln, bevor Otto sie in eine Falle lockte. Er suchte weiter nach Gegnern, die einen Hinterhalt legten.

Plötzlich Schritte hinter Struck, leise raschelnd. Er duckte sich tiefer, drehte langsam den Kopf. Ein Mann, nur fünf Meter entfernt, kroch im Gestrüpp, wollte ihm in den Rücken fallen. Struck spannte sich an, hielt den Atem an. Kein Raum für Zögern, er drückte ab. Ein gedämpfter Knall, ein Aufprall von Fleisch auf Erde. Der Angreifer stöhnte, verstummte. Struck schloss kurz die Augen, zwang sich, nicht an die Schuld zu denken. Nur an die Mission.

Anke über Funk: „Ottos Leute ziehen sich zurück, aber wir spüren eine Falle. Konnten Hinweise auf einen sabotierten Weg finden. Kannst du Fluchtroute klären?" Struck suchte mit dem Fernglas. Da war noch ein Mann, hockte an einer Hecke, schien etwas zu platzieren, vielleicht Sprengsätze. Struck schoss, der Körper zuckte, keine Explosion, aber auch kein stilles Ablegen mehr.

Kropkas Stimme, tiefer: „Wir kommen gleich raus. Halte den Bereich sauber." Struck nickte stumm, beobachtete die Pfade. Ein unruhiges Gefühl in der Magengrube, als wäre irgendwas im Busch. Er hatte fast alle Wachen ausgeschaltet, aber das war zu leicht. Otto war kein Idiot. Es musste noch ein Plan B geben.

Ein Funkspruch von Kropka, gehetzt: „Otto spielt auf Zeit, redet von einem Signal, das er geben kann. Irgendwas Großes." Struck biss die Zähne zusammen, prüfte erneut den Bereich. Sah er dort im Schatten ein Kabel, ein dünnes Metallseil, das in den Boden führte? Ein möglicher Spreng-mechanismus? Er konnte nicht sicher sein. Ein schlechtes Zeichen.

Anke atmete hörbar im Funkkanal, kein Wort, aber Struck verstand ihre Anspannung. Er suchte akribisch mit dem Zielfernrohr nach weiteren Be-drohungen. Es war stiller geworden, als hockten Ottos Männer im Dunkeln und warteten auf ein finales Signal. Einatmen, ausatmen, Ruhe bewah-ren.

Kropka meldete sich: „Wir kommen jetzt, halten Otto im Schlepptau. Er ist angeschlagen, aber nicht gebrochen. Sei bereit." Struck nickte, sein Herz klopfte. Er würde ihnen Deckung geben, wenn Otto irgendwas versuchte. Doch dieses merkwürdige Kabel, diese Andeutung von Sprengsätzen oder einer letzten Falle, beunru-higte ihn.

Er tastete mit dem Blick den Boden ab. Nichts Eindeutiges, nur eine Ahnung. Der Wind rüttelte an Ästen, der Himmel drohte mit Regen. Struck straffte die Schultern, die Waffe in der Hand, Fin-ger am Abzug. Er musste bereit sein, wenn Ottos letzter Schachzug zuschlug.

Ein leises Klicken im Funk, Kropka meldete: „Wir kommen raus, Nordseite." Struck richtete den Lauf auf dieses Areal, wartend auf das Schau-spiel, das gleich entbrennen könnte. Er sah leichte Bewegungen, wahrscheinlich Kropka und

Anke mit Otto. Keine Spur von massiven Gegnern mehr, doch diese ominöse Vorahnung blieb.

Der erste Regentropfen traf seine Hand. Ein leichter Schauer begann, tanzte im Schein der letzten Lampen. Struck kniff die Augen zusammen, konzentrierte sich, jede Nervenfaser angespannt. Der nächste Moment würde alles entscheiden – Ob sie heil davonkamen oder ob Otto ein letztes Mal die Karten neu mischte.

Teil 8

Kropka hielt Ottos Handgelenk eisern, die Pistole gegen seinen Schädel gedrückt. Anke stand seitlich, Waffe im Anschlag, schweigend, doch in ihren Augen brannte der Wille, diesen Mann endlich zu stoppen. Das Licht im Raum flackerte, ein modriger Geruch stieg auf. Der Boden knarrte unter ihren Füßen, als wäre etwas darunter in Bewegung.

Eine Sekunde Stille. Dann ein heftiges Rumpeln, ein metallisches Kreischen, als ob unter dem Boden schwere Mechanik ratterte. Otto grinste, blutverschmierte Lippen, als hätte er diesen Moment geplant. Kropka spürte ein Vibrieren im Untergrund. Anke wich einen halben Schritt zurück, Augen geweitet. „Was macht er?"

Otto flüsterte heiser: „Ihr dachtet, ihr hättet mich." Subtext: Dummer Irrglaube. Kropka wollte abdrücken, doch etwas hielt ihn zurück, der Gedanke an notwendige Antworten. Da flog ein Funkenstaub aus einem Riss im Boden, Balken erzitterten. Kropka klammerte sich an Ottos Arm, aber der klebrige Schweiß machte den Griff rutschig. Otto nutzte die Sekunde, riss sich los, ein deftiger Schlag mit dem Ellbogen gegen Kropkas Kiefer. Kropka taumelte, Anke feuerte einen Schuss, doch zu spät. Ottos Schatten huschte zur Tür, ein gebückter Sprint, während der Boden weiter klapperte, als öffne sich darunter ein Schacht.

Anke fluchte leise, wollte Otto nachsetzen, doch der Boden neigte sich, ein Spalt auftuend. Sie mussten raus hier. Kropka sammelte sich, knirschte die Zähne, der Kiefer pochte. Keine Zeit zu jammern. Sie hatten nur Sekunden, bevor der Raum einstürzte oder in giftige Dämpfe getaucht wurde – wer wusste schon, welche Falle Otto versteckt hatte.

„Los, raus!", zischte Kropka, packte Ankes Arm. Sie nickte, Waffe im Anschlag, Schulter an Schulter, traten sie zurück in den Korridor, stolperten über Schutt. Das Licht war schwach, die Luft staubig. Im Gang hörten sie Rufe, Schritte – Ottos Leute, alarmiert von der Falle. Kropka und Anke rasten den Flur entlang, folgten einem bekannten Weg, bis sie schließlich in den großen Saal der Villa gelangten. Hier war mehr Platz, aber auch weniger Deckung, eine weite Fläche mit vereinzelten Möbeln, Statuen im Halbdunkel.

In ihren Ohren Strucks Funkspruch, kratzend: „Alles okay?" Kropka keuchte: „Otto entwischt. Wir im großen Saal." Keine Zeit, die Wut zu schmecken. Sie mussten neu formieren. Anke wischte sich Staub von der Wange, blickte umher. „Hier können wir die Geiseln suchen, Hinweise finden", flüsterte sie knapp. Kropka nickte, doch Unsicherheit nagte an ihm. Falle hatte sie ins Herz des Terrors getrieben.

Der Saal war weit, die Beleuchtung schwach. Schatten lauerten in Ecken, ein paar zerborstene Möbel, verschmierte Flecken auf dem Boden. Anke kniff die Augen zusammen, Kropka spürte, wie sein Puls raste. Keine Ausflüchte mehr, sie mussten sich stellen, egal wie viele Leibwächter Otto noch hatte. Draußen irgendwo Struck, bereit, durch Fenster oder Spalten Feuerschutz zu geben.

Ein Geräusch, Schritte, leises Flüstern. Drei Gestalten traten vor, Ottos Elite. Ihre Haltung angespannt, Waffen im Anschlag, Kevlar Westen. Kein Wort, nur das Knistern elektrischer Spannung. Kropka hob die Waffe, Anke tat es ihm gleich. Zwischen ihnen hallte unsichtbare Wut. Der Boden schien zu atmen.

Kropka flüsterte ins Funkgerät: „Struck, Position?" Ein kurzes Knistern, Strucks Stimme kühl: „Hab den Saal im Visier, nur signalisiert, wenn du

Ziel nennst." Gut. Ein Ass im Ärmel, aber nur, wenn sie die Gegner ins Blickfeld manövrierten.

Einer der Leibwächter stürmte ohne Vorwarnung vor, Maschinenpistole rotzend, Kugeln rissen Holzsplitter von einer Kommode, Kropka duckte sich, Anke sprang zur Seite, rollte hinter einen kippenden Stuhl. Keine Gnade, kein Palaver. Kropka schoss einmal, traf den Angreifer in den Oberschenkel, ein Fluch, der Mann kauerte. Anke nutzte den Moment, feuerte in die Schulter, er sackte zusammen, keuchte nach Atem.

Doch die anderen zwei stürmten seitlich, versuchten sie einzukreisen. Kropka merkte, dass sie taktisch vorgingen, diszipliniert. Er musste Strucks Hilfe einfordern. „Struck, rechter Flügel, ein Mann hinter der Säule." Ein Knacken im Funk, dann ein Schuss draußen. Ein Fenster splitterte, der Mann brüllte auf, getroffen, klammerte sich an die Säule. Anke nutzte das Chaos, rückte vor, schoss einmal, der Kerl fiel mit dumpfem Schlag zu Boden.

Ein letzter Mann, geduckt hinter einer schweren Truhe. Kropka wusste, ohne Struck war's hart. Er schob sich in eine bessere Deckung, Anke sicherte hinten. Der Gegner feuerte ein paar Kugeln, doch traf nur Wand und Staub. Kropka nickte Anke kurz zu. Sie verstand, ging linksherum, Kropka rechts. Der Gegner war eingekeilt.

Ein Funkspruch von Struck, knapp: „Von außen alles ruhig, keine Verstärkung in Sicht." Gut, kein Nachschub für Otto. Der letzte Mann kämpfte verzweifelt, ein Schuss streifte Kropkas Oberarm, brennender Schmerz, doch Kropka hielt durch. Anke nutzte die Ablenkung, tauchte auf, ein gezielter Schuss. Der Gegner war neutralisiert, sank lautlos in den Staub.

Kropka hielt inne, keuchte. Anke atmete flach, die Waffe immer noch erhoben. Wo war Otto? Sie hatten seine besten Leute ausgeschaltet, aber von ihm keine Spur. Struck fragte: „Ziel gesichtet?" Kropka schnarrte: „Noch nicht." Wut nagte an ihm, Otto entkam ihnen immer wieder, wie ein Schatten. Doch sie würden nicht aufgeben.

Aus einem Seitengang ein metallisches Klirren. Dann ein leises Lachen, als würde Otto direkt hinter einer Tür stehen. Kropka spannte sich an, Anke kam näher an ihn, suchte Deckung hinter einer umgestürzten Vitrine. Was sollte Otto noch in petto haben?

Eine weitere Tür im Saal war angelehnt, schwaches Licht dahinter. Ein Funke Instinkt: Dahinter Ottos letzter Weg. Kropka und Anke näherten sich vorsichtig. Kropka funkte: „Struck, wir gehen weiter. Deckung halten." Struck bestätigte knapp.

Ein Schritt, ein Kratzen am Boden, ein pulsierendes Geräusch, als würde ein Generator laufen.

Kropka stieß die Tür auf, Waffe hoch. Der Raum dahinter war kleiner, verwinkelt, eine Art Kontrollraum, Kabel, Monitore. Kein Otto. Nur eine offene Bodenluke, frische Fußspuren im Staub, als wäre Otto gerade hinabgestiegen.

Anke fluchte, Kropka kniff die Lippen zusammen. Also ein weiterer Fluchtweg, tiefer in den Untergrund. Der Regen prasselte lauter auf die Dächer, Donner grollte in der Ferne. Ein Funkspruch von Struck: „Habe gerade Lichter im Hinterhof gesehen, könnte sein, Otto flieht." Kropka verstand: Sie hatten die Leibwächter erledigt, aber Otto war schlau, hatte noch einen Trick.

Kein Triumph, kein finales Ende. Nur die Erkenntnis, dass sie weiter mussten, weiter kämpfen. Kropka half Anke auf, sie war unverletzt, aber atemlos. Er selbst blutete leicht am Arm, biss die Zähne zusammen. Sie hatten überlebt, aber Otto lachte im Schatten, hatte ihnen nur seine Untergebenen vorgeworfen, um Zeit zu gewinnen.

Die Wut in Kropkas Brust wuchs, doch er hielt sie in Schach. Er wusste, Anke und Struck brauchten ihn klar im Kopf. Sie hatten Beweise, Geiseln gerettet, Ottos Pläne durchschaut, doch der Bastard entkam. Noch. Der Kampf war hart, aber nicht das Ende. Kropka sah Anke an, sie sah seine Entschlossenheit. Sie verstanden einander ohne Worte: Sie würden weitermachen.

Struck funkte: „Verdächtige Bewegung im Tunnel. Keine klare Sicht." Ein Tunnel? Also weiter unten, unter ihren Füßen, Ottos nächster Schachzug. Kropka ballte die Fäuste, starrte in die Dunkelheit. Sie waren knapp dran. Er hob den Kopf, die Lider halb geschlossen, spürte den Schmerz im Arm, ignorierte ihn. Die Mission ging weiter, keine Pause.

Die Nacht blieb kalt, die Wände feucht. Der Wind klagte draußen. Kropka atmete einmal tief, dann nickte Anke zu. Sie wusste, nun würden sie in diese Tiefe hinabsteigen, den Tunnel folgen, Otto nachjagen, egal wie lange es dauerte. Ein letzter Blick zu den leblosen Körpern der Leibwächter, zu den verstreuten Papieren am Boden. Keine Zeit zum Mitleid.

Er schob die Waffe in den Anschlag, Anke tat es ihm gleich. Ein kurzes „Struck, wir steigen runter", ins Funkgerät, Struck brummte zustimmend. Ihr Weg führte nun weiter, tiefer in Ottos Labyrinth, wo jede Wendung tödlich sein konnte, doch Kropka ließ sich nicht brechen, Anke nicht einschüchtern, Struck nicht aus dem Konzept bringen.

Teil 9

Feuchte Dunkelheit, der Geruch von modernder Erde, ein Tunnelloch im Boden, gerade groß genug für Kropka und Anke. Sie krochen hinein, in gebückter Haltung, die Waffen nah am Körper. Über Funk hörten sie Strucks leise Stimme, von draußen, fern. Er blieb bei der Villa, sicherte ihre Fluchtwege im Freien. Jetzt waren Kropka und Anke allein in dieser engen Röhre, aus der Ottos Schritte vor ihnen verhallten.

Kropkas Herz raste. Otto war nur wenige Meter voraus, ein Schatten, der sich durch den feuchten Untergrund stahl. Kropka biss die Zähne zusammen, die Schulter schmerzte von früheren Treffern, doch er ignorierte den Schmerz. Er wollte Otto erwischen, diesen Mann zur Strecke bringen, Antworten erzwingen. Die Zeit war knapp, der Pfad tückisch.

Anke atmete flach, dicht hinter Kropka, der Funkknopf im Ohr knisterte. Struck meldete: „Kein Sichtkontakt. Seid ihr drin?" Kropka raunte: „Im Tunnel, kein Zurück." Ein heiseres Knurren Strucks als Antwort, dann Stille. Er konnte ihnen hier nicht helfen. Nur Außenposten, kein Durchschuss durch Boden und Fels. Kropka verstand: Sie waren auf sich gestellt.

Die Tunnelwände glitschig, Wasser tropfte von oben, kleine Pfützen unter den Stiefeln. Jede Berührung knirschte leise, klang viel zu laut. Kropka sah im schwachen Schein seiner kleinen Taschenlampe einen Pfad aus Schlamm und Geröll. Irgendwo vorn Ottos Silhouette: ein huschendes Echo, ein leiser Tritt, dann Stille. Er war verdammt schnell.

Anke zischte: „Langsamer. Du rennst in eine Falle." Ein Flüsterton, doch voll Sorge. Kropka atmete knirschend aus, verlangsamte die Schritte, zwang sich zur Vernunft. Er wollte Otto, wollte sein Blut, doch er musste klug bleiben. Er konnte Otto später konfrontieren, doch nicht blind ins Verderben rennen.

Der Tunnel krümmte sich, Luftzug wies auf einen Ausgang hin. Vielleicht führte er zu einer Klippe am Meer, zu einem alten Schmugglertunnel. Ottos Fluchtplan war durchdacht. Kropka kniff die Augen zusammen, spürte einen stechenden Schmerz in der Brust, Erinnerungen an seine Familie, Ottos grausame Rolle. Seine Finger verkrampften sich um den Griff der Waffe.

Anke merkte seine innere Spannung, flüsterte leise: „Nicht töten, wenn's nicht sein muss." Ein Satz, subtextreich: Sie wusste, Kropkas Hass brannte. Doch Kropka schweig, presste die Lippen aufeinander. Er verstand sie, wusste um ihre moralischen Grenzen. Doch er wusste auch, Otto würde keine Gnade zeigen.

Ein leiser Schein: Der Tunnel öffnete sich in eine niedrigere Kammer, irgendwo tief unter der Erde. Ein schwacher Lichtstrahl von einer alten Lampe, vielleicht von Otto zurückgelassen, um nicht im Blindflug zu rennen. Kropka trat vor, Anke im Rücken, Waffen erhoben. Kein Zeichen von Otto, aber frische Fußspuren im Schlamm.

Plötzlich ein metallisches Klicken unter Kropkas Stiefel. Er erstarrte, hob den Fuß vorsichtig. Eine primitive Stolperfalle, Drähte, die etwas auslösen konnten. Er zog den Fuß zurück, Schweiß auf der Stirn. Anke trat näher, half ihm, die Drähte zu übersteigen. Ein lauter Seufzer blieb in der Kehle stecken. Otto spielte raffiniert, legte Fallen wie ein Spinnennetz.

Tropfen fielen von der Decke, ein eisiges Rinnsal am Nacken Kropkas. Weiter, tiefer. Er schaltete die Lampe aus, riskierte Dunkelheit, um nicht zum leuchtenden Ziel zu werden. Sie tasteten sich voran, Anke hielt an seiner Schulter, um ihn nicht zu verlieren. Im Ohr Funken von Struck: „Alles ruhig oben. Keine Bewegung." Trostlos, sie waren allein im Dunkeln.

Ein Scharren vorn, ein gedämpftes Fluchen. Otto stieß wohl gegen einen Stein. Jetzt! Kropka stürmte vor, drei schnelle Schritte, die Waffe im Anschlag. Anke keuchte, wollte ihn bremsen, doch zu spät. Kropka stolperte fast über ein Geröllstück, fing sich, zielte blind ins Dunkel. Ein Funken Licht, vielleicht Otto mit einer Zündquelle? Ein Schuss knallte, Kropka duckte sich, spürte, wie eine Kugel an der Wand abprallte.

Anke warf sich neben ihn, flüsterte sauer: „Dachte, wir sind vorsichtig?" Kropka schwieg, hörte Otto leise lachen. Der Bastard wusste, wie er Kropkas Geduld strapazierte. Anke übernahm das Zepter, griff ihre kleine Taschenlampe, schaltete sie kurz ein, huschte vor, Licht nur eine Sekunde, um die Lage zu checken. Sie sah Ottos

Rücken, eine Silhouette, die in einen schmalen Seitengang verschwand. Dann wieder Dunkelheit.

Kropka folgte Ankes Zeichen, sie rückten vor, Herzschlag hämmerte. Der Boden wurde unebener, der Geruch schärfer. Vielleicht waren sie nah am Ausgang, wo Otto ein Boot versteckt hielt. Oder eine weitere Falle. Anke zischte: „Verlier ihn nicht, aber bleib lebendig." Ein Hauch von Sarkasmus in der Stimme, um die Spannung zu mildern.

Ein erneuter Funkspruch von Struck: „Möglicher Ausgang am Strand unter der Klippe. Otto könnte dort entkommen." Kropka fletschte die Zähne, flüsterte: „Wir müssen schneller." Doch Anke warnte: „Vorsicht, Michael." Ihr Ton flehte fast, ihn nicht blind in den Tod zu stürzen.

Sie setzten fort, tiefer ins Dunkel. Ein Hauch von salziger Luft, ein Anzeichen nahenden Freiraums. Otto war vorne, aber nicht unsichtbar. Seine Schritte klangen hohl auf Steinplatten. Sie hörten ihn fluchen, als wäre etwas blockiert. Eine Chance, ihn einzuholen. Kropka beschleunigte wieder, diesmal mit Anke eng hinter sich, Waffen bereit. Das Herz in der Kehle, jeder Atemzug ein drohendes Echo.

Der Tunnel machte eine letzte Biegung. Vor ihnen ein schwaches Licht, vielleicht Mondschein, der durch einen Spalt drang. Wenn Otto dort steckte, kein Weg weiter, sie hatten ihn. Doch er war raffiniert, möglicherweise hielt er eine Waffe bereit, entschlossen, lieber zu sterben als gefangen genommen zu werden.

Anke packte Kropkas Arm, flüsterte: „Nicht töten, wenn wir ihn verhören wollen." Kropka nickte knapp, sein Gesicht schmerzverzerrt. Die Erinnerungen an seine Familie stachen wie Klingen, aber er wusste, ohne Ottos Geständnis, ohne die ganze Wahrheit, war ihr Sieg hohl. Sie brauchten ihn lebend, so schwierig es auch fiel.

Ein letztes Vorwärtsschleichen, der Puls raste, Schweiß über Nacken und Stirn. Kropka und Anke richteten die Waffen nach vorn, bereit für den Showdown. Der nächste Augenblick würde entscheiden, ob Ottos Flucht endete oder ob er erneut entschlüpfte, sich in Nacht und Sturm verlor.

Die Dunkelheit vibrierte, als stünde die Welt still, jede Pore angespannt. Kropka presste die Lippen aufeinander, ein letztes Mal Kraft sammeln. Dann traten sie um die Kurve, Waffen im Anschlag, um Ottos letzte Position zu klären.

Teil 10

Der Himmel hing bleischwer, Wolken trugen Regen, der Wind schrie über die karge Küste. Weit von der Villa, in einem verlassenen Gebäude, einst vielleicht ein Lagerhaus, suchte Otto jetzt Schutz. Der Boden war feucht, muffiger

Modergeruch, rostige Metallträger an den Wänden. Kein Luxus, nur ein flüchtiger Unterschlupf.

Kropka trat durch die Tür, Waffe im Anschlag. Er spürte Ankes Präsenz hinter sich, leise Schritte, kühler Atem. Struck hielt sich draußen, scharfer Blick, gesichert durch ein Fenster oder einen Spalt, bereit einzuschreiten. Keine langen Worte, nur stumme Einigkeit. Sie hatten Otto bis hierher verfolgt, durch Tunnel, Fallen, Feuergefechte. Jetzt gab es kein Entkommen mehr.

In einer dunklen Ecke hockte Otto, blasser Schein von einer notdürftigen Taschenlampe. Er war verletzt, hielt sich die Schulter, doch in seinen Augen loderte ein Funke Hohn. „Kropka", sagte er knapp, spie den Namen aus wie ein Gift, „du hast dich also durchgeboxt." Ein müder Spott, scharfer Unterton. Kropka ballte die Fäuste, doch er blieb ruhig. Kein blindes Wüten mehr.

Anke stand seitlich, Waffe auf Otto gerichtet, keine Gnade im Blick. Sie wartete, ob Otto noch einen Trick parat hatte. Der Boden war glitschig, zwischen Metallteilen und verrotteten Kisten. Ein letztes Schlachtfeld in dieser Nacht aus Salz, Blut und Hass.

Otto hob ein schmales Lächeln, röchelte ein wenig vor Schmerz. „Du glaubst, du kannst mich der Justiz übergeben? Alles, was ich weiß, zerlegt dein Dorf. Und deine Seele, Kropka. Denk an deine Familie..." Er zog die Worte in die Länge. Ein

426

Versuch, Kropka erneut zu brechen. Doch Kropka blieb reglos, die Pistole auf Ottos Brust gerichtet, keine Zuckung in den Augen.

Die Erinnerung an die Familie flammte in Kropka auf, ein Stachel im Herzen. Er hörte Ankes leise Warnung von früher im Kopf: Nicht blind töten. Er hatte dazugelernt. Er war mehr als sein Schmerz, mehr als Ottos Spott. Er brauchte Otto lebend, um alles aufzudecken, um Gerechtigkeit durchzusetzen. Nicht Rache, sondern Aufklärung. Ein harter, bitterer Entschluss.

Ottos Stimme brach etwas, als er merkte, dass seine Worte keinen Sturm auslösten. „Was ist? Keine Wut mehr, Kropka? Willst du nicht abdrücken und alles beenden?" Subtext: Otto wollte ihn reizen, Hass entfachen. Doch Kropka presste die Lippen zusammen. „Dein Spiel ist aus", sagte er kurz. Ein Satz, karg, endgültig.

Anke trat näher, hielt den Lauf auf Ottos Kopf, doch sanfter Druck, kein Zucken im Finger. „Du kommst mit", knurrte sie. Keine Verhandlung. Otto verzog das Gesicht, verzweifelte an ihrer Kälte. „Ich kenne Namen, Konten, alles. Ohne mich findet ihr nur halbe Wahrheiten." Kropka nickte: „Deshalb bleibst du am Leben." Subtext: Du hast nichts mehr, womit du mich brechen kannst.

Ein kurzer Funkspruch von Struck draußen: „Alles ruhig. Keine Verstärkung von Ottos Seite." Er beobachtete die Umgebung, ließ Kropka und Anke den inneren Kampf beenden. Dies hier war das Finale: Otto versucht die letzte Manipulation, doch Kropka stand wie ein Fels.

Otto merkte, dass er keinen mentalen Angriff mehr schaffte, er spie Blut aus, keuchte: „Ich wollte nur überleben, Geschäfte sichern. Deine Familie war Kollateralschaden." Ein mieser Versuch, Wunden zu lecken, aber Kropka schüttelte nur den Kopf. Keine Tränen, kein Zucken. Nur ein brennender Blick der Entschlossenheit. „Du kannst erzählen, was du weißt. Gericht, nicht Kugel, entscheidet dein Schicksal."

Anke atmete flach, froh, dass Kropka die Moral hielt. Sie stand bereit, falls Otto hochspringen wollte. Doch Otto sank nur tiefer, schwach, sein Gift verpufft. Kropka senkte leicht die Waffe, kein Mitleid, aber Kontrolle. Der Hass hatte ihn einst geblendet, jetzt leitete ihn die Pflicht.

Struck trat ein, vorsichtig, Waffe griffbereit. Er hatte entschieden, dass draußen alles sicher sei. Sein Blick streifte Otto, dann Kropka. Kein Wort, nur Anerkennung in den Augen. Er sah, dass Kropka nicht in Ottos Falle getappt war, dass Anke Rückgrat zeigte, und er selbst auf Distanz Sicherheit gab.

Otto versuchte noch einen letzten Vorstoß, ein schwaches Krächzen: „Dein Dorf... wird nicht dankbar sein. Alle werden dich verachten, wenn die Wahrheit raus ist." Kropka zuckte mit den

Schultern. „Dann ist es so. Ich trage es." Ein Satz voller Schmerz, aber auch Befreiung. Er wollte keine Legenden, nur Gerechtigkeit.

Anke beugte sich, nahm Otto die Waffe ab, tastete nach weiteren Waffen am Körper. Nichts. Er war erledigt, ein König ohne Armee. Struck sicherte die Tür, lauschte nach außen. Kropka steckte die eigene Pistole weg, griff Otto unter die Achseln, half ihn hoch. Kein Mitleid, nur Notwendigkeit. Otto knurrte, aber kämpfte nicht mehr. Er wusste, dass alle Karten ausgespielt waren.

Draußen heulte der Wind weiter, die Welt blieb düster, doch in Kropkas Brust loderte kein rasender Hass mehr, sondern eine müde Entschlossenheit. Er würde Ottos Machenschaften offenlegen, die Dorfbewohner informieren, die Justiz einschalten. Kein impulsives Abdrücken, kein privates Morden. Er hatte sich verändert, gewachsen an seinem eigenen Schmerz.

Anke stand an seiner Seite, Waffe gesenkt, aber wachsam. Struck hielt die Deckung, nickte knapp, als Zeichen, dass sie gemeinsam rausgehen konnten. Sie schleppten Otto zum Ausgang, ein humpelnder Schatten zwischen ihnen. Kropka spürte, wie jeder Schritt weg von diesem verfluchten Ort ein Stück Erlösung brachte, trotz der Narben, die bleiben würden.

Otto spuckte noch einmal aus, wütend und erschöpft. Kropka ignorierte es, fixierte den Boden vor sich. Er brauchte keine Worte mehr, sein Handeln sprach: Er hatte sich gegen sein dunkles Verlangen entschieden, Gerechtigkeit über Rache gestellt. Anke wusste es, Struck verstand es. Eine stumme Einigkeit in dieser letzten Nacht der Qual.

Draußen peitschte der Regen, salziges Wasser sprühte in ihr Gesicht. Otto klammerte sich halb an Kropka, halb an Anke. Kein Fluchtweg mehr, kein Tunnel, kein Trick. Die Nacht blieb grau, die Wolken hingen tief, doch im Kropkas Brust war ein Funken moralischer Sieg. Sie schleppten Otto fort, die Beweise in der Tasche, die Geiseln frei, der Kreis schloss sich.

Nichts mehr zu sagen. Kropka dachte an seine Familie, atmete durch. Er hatte keine Rache genommen, sondern Recht geschaffen. Ein bitterer, aber reiner Sieg.

KAPITEL 11

Kühle Morgenluft, graue Wolken über der Nordsee, ein scharfer Wind über die kargen Felder. Schloss Hoyerswort stand noch, trotz aller Stürme, trotz Blut und Schreie. Nun roch es nach nassem Holz, nach Leim und Schweiß. Menschen sammelten sich, Hammer in der Hand, Bretter unterm Arm, schweigende Münder, aber Entschlossenheit in den Augen.

Kropka kniete an einem zerborstenen Fensterrahmen, festigte einen neuen Balken. Sein Gesicht blass, doch ruhiger als zuvor. Die Schultern schmerzten von alten Wunden, aber er ignorierte es. Jede geschlagene Nagelspitze, jeder gezogene Draht brachte ihn einen Schritt weiter weg von der Dunkelheit, die er in Ottos Labyrinth gesehen hatte. Neben ihm Anke, half mit schweigsamer Präzision, reichte Werkzeug, stützte den Rahmen, ihr Blick kühl, aber ihre Berührung warm.

Anne Schepp trat näher, Sinja an der Hand, beide müde, Augenringe, doch in den Gesichtern ein Hauch von Erleichterung. Die Villa auf Holnis war ein abgeschlossenes Kapitel. Otto gefasst, seine Schergen verstreut. Jetzt ging es um die Zukunft. Anne sprach knapp: „Danke, dass ihr da seid." Kropka nickte, kein langes Gerede, nur ein leises „Gern." Subtext: Erschöpfung, aber auch ein Funke neuer Hoffnung.

Die Dorfgemeinschaft half, Männer und Frauen schleiften Holzbalken, putzten Schutt weg, reparierten Dächer. Ein stilles Bündnis entstand, ohne lange Reden. Kropka spürte eine seltsame Wärme, die aus dieser Zusammenarbeit erwuchs. Jeder Nagel, den er einschlug, jeder Balken, den sie setzten, reparierte nicht nur Wände, sondern auch etwas in ihm selbst. Ein leises Kribbeln im Herzen, als würde ein Riss langsam heilen.

Maren tauchte auf, mit Staub an den Händen und Farbe im Haar. Sie lächelte flüchtig zu Kropka, nickte Anke zu. Keine Worte, nur stumme Einigkeit. Sie half dabei, die Fensterläden neu anzubringen, tupfte alte Farbreste ab. Ihr Gesicht ernst, doch in den Augen ein Funkeln, als hätte sie verstanden, dass diese Arbeit mehr bedeutete als bloße Reparaturen. Hier wuchs ein neues Fundament, nicht nur aus Holz und Stein, sondern aus Vertrauen.

Anne stand nahe einer frisch aufgerichteten Mauer, Sinja klammerte sich an ihre Jacke, große Augen. Kropka trat zu ihnen, ließ den Hammer sinken. Ein kurzer Moment im Wind, die Blicke trafen sich. Anne wirkte verletzlich, doch entschlossen, Sinja schwieg, ein Schatten vergangener Ängste in ihrem Blick. Kropka hob vorsichtig die Hand, berührte kurz Sinjas Haar, eine Geste ohne Worte. Sinja senkte den Kopf, Anne flüsterte rau: „Benno würde das hier gefallen." Kropka nickte stumm, spürte den Stich von Verlust, aber auch Annahme. Beide hatten Menschen verloren, doch jetzt standen sie hier, bauten etwas Neues auf.

Anke rief leise, brauchte Hilfe bei einem verzogenen Balken. Kropka eilte, griff mit ihr gemeinsam, hievte das sperrige Ding in die richtige Position. Ein scharfer Schmerz in der Schulter, er biss sich auf die Zunge, wollte nicht klagen. Anke verstand ohne Worte, gab ihm Halt, ein leises „Langsam" raunte sie. Subtext: Sie achtete auf ihn, nicht nur als Partner im Kampf, sondern auch in dieser friedlicheren Stunde.

Struck meldete sich kurz über Funk, aus der Ferne. Er war nicht mitten im Handwerk, aber sicherte das Gelände, prüfte, ob noch Gefahr drohte. „Alles ruhig", schnarrte sein kurzer Bericht. Kropka lächelte matt. Ein seltener Augenblick der Ruhe. Kein Alarm, keine Schüsse, nur der Klang von Hämmern und Sägen.

Maren kehrte mit einem Eimer Farbe zurück, half Anke, einen Fensterladen anzustreichen. Ein sparsamer Dialog: „Gut so." – „Bisschen mehr Druck." Knapp, doch jeder Ton war von leiser Zuversicht getragen. Niemand musste große Reden schwingen. Sie hatten Narben, aber auch neue Kraft. Die Wände strichen sie sauber, als würden sie auch ihre Seelen reinigen.

In einer Ecke richtete ein Dorfbewohner eine kleine Feuerstelle ein, kochte heißen Tee, dampfender Duft mischte sich mit dem Geruch von Holz. Kropka trank einen Schluck, brennend auf der Zunge, aber angenehm. Er dachte an die Geiseln, die sie befreit hatten, an die Dokumente, die Otto entlarvten. Die Justiz würde ihren Teil tun, die Dorfgemeinschaft wieder atmen können. Er hatte keinen persönlichen Racheakt verübt, sondern die Sache in den Händen des Gesetzes gelassen. Ein innerer Sieg, still und bitter, aber echt.

Anne gesellte sich zu ihm, schaute auf das Schloss, wie es wieder Form bekam. „Wir bauen auf, was zerbrochen war", sagte sie leise. Kropka antwortete rau: „So ist es." Bennos Tod lag wie ein Schatten über ihnen, doch nun spürten sie, dass sie sein Erbe aufleben ließen – Kultur, Gemeinschaft, Hoffnung. Anne war dankbar, dass Kropka und Anke nicht aufgegeben hatten, selbst in tiefster Finsternis.

Anke kam dazu, blickte kurz zu Kropka, dann zu Anne. Kein langer Monolog, nur ein knapper Austausch von Blicken, die verstanden: Wir haben etwas durchgestanden, gemeinsam. Maren stützte sich an einen Pfosten, beobachtete die Szene, ein Hauch von Lächeln auf den Lippen. Sie alle waren verbunden durch Schmerz und Taten, jetzt auch durch dieses leise Streben nach Frieden.

Struck meldete erneut: „Keine Feinde, keine Gefahr." Ein ruhiges Ende des Tages, doch man hörte in der Distanz, wie die Brandung an Felsen schlug. Kropka nahm das zur Kenntnis. Sie hatten einen Krieg gewonnen, aber die Welt blieb rau. Hinter den Horizonten konnten weitere Schatten lauern, andere Netzwerke, von denen Otto sprach. Doch für heute reichte es, sie hatten das Dorf aus Ottos Griff befreit, wenigstens für diesen Moment.

Während die Menschen weiter hämmernd, sägend, flickend am Schloss arbeiteten, atmete Kropka tiefer. Er wusste, dass er nicht alles heilen konnte. Seine Wunden würden schmerzen, die

Erinnerung an seine Familie bliebe. Doch indem er half, Mauern aufzurichten, Fenster einzusetzen, neue Balken zu setzen, reparierte er auch etwas in sich selbst. Keine Parolen, keine leeren Worte, nur dieser stille Akt, der ihm Kraft gab.

Anne blickte Sinja an, die langsam die Hand der Mutter los lies, versuchte, einen kleinen Hammer zu halten, ein Lächeln auf den Lippen. Ein Keimling der Zukunft, ohne Angst. Kropka sah es, spürte eine leichte Erleichterung. Anke trat neben ihn, stieß ihn leicht mit der Schulter an. „Wird besser", murmelte sie. Kropka nickte, tief in sich froh, dass sie hier waren, lebendig, handlungsfähig.

Der Tag war fast vorbei, der Himmel grau, aber heller als zuvor. Der Sturm hatte sich gelegt, nur ein leiser Wind. Der Wiederaufbau hatte begonnen, nicht nur für das Schloss, sondern für die Seelen, die in seinen Schatten gelebt hatten. Nichts war perfekt, doch sie hatten ein Fundament gelegt, auf dem sie stehen konnten. Kropka wusste, dass es Folgen geben würde, andere Mächte, andere Kämpfe. Aber für diesen Moment genügten Hammer und Nägel, die Hände am Holz, der scharfe Duft von Farben, um einen Anflug von Hoffnung in der rauen Morgenluft zu spüren.

Teil 2

Der Wind strich kühl über die Mauern von Schloss Hoyerswort, der Himmel blieb grau, schwer von unausgesprochenen Gedanken. Im Inneren flogen Späne, schabten Nägel in Holz, leise Gespräche in Ecken, doch Anke und Kropka suchten einen ruhigen Ort abseits des Lärmes. Ein Seitenzimmer, halbdunkel, ein wackliger Stuhl, ein Tisch mit Kerzenstummel, der schwach flackerte.

Kropka lehnte an der Wand, die Arme locker vor der Brust. Er spürte Ankes Präsenz, ihre leise Unruhe. Sie hatten zusammen Kämpfe durchgestanden, Blut und Angst geteilt, doch kein Wort über ihre Zukunft verloren. Jetzt schien Anke etwas auf der Zunge zu liegen. Er wartete, kein Drängen, nur geduldiges Schweigen.

Anke stand ein paar Schritte entfernt, den Blick auf einen Riss im Putz gerichtet. Ihre Finger glitten über die raue Oberfläche, als tasteten sie nach Halt. „Michael", sagte sie leise, ohne Pathos, „ich habe nachgedacht." Er hob den Kopf, schmale Augen, ein leichtes Zucken im Mundwinkel. Subtext: Ich höre zu, sprich.

Draußen eine Axt, die Holz spaltete, leise Rufe von Helfern. Hier drinnen Stille, ein Raum voller Dämmerung. Anke drehte sich zu ihm, traf seinen Blick, schmale Linien in ihrem Gesicht. „Ich könnte zurück nach Flensburg, meinen alten Job weiterführen, so tun, als wäre nichts passiert." Kurze Pause. „Aber das wäre eine Lüge." Keine lange Rede, nur ein Fakt.

Kropka nickte minimal, das Kinn leicht gesenkt. Er verstand, dass die Erlebnisse ihre Seele gefressen hatten. Zurück zum Alten, als wäre nichts geschehen? Unmöglich. Er wusste, dass sie tiefer hineingezogen wurde, dass der Schmerz, den sie hier sah, nicht spurlos blieb.

Anke trat näher, zwei Schritte, kaum hörbar. „Hier, auf Eiderstedt, hab ich was gelernt. Über mich, über diesen Ort, die Menschen." Ein klangloses Schlucken. „Ich glaub, ich will bleiben. Nicht dauerhaft, vielleicht. Aber eine Weile. Sehen, ob ich helfen kann, Ordnung zu schaffen, Wunden zu heilen." Ihre Stimme zitterte kaum, aber Subtext: Sie ist unsicher, braucht keine großen Worte, nur Verständnis.

Kropka runzelte die Stirn, ein feines Zucken in den Augen. Er hätte erwartet, dass sie nach der Hölle dieser Nacht wegrannte, zurück in geregelte Polizeistrukturen. Doch sie entschied anders. Er drehte den Kopf, sah durchs Fenster – graue Wolken, karge Landschaft. Ein Spiegel seiner eigenen Isolation. Hier hatte er gegen seine Dämonen gekämpft, doch auch einen inneren Frieden gefunden.

„Du würdest also bleiben", sagte er knapp, ohne Frage, eher eine Feststellung. Anke hob die

Schultern, seufzte leise. „Vielleicht. Nicht für immer, aber lange genug, um irgendwas aufzubauen, zu reparieren. Wir haben Leichen vergraben, Tränen getrocknet, aber es braucht mehr als das. Die Leute hier verdienen mehr als flüchtige Helden, die verschwinden."

Kropka neigte den Kopf, ließ die Worte sacken. Er erinnerte sich an Maren, an Anne, an Sinja, an die Dorfbewohner, die mutig halfen, obwohl ihre Hände zitterten. Eine Gemeinschaft, zerrissen von Ottos Machenschaften. Jetzt, wo Otto gestoppt war, blieben Narben. Er wusste, Anke könnte Kraftquelle sein, ein ruhiger Pol, um Ordnung wiederherzustellen.

Ein schwaches Lächeln in Kropkas Gesicht, kaum sichtbar. „Das Dorf braucht Leute wie dich." Kurze Sätze, doch sie verstanden. Er akzeptierte ihren Wunsch, sah die Sinnhaftigkeit. Anke atmete tiefer aus, als wäre ein Stein von ihrer Brust gefallen. Kein großes Pathos, nur ein minimaler Abstand, ein Funke Dankbarkeit in ihren Augen.

Draußen rief jemand nach einem Hammer, Anke nickte in die Richtung, Subtext: Arbeit wartet. Doch sie blieb noch einen Atemzug, musterte Kropkas Gesicht. „Und du?" fragte sie leise. Kropka schluckte, die Schultern ein Hauch verkrampft. „Ich bleibe auch. Hier ist einiges, das repariert werden muss, nicht nur Häuser."

Sie nickte, keine kitschige Szene, aber eine Einigung unter stillen Kriegern. Zwei Menschen, die im Feuer des Kampfes einen Funken Verständnis fanden. Struck meldete sich kurz über Funk, knisternd: „Alles ruhig, braucht ihr mich?" Kropka drückte eine Taste: „Sicher alles, dann komm rein, hilf mit." Ein knapper Befehl, Subtext: Wir sind jetzt in einer Phase des Aufbaus, kein Kampf, aber wir brauchen dich. Struck würde verstehen.

Anke trat an Kropka heran, stand nun direkt vor ihm, knapp ein halber Meter Abstand. Ihre Augen suchten seine, dunkle Iriden im Halbdunkel. Kein Liebesgeständnis, kein langes Drama, nur eine Frage in ihren Pupillen: Stehen wir jetzt zusammen, egal was kommt? Kropka hob leicht die Hand, tippte an ihre Schulter. „Wir schaffen das", murmelte er, kaum hörbar, doch Anke hörte alles.

Sie zog den Mund zu einem schmalen, fast unsichtbaren Lächeln. Dann drehte sie sich um, ging zur Tür. Vor ihnen wartete Arbeit. Nicht nur hämmern und sägen, sondern auch reden, Dinge ordnen, Verbindungen knüpfen.

Die Justiz musste eingeschaltet werden, die Dorfbewohner aufgeklärt. Ein langer Weg, aber sie waren nicht mehr allein, nicht mehr blind vor Wut oder Angst.

Kropka folgte ihr, seine Waffe lag längst beiseite, kein Bedürfnis mehr, auf alles zu schießen. Er fühlte sich leichter, obwohl die Schmerzen blieben. Ein kühler Luftzug, als sie den Raum verließen, baute sich auf, gab ihm frischen Sauerstoff. Draußen streifte er kurz an Maren vorbei, die schweigend einen Eimer Farbe trug. Ein Nicken, Subtext: Wir sind ein Team, jeder auf seine Weise.

Anke half einer alten Frau, einen Stapel Bretter zu sortieren, Kropka half bei einem Fensterrahmen. Struck tauchte auf, ging ruhig durch die Reihen, kein Patronengurt mehr in der Hand, sondern Werkzeug. Die Dorfgemeinschaft nahm dies alles schweigend an, als wüssten sie, dass Blutvergießen dem Handwerk des Aufbaus weichen musste.

Und Kropka erkannte, dass er in dieser Stille, in dieser rauen Küstenluft, etwas von sich selbst reparierte. Nicht alles war gut, aber besser. Die Vergangenheit lastete, doch er hatte gelernt, sich nicht von Hass beherrschen zu lassen. Anke war ein Teil davon, Struck ein anderer, Maren, Anne, Sinja und die Dorfbewohner formten ein stilles Netz von Leben, das ihn trug.

Er schlug einen Nagel ein, der Klang hallte kurz, ein Echo im fahlen Licht. Auf seinem Gesicht lag keine Freude, aber eine leise Erleichterung. Er wusste, dass Ankes Entscheidung, hierzubleiben, ein Zeichen war, dass dieser Ort, trotz Dunkelheit, eine Chance hatte. Eine Chance auf Erneuerung, auf Ruhe, auch in ihm selbst.

Teil 3

Der Deich lag karg unter bleigrauem Himmel. Der Wind peitschte salzige Luft über nasses Gras, ein endloser Streifen Land am Rand der Nordsee. Kropka stand dort, die Schultern leicht gebeugt. Sein Blick aufs Wasser gerichtet, nichts als weite, graue Wellen, die an den Ufersteinen leckten. Kein Lärm, nur dieses monotone Rauschen, ein endloses Gespräch zwischen Wind und Meer.

Er hatte vieles hinter sich: Blutige Nächte, flackernde Lampen in Ottos Villa, ein Dorf, das in Angst gelebt hatte. Jetzt, wo die Täter gestellt, die Geiseln befreit und die Unterlagen gesichert waren, blieb nur die Stille. Doch diese Stille war anders. Sie schmeckte bitter, aber nicht mehr nach Hass, eher nach Müdigkeit und Aufbruch. Kropka atmete flach, spürte den kalten Wind auf der Haut. Er wollte etwas loslassen.

In seiner Tasche ein kleines Stück Papier, ein altes Foto, halb vergilbt. Sein Familie, längst fort, Opfer einer vergangenen Schuld. Er hatte sich an diesem Schmerz festgekrallt, ihn zum Antrieb gemacht. Doch er wusste nun, dass ewiger Zorn ihn nur verschlingen würde. Die Gerechtigkeit hatte ihren Weg genommen, ohne dass er sich selbst opfern musste. Jetzt galt es, den Hass dem Meer zu übergeben, damit er ihn nicht mehr fraß.

Kropka zog das Foto hervor. Die Ecken waren abgegriffen, das Bild verblasst, doch er erkannte die Gesichter: warme Augen, ein Lächeln, eine

Zeit, bevor alles zerbrach. Er presste die Lippen zusammen, kein Schluchzen, kein Wimmern, nur ein stummes Ziehen im Herzen. Der Wind zerrte am Papier, als wollte er es sofort verschlingen. Kropka hielt es kurz noch fest, schloss die Augen. Dann trat er ans Ufer, ließ es sanft los, ins nasse Salz. Das Papier schwankte, wurde nass, sank langsam, verschwand im grauen Wasser. Eine Geste ohne Pathos, aber voll Bedeutung.

Er stand reglos, zählte innerlich die Atemzüge, bis das Papier ein Schatten in der Tiefe wurde. Eine Welle glitt darüber, als verschlucke die See seine Vergangenheit. Er spürte eine Erleichterung, ein leises Brennen in den Augen. Kein Groll mehr, nur Erinnerung. Die Schuld, die ihn einst verbiss, schien nun im Meer aufgelöst, als würde die Zeit ihm erlauben, weiterzugehen.

Leise Schritte hinter ihm. Kropka wandte den Kopf, sah Maren. Sie war vorsichtig genähert, die Haare vom Wind zerzaust, Staub und Farbe von den Reparaturen noch an den Händen. Kein Wort zuerst, nur ein Blick zwischen ihnen. Er wusste, sie hatte alles gesehen, wie er das Foto dem Meer gab. Sie sagte nichts dazu, nur trat näher, stand nun neben ihm, beide starrten auf die wogenden Wellen.

Maren atmete tief ein, ihre Stimme gedämpft: „Du hast viel bewegt." Eine knappe Feststellung, ohne falsche Schmeichelei. Kropka nickte kaum wahrnehmbar, spürte ihre Präsenz wie einen stillen Anker. Er brauchte keine Lobreden. Er hatte sich selbst bewiesen, dass er ohne Rache existieren, helfen, retten konnte.

Der Wind spielte mit Marens Haaren, warf flüchtige Schatten über ihr Gesicht. Sie blickte seitlich zu Kropka. „Die Leute im Dorf… sie danken dir, uns allen. Du hast etwas Gerades hingestellt, wo alles krumm war." Ein leiser Unterton, Subtext: Du hast nicht nur dich gerettet, sondern auch andere. Kropka schloss die Augen kurz, ein scharfer Atemzug durch die Nase. Er fühlte einen Kloß im Hals, aber er hielt die Emotion in Schach, gab sich keine Blöße.

„Ich hab getan, was nötig war", murmelte er. Ein Satz wie ein Stein, einfach, unverziert. Maren verstand. Sie nickte. „Manchmal ist das alles, was zählt." Ein Funken Wärme in ihrer Stimme, gegen die karge Landschaft. Sie standen am Deich, die graue Weite vor sich, aber nun war die Weite nicht mehr bedrohlich, sondern offen. Ein Raum, in dem Neuanfänge möglich waren.

Kropka hob den Kopf, spürte die Kälte im Gesicht. Er würde bleiben, hier, um beim Wiederaufbau zu helfen, um die Gemeinschaft zu unterstützen. Anke war ebenfalls geblieben, Struck war in der Nähe. Zusammen hatten sie ein Gefüge geschaffen, kein perfektes, aber eines, in dem man atmen konnte. Die Justiz würde kommen, Fragen stellen, Otto vor Gericht bringen.

Und Kropka würde antworten, ohne Hass, nur mit Wahrheit.

Maren legte eine Hand auf seine Schulter, kurz, federleicht. „Harte Tage hinter uns, aber wir sind noch da." Kropka zuckte kaum sichtbar, akzeptierte diese Geste. Kein großes Gespräch, keine Tränen. Doch in der kurzen Berührung lag Trost, als würde sie sagen: Wir haben die Nacht überlebt, nun folgt der Tag.

Der Wind ließ nach, feine Regenfäden tanzten in der Luft. Der Duft von Salz und Algen. Kropka dachte an die Zeit, als er verbissen von Rache getrieben war, ein Mann in Schwärze gehüllt. Nun stand er hier, etwas heller. Nicht strahlend, aber weniger verkohlt. Er wusste, seine Familie blieb verloren, aber ihr Andenken zwang ihn nicht mehr in Ketten. Er hatte sie losgelassen, ins Meer entlassen, ohne sie zu vergessen.

Maren ließ die Hand sinken, richtete den Kragen ihrer Jacke. Kein redundant Sprechen, nur stilles Einvernehmen. Kropka war dankbar, dass sie ihn nicht drängte, nicht analysierte. Sie verstand, wie dünn sein Schutz war, wie viel Zartgefühl er brauchte, um nicht einzubrechen. Er wusste, sie würde bleiben, und auch Anke hatte sich für diesen Ort entschieden.

Ein Ruf vom Dorf her, Menschen, die Werkzeug brachten, Bretter, die Stille füllte sich mit leisen Tätigkeiten des Aufbaus. Kropka zog die

Schultern straff, wandte sich um, bereit, zurückzukehren, sich einzubringen. Maren ging neben ihm, Schritt für Schritt. Ein schmaler Deichweg, die Erde feucht unter den Stiefeln, doch jeder Schritt leichter als zuvor.

Hinter ihnen das Meer, das sein Geheimnis bewahrte. Vor ihnen ein Dorf, ein Schloss, Menschen, die Zukunft gestalten. Kropka atmete durch, ein Hauch von Bitterkeit in der Brust, doch gemildert durch Hoffnung. Er wusste, es könnte neue Feinde geben, andere Schatten in ferner Zukunft. Aber er war nicht mehr allein, nicht mehr blind vor Wut.

Ein letzter Blick über die Schulter aufs graue Meer, wo er das Foto seiner Familie versenkt hatte. Ein stiller Abschied. Er drehte sich wieder nach vorn, Maren an der Seite, das Dorf in der Ferne. Es war genug. Er ging.

EPILOG

Der Deich schimmerte im letzten Licht des Tages, der Himmel ein Gemisch aus Grau und fahlem Orange. Ein scharfer Wind, nicht mehr so bissig, aber immer noch kühl, strich über nasse Gräser. Die Nordsee da hinten, flach und ruhig, als hätte sie ihre Wut vergessen. Kropka saß auf einem groben Stein, Maren rechts von ihm, Anke links. Keine Hektik, kein Alarm, nur das leise Rauschen der Wellen.

Kropka hielt den Blick aufs Meer gerichtet. Er fühlte den Druck in seiner Brust nachlassen. Keine Verfolgung, kein Blutgeruch. Die Nacht war vorbei, das Dorf erholte sich, die Menschen räumten auf, und er selbst? Er hatte seine Dämonen ins Wasser entlassen. Jetzt saß er hier, seltsam leer, aber nicht verzweifelt, eher offen wie eine weite Ebene, bereit, etwas Neues aufzunehmen.

Maren umklammerte einen heißen Becher Tee, den sie irgendwoher organisiert hatte. Ihr Schweigen war weich, kein Gewicht, eher ein Tuch über scharfen Kanten. Sie sah Kropka an, kurz, die Augen fragend, aber ohne Druck. Er nickte leicht, ein Hauch von Anerkennung. Sie hatten zusammen vieles durchgestanden, doch sie brauchte keine langen Reden. Der Wind erzählte genug.

Anke hockte neben Kropka, die Knie an die Brust gezogen, die Waffe längst weggelegt, nur noch ein Mensch, kein Kämpfer. Ihr Blick auf den Horizont, als suche sie dort Entscheidungen. Sie blieb, hatte sie gesagt, wollte eine Weile in Eiderstedt verweilen, hier Wurzeln schlagen oder wenigstens Fuß fassen. Kropka verstand es jetzt: Nach all dem Chaos war ein fester Boden wertvoller als weglaufen.

„Schöner Abend", murmelte sie, rau, knapp, aber so kam es ehrlich rüber. Kropka lächelte schmal. Maren sah Anke an, nickte. Kein überflüssiges Gerede. Sie atmeten diesen Augenblick, als wäre er ein seltener Schatz.

Der Himmel verdunkelte sich, die Sonne sank, ein glühendes Band am Rand der Welt. Kropka dachte an die letzten Tage. Ottos Netz, die Schrecken in der Villa, das Blut. Jetzt war es still, nur das leise Summen des Windes. „Wir haben was erreicht", sagte er dann, fast flüsternd. Maren griff kurz nach seiner Hand, drückte sacht, ließ los, ein stummes Einverständnis.

Anke schnaubte leise, ein befreiender Laut. „Ja", sagte sie, Subtext: Keine Legenden, aber immerhin eine Wende. Der Schmerz würde bleiben, Narben auf der Seele, aber sie hatten ein Dorf vor dem Zerfall bewahrt. Kropka wusste, dass die Zukunft unsicher blieb, doch er sah in Ankes Augen, dass sie bereit war, mit ihm gemeinsam nach vorn zu schauen. Maren, die schon im Aufbau half, würde auch bleiben, in ihrer stillen, aber beständigen Art.

Der Wind fuhr Kropka durch die Haare, er spürte keinen Groll mehr. Er dachte an seine Familie, jetzt nicht als Wunde, sondern als Teil seiner Geschichte. Er hatte ihnen Ehre erwiesen, nicht durch Rachemord, sondern durch Schutz und Wiederaufbau. Das Meer vor ihm, leise wogend, schien diese Wandlung zu segnen. Das Netz der Stille, einst ein Symbol für Geheimnisse und Unterdrückung, war nun ein Raum der Ruhe, in dem er endlich atmen konnte.

Maren nippte am Tee, schaute ihnen in die Gesichter. „Ihr bleibt?", fragte sie leise. Keine Drängerei. Kropka zog die Schultern an, atmete tief. „Eine Weile. Hier gibt's genug zu tun." Anke nickte langsam, lächelte schmal. Auch sie hatte sich entschieden, für eine Weile ein Teil dieses Landes zu sein.

Der Himmel wurde dunkler, die Lichter im Dorf flackerten in der Ferne, als man Lampen ansteckte, um die Nacht zu erhellen. Kropka fühlte, wie die Dunkelheit nicht mehr drohend war, sondern einfach natürlich. Ein Kreislauf, in dem man Licht selbst schaffen musste. Sie hatten es getan, als Team, als Menschen, die sich gegenseitig brauchten.

„Auf neue Zeiten", sagte Anke, nur drei Worte, aber voll Gewicht. Kropka stimmte stumm zu,

Maren auch. Keiner erhob den Becher, keiner prostete zu, aber ihre Blicke reichten. Sie saßen schweigend, drei Schatten auf dem Deich, während das Meer flüsterte, dass jeder Tag neu begann.

Ein freier Atemzug, ein sanfter Windhauch, der Salz auf die Lippen legte. Kropka schloss die Augen kurz, hörte Marens leises Atmen, Ankes ruhige Präsenz. Er wusste, dass sie nicht für immer zusammenkleben mussten, aber ihre Wege waren jetzt verbunden, zumindest ein Stück. Und das genügte, um die Leere auszufüllen, die lange in ihm gebrüllt hatte.

Die Nacht kroch über den Horizont, kein Lärm, kein Schuss. Das Buch ihrer Schlacht war zu, doch ein neues Kapitel des Lebens begann. Kropka, Maren, Anke – sie hatten eine Stille gefunden, die nicht bedrohlich, sondern friedlich war. Ein Netzwerk aus Vertrauen, kein Netz der Stille aus Angst mehr.

Maren stand auf, streckte die Glieder, ein Schatten gegen den dunklen Himmel. „Ich helfe morgen weiter beim Schloss", sagte sie knapp, Subtext: Das Leben geht weiter, praktisch, bodenständig. Anke nickte, Kropka lächelte kurz. Er würde auch dort sein, ein Nagel hier, ein Balken dort. Man reparierte nicht nur Wände, sondern auch Herzen.

„Gut", murmelte Kropka, richtete sich langsam auf, die Gelenke knirschten leise. Anke erhob sich ebenfalls, leichtfüßiger, aber nachdenklich. Sie sah Kropka an, keine Worte nötig. Sie verstanden: Keine Abrechnung mehr, kein Groll, nur ein gemeinsamer Weg in ungewisse Morgen.

Das Meer hauchte, als wolle es ihnen alles Gute wünschen. Der Deich raschelte im Wind, die Welt war nicht mehr feindlich, nur rau. Und rau war gut, denn man konnte daran wachsen. Kropka wusste, dass die Erinnerung an seine Familie nie verblassen würde, aber er musste sie nicht mehr mit Wut nähren. Er hatte sie losgelassen, ins Meer gegeben, und nun ging er voran, mit neuem Mut.

Sie verließen den Deich langsam, stiegen den Hang hinab, zurück ins Dorf, zur Arbeit, zu den Menschen. Der Himmel blieb dunkel, doch in Kropkas Brust war ein heller Funke. Die Mission war vorüber, die Zukunft offen. Er war bereit, voranzugehen, frei von den Ketten der Vergangenheit, umgeben von denen, die ihm halfen, den Schmerz zu überstehen.

Keine großen Reden, keine Ehrenparaden. Nur Schritte im Gras, leiser Wind, ein blasses Lächeln auf drei Gesichtern. So endete ihre Geschichte in der Dämmerung: in Stille, aber nicht mehr die stumme, bedrohliche Stille eines bösen Netzes, sondern die beruhigende Stille eines neuen Morgens, der nur auf sie wartete.